La caravanière

Alissa Descotes-Toyosaki

La caravanière

PAYOT

Retrouvez l'ensemble des parutions
des Éditions Payot sur

editions-payot.fr

Carte : Nathalie Cottrel.
Photo p. 410-411 : © Alissa Descotes-Toyosaki.

La caravane du sel

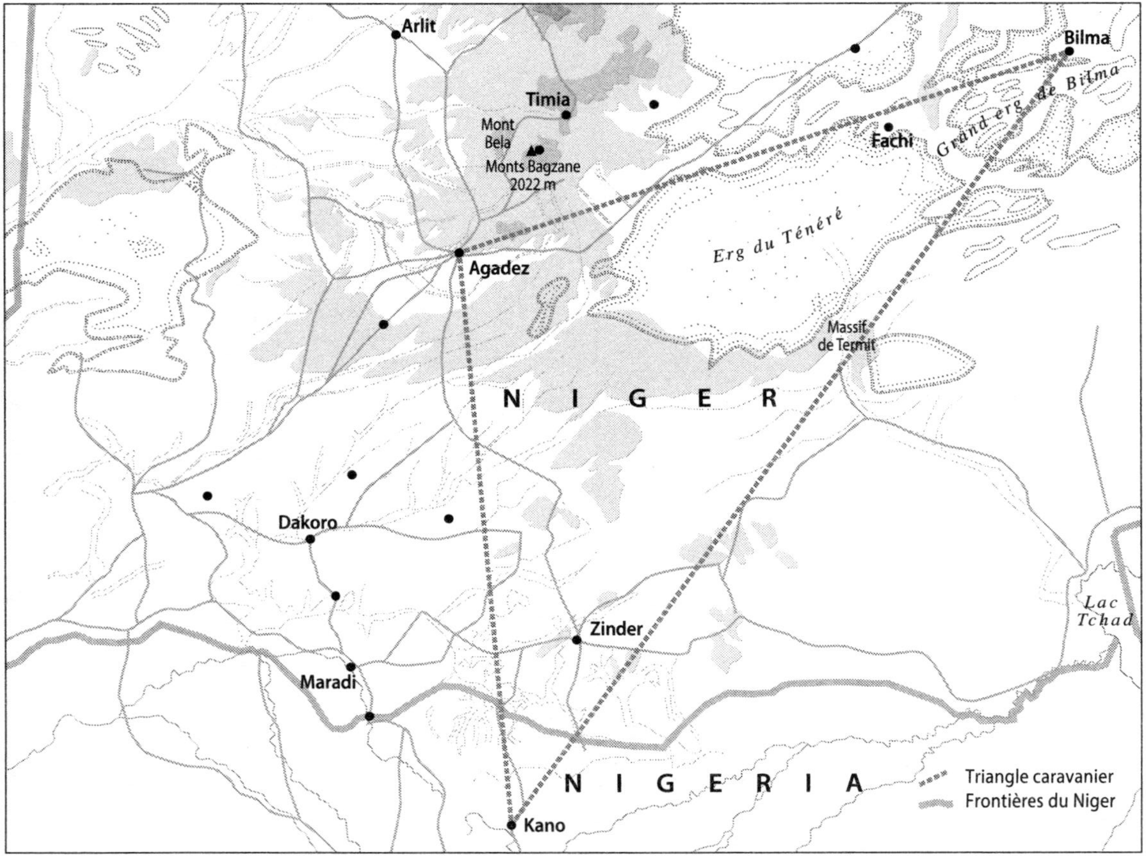

PROLOGUE

Dans un désert infini, j'écoute le vent et les pas de mon chameau sur le sable. J'aime ce son si délicat, la douceur des coussinets, les empreintes qu'ils laissent : une palme à deux doigts striée de veines dessinée sur le sol. Ceux qui passeront après moi pourront savoir, en scrutant ces traces, l'âge et le sexe de mon chameau, mais aussi deviner, à l'empreinte de mes pas, ma démarche, mon identité.

Au pied des acacias à l'ombre parsemée d'épines, il y a d'autres traces, celles d'un campement de chameliers : un petit tas de charbon de bois cerclé de trois pierres pour faire tenir la marmite, quelques épluchures d'oignons, des feuilles de thé vert bouilli, des os de viande. Bientôt le vent effacera ces traces des voyageurs.

Les nomades touaregs disent qu'il faut laisser un endroit tel qu'on l'a trouvé, car la terre ne nous appartient pas. Elle est un passage de la vie itinérante qui suit l'eau et les pâturages au gré des saisons. Ils ne s'encombrent pas de livres : leur histoire est gravée sur la roche, avec des écritures tout en jambes et en points. La nuit, le désert est animé par le bruit sourd du tambour autour duquel les hommes sur leurs chameaux dansent, galvanisés par les poèmes de guerre et d'amour de leurs femmes. Chaque vallée, chaque montagne, chaque dune a son propre nom, et son âme propre.

Une nuit, il y a bien longtemps, je fus subjuguée par l'âme d'un désert. Sous les milliers d'étoiles, mon esprit volait, comme propulsé dans un espace intemporel, sans âges ni frontières. Un instant irréversible, je trouvai la paix.

Depuis, je n'ai plus quitté la terre du Sahara. Comme une troisième identité, j'ai élu port d'attache chez les touaregs et douze ans de ma vie j'ai vagabondé avec eux. Plus tard, j'ai traqué durant sept années les traces de l'uranium. Curieusement, je suivais des empreintes invisibles mais qui ne pouvaient pas s'enlever. Leur durée de vie dépassait l'entendement humain : deux milliards d'années. Aujourd'hui, je regarde le désert à travers les vitres d'un pick-up armé. Je ne fais plus que le traverser comme en terrain miné, évitant les traces des chars, des balles et des missiles.

Je repense souvent à cette nuit dans le Sahara, il y a plus de vingt ans. Je n'ai jamais retrouvé cette paix intérieure, mais elle continue de me hanter comme les pas des innombrables de chameaux qui passent et repassent depuis la nuit des temps sur les mêmes sentiers. Ils ont formé des sillons sur les sentiers caillouteux des montagnes et leurs empreintes sont si profondément gravées dans le sol que ni le vent ni la pluie ne peuvent les effacer. Elles guident toujours le voyageur solitaire comme moi, qui a suivi leurs traces tant de fois, le cœur confiant de trouver sur sa route un pâturage pour les chameaux, un point d'eau ou du bois pour un repas chaud. Elles sont comme un point d'ancrage dans cette vie où je me suis retrouvée, sur des terres dévastées que je ne voulais pas voir.

1

Tokyo-Sahara

Les racines d'une instabilité perpétuelle

Je suis née dans les villes de lumière, entre Paris et Tokyo. Mais aussi loin que mes souvenirs d'enfance remontent, j'ai toujours aimé le continent noir. Mon père français avait la passion des voyages et disait toujours : « Il faut se dépêcher de voyager, car tout fout le camp. » Il entendait par là que les restes du monde que nous avions eu la chance de voir jusque-là, nous ne les reverrions plus.

Cette sensation d'urgence ne le quittait pas, et chaque vacance scolaire était prétexte à une incursion dans les endroits les plus reculés du globe. À huit ans, j'avais visité une trentaine de pays et traversé une bonne partie de l'Ouest africain à bord de camions à bétail, croisé des troupeaux d'éléphants et séjourné chez les pygmées de la forêt équatoriale. Nous menions une vie itinérante au gré des déplacements professionnels de mon père, dont le goût pour le changement et l'aventure nous poussait chaque année à déménager.

Les tribulations de mon père nous menaient invariablement au Luxembourg, puis au Panama. Je crois que c'est dans la chaleur de ce pays d'Amérique centrale qu'il mit fin définitivement à sa carrière au Crédit Lyonnais. En 1981, il coupa le cordon marital et partit s'installer à Taïwan pour devenir *antik dealer*. Taipei était alors une ville « émergente », un bordel foisonnant d'odeurs et de couleurs où l'on mangeait des plats de nouilles et des oreilles de porc au milieu des pots d'échappement. Avec mon frère aîné et ma mère, nous fîmes escale pendant un mois dans son nouvel appartement perché au vingt-cinquième étage, avant de poursuivre notre route vers Tokyo, où nous allions habiter.

La nuit, nous suivions mon père au *night market*, un immense marché de nuit où l'on buvait du sang de serpent parmi les étals de trafiquants de peaux et de dents de bêtes sauvages. C'était un endroit très malfamé. Ma mère japonaise, qui était arrivée à Paris pour étudier le français, le chant et le piano quelque trente ans plus tôt, ne s'était jamais complètement habituée aux goûts de mon père pour ces endroits répugnants où il photographiait avec tendresse tous les rebuts de la société. Ils s'étaient rencontrés dans le Transsibérien, entre l'Europe et l'Asie, et mon père avait tout de suite eu un crush pour cette jeune nipponne débridée qui fuyait les conventions pour vivre une vie de femme au caractère bien trempé. Un amour commun pour la culture et l'art avait permis à leur union atypique de durer au-delà des espérances. À Taipei, ma mère laissait le temps à ma grand-mère Toyosaki de préparer notre venue. Elle n'avait pas vécu au Japon depuis qu'elle l'avait quitté étudiante. Pour ma part, je ne connaissais pratiquement pas ce pays et les quatre ans que j'y passai allaient réveiller une partie inconnue de moi qui entrait en conflit avec tout ce que j'étais jusqu'alors.

Bien sûr, ce n'était pas mon premier séjour au Japon. Nous avions l'habitude d'y passer les vacances d'été. Je me souviens du jardin de mémé Toyosaki, une jungle tropicale suintant l'humidité avec un étang où flottaient des poissons rouges. Ce jardin plein d'insectes, très éloigné de l'ordre serein des jardins zen, me terrorisait autant que le fait de devoir traverser pieds nus la maison et risquer de marcher sur un *gokiburi*, ce monstrueux cafards volant. Ma grand-mère avait l'habitude de les emprisonner dans une maison en carton empoisonnée, décorée avec des petites fenêtres et des briques rouges. Dès qu'elle la posait sur le sol, ils sortaient de tous côtés, sous les cris de mon frère et moi, qui étions perchés sur la table. Le Japon était alors pour moi le royaume de Hello Kitty, de Godzilla et des libellules géantes. C'était un pays humide, où se côtoyaient les senteurs du thé vert et l'odeur du moisi, une jungle apprivoisée où résonnait le cri des cigales et des grillons *korogi*.

Quand on s'installa chez ma grand-mère en 1982, le jardin me sembla ridiculement petit et le Japon beaucoup moins exotique. À presque douze ans, je n'avais de japonais que les yeux et les cheveux. Je détestais le rose, la mine effarouchée des Japonais de mon âge, et je répondais en français à ma mère pour tenter d'asseoir une identité unique déjà ébranlée par une vie aux quatre coins du monde. Ma grand-mère paternelle m'avait inculqué l'amour de la France à travers la littérature, la cuisine et, surtout, son humour au vitriol qui animait les déjeuners de famille. Empreinte du charme discret de la bourgeoisie, elle avait la moitié de son sang arménien et, bien qu'elle n'ait jamais vraiment vécu dans ce pays oriental, elle en avait le caractère et le nom : Essayan. La séparation de mes parents fut pour elle un vrai déchirement, de pleurs et de lamentations. Ma mère, impassible, promit que nous reviendrions bientôt. Les relations étaient difficiles entre ces deux femmes autoritaires et à la culture radicalement opposée. Souvent ma grand-mère reprochait à ma mère sa dureté et ma mère lui en voulait pour sa faiblesse. Pour ma part, c'est en arrivant au lycée franco-japonais de Tokyo que je me retrouvai avec des êtres hybrides qui parlaient une langue à part, le « franjanais », et une communauté, les *half*, dont je faisais malheureusement partie. La plupart de ces Franco-Japonais, nés au Japon, étaient parfaitement bilingues, contrairement à moi, qui n'avait de *half* que l'apparence. Pour la première fois, alors que je n'avais jamais eu de complexes, je me sentis inférieure. Certes, j'avais le choix d'apprendre, mais je restais dans la nostalgie de la France. Je vivais loin de mon père, dans une ambiance familiale un peu chaotique, et dans un Tokyo qui n'exerçait plus du tout la même fascination.

Préludes à quelques maux de la société japonaise

Chaque matin, je devais prendre la JR, la Japan Railway, pour aller à l'école. C'était un train jaune très long qui déversait trois rames par minute, toutes bondées d'hommes en costume bleu marine couvert de pellicules. La plupart étaient petits, portaient des lunettes et me fixaient d'un air crispé, détournant le regard quand je levais les yeux. J'avais quatorze stations à supporter, soit quarante-cinq minutes interminables, debout et écrasée au point de ne pouvoir bouger les bras. Et chaque matin, pour m'encourager, ma mère et ma grand-mère agitaient la main sur le pas de la porte en criant « *itterasshai* » (bonne journée !), puis ajoutaient « *kiotsuketene* » (fais attention), d'un air inquiet.

Je ne compris le sens de ces mots que le jour où je tombai sur mon premier *chikan*, un terme très usité au Japon pour désigner les obsédés sexuels du train. Incapable de bouger ni de hurler dans une foule anonyme et complice, j'ai senti des mains pénétrer mes parties intimes et ce fut pour moi comme un viol collectif au milieu d'un wagon de métro.

Il était impossible de savoir lesquels de ces hommes étaient en train de vous tripoter, on ne pouvait même pas se retourner, on était trop serrés. Le matin sur le quai, dans la queue bien rangée en face de chaque ligne numérotée de chaque wagon, il y avait déjà cette tension palpable, des regards de travers pour repérer sa proie ou son bourreau. Et dès que les portes s'ouvraient, les femmes essayaient de se ruer sur les côtés pour éviter de se retrouver encerclées au milieu. Ce qui était comique, c'étaient les quelques hommes respectables qui, pour éviter toute confusion, entraient dans le wagon les bras levés en tenant leur mallette au-dessus de la tête. Ils restaient ainsi, mains en l'air, jusqu'à leur station. À part ceux-là et les hommes qui dormaient profondément debout en se laissant bercer par le flot humain de la rame, tous les autres étaient des *chikans* potentiels.

D'abord tabou, le phénomène fut révélé dans les médias au fur et à mesure que les femmes prenaient de l'autorité dans la société japonaise. En 2001, la JR installa des wagons roses « Women only » aux heures de pointe.

Je mis longtemps à me défaire de mon dégoût des *salarymen* : ils avaient tous une haleine de saké refroidi, et sous leur attaché-case, un manga porno « lolicon » *(lolita complex)* mettant en scène des écolières qu'ils lisaient à côté de vous sans se gêner. Pour la fillette que j'étais, les hommes japonais étaient tous des pervers bons pour l'asile et les femmes, des lolitas souffre-douleur. C'est ainsi que, pendant quatre ans, de 1982 à 1986, je ne prononçai pratiquement pas un mot en japonais pour protester contre cette immersion forcée dans un pays que même ma mère avait fui et qui reflétait tout ce que je rejetais : l'ordre et la soumission.

Bushidō

De retour à Paris, je passai mon bac, puis entrai machinalement en faculté de japonais. À dix-huit ans, tout ce qui m'intéressait était de jouer du saxophone avec les Checkmate, un groupe de ska-reggae parisien. Nous avions enregistré deux morceaux sur une compilation et je me voyais bien vivre en tournée toute ma vie.

À part la musique, je n'avais envie de rien, mais je suivis le conseil de mon père qui m'avait dit : « Si tu apprends le japonais, tu pourras trouver n'importe quel travail, c'est une garantie pour l'avenir. »

D'abord ennuyeuses, ces études me révélèrent petit à petit la face insoupçonnée d'un Japon traditionnel, fier, valeureux et libre dans la mort. Je découvris l'âme des samouraïs à travers le livre de Maurice Pinguet, *La Mort volontaire au Japon*. Ce livre n'avait rien à voir avec les textes anciens que nous étudions en licence. Il abordait un sujet tabou. En France, nous étions en plein débat sur l'euthanasie et les préceptes religieux qui entravaient notre droit à la mort me révoltaient. Sans être une adepte du *seppuku*, je me sentais beaucoup plus proche des Japonais qui avaient su, depuis l'aube des temps, s'octroyer la liberté de mourir selon un code d'honneur poussé à l'extrême, le *bushidō*.

Maurice Pinguet décrivait la voie du guerrier en ces termes : « On n'a jamais exprimé avec plus de force et de simplicité la relation qui, liant la volonté à la mort, la délie de tout le reste [...]. Sans peur, sans reproche et sans espoir, le samouraï demeure indifférent à l'avenir, aux projets, aux succès, aux profits. Dans le mépris de la raison, son intimité avec la mort lui suffit, seul principe de toute vertu. » S'il existait encore des Japonais qui valorisaient l'honneur de la sorte, alors je voulais les rencontrer !

Le *seppuku*, cette incroyable force d'âme des Japonais, fut pour moi le moteur d'un nouveau départ à Tokyo en 1993, malgré le désaccord de ma mère, qui me dit que jamais je ne pourrais m'adapter à la société japonaise à moins d'entrer à l'université à Tokyo. Mais mon but n'était pas de continuer mes études, mais d'explorer l'âme japonaise. Curieusement, cette quête d'identité allait me mener au Sahara.

Tokyo bubble

En pleine explosion de la bulle économique, le Japon n'était pas la terre rêvée des samouraïs. L'argent coulait à flots et faisait régner une ambiance anxiogène et décadente. Tokyo était le royaume de la démesure, s'y côtoyaient le meilleur et le pire du Japon.

Un des clients français de mon père fréquentait un bar à hôtesses à Roppongi, le quartier de nuit. Il lui avait assuré que c'était un job convenable et bien payé. Il suffisait de faire la causette aux clients et de leur servir à boire. Mon père – toujours basé à Taïwan – m'avait encouragée à être indépendante et à ne pas m'éterniser dans les études. À peine trois jours après mon arrivée à Tokyo, je débutai donc au One Eyed Jack.

C'était un club immense, le plus gros de Tokyo, avec une centaine de tables entourant un pool-bar, une salle de jeux adjacente et un salon VIP à l'étage. Une soixantaine de filles russes, israéliennes, australiennes y étaient employées chaque soir. En général, elles travaillaient jusqu'à l'expiration de leur visa touristique de trois mois, puis sortaient une fois du territoire, et revenaient.

Le travail consistait en effet à discuter avec les clients, mais la particularité de ce boulot était qu'on changeait de table à tout instant selon les ordres du manager. En une heure, je pouvais me retrouver à une table de salariés japonais, puis à une table d'expatriés américains, et ensuite en tête à tête avec un yakuza. À chaque fois, le client nous payait des verres sur lesquels nous percevions une commission en plus de notre salaire horaire. En réalité, les hôtesses pouvaient toucher d'innombrables bonus. Si un client vous faisait une « *request* », on touchait un bonus, ce qui incitait les filles à dorloter les hommes qui avaient l'habitude de venir seuls. En dehors du club, si l'on dînait avec un client et qu'on le ramenait ensuite au club, on touchait un triple bonus, sans parler de généreux pourboires. Pour ma part, je m'en tenais au salaire de base, sans chercher les bonus ni les emmerdes.

Comme j'étais l'une des seules à pouvoir tenir une conversation en japonais, le manager m'avait prise sous sa protection. Le métier d'hôtesse est certes un dérivé un peu vulgaire de la geisha, mais il n'en reste pas moins un art de divertir par la conversation, ce qu'un Japonais peut apprécier, mais rarement un étranger. Les *gaijin* venaient souvent en bande pour draguer. C'étaient des hommes d'affaires de passage ou des GIs de la base américaine qui ne connaissaient pas grand-chose à la culture japonaise. Pour eux, il n'y avait aucune différence entre un bar à hôtesses et un go-go bar de Manille. Le terme d'hôtesse n'est pas une évidence pour tout le monde. À Paris, quand j'avais dit à mes amis que je travaillais dans un « *hostess club* », j'avais récolté des mines horrifiées : « Quoi ?! Tu bosses comme entraîneuse ?! » J'imaginais une sorte de coach féminin ou un personnage sadomaso. En réalité, le métier d'hôtesse consistait à tenir compagnie et pouvait se décliner en autant de variétés subtiles qu'il existait de clubs : cabarets, snacks, bars à karaoké, etc., flottaient sur les eaux troubles du *mizu shōbai*, le « commerce de l'eau ». Mon livre de chevet de l'époque, *La Mort volontaire au Japon*, décrivait les rituels des samouraïs, mais aussi les suicides des geishas et leurs amants. Depuis l'ère Edo, ces destinées tragiques avaient inspiré l'art et la littérature. Au Japon, yakuzas, prostituées et geishas composaient la face cachée d'une société ultra-hiérarchisée mais jamais empreinte de bigoterie religieuse : malgré les clivages sociaux, tout le monde se retrouvait à égalité et libre dans la mort.

Outre qu'il assurait mon indépendance financière, le One Eyed Jack était devenu mon premier terrain d'expérience pour sonder l'âme nipponne – et espérer ainsi comprendre certains points obscurs de ma personnalité. Au bout de la première semaine, j'étais allée voir le manager pour lui demander de me mettre uniquement à la table de Japonais. Paul était anglais. En plus de son côté gentleman british, il était l'un des seuls *gaijin* à parler le japonais et ne demandait qu'à donner au club un certain « standing » avec des filles d'apparence plus sérieuse. On me prenait souvent pour une étudiante étrangère, et dès que je parlais japonais les clients se montraient attentionnés et m'apprenaient patiemment des mots et des formules de politesse que je notais dans un carnet. C'est ainsi que je révisai à la hausse mon avis sur les hommes japonais : non plus des pervers lâches qui profitaient des femmes dans les trains bondés, mais des êtres délicats, gentils et curieux. De plus, comparé à un Occidental qui avait trop bu et devenait ou mielleux ou agressif, le Japonais saoul était l'innocence même : il s'endormait. Ses journées interminables n'y étaient pas pour rien.

Les *salarymen* étaient assez nombreux. Je les voyais arriver en groupe derrière leur boss, escortés en général d'un *bucho*, une sorte de manager dont le nom évoquait pour moi un tortionnaire. Il était souvent en train de chambrer ses subalternes et les encourageait à demander en anglais la taille de poitrine de l'hôtesse à côté, ou à faire des blagues en trinquant au son du *tchin chin* – qui signifie « zizi ». J'étais la seule à comprendre ce qu'ils disaient et l'on se moquait parfois d'eux entre filles, en anglais. Les *salarymen* de base étaient souvent de jeunes recrues qu'on amenait là après le travail, tous frais payés. Timides, réservés, très polis, c'étaient des mecs à la mine fatiguée qui seraient bien rentrés chez eux. Petit à petit, mon aversion pour le costard-cravate bleu du *salaryman* se mua en compassion. Je développai une sympathie pour celui qui, profitant du brouhaha de la table, me parlait de sa femme ou de ses gosses, de son désir d'emmener sa famille en France, de son admiration pour Jean Gabin ou son goût pour les berlingots.

À leurs yeux, la France était ce pays raffiné, capitale de la mode et de la culture, où l'on chantait sur les ponts des airs d'Édith Piaf pour les couples qui s'embrassaient. Je n'osais pas trop entacher cette image d'Épinal, mais parfois je leur faisais remarquer qu'il y avait énormément de merde sur les trottoirs parisiens et que, de manière générale, il fallait faire attention où l'on posait les pieds. Certains chefs d'entreprise me « réservaient » pendant presque une heure, car ils voulaient pratiquer le français. Il n'y avait jamais de « dérapages » : un Japonais ne s'aventure pas à draguer s'il risque de se faire rembarrer. L'important était de connaître ses limites quand on buvait, les filles n'étant pas là pour commander des jus d'orange. Le club était ouvert jusqu'à deux heures du matin en semaine, trois heures le jeudi et le vendredi, ce qui faisait beaucoup de verres par soirée. Le week-end, on était de repos, le club fermant comme tous les bars et restaurants qui se situaient dans un quartier d'affaires. Tous les commerces de Tokyo vivaient avec l'argent des cols blancs au rythme des jours ouvrables : le salarié comme l'entreprise avaient l'obligation de consommer ; en sortant après le travail presque chaque soir, ils contribuaient à faire tourner la machine.

Avec Haruka, une amie japonaise, je traînais toutes les nuits après le travail jusqu'à cinq heures du matin. Il fallait attendre le premier train pour rentrer. Nous habitions loin, dans nos maisons familiales respectives, et il n'y avait pas de services de chauffeurs en dehors du centre-ville où les hôtesses étrangères louaient des studios. J'avais rencontré Haruka dans le salon VIP du club, un endroit calme avec une musique d'ambiance et d'énormes bouquets de fleurs, où venaient discuter chefs de gang, patrons et personnalités de la télé, souvent accompagnés de femmes-amies ou maîtresses. La première fois qu'on me fit monter, c'était autour d'une petite table en verre où discutaient un sumo célèbre et son manager. Comme à chaque rotation, une hôtesse trinqua et partit pour me laisser la place. Je m'assis en me tenant bien droite, ne sachant trop que faire. Le manager m'avait expliqué que dans le VIP il ne fallait pas parler si l'on ne nous adressait pas la parole. Juste servir à boire et allumer les cigarettes. Le sumo était en grande discussion et riait d'une voix caverneuse en m'ignorant complètement. Finalement, une hôtesse japonaise vint prendre place en face de moi. J'admirai son style et sa manière de rire à gorge déployée, rare chez les Japonaises. Elle n'utilisait pas les formules honorifiques, mais savait mélanger des *mizuwari*, de l'alcool de patate douce et de l'eau chaude, sans en renverser une goutte. Elle m'observait en souriant. Quand je pris une cigarette, elle s'empressa de l'allumer avec son beau briquet. Je continuai à fumer tranquillement jusqu'à ce que je m'aperçoive qu'elle me prenait pour une cliente ! Elle devint rapidement ma meilleure amie.

Les nuits de Tokyo étaient pleines de bordels déguisés en salons de massage, bains et autres vitrines de bien-être qualifié en japonais de « *health* ». Cette profusion de sexe étalée au grand jour me semblait cacher un mal beaucoup plus grand. J'avais toujours gardé le souvenir des *chikan* et des mangas pornos qu'on lisait dans le train bondé. À Paris, les vitrines du sexe existaient bien sûr, mais elles se limitaient à des quartiers précis et aux boulevards périphériques où la prostitution s'exhibait sur le trottoir : les prostituées s'appelaient des prostituées, mais au Japon, elles n'avaient pas de nom et leur quantité était démesurée. Elles étaient partout, dans les cabines téléphoniques, les boîtes aux lettres, les supérettes, les journaux. Chaque grand quotidien avait une page de pub réservée au sexe, un peu comme si *Le Monde* publiait des photos de call-girls entre la bourse et les pages culturelles.

J'avais commencé à questionner les clients du One Eyed Jack sur cette anormalité. Ils riaient d'un air embarrassé et répondaient qu'ils n'y avaient jamais réfléchi mais que, pour eux, l'industrie du sexe au Japon n'était pas pire qu'à New York ou Bangkok. « C'est partout pareil ! *Shoganai*, on n'y peut rien », s'exclamaient-ils, sans se douter que le Japon était alors le premier producteur de films pornographiques au monde. Il n'y avait qu'à regarder l'histoire de cet archipel qui avait, un siècle plus tôt, rattrapé en une décennie le niveau des pays industrialisés pour comprendre que le Japon n'était pas une contrée comme les autres. Pour moi, le miracle économique dont on nous rebattait les oreilles à l'école n'existait pas : l'entrée dans la mondialisation s'était faite dans la sueur et le sang par le biais d'un système unique que je ne cernais pas encore mais qui avait engendré des monstruosités dans le genre de ce torrent de culs qui se déversait chaque jour devant nos yeux. Dès lors, que chaque matin il pût y avoir des milliers d'hommes qui se servaient de chair fraîche dans le métro n'était pas surprenant ; mais que personne n'en parlât me paraissait complètement dingue.

Je remarquai également ceci : aborder d'autres sujets sociétaux qui auraient fait l'objet de débats passionnés dans un bistrot parisien – par exemple, le taux de suicide hallucinant des écoliers – était tabou. Certes, l'endroit était peut-être mal choisi, mais ce n'était pas la raison de ce mutisme. Un soir, l'un de mes « clients » – un certain Tanaka, qui avait habité à l'étranger et s'était imprégné d'une autre mentalité – m'apporta quelques clés pour comprendre : « Au Japon, voyez-vous, il faut "lire l'air" avant de parler. » L'expression signifiait qu'en société, on flairait le climat ambiant avant d'ouvrir la bouche. Et l'air disait de consommer, de s'amuser et de ne pas parler de ce qui ne nous regardait pas. C'était extraordinaire, comme une dictature qui flottait dans le vent et nous soufflait à tout instant de ne pas déranger notre voisin par des paroles inopportunes. Nul besoin d'un tyran qui torturait ou emprisonnait, la liberté d'expression s'était effacée devant les bonnes manières. Ce qui était *in*, c'était de lire l'air, et ceux qui ne respectaient pas cette omerta étaient refoulés dans les tréfonds de la marginalité. Et c'est exactement là où je ne tardai pas à me retrouver.

Tokyo shit

Après hôtesse, toutes mes tentatives d'insertion socioprofessionnelle se soldèrent par un échec. J'avais cumulé en deux ans une bonne dizaine de boulots en entreprise japonaise – boîte de production, *fashion*, art préhistorique, mannequinat –, occupé le poste de secrétaire de l'ambassadeur de Djibouti, organisé des événements dans des clubs branchés, mais je n'étais jamais restée plus de trois mois.

Les heures supplémentaires non payées, les interminables meetings jusqu'à minuit dans les brasseries *izakaya* avaient mis mon esprit individualiste à rude épreuve. Surtout, je ne trouvais aucun travail qui justifiât un tel sacrifice. J'avais mis un pied dans pratiquement tous les milieux socioprofessionnels sans trouver ma place et ce constat me désespérait. Petit à petit, je sombrais dans un Tokyo qui allait prendre le visage d'un clown effrayant.

Tokyo était une ville où, en apparence, on sentait qu'on n'avait besoin de rien. Le babil incessant des haut-parleurs et des machines nous recommandait de ne pas oublier notre parapluie dans le métro, de faire attention à la marche, de bien prendre notre monnaie. Mais paradoxalement la sensation d'être pris en charge dans chaque geste de la vie quotidienne était accompagnée d'un sentiment d'isolement profond. L'État avait réussi à créer un système paternaliste qui semblait un modèle d'ordre, de propreté et d'unité. La gentillesse et la politesse naturelle des Japonais avaient engendré, par une sombre machination, une société schizophrène obsédée par le confort et la sécurité. Dans cette sécurité illusoire, les individus grandissaient avec les mêmes schémas formatés, du jardin d'enfants à l'entreprise, puis à la famille. Et apprenaient à se méfier de tous ceux qui affichaient un autre modèle. Contrôlés pour bien penser, ils apprenaient très vite à contrôler eux-mêmes ceux qui avaient des gestes louches, asociaux ou inciviques. Un voisin qui ne jetait pas ses poubelles le bon jour était montré du doigt, un conducteur qui garait sa voiture sans payer était dénoncé, un enfant qui n'avait pas la même couleur de cheveux que les autres était harcelé. Par ses dérives, le système engendra des sectes comme Aum. En 1995, les mois qui suivirent l'attaque au gaz sarin furent ce que j'ai connu de pire à Tokyo : nous avions littéralement l'ombre de Big Brother au-dessus de nos têtes.

Toute la ville semblait noyée dans un nuage empoisonné. La secte avait d'ailleurs prévu de bomber au gaz sarin les trente millions d'habitants afin d'instaurer un nouveau régime post-Armageddon. Dans cette course à la spiritualité pour donner aux fidèles une « expérience divine », la secte avait fabriqué des méthamphétamines, et repris une vieille tradition japonaise. Le speed ou « S » avait été inventé par un physicien japonais dans les années 1930, utilisé à des fins militaires pour les *kamikaze* pendant la Seconde Guerre mondiale, puis commercialisé comme antidépresseur sous le nom grec de Philopon. Après son interdiction, il était naturellement devenu la drogue la plus populaire au Japon, autant dans les milieux friqués du show-business que dans les couches défavorisées. Le nom officiel de cette drogue était *kakuseizai*, « ce qui vous met en éveil ». Dès qu'on en prenait, on pouvait atteindre le maximum de ses facultés physiques et mentales. Beaucoup d'artistes, de marginaux et de junkies moururent à cette époque, dont mon petit ami.

Yusuke était un *biker* solitaire, qui travaillait la nuit dans un club du quartier chic d'Omotesando et passait le reste de son temps sur sa moto chromée, dont le moteur avait un bruit caverneux et sensuel. J'avais découvert qu'il se camait un matin où subitement il était devenu complètement paranoïaque, persuadé que j'avais livré des informations sur lui au gouvernement. Il m'avait prise en otage dans ma propre maison, et livrée à un interrogatoire sur mon passé. Je passai des heures à rédiger des souvenirs qu'il lisait puis déchirait, après quoi il me demandait de lui répéter ces faits et gestes qui dataient pour certains d'une décennie ! J'avais un profil d'espionne.

Pour combler le vide qui m'envahissait peu à peu, j'avais commencé à expérimenter le monde des psychotropes en compagnie de Mayu, une chanteuse de rap qui s'était reconvertie dans la techno-trance. Reine dépareillée des raves, elle était dotée d'une énergie qui pouvait ranimer un mort. Plus jeune, elle avait composé des morceaux de soul et de rap qui avaient forcé mon respect : ses poèmes parlaient des oubliés de cette ville, des nuits insomniaques, blanches et toxiques. Mais les musiciens à Tokyo se faisaient de plus en plus rares. Ce qui payait, c'était d'être DJ. Au Japon, il n'y a pas de revenu minimum d'insertion, d'allocations logement, ni d'« intermittents du spectacle ». Tous les musiciens bossaient à temps partiel dans une supérette ou sur les chantiers pour payer leur loyer et leurs heures en studio. Pour tenir ce rythme harassant, beaucoup se dopaient en cachette.

D'un mépris complet envers les convenances, Mayu revendiquait ouvertement son goût pour la drogue, ce qui lui avait valu d'être bannie de l'industrie du disque après deux albums. Elle était de loin la plus marginale des Japonaises que j'avais connues. C'était une chanteuse avec une voix grave, une attitude, et encore très belle malgré dix ans de toxicomanie. En gros, c'était un vrai danger public, son nom de scène était d'ailleurs « Psycho-Mayu ». Malgré ses dérives, j'aimais sa personnalité extravagante, et quand on se retrouvait seules, on passait des heures à parler de révolutionner la société japonaise avec des projets musicaux qui ne se réalisaient jamais. Elle ne perdait pas espoir de voir cette route parsemée de cristaux s'ouvrir sur un horizon limpide. Pour ma part, chaque réveil faisait place à une désillusion féroce.

Un jour, lors d'une rave sponsorisée par PlayStation, la vision d'un monde futur horrifique se matérialisa. Le long d'un gigantesque couloir circulaire transformé en salle de jeux expérimentale, des centaines d'adolescents s'agrippaient à des manettes, actionnant des boutons avec un doigt spasmodique, le regard vissé sur l'écran. Le bruit des machines, les voix de synthèse, et les néons fluo explosèrent dans mon cerveau. Je me réfugiai dans l'obscurité du *dance-floor*. La techno envoyait des milliers de décibels dans un déferlement de marteaux cognant sur mes neurones avec un bruit d'enclume. Le goût métallique du LSD m'envahit la bouche. Mes yeux s'ouvrirent devant un monde de zombies. À côté de moi, un jeune couple, les traits déformés, dansait avec un bébé dans les bras. Crâne énorme, et yeux sortis de leurs orbites, l'enfant était en train de crier, mais comme moi, aucun son ne sortait de sa bouche. Je m'enfuis dehors. Mes amis rirent de mon *bad trip*. La nuit glacée avait fait place à l'aube et à une musique planante sur laquelle je dansai durant des heures. Ce n'était qu'un cauchemar. Mais au fond de moi, je savais que c'était un signal. Il fallait que je quitte Tokyo.

Rencontre avec le Sahara

Par une chance providentielle, c'est à ce moment-là que mon père me proposa de l'accompagner dans le Sahara.

Il avait choisi le Sud marocain, car l'un de ses amis, Jean-Claude, ancien para et fils de méhariste, organisait des treks et l'avait convaincu que le voyage en groupe était le seul moyen de visiter le Sahara sans se ruiner. Ce voyage l'avait déprimé dès les premiers jours. Nous étions avec quatre Français quinquagénaires, à sillonner le Sud marocain dans des 4x4 chargés de vin rouge, de fromage et de saucisson. C'était très loin des baroudages que nous avions l'habitude de faire et, après quatre jours de route, j'étais déjà lasse.

Puis nous entrâmes dans le désert. Jean-Claude s'élança sur les pistes… et se perdit. Le soleil tombait et nous étions toujours embourbés dans des cordons de dunes. S'ensuivit une série d'altercations avec Mohamed, son coéquipier, qui finit par prendre le volant et nous sortit des sables. C'est en pleine nuit et épuisés que nous arrivâmes dans un campement à peine éclairé, en contrebas d'une petite oasis.

À peine étions-nous sortis de la voiture qu'une dizaine de bédouins tout en blanc vinrent nous souhaiter la bienvenue au son des tambours et des flûtes. Mon père poussa des soupirs à fendre l'âme. Il détestait qu'on le prenne pour un touriste et n'arrêtait pas d'ébouriffer sa tignasse, signe de grande contrariété. On nous installa sous une belle tente traditionnelle et, pour la première fois, je commençai à me sentir bien.

Cet endroit n'avait rien à voir avec les luxueux riads de Ouarzazate et les bédouins n'avaient pas l'affabilité des Marocains. Il était très tard et le dîner, un peu tiède. Des remarques désagréables fusèrent – sur le couscous, le vin, la musique. Les bédouins parlaient à peine français, mais ils prenaient l'air farouche. Je vis dans leur regard qu'ils comprenaient tout. Impassible, Mohamed donnait de temps en temps des ordres brefs en berbère, mais il avait changé. Ce n'était plus le guide affable qui se prêtait sans rechigner aux séances photos avec sa djellaba et riait aux blagues un peu grasses des Français en vacances. Sous la tente, il avait mis son turban et ressemblait à un prince. Au loin, on entendait les musiciens qui avaient repris les derboukas et les tambourins. Mais ce qu'ils disaient n'avait plus rien à voir avec un tam-tam de bienvenue. Mon père roupillait déjà à moitié. Je m'approchai de Mohamed et nous commençâmes à fumer un joint sous le regard un peu choqué de l'assemblée. J'écoutais la musique en ressentant quelque chose d'étrange, comme une révolte. Je fis signe à Mohamed que je quittais la tente et il me suivit. Les musiciens étaient assis dehors, autour d'un feu au-dessus duquel bouillait une théière.

Je m'assis dans le cercle. Je me sentais comme une enfant qui a lâché la main de son père. À vingt-sept ans, je n'avais jamais voyagé seule, sauf au Japon, où ma quête s'était transformée en un gouffre à illusions. Perdue dans mes pensées, je tirais sur la pipe quand Mohamed me la tendait. C'était du kif très doux qui ramena mon esprit au présent. Autour de moi, les musiciens drapés dans des burnous blancs formaient une masse immobile et fière où seules les mains semblaient animées de passion. Leur regard, adouci par l'effet du kif, brillait d'un éclat fauve. Ils chantaient des litanies en berbère qui sonnaient comme une prière, répétée à l'infini. Petit à petit, j'eus l'impression que les tambours me parlaient. Je me laissai bercer et envelopper par ce chant, dodelinant de la tête. Mais il y avait toujours une pensée qui venait déranger ma quiétude. C'étaient les démons du passé qui me torturaient et m'enchaînaient.

Brusquement, je me levai. Il fallait que j'aille marcher seule. Il faisait nuit noire. Lentement, je me dirigeai vers le haut de la palmeraie. Il y avait une dune, en haut de laquelle se tenait un dattier. Je m'assis un moment sous son ombre caressante. Le vent faisait danser ses longues palmes sur le sable blond. Tout était si calme. Je me relevai – et tout chavira. Le désert était là, nu devant moi dans sa beauté fulgurante, ses courbes rondes ondulant à l'infini sous les milliers d'étoiles. C'était comme un mirage, un conte des mille et une nuits, je me sentais comme téléportée par une force mystérieuse. Mon âme irradiait dans le désert, touchée par sa grâce à cet instant fugace, irréversible.

Je revins m'asseoir dans le cercle des musiciens. Ils s'étaient arrêtés de jouer et prenaient une pause en buvant du thé.

J'en aspirai longuement, en silence, repassant dans ma tête les événements de cette nuit bizarre, notre arrivée catastrophique, mon père et le groupe d'un côté, moi de l'autre, qui me sentais en complète communion avec des hommes que je ne connaissais pas. Tout ça n'avait aucun sens. Qu'importe, semblaient dire les tambours qui frappaient de plus en plus fort, répétant les chants de transe. Dans l'intimité des braises rougeoyantes, je voyais les vieux bédouins qui riaient en me montrant leurs dents cassées, tandis que je dansais, les bras levés vers le ciel. Ainsi nous communiâmes ensemble, tard dans la nuit. Les musiciens rentrèrent et je restai avec deux jeunes bergers à marcher dans le désert jusqu'à l'aube, fumant du kif sous la Voie lactée, poursuivant des ânes, puis traversant sur leur dos l'oasis endormie cernée par les sables. On s'endormit dans une case en terre, serrés les uns contre les autres sous les burnous, dans la froideur bleue du petit matin.

C'est là que Mohamed vint me réveiller pour partir.

Mission impossible

Cette nuit dans le désert changea ma vie. J'étais comme illuminée de l'intérieur et, pour la toute première fois, je me sentais en paix avec moi-même. De retour à Tokyo, tout le monde me trouva transformée.

« Tu as rencontré quelqu'un ?

– Non, pas vraiment.

– Comment ça, pas vraiment ?

– Je suis tombée amoureuse du désert... »

Mes amis japonais explosaient de rire en me demandant comment c'était possible. Sur cet archipel à la nature luxuriante, le désert était un monde sans eau, sans animaux, sans arbres, sans pluie, ils ne se seraient jamais doutés que des hommes pussent y habiter. D'ailleurs, le seul ouvrage connu sur le Sahara était l'œuvre posthume d'un jeune Japonais qui, dans les années 1970, avait tenté de traverser seul, à chameau, huit mille kilomètres depuis la Mauritanie jusqu'à l'Égypte. Il était mort de soif. En France, au contraire, les histoires d'explorateurs avaient alimenté la mythologie du désert depuis déjà un siècle. La réputation du Sahara, l'appel du désert et le mystère des hommes bleus n'étaient plus des scoops. Mais à l'époque je n'avais rien lu, je me trouvais à Tokyo, et Internet n'existait pas. Coupée du monde sur cet archipel où les actualités internationales occupaient seulement deux minutes du journal télévisé, je pouvais librement laisser place à mes rêves sans être distraite. Je n'avais qu'une idée en tête : repartir au Sahara. Mais comment ? Même en gagnant de l'argent, ça ne me servait à rien, me disais-je. Je ne pouvais pas débarquer au hasard au Sahara ! Pour y faire quoi ? Je n'en savais rien. Il me fallait une occasion, il me fallait croire que c'était mon destin.

Après trois mois, la lumière commença à s'éteindre. Je m'enfermai dans un long sommeil. Nous étions en été, les cigales chantaient à tue-tête la même note, inlassablement, *mi mi mi mi*. C'était la fête des morts, le mois des esprits, celui des spectres aussi, de Hiroshima et Nagasaki. Ma mère était revenue au Japon pour s'occuper de Mémé atteinte de Parkinson, arroser le caveau des ancêtres et régler de sombres histoires de famille. Je pense qu'elle s'inquiétait aussi sérieusement pour mon sort, mais elle ne me posait pas de questions. Ma mère avait une foi à toute épreuve : elle était chrétienne et avait essayé de m'inculquer cette religion – en vain. Quand j'avais découvert comment les prêtres s'étaient servis de leur crucifix pour asservir les peuples autochtones, j'étais arrivée à Notre-Dame pour la messe de Noël avec une iroquoise, des Doc Martens, et vêtue comme un corbeau de mauvais augure. Ma mère m'avait ordonné de rentrer à la maison et ne m'avait plus jamais demandé de l'accompagner. Pourtant, au fond de moi, je croyais aux anges. C'était la seule partie que j'aimais bien dans la Bible, ma mère ayant l'habitude de dire que notre famille était protégée et que de puissants anges veillaient sur nous.

L'un d'eux prit un jour, au téléphone, la voix d'un ange noir. À l'autre bout du fil, je reconnus Youl, un percussionniste guinéen que je n'avais pas revu depuis des lustres. Il avait épousé une Japonaise, fondé une famille et vivotait de concerts, de cours de djembé, et de danse africaine. On avait fait quelques sessions ensemble et un concert dans un bar de la capitale. Mais il ne m'appelait pas pour cela.

« J'ai rencontré un ami japonais hier, un pilote du Paris-Dakar qui a une ONG en Afrique, il cherche un interprète sachant le français, j'ai pensé à toi. Il fait des missions humanitaires pour aider les populations, mais aussi pour s'entraîner avant le rallye.

– Oui, je comprends. »

En réalité, je ne comprenais rien, mais cela n'avait aucune importance. Seul résonnait dans mes oreilles le mot « Afrique ».

« C'est un boulot de volontaire, ils ne paient que les frais, et en plus la mission est en Mauritanie, il fait hyper chaud là-bas.

– En Mauritanie ? répétai-je bêtement.

– Oui, dans le désert, pour le rallye. »

Par quelle coïncidence extraordinaire ce Guinéen me parlait-il de désert ? J'en restai coite. Puis je me ruai dans ma chambre pour sortir la carte de l'Afrique. Sous mes yeux émerveillés, la Mauritanie déploya son immense territoire entièrement couvert de jaune depuis l'océan Atlantique. Le Sahara !

Obtenir ce travail ne fut pas difficile tellement j'étais possédée par cette mission. Le chef, Kanamori, était un Japonais de petite taille, avec des lunettes et des yeux minuscules qui lui donnaient un air de furet. Il regarda mon CV avec beaucoup d'intérêt et une sorte d'incrédulité. Mon parcours professionnel faisait trois pages sans qu'on puisse dire à quelle catégorie j'appartenais. Il jugea cependant que mon japonais était suffisant pour la mission que je devrais accomplir : sillonner le désert en distribuant des médicaments et en installant des panneaux solaires et des radios sans fil. En parlant du Sahara, les yeux de Kanamori s'agrandissaient. En 1993, il avait été classé 55e du rallye, soit bon dernier, en s'embourbant dans les sables d'El-Goléa, aux confins du désert algérien. Il s'était juré de revenir dans la course. Mais auparavant, il avait créé une ONG et trouvé une combine d'enfer pour se faire sponsoriser un entraînement dans les sables moyennant des missions humanitaires en Mauritanie. L'ONG qui allait me sauver s'appelait Save Africa… et le départ était prévu le 1er novembre. Comme avait dit Youl, les interprètes étaient bénévoles, mais tous les frais étaient pris en charge depuis le Japon et durant la mission, qui devait durer un mois.

Le soir même, j'annonçai glorieusement à ma mère que je partais en mission humanitaire en Afrique. Elle poussa un cri de joie : « Oh ! c'est formidable ! » Maman me disait souvent qu'elle me voyait bien adopter des « petits Africains », je n'avais aucune idée où elle était allée chercher une idée pareille et je me disais que ce devait être une sorte d'amalgame avec Mémé qui parrainait l'éducation d'enfants au Kenya *via* Unicef Japon. On en riait avec mon frère, surtout que ma grand-mère avait peur des Noirs. Ma mission était dans deux mois et ma mère décida de liquider au même moment l'appartement de Mémé que j'occupai seule depuis presque cinq ans. Ma grand-mère devait recevoir des soins intensifs dans une maison médicalisée et moi, je n'avais pas de quoi payer un logement. C'était le timing idéal pour quitter Tokyo.

Je me souviens vaguement avoir aidé ma mère à préparer le déménagement. Nous avions pourtant l'habitude, mais à chaque fois c'était un drame. Il fallut trier les affaires de ma grand-mère, séparer celles qu'on envoyait dans la maison de campagne de Karuizawa, celles qui partaient à Paris, se séparer de la plupart des meubles de famille. À Paris, nous avions déjà un garde-meubles plein des divers déménagements précédents. Ma mère avait épousé cette vie de bohème en même temps que mon père, mais n'était pas faite de la fibre nomade. Elle était très attachée à ses affaires et souffrait de s'en séparer. Le déménagement avait été fixé le 1er novembre, soit le matin de mon départ pour Nouakchott à 23 h 30.

La veille, rien n'était vraiment prêt, ma mère était exténuée et des paquets non triés gisaient çà et là. C'était un vendredi et Mayu m'avait appelée pour m'inviter à une super fête. Je savais que je n'allais pas la revoir de sitôt et je voulais célébrer en quelque sorte mon départ du Japon. C'était une très mauvaise idée. Je suis revenue à huit heures du matin, et j'ai regardé avec un air de zombie ma mère, les déménageurs et les cartons ouverts partout. Ma mère m'a dit sèchement d'aller préparer ma valise. Elle-même devait quitter Tokyo le soir même pour aller passer quelques jours à Nagano. C'était la fin d'une époque, peu glorieuse pour moi, douloureuse pour la famille Toyosaki. Le déménagement se termina *in extremis* avant ma navette pour l'aéroport. Je reçus la bénédiction de ma mère qui agita la main en bas du bus et, la fatigue aidant, j'éclatai en sanglots en quittant les trottoirs gris où j'avais laissé tant de choses inachevées. Une phrase de mon père me revint vaguement en mémoire : « La vie est une question de mathématiques : tout ce que tu sèmes, tu le récolteras un jour. »

Personne ne remarqua mon air de mort-vivant à l'aéroport. Devant le comptoir Air France, j'enregistrai sans encombre une valise qui pesait presque trente-cinq kilos avec mon saxophone et fis connaissance du reste de l'équipe. Nous étions environ huit, dont deux autres filles interprètes et Kanamori, qui m'avait embauchée. La mission débutait à Nouakchott, où deux autres membres nous attendaient avec des 4x4 pour partir presque immédiatement vers les confins sahariens de Chinguetti. J'avais réussi à négocier un retour open sur Tokyo avec Kanamori, en lui expliquant que je ferais un stop prolongé à Paris après la mission. Je me rappelle la gaieté et l'excitation qui entouraient notre équipée pendant que nous nous dirigions vers la douane. Les filles n'arrêtaient pas de me poser des questions sur le désert, qu'elles devaient confondre avec l'Équateur, avec des serpents, des mouches, elles n'avaient jamais mis les pieds en Afrique. Je les rassurais comme je pouvais, décrivant un endroit paradisiaque, où l'on sirotait du thé sous des palmiers devant un océan de dunes au soleil couchant. Je n'avais jamais voyagé dans un cadre professionnel à l'étranger, de surcroît avec des Japonais, et j'étais sincèrement ravie de voir que mon expérience en Afrique allait servir à quelque chose. Je me souviens ensuite de la grande salle où l'on passe les contrôles d'immigration ; à cette heure tardive, elle était presque déserte. Le policier regarda mon passeport, puis demanda ma carte de séjour. Le Japon octroyait des visas spéciaux à ses ressortissants « bâtards », qui devaient les renouveler tous les trois ans. Le policier m'annonça que le mien était périmé depuis deux jours. Je le regardai en mettant ma main devant la bouche comme une enfant.

« Je suis désolée, vraiment, j'ai complètement oublié. » Le policier examinait maintenant chacune des pages de mon passeport, recouvertes de visas de toutes formes – Papouasie, Pakistan, Yémen – que nous ne nous lassions pas de regarder avec mon père. « Tout de même, ce n'est pas de chance, à quarante-huit heures près... Et vous pensez que je peux régler ça à mon retour ? » Je continuais de parler au policier sans comprendre la malchance inouïe qui était en train de s'abattre sur moi. Il referma mon passeport, prit ma carte d'embarquement et me demanda de le suivre.

Au bureau d'immigration de l'aéroport, un fonctionnaire m'annonça que je me trouvais en situation illégale sur le territoire japonais. J'avais beaucoup de mal à saisir ce qu'il voulait dire par là. Le terme d'immigré clandestin n'était pas une notion très claire pour moi, à l'époque. Le Japon ne reconnaissait pas la double nationalité, mais fermait les yeux sur les *half*, qui gardaient deux passeports si ceux-ci avaient été faits avant l'âge de dix-huit ans. Dans mon cas, il était trop tard, car pour des raisons obscures ma mère n'avait pas fait cette demande d'identité au Japon pour ses enfants. Mais pour moi, passeport japonais ou non, cela ne changeait rien du tout au fait que j'étais à moitié japonaise. « Je ne suis pas une immigrée », articulai-je. Je n'avais pas dormi depuis vingt-quatre heures et ma lucidité commençait à vaciller. Le fonctionnaire hocha la tête, demanda le nom de ma mère, vérifia encore que je résidais au Japon depuis cinq ans. Il était évident que l'expiration de mon visa était due à un simple oubli. Il n'y aurait pas de sanction, me rassura-t-il. Puis il répéta pour la seconde fois que je devais régulariser ma situation au bureau central d'immigration de Tokyo. Je ne comprenais pas. Ce type me cachait quelque chose. Il affirmait qu'il n'y aurait pas de sanction et dans le même temps il était en train de me dire que je devais refaire un visa à Tokyo, alors que je m'apprêtais à embarquer pour Nouakchott ! Je demandai à parler à mon chef de mission, qui m'attendait de l'autre côté et me faisait des signes pour savoir si tout allait bien. Quand il sut de quoi il s'agissait, il réagit comme moi, ce qui me soulagea. C'était un oubli stupide de ma part, et le consulat de Mauritanie qui avait fait les visas aurait dû le prévenir que mon visa de séjour allait expirer avant la date de départ. Entretemps, Suzuki, son bras droit, était aussi entré dans le bureau et, à deux, ils tinrent un discours merveilleux sur ma mission bénévole au sein d'une organisation humanitaire pour sauver l'Afrique. Ils insistèrent sur le fait que si je ne partais pas, la mission serait annulée, en d'autres termes ce fonctionnaire aurait des milliers d'Africains sur la conscience. Sous d'autres tropiques, il aurait suffi de lui glisser quelques billets sous la table pour obtenir un coup de tampon, mais le Japon ne faisait pas partie de ces pays. Ici, la corruption ne s'improvisait pas, elle s'organisait. Embarrassé, le fonctionnaire écoutait la situation dramatique d'un pays qu'il ne situait même pas sur la carte, tout en faisant semblant de joindre son chef, qui, vu l'heure tardive, devait de toute façon être rentré chez lui. L'heure de l'embarquement approchait. Le fonctionnaire était juste un fonctionnaire, son devoir était d'appliquer le règlement et sûrement avait-il été diplomate pour gagner du temps. Le téléphone sonna. Nous crûmes naïvement que c'était son chef qui se manifestait pour nous donner le feu vert. Au lieu de cela, il mit son interlocuteur en attente et, d'une voix froide que je n'oublierai jamais, il me demanda la couleur de ma valise.

Dans la vie, il y a parfois de grands moments de solitude. Me retrouver seule avec mes valises dans cet aéroport, à minuit, sans maison, et en situation irrégulière, en fut un. Les autres membres de la mission s'étaient envolés sans moi, après m'avoir jeté des regards désolés de l'autre côté de la vitre du bureau d'immigration. J'avais agité la main en souriant, comme si cette mise en scène avait fait partie du plan : « Ne vous en faites pas, c'est juste un petit contretemps, je vous rejoins par le prochain vol ! » Pour la première fois, on m'avait « refoulée ». C'est le terme qui convient lorsqu'on vous bloque la route et qu'on vous renvoie en arrière – même si vous avez fait des milliers de kilomètres à pied – à cause d'un papier. J'étais aussi sans travail et les chances de revoir le Sahara me paraissaient extrêmement limitées. Le chef de mission avait été coopératif jusqu'au bout et m'avait dit qu'ils m'attendraient à Nouakchott jusqu'au 6 novembre. Ensuite, ils devraient partir dans le désert et ce serait trop tard.

Quand on connaît les délais d'obtention d'un visa du bureau d'immigration, c'était mission impossible. Mais j'avais commis une faute professionnelle très grave, et promis à Kanamori de trouver une solution. Dans le dernier train pour Tokyo qui m'amenait chez Haruka, ma vieille amie du One Eyed Jack, j'eus un fou rire nerveux en regardant mon agenda : le prochain vol pour Nouakchott le mardi 4 au soir était la seule option pour arriver à temps. Mais demain nous étions un dimanche, et le lundi 3 était un jour férié, ce qui reportait au 4 toute tentative de sortir de cette galère. Un jour pour rattraper ma vie, pensai-je hilare.

Je m'endormis le cœur serré en pensant à ma mère, persuadée que les anges m'avaient abandonnée car je ne l'avais pas aidée. Cette angoisse me paralysa littéralement pendant mon sommeil. Au Japon, on appelle cela le *kanashibari*, qui veut dire « ligoté par le métal », un état de sommeil éveillé où l'on se sent enchaîné sur son lit sans pouvoir bouger ni se réveiller. Mais quand on prononce ce mot sans le voir écrit en idéogrammes, on entend *kanashi*, « triste ». Comme si toutes les âmes tristes du monde se rassemblaient autour de vous pendant votre sommeil et vous asphyxiaient avec le pire des sentiments : le regret.

Je passai toute la journée du dimanche à dormir. Le *kanashibari* avait laissé place à un sommeil réparateur et à des rêves où je serais bien restée plongée le reste de l'année. Mais ma conscience me rappela à l'ordre. J'avais fait marche arrière, ce qui était déjà un échec, et si je ne trouvais pas de solution, j'allais rester coincée à Tokyo dans un dénuement total. Cette pensée désespérante me fit émerger de la nébuleuse noire. J'étais certes en séjour illégal, mais là on m'empêchait de sortir au lieu de rentrer, ce qui était complètement insensé. On ne pouvait pas m'interdire de sortir du territoire ! J'allais demander non pas un renouvellement de visa, mais un permis de sortie ! Cette idée me parut lumineuse. Je ne savais même pas si ça existait mais je n'avais rien ni personne pour me contredire. Haruka, à deux mille lieues de ces problèmes, hochait la tête en m'encourageant à coups de « *Gambatte !* », fais de ton mieux, tandis que sa mère me préparait frénétiquement un bol de riz et du poisson pour le petit-déjeuner. Nous étions mardi 4 et je jouais ma dernière carte.

En plein cœur d'Otemachi, le quartier de la bureaucratie japonaise, le bureau d'immigration s'étalait sur plusieurs étages parfaitement organisés en divers secteurs. On y croisait des Asiatiques, des Iraniens, des Israéliens. Malgré les longues files d'attente, tout était fait pour que chacun ait son tour. Il suffisait d'être patient. Les formalités requéraient elles aussi une bonne dose de persévérance. Un visa comme le mien nécessitait un nouvel acte de naissance, un certificat de résidence, d'affiliation, un avis d'imposition. Autant dire que si j'avais voulu les réunir, la mission aurait eu le temps de faire le tour de la Mauritanie. J'avais vu mon père s'acharner à des postes frontières pour obtenir un visa ou un droit de passage. Il était même capable d'appeler le chef d'un restaurant s'il s'estimait lésé. Il ne supportait pas de se faire avoir. À force de l'observer, j'avais compris qu'il ne servait à rien de discuter avec un employé si l'on ne pouvait pas le corrompre avec un bakchich, mieux valait s'adresser directement au chef. La seconde chose était de faire sentir qu'on était très important.

Au guichet, je sortis une réservation d'avion que Kanamori m'avait faxée. J'avais un vol ce soir et il me fallait un permis de sortie, c'était urgent. Avec un ton très poli, l'employé me renvoya à un autre guichet, qui m'orienta vers un troisième guichet. Personne ne savait évidemment ce qu'était un permis de sortie, mais l'avouer eût été perdre la face. On m'envoya finalement à un chef qui me reçut dans une pièce privée. C'était un monsieur aimable, jeune, qui regarda mon passeport avec intérêt. Il me posa des questions sur ma vie au Japon et ma mère, et m'écouta attentivement. Il jugea que je n'étais pas une criminelle : il n'y aurait donc pas de poursuites judiciaires. Mais il était impossible de refaire un visa en une seule journée. Je lui répondis que je devais quitter le Japon le soir même pour une urgence et demandai une autorisation spéciale de sortie : je referais mon visa en rentrant. Il n'avait jamais eu affaire à une demande d'autorisation spéciale de sortie, en réalité cela n'existait pas, seulement dans le cas où une personne était expulsée du territoire pour faute grave. Il m'expliqua que, même s'il appliquait ce type d'expulsion à mon cas, les conséquences pouvaient être très graves, car j'aurais alors un dossier, et cela risquait de compliquer mes prochaines demandes de visa, voire de m'interdire de revenir au Japon.

Je réfléchis à ce qui était le pire : avoir éventuellement, plus tard, des problèmes avec les autorités, ou gâcher maintenant ma seule chance de retourner au Sahara. Je ne désirais qu'une chose à ce moment-là, c'était de partir. Ma réponse le consterna :

« Je ne souhaite plus revenir au Japon.

– Vous êtes sûre de ce que vous dites ?

– Oui, absolument sûre. »

C'était archi faux, mais ça marcha. Le chef prit mon passeport et me dit d'attendre. Je priai tous les dieux pour qu'il n'aille pas voir un autre chef, mais il revint avec mon passeport, scellé d'un tampon de prolongation de séjour de vingt-quatre heures et de deux tampons rouges de sortie du territoire. J'avais été expulsée !

Retour en mode Paris-Dakar

Quand j'arrivai enfin à Nouakchott, je fus accueillie en héroïne. Personne n'avait cru que je viendrais. C'était un miracle. Quand je leur eus expliqué que j'avais demandé à être expulsée, je passai au statut de martyre : j'avais sacrifié ma vie au Japon pour venir en Mauritanie ! Les deux jeunes interprètes pleuraient d'émotion, bredouillant qu'elles se sentaient complètement seules et déboussolées : depuis qu'elles étaient à Nouakchott, rien ne se passait comme prévu ! Pour un Japonais, la désorganisation africaine peut être totalement anxiogène... Elles me racontèrent que les quatre pilotes de rallye avaient passé leur temps à préparer les Toyota, mais que l'équipement destiné aux dons n'était toujours pas arrivé. Or, ne pas respecter les délais de livraison est, au Japon, le comble de la grossièreté. Elles avaient donc servi d'intermédiaires, traduisant les plaintes de leurs chefs à des Maures pour lesquels le mot « vite » n'avait probablement aucun sens. Bref, si ma petite aventure au poste de police de l'aéroport Narita et mon retard de cinq jours avaient discrédité ma cote professionnelle, mon arrivée miraculeuse avait suscité un regain d'enthousiasme dans le groupe. Pour être honnête, j'étais plus investie dans ma quête personnelle que dans l'ONG Save Africa, mais je pris la tournure inespérée des événements comme un bon coup du destin.

Notre mission en Mauritanie n'avait rien d'une aventure. Nous roulions dans des 4x4 climatisés et bariolés de marques de sponsors, chargés cette fois de nouilles instantanées, de soupes miso et de boissons vitaminées. Notre arrivée dans les villages maures était un spectacle, y compris pour moi. J'observais tous ces Japonais suréquipés de GPS, de talkies-walkies, habillés avec des combinaisons rouges Toyota – moi y compris –, qui débarquaient dans des hameaux en terre construits autour d'une palmeraie et d'un puits. Des maures grands et secs, le visage anguleux et un regard de braise, nous accueillaient et recevaient nos dons avec une gratitude mêlée d'une sorte d'indifférence. La question de l'entretien de ces appareils solaires et électriques *made in Japan* s'était vite posée dans ces contrées sans service après-vente. Au début, les membres de notre équipe s'entendaient bien et l'ambiance était décontractée. Mais à mesure que nous progressions plus profondément dans le reg, on sentit une tension palpable, comme si le désert amenait avec lui des prises de conscience. Les âmes commençaient à se dévoiler. Il n'y avait plus de rang ni de classe sociale, même la hiérarchie perdait toute son importance dans ces immensités arides. Le vent agissait comme un décapant, raclant les surfaces inutiles, nettoyant l'esprit pour ne laisser que l'essentiel.

Au bout de vingt jours, le groupe s'était divisé en deux. D'un côté, les partisans du rallye ; pour eux, les missions d'aide étaient un complément et leur entraînement sportif était la priorité. De l'autre, les bénévoles, qui étaient venus dans un but humanitaire et demandaient plus de temps quand ils opéraient sur le terrain. Évidemment, des enjeux économiques justifiaient les deux parties. L'entraînement du rallye était sponsorisé par des groupes automobiles, mais aussi par des entreprises de communication qui axaient leur marketing sur l'aide aux populations locales. Mais faire de l'humanitaire tout en roulant à deux cents à l'heure n'était pas une tâche facile. En fait, à part les quatre pilotes, tout le monde en avait assez de se faire ballotter à l'arrière. Nous faisions des détours par des cordons de dunes pour que les pilotes puissent s'entraîner, passant des heures à escalader les colonnes de sable mou dans le vrombissement assourdissant des moteurs. Un jour, nous nous sommes perdus dans un erg. Dahou, le Mauritanien qui guidait la mission, a proposé de prendre la place du chauffeur mais on l'ignora, préférant se fier au GPS. La nuit tombait et nous n'arrivions pas à faire un kilomètre sans nous ensabler. À bout de patience, Dahou prit de force le volant et fonça dans les dunes avec une telle énergie qu'il ne lui fallut pas plus de quelques minutes pour nous sortir de l'erg. Notre pilote national en resta médusé, tandis qu'à l'arrière les « humanitaires » cachaient mal leur enthousiasme. Dahou habitait Nouakchott, mais il avait été guide touristique, il savait se repérer aux étoiles et aux traces. Pour ma part, j'avais compris depuis le début que voyager dans le désert en 4x4 n'était pas mon truc.

Je regardais le désert à travers une vitre fermée, la clim à fond, en rêvant à tous les endroits où l'on aurait pu s'arrêter pour camper. Mais la mission ne prévoyait pas de « bivouacs » – nous étions tenus par des règles de sécurité (considérant la valeur des Toyota et leur effet sur un nomade, c'était compréhensible) et nous dormions dans des cases aux abords des villages. Plus les paysages devenaient somptueux, plus je ressentais une envie de partir.

Un jour, au détour d'un col de montagne, notre convoi fut stoppé par une caravane d'une cinquantaine de chameaux. Les bêtes avançaient dans un nuage de poussière, chevauchées par des maures enturbannés jusqu'aux yeux, vêtus de hardes trouées, qui passèrent sans même nous jeter un regard. À partir de cet instant, je ne pensai plus qu'à voyager à dos de chameau. Quand la mission se termina à Nouakchott, où nous passâmes une unique journée de repos sur la plage bordée de l'océan Atlantique, j'annonçai à Kanamori que je resterais là une semaine de plus, jusqu'à l'expiration de mon billet. Cela me donnait juste le temps de retourner en taxi-brousse jusqu'à l'oasis de Chinguetti, où j'avais arrangé un deal avec l'un de nos partenaires. Il m'avait trouvé deux chameaux et un guide. Mon guide était un vieux maure qui ne parlait pas un mot de français. Je me suis dit que c'était bon signe.

J'ignorais que Chinguetti était une des destinations favorites des amateurs de randonnées chamelières. Le voyage se passa mal dès les premiers jours. J'étais littéralement tirée à chameau par mon guide qui, lui, marchait devant moi. Je ne comprenais pas pourquoi il ne montait pas, nous ne pouvions pas communiquer dans ces conditions et je me sentais ridicule. Chaque jour j'espérais qu'il monterait le second chameau, jusqu'à ce que je m'aperçoive qu'il n'y avait qu'une seule selle. C'était le prix que j'avais payé. En fait de caravane, j'avais eu droit à une promenade touristique autour de Chinguetti.

Ma déception fut à la hauteur de mes attentes. J'étais hors de moi. Je réussis néanmoins à camper chez des nomades au lieu de continuer la route. Les femmes me coiffèrent, m'apprirent des mots en hassanya, et leur rire fut l'unique bon souvenir de ce tour à chameau.

Le dernier jour, cependant, il y eut comme un signe du destin. Un voyageur seul croisa notre route. Il montait fièrement un méhari harnaché de cuir. Il se pencha en avant pour saluer mon guide, s'approcha de moi et, d'un geste dédaigneux, arracha la corde des mains du guide pour me la donner. Je ne vis que son regard, qui me transperça. Ce jour-là, je me jurai que plus jamais je ne me laisserais mener par la bride.

2

Quarante jours en caravane de sel

(Niger, 1998)

Prélude à la caravane

Il paraît que les militaires mettent au point des stratégies de survie en étudiant le terrain et en prenant un guide uniquement en cas de besoin. Après l'échec du voyage en Mauritanie, j'avais commencé à réfléchir à un moyen de voyager dans le désert avec les nomades sans passer par un circuit touristique. Au même moment, à Paris, ma mère avait trouvé dans une petite annonce une offre d'emploi de la JICA, la coopération japonaise. Elle offrait un travail d'interprète de trois mois à Niamey, au Niger, dans le cadre d'une mission de lutte contre la désertification. C'était un vaste projet bilatéral englobant plusieurs pays du Sahel et je n'avais pas les compétences requises pour traduire des rapports d'experts. Mon japonais était très imparfait, mon expérience se limitait à la dernière mission en Mauritanie, et la date limite pour candidater venait d'expirer. Cependant, ma mère insista : « Il faut absolument que tu envoies ton CV aujourd'hui ! » Et sur ce, elle posta en express une lettre de motivation qu'elle avait écrite dans un japonais raffiné, agrémentée d'un portrait au format carte postale tiré de mon « book », car je n'avais plus de photo d'identité. Malgré mes protestations, elle me convainquit de l'urgence de la situation. Je ne pouvais pas passer ma vie à faire des intérims ! Contrairement à moi, elle était persuadée que j'avais toutes les chances d'être recrutée par le ministère des Affaires étrangères.

La mission ne devait commencer qu'en août. Je commençai à me documenter sur le Niger et ne tardai pas à comprendre que ce pays représentait tout ce que je cherchais. Traversé au sud par le fleuve Niger, il était couvert au nord par le désert du Ténéré, un erg de quatre cent mille kilomètres carrés s'étendant jusqu'en Libye et aux confins du Tibesti, au Tchad. Fameuse étape du Paris-Dakar, le Ténéré était surtout parcouru depuis un millénaire par les caravanes de sel. Je me mis à éplucher toute la documentation sur ces caravanes. Dans *Géo* ou *National Geographic*, les reportages décrivaient une traversée extrêmement dure, à raison de seize heures par jour de marche ininterrompue. Les caravanes devaient traverser sept cents kilomètres de désert, depuis la région d'Agadez jusqu'à l'oasis de Bilma, avec un seul point d'eau. Elles revenaient ensuite par la même route, puis vendaient le sel et les dattes sur les marchés.

Les hommes qui prenaient de tels risques à l'âge où quelques jours suffisaient pour faire le même trajet en camion étaient des touaregs. « Les derniers seigneurs du désert » étaient décrits comme des guerriers qui avaient combattu jusqu'au dernier souffle la pénétration française au Sahara, liquidant de leurs sabres des colonnes entières de *kufar*, les infidèles. Répartis entre le Niger, le Mali, l'Algérie et la Libye, ils se distinguaient des autres « hommes bleus » par leur langue, le *tamasheq*, et un code d'honneur poussé à l'extrême qui rappelait le *bushidō* japonais. Je n'avais jamais entendu parler d'eux, mais cette image romantique fit battre mon cœur. J'imaginai des caravanes dignes des mille et une nuits, avec des tentes plantées sur les dunes au coucher de soleil. Un monde à la Lawrence d'Arabie que je pourrais rejoindre après la fin de ma mission avec la coopération japonaise.

Malheureusement, ma candidature fut refusée et mon rêve de caravane s'évanouit. Il était inconcevable pour moi de partir au Niger si le destin s'y opposait. Je passai un été à errer sans but dans Paris. Je n'avais pas de travail, habitais un appartement en travaux qu'un ami m'avait prêté et envisageais de retourner à Tokyo. C'est alors que, par une journée caniculaire, un long fax de dix pages arriva en hoquetant dans le bureau de ma mère. Nous poussâmes un cri. La JICA m'envoyait un contrat en me demandant si j'étais disponible pour remplacer immédiatement l'un des interprètes qui était tombé gravement malade ! Ma mère invoqua une nouvelle fois le ciel et tous les anges qui le peuplaient. J'étais sauvée.

En mission avec la coopération japonaise à Niamey

J'arrivais à Niamey le 2 septembre 1998. Il pleuvait. La capitale du Niger ressemblait à un village, avec un centre-ville ridiculement petit, un supermarché pour les expatriés, un building tenu par des Libanais et, tout autour, un chaos d'odeurs et de couleurs. Je tombai aussitôt sous le charme de cette ville mal éclairée, misérable, mais avec une âme. Malgré leur pauvreté, les Nigériens n'étaient ni mendiants ni voleurs, il n'y avait pas d'attrape-touristes ou de bandes armées. J'appris très vite à me sentir en sécurité toute seule, me rendant au bureau en mobylette. Notre mission était hébergée dans les locaux défraîchis et suintant d'humidité du ministère de l'Agriculture. Chaque matin, je croisais le gardien du parking, la sécurité qui faisait son thé, le petit vendeur de galettes et de café en face de l'entrée. On échangeait des salutations, il y avait toujours un mot qui déclenchait un rire, ce rire africain franc et plein de chaleur. Dans les escaliers, je croisais quelques « homologues », des fonctionnaires nigériens à l'air plus étriqué mais sans prétention aucune. Les femmes portaient des boubous éclaboussants de couleurs, coloriant de leur gaieté les murs gris de la bureaucratie. Puis j'entrai dans l'univers des Japonais. Dès 8 heures, tout le monde était à son bureau, tapant, photocopiant, imprimant au son fracassant d'un air conditionné qui calait à chaque coupure d'électricité, puis repartait accompagné cette fois du bruit du générateur. Les Japonais étaient très organisés, mais il fallait les garder le plus près possible de leurs habitudes. Ainsi, leur équipement était entièrement *made in Japan*. Les huit experts et les deux interprètes officiels étaient habillés avec des uniformes gris qu'on retrouvait souvent chez le personnel des usines au Japon, portaient des chaussettes avec leurs tongs et buvaient du thé vert.

Le travail était ennuyeux. Il fallait traduire les centaines de pages des rapports des différents experts qui expliquaient la faisabilité, la durabilité de micro-projets ou de programmes aux noms si longs qu'ils ne voulaient plus rien dire. Je pouvais encore me débrouiller à l'écrit, mais j'étais une assez mauvaise interprète. Les entretiens entre homologues étaient si compliqués que j'avais pris l'habitude de résumer leurs propos le plus simplement possible, rassemblant l'essentiel d'une longue palabre en quelques phrases. Au début, mes interlocuteurs me regardèrent avec suspicion, mais finalement tout le monde y trouvait son compte. Ainsi, quand un expert japonais avait un entretien qu'il voulait expéditif, il me demandait de l'accompagner. Mais c'était surtout sur le terrain que je trouvais vraiment mon rôle.

Une fois par semaine, un expert partait en mission de deux ou trois jours dans la région de Tillabéri, au nord-ouest de Niamey. C'était une libération de quitter le bureau pour la brousse. La salle de réunion était située sous un grand arbre avec les anciens, des paysans haoussas avec qui nous buvions de la bière de mil autour d'un plat de boule ou riz sauce. Ils se plaignaient souvent de l'intrusion, dans leurs champs, des éleveurs peuls qui saccageaient les cultures avec leurs troupeaux de vaches. Moi, j'aimais ces bêtes magnifiques à robe noire et luisante que nous croisions sur la route. Cette région proche du Mali, riche en marigots et en pâturages, était une terre de transhumance pour les éleveurs peuls et touaregs. La première fois que j'ai vraiment vu ces nomades de près, c'était au marché d'Ayorou, sur les berges du fleuve Niger. Ils marchaient lentement, le visage caché sous un turban, drapés dans des tuniques sombres, une épée à la hanche, et la fierté qu'ils dégageaient les rendaient différents de tous. Ils n'étaient que des éleveurs de vaches ou de chameaux, des broussards sans éducation, sans maison, qui suivaient les pâturages au gré des saisons, mais leur air supérieur me fascinait. Ils me firent immédiatement penser aux nomades tibétains que j'avais croisés à Lhassa dans les années 1995. Ils avaient la même attitude hautaine, une démarche extraordinaire et un regard qui vous défiait. Vêtus de magnifiques kimonos brodés dont une manche pendait négligemment sur le côté, de colliers d'ambres de la grosseur du poing, les nomades tibétains étaient, avec leurs cheveux longs d'un noir broussailleux rabattus en chignons, l'antithèse de l'homme civilisé accaparé par le temps et l'argent. Eux qui ne semblaient montrer que du mépris pour la vie sédentaire ne juraient que par leur code d'honneur. Ils venaient au marché pour acheter le strict nécessaire, les femmes vendant du beurre et du lait de yak. Puis ils repartaient dans les montagnes, loin de toute vie matérielle, avec pour seule richesse leurs troupeaux. Ces survivants d'une humanité très ancienne m'emplissaient de nostalgie. Comme je les aimais, j'étais très attristée de trouver dans les rapports que je traduisais des chapitres entiers les condamnant.

Les experts japonais disaient des nomades qu'ils étaient anachroniques, pour eux il était insensé d'élever du bétail dans le seul but de faire fructifier le troupeau. Ils ne comprenaient pas que, pour les nomades, il ne s'agissait pas de bétail mais d'animaux assurant leur survie dans les endroits les plus isolés de la terre, leur fournissant le lait, la viande, la peau, l'huile et tout le nécessaire sans qu'ils dépendent des villes. Mais on donnait toujours raison aux agriculteurs : les éleveurs nomades devaient se sédentariser et vendre leurs bêtes pour la viande, car leur grand nombre nuisait au développement agricole. Ce débat opposant les agriculteurs et les éleveurs profitait toujours à la politique gouvernementale de sédentarisation. On invoquait la sécurité alimentaire comme priorité nationale, comme si la terre ne pouvait pas nourrir à la fois des nomades et des sédentaires. Cette aberration me poussait souvent à débattre pendant des heures pour défendre ce mode de vie. Mes collègues riaient de mes réflexions, pour eux je n'étais qu'un être sentimental et rêveur qui s'était mis en tête de traverser le désert avec une caravane de sel !

Je voyais bien que mon projet les surprenait et les faisait rêver. Ils n'avaient jamais dépassé le département de Tahoua, qui marquait la limite du Sahel. Au nord de cette ligne, c'était le Sahara, et il était interdit à tous les membres japonais de la mission, qui possédaient un passeport diplomatique, de s'y rendre. Le Niger avait connu en 1990 une rébellion touarègue et cela n'arrangeait pas la réputation de ceux-ci. Pour mes experts, qui n'avaient donc jamais mis les pieds dans le désert, les touaregs étaient tous des bandits qui attaquaient les convois des ONG pour voler des 4x4. Nous n'avions pas le même regard et il était inutile de chercher à les convaincre. D'ailleurs, de leur côté, ils faisaient tout pour me dissuader d'entreprendre un voyage si dangereux. J'allais être la seule femme en plein désert au milieu des hommes et des chameaux, c'était un risque inutile et irresponsable. À mon tour de rire ! Rien ne justifiait ma confiance en ces hommes-là et toutes mes explications ne faisaient qu'embrouiller encore plus mes interlocuteurs. J'affichais un franc mépris pour ces considérations futiles et une colère mal maîtrisée envers tous ceux qui cherchaient à me faire peur et souillaient de leurs préoccupations sexuelles la pure image de mon voyage en caravane.

Le dernier jour de la mission, chacun vint dans ma chambre m'apporter sa contribution à mon voyage. Je reçus nombre de médicaments, une gourde, des sachets de boissons vitaminées et plusieurs autres objets inutiles comme des montres, que je gardai précieusement. Ne voulant pas qu'on me traite en touriste, j'avais eu l'idée de faire quelques achats sous forme de troc. À part mon Walkman et mon appareil photo, je n'avais pas grand-chose de notre confort, ni tente ni sac de couchage. Femme ou homme, peu importait, je voulais être acceptée pour moi-même et endurer les mêmes conditions de vie que les caravaniers.

La mission japonaise repartie, je restais à Niamey. Je ne savais absolument pas comment m'y prendre pour organiser un tel voyage et il fallait que je trouve une piste avant de me rendre à Agadez, à neuf cents kilomètres au nord. La seule personne que j'avais rencontrée était un chef d'agence de voyages qui organisait des circuits en voiture jusqu'aux salines de Bilma pendant la saison des caravanes. Il m'avait expliqué que la caravane de sel n'avait pas de lieu de rassemblement précis et qu'il était impossible de savoir exactement quand on pouvait en croiser une. Il me mit aussi en garde contre les dangers de la soif et la fatigue, et me conseilla de faire un voyage normal en groupe avant de me lancer dans cette aventure. Mais tout ce qui comptait pour moi, c'était de savoir que le départ des caravanes avait lieu maintenant.

Un jour que j'étais allée nager à la piscine de l'hôtel Gaweye, je croisai dans le hall le chauffeur de notre mission qui me glissa à l'oreille : « Regarde là-bas, c'est le ministre du Tourisme, un touareg, tu devrais aller lui parler de ton projet ! » Je me dirigeai vers un touareg de petite taille, avec un turban qui faisait cinq fois le tour de sa tête, planté par un écrin en argent. Je résumai au mieux ma demande : je voulais participer à une caravane de sel, je n'avais aucune expérience, mais j'étais prête à marcher seize heures par jour, même si j'étais une femme. Je cherchais un touareg qui pourrait m'orienter, car les agences n'organisaient pas ce genre de voyage. Il me toisa, releva un pan de son basin riche indigo, et me lança : « Vous êtes complètement folle », avant de me tourner le dos et s'en aller. Je restai bouche bée, puis tentai de le rattraper, mais le touareg qui l'accompagnait m'arrêta.

« Il faut l'excuser, il a eu une mauvaise expérience avec une touriste il y a quelques années.

– Je ne suis pas une touriste ! » lui répondis-je, furieuse. Il rit et me dit que j'étais brave et que ça lui plaisait. Si je voulais, je pouvais partir avec lui demain vers Agadez, et après il verrait comment m'aider. C'est ainsi que je fis la connaissance d'un des touaregs les plus malfamés du Niger !

Chez les ex-combattants du Front de libération de l'Aïr et de l'Azawak

Nous prîmes la route le lendemain à l'aube, à bord d'une vieille Peugeot 404. Il s'appelait Sidi Mohamed, mais j'appris plus tard qu'il était plus connu sous le sobriquet de Sidi Connard. C'était une tête brûlée, à la personnalité complexe, qui pouvait donner le pire et le meilleur de soi. Pendant les dix-huit heures de route qu'on enfila d'une traite, il me raconta sa vie. Il avait combattu dans la rébellion touarègue de 1990, et dès qu'il parlait de la débandade de l'armée nigérienne il poussait des *Yiiih* de victoire qui résonnaient dans la brousse déserte. Le chef de cette insurrection armée n'était autre que Rhissa Ag Boula, devenu ministre du Tourisme, que j'avais croisé à l'hôtel Gaweye et qui avait créé le Front de Libération de l'Aïr et de l'Azawak (FLAA) ! Les touaregs revendiquaient l'autonomie de leur territoire, l'accès à l'éducation. Sidi n'était pas allé à l'école, mais parlait un français impeccable et presque académique. Il avait lu l'histoire d'à peu près toutes les révolutions du monde. Pour lui, les touaregs des villes ne valaient rien, ils négligeaient d'apprendre la langue tamasheq à leurs enfants, épousaient des Noires. Sidi était un nostalgique du temps où la noblesse touarègue régnait sur le Sahara, et n'avait aucune honte à dire qu'il défendait la hiérarchie des classes sociales. J'appris que, chez les touaregs, les nobles, qui représentaient la classe guerrière, formaient le haut de la pyramide, puis venaient les marabouts, les forgerons, et enfin les esclaves affranchis. Mais pour Sidi, affranchi ou pas, une peau noire, même touarègue, restait toujours un *akli*, un esclave. Je ne savais pas s'il faisait de la provocation ou s'il pensait sérieusement ce qu'il disait, et nous avons eu toute notre vie des débats sur ce sujet. Même s'il était traduit par esclave, le mot « *akli* », chez les touaregs, renvoyait à une histoire et une géographie spécifiques. Il fallait connaître le passé des touaregs pour comprendre la complexité de leurs rapports de race et de classes au fil des siècles.

Sidi était peut-être un connard à ses heures, mais ce n'était pas un homme méchant. Il n'aurait jamais torturé un Noir pour le plaisir, mais dans ce pays, les Noirs représentaient aussi le pouvoir et l'armée. Sidi pensait aussi que les Noirs étaient des esclaves parce qu'ils avaient vécu l'humiliation au lieu de se tuer, un peu comme les samouraïs qui se suicidaient plutôt que de se rendre à l'ennemi. Cet orgueil poussé à l'extrême était guidé par un code d'honneur. En japonais, on l'appelait *bushidō* ; en tamasheq, c'était l'*asheq*. En définitive, peu importait qu'ils soient blancs ou noirs, les hommes comme Sidi n'acceptaient aucune soumission à une autre autorité que celle de leur clan, les Ikazkazan. « Notre peuple a repoussé pendant cinquante ans les Français juste avec des épées et des chameaux. Et le chef de la première rébellion touaregue, en 1916, était Kaocen, mon ancêtre ! » Et à ces mots, Sidi poussa un long *Yihihi* de victoire.

Les touaregs allaient subir une autre forme d'humiliation après l'Indépendance. De seigneurs, ils passèrent au statut de minorité ethnique gouvernée par des sédentaires noirs mutés dans les hauts postes à Agadez. Refusant une éducation héritée de la colonisation française, ils s'enfoncèrent dans le désert. Mais les terribles sécheresses qui s'abattirent sur le Sahara décimèrent tous les troupeaux. C'est ainsi qu'à partir des années 1980, des milliers de touaregs vinrent se réfugier aux abords des villes. Puis, grâce à des personnalités comme Mano Dayak, un des chefs de la rébellion des années 1990 et ami de Thierry Sabine, les touaregs exploitèrent la manne touristique. Dans la veine de l'agence Temet, créée par Mano Dayak, Sidi créa Pléiades voyage, une agence spécialisée dans les gravures rupestres.

Après dix-huit heures de route, Sidi appuya enfin sur le frein devant le check point d'Agadez. Au loin, le minaret mythique de la grande mosquée se dressait, irréel, au-dessus de la ville sultane. Les longues silhouettes enturbannées des nomades se faufilant dans les rues étroites et poussiéreuses firent battre mon cœur.

C'était un beau matin de décembre. Mais les touristes avaient déserté Agadez et sa région depuis la dernière rébellion. À leur place, je trouvai une dizaine d'anciens combattants qui occupaient les locaux de l'agence. Sidi descendit mes bagages, puis me montra une grande pièce unique. « Tu peux rester ici le temps qu'on organise ton voyage ! » En fait, il n'avait jamais organisé de caravane et m'avoua que ni lui ni ses compagnons n'avaient jamais fait ce voyage. Le monde des caravaniers était à part, coupé du reste des touaregs. Leur zone d'habitation se limitait à l'est du massif de l'Aïr, à deux cents kilomètres d'Agadez. De là, des centaines de caravanes de sel partaient en direction de Bilma, mais il était impossible de savoir quel jour. Tout ce que Sidi pouvait me dire, c'était d'attendre son guide de confiance qu'il avait prévenu par téléphone arabe. « Tu vas partir avec un guide et un chamelier. Je te conseille aussi d'acheter des chameaux, ça coûtera moins cher que d'en louer. » Je le regardai d'un air inquiet : « Tu veux dire que je vais me mettre sur la route avec mes chameaux sans savoir si je vais rencontrer une caravane ? » Sidi me fixa. « *Mektoub !* » Puis il aspira son thé et disparut dans son 4x4.

Tamasheq

Je restai seule avec une dizaine de combattants. Farouches au début, ils ne m'adressaient que rarement la parole et discutaient seulement entre eux, en tamasheq. Je pris mon mal en patience, écrivant dans mon carnet tous les mots que j'entendais. J'aimais les intonations douces de cette langue qui ne ressemblait à aucune autre. À commencer par les salutations qui se déroulaient comme une longue litanie :

- *Oiwan ?*
- *Alker ghas !*
- *Maduigan ?*
- *Alker ghas !*
- *Tagodem ?*
- *Alker ghas !*
- *Mataharekum ?*
- *Alker ghas !*
- *Mattolei ?*
- *Alker ghas !*

Ces salutations étaient accompagnées d'étranges salamalecs qui consistaient à faire glisser plusieurs fois sa paume dans la main de son interlocuteur d'un geste vif et régulier tout en changeant de formules de politesse le plus vite possible et sans broncher. La durée de ces échanges dépendait de la familiarité avec la personne, de la banalité ou non de la rencontre, et se terminait par un léger serrement de main et un claquement de paumes. Autant dire que peu d'étrangers se risquaient à cet exercice périlleux, se contentant d'une poignée de main. Pour ma part, dès lors que je me mis à essayer, chaque combattant vint me faire répéter plusieurs fois par jour ces formules dont je ne connaissais même pas le sens. À part « *Alker ghas* », qui voulait dire : « La paix seulement », le reste ne pouvait se traduire que par un banal « Ça va ? » en français !

Les combattants se révélèrent pleins de gentillesse, m'apprenant patiemment leur langue. Dès que l'un d'eux me voyait écrire dans mon carnet, il s'approchait en tirant sur sa cigarette et me faisait répéter tout en pointant avec son doigt : « Bouche ! » « Oreille ! » « Œil ! ». Et dès que je prononçais un mot en français, il me réprimandait :

« Tamasheq ! » Cet entraînement militaire du tamasheq eut pour effet de me faire progresser rapidement. Au bout d'une semaine, j'avais rempli un demi-carnet de mots et je savais compter jusqu'à cent. Je pensais qu'ils voulaient m'enseigner leur langue parce qu'ils ne parlaient pas français, mais je me trompais. Un jour que j'étais au marché avec Hamid, un guérillero de presque deux mètres de haut, j'achetai un vêtement sans en discuter le prix. Le marchandage en tamasheq était un casse-tête épouvantable : il fallait diviser par cinq pour avoir le prix en francs CFA. Ainsi, le mot *tamarwen*, qui signifiait « cent », voulait dire « vingt francs CFA » sur les marchés ! Hamid m'observait derrière les verres fumés de ses Ray-Ban chinoises. Brusquement, il me parla en français : « Pourquoi tu n'as pas marchandé en tamasheq ? Tu veux te faire avoir ? » Surprise, je me fâchai à mon tour : « Si tu parles français, pourquoi est-ce que je me casse la tête à marchander en tamasheq ? » D'une voix grave, il me répondit : « Tu es Kel Tamasheq, donc tu dois apprendre le tamasheq ! » Les touaregs s'appelaient eux-mêmes les « Kel Tamasheq », qui voulait dire : « Les gens qui parlent tamasheq. » Pour me faire accepter dans la caravane du sel, je devais me montrer à la hauteur !

Les repas que nous partagions tous ensemble étaient un moyen d'apprendre les bonnes manières à table. Normalement, les femmes prenaient leur repas entre elles, mais comme j'étais seule, je mangeais avec tous les autres. Les touaregs utilisaient depuis toujours de larges cuillères en bois et chacun ne devait manger que la portion située en face de lui, sans dériver vers celle d'à côté. Sur le plat de pâtes ou de riz, il y avait toujours, au milieu, plusieurs morceaux de viande qu'un des hommes, en fin de repas, décortiquait pour les répartir. Comme je mangeais plus lentement que les autres, j'avais toujours droit à une très grosse part de viande, malgré mes protestations. « *Atchou ! Atchou !* Mange ! » Les combattants mangeaient vite et en silence, comme pour se débarrasser d'une tâche ennuyeuse. Seul le thé les intéressait. J'observais avec fascination le « faiseur de thé » préparer le charbon puis astiquer les verres et la théière. C'était du thé vert de Chine, mais il bouillait si longtemps qu'il en devenait noir. Tout l'art du thé touareg consiste à équilibrer l'amertume du thé et la douceur du sucre. Le premier thé, bouillant, est mélangé et refroidi à grands gestes élégants et tout en hauteur, puis on verse à nouveau de l'eau dans la théière pour le deuxième thé. Chez les touaregs, le thé a une telle importance qu'il possède son adage, dont il existe de multiples versions. Le premier thé : amer comme la vie ; le deuxième : doux comme l'amour ; le troisième : suave comme la mort.

Le soir, on écoutait dans la cour des cassettes de « guitare ». C'était comme cela qu'on appelait les groupes de blues touareg. Le week-end, quand il y avait des mariages, les combattants disaient : « On va à la guitare ! » Devant une cour où stationnaient des dizaines de Toyota, les enceintes crachaient le son d'un trio guitare-basse-batterie accompagné des *yihihi* de la foule. À l'intérieur, l'ambiance était électrique avec, sur scène, l'artiste le plus connu d'Agadez, Abdallah Oumbadougou, et son groupe Takrist N'Akal. Chacun de ses titres était accompagné d'un déferlement de youyous et de cris des hommes qui se précipitaient sur la piste en tenant le pan de leur turban en l'air. En général, un des « videurs » de la salle intervenait pour remettre tout le monde assis. C'est alors que les femmes se levaient et commençaient à danser en rang de la manière la plus élégante qui soit. Les hommes, tout visage caché, venaient alors se poster devant elles, puis chacun avançait sensuellement vers l'autre, se croisant et se décroisant au rythme lancinant de la guitare. À cette époque, une chanson était sur toutes les lèvres, « *Imajeren* », le pluriel d'*imouhar*, les hommes libres. Je découvris que nombre de ces artistes étaient allés dans les camps d'entraînement de Kadhafi. C'est ainsi que j'appris un autre mot tamasheq, *ishoumar*, « chômeur ». Les *ishoumar* étaient les jeunes déracinés, la génération perdue, née dans les villes, qui n'avait pas connu la douceur du lait de chamelle ni les longues errances en caravane. Leur musique parlait donc d'exil, de rébellion, d'indépendance, et revendiquait une identité culturelle et une langue : le tamasheq.

Le jour où j'ai acheté trois chameaux

Un jour, Sidi Connard revint à son agence et m'annonça fièrement que son guide était en route pour Agadez. « Tu dois te préparer et acheter trois chameaux ! » J'acquiesçais énergiquement de la tête. On pouvait toujours essayer de me décourager en invoquant les dangers de la soif, la fatigue, le froid, le chaud, le sable, le vent, les scorpions, je pouvais à présent couper la parole à tous et dire : « J'ai acheté trois chameaux cette semaine ! »

Mais alors que je me faisais une joie d'aller les choisir au marché, les combattants m'arrêtèrent tout de suite : on n'achetait pas un chameau comme ça. Cela prenait des jours, et avec ma « tête de chinoise » je risquais de faire exploser les prix ! Donc, j'attendis. Ce fut marabout

Manma, un long touareg au grand boubou blanc et au turban immaculé, qui se chargea de l'affaire. Chaque jour il revenait et je lui demandais : « Tu as trouvé ? » Et chaque jour Manma secouait la tête, puis, autour du thé, il commençait à débattre avec ses compagnons des *imnas*, les chameaux. À ma grande surprise, les combattants parlaient des chameaux pendant des heures, discutant de leur robe, de la forme de leur cou, de la puissance de leurs mâchoires. J'appris que le tamasheq possédait une cinquantaine de mots pour dire « chameau » ! Mais à la fin de ces palabres, il y en avait toujours un pour me demander : « Toi, tu viens du pays de Toyota, pourquoi tu veux partir en caravane jusqu'à Bilma ? » Pour ces guérilleros, il était impensable de traverser le Ténéré sans même s'arrêter à midi pour prendre le thé !

Un jour, Manma revint du marché et m'annonça joyeusement qu'il avait trouvé mes trois chameaux à bon prix. Quinze jours étaient passés et je n'attendais que le départ. Enfin, un soir, le guide arriva. Il parlait bien français, avait l'air discret et débrouillard. On s'entendit sur un prix raisonnable en comptant vingt-cinq jours de voyage jusqu'à Bilma : on verrait au retour si je prenais la caravane ou un taxi-brousse. Il promit de revenir le lendemain après être passé chez un parent pour prendre une couverture et des vêtements. Le départ était fixé deux jours plus tard. Mais il ne revint jamais.

Sidi n'eut pas d'explications. Moi, je détestais ce signe de mauvais augure. Je me morfondais. Le mois de décembre était déjà bien avancé et il fallait partir si je voulais avoir une chance de trouver une caravane sur ma route. Sidi fit venir un autre guide. C'était un type un peu mou, qui parlait le français de chez nous et accompagnait des circuits en voiture. Il me déplut, mais je n'avais pas le choix.

La veille du départ, Manma s'approcha de moi et me dit solennellement : « Répète après moi ! » Pensant qu'il voulait m'apprendre de nouveaux mots tamasheq, je répétai après lui : « *Laila Illala.* » Il me regarda d'un air satisfait, puis : « Mohamed Alasu Lalla. » Au fur à mesure que je prononçais ces mots, je voyais les combattants sourire d'un air tout à fait louche, et c'est là que Manma s'exclama : « Ça y est, tu es musulmane ! » J'éclatai de rire. À mon insu, Manma m'avait fait prononcer mes vœux à Allah pour ne pas que je reste comme les *kufar*, ce terme archaïque qui désigne les infidèles et tout autre envahisseur blanc en pays touareg ! Les combattants avaient voulu m'épargner cette humiliation et m'avaient convertie le plus vite possible !

Le soir même, Sidi m'accompagna à l'endroit du départ. Autour du feu, je fis la connaissance de Malik, mon chamelier, un vieux touareg au regard de sage. Nous restâmes longtemps silencieux à regarder les flammes danser, puis Sidi me quitta d'une simple poignée de main : « *Inch Allah !* ». J'installai mon matelas et ma couverture et, allongée sous les étoiles, comptai les bosses des chameaux devant moi. Une, deux, trois, le voyage va commencer.

La liste de mes achats sur le marché d'Agadez

1 chameau de bât, « Azaref » : 200 000 francs CFA.

1 chameau de monture, robe marron, « Abouzak » : 220 000 francs CFA.

1 chameau de monture, robe blanche, « Idgnaz » : 160 000 francs CFA.

10 kg de riz.
10 kg de macaronis.
10 kg de semoule.
1 chèvre.
1 kg de thé.
2 kg de thé qualité supérieure « Aragega ».
10 kg de sucre.
1 kg de sel.
20 cubes Maggi.
5 kg de lait en poudre Lahda.
10 boîtes de concentré de tomates.
10 kg de patates.
5 kg d'oignons.
6 gousses d'ail.
5 kg de dattes.
Tomates, oranges, citrons, melons, pastèques.
2 bidons de 30 litres.
2 *guerbas*.
5 mètres de turban.
2 théières et 3 verres.
2 couvertures.
2 lampes torches.
2 nattes.
1 paquet de papier toilette.
4 bottes de paille.

La traversée du désert du Ténéré

Tout vrai voyage débute par une épreuve. Dans mon cas, ce fut celle des chameaux. Ma monture était un chameau blanc et très fin qui répondait au nom d'Idgnaz et avait au cou une plaie boursouflée qui attirait les mouches. D'après mes compagnons, c'était le chameau de selle idéal pour moi. Au début, mon guide voulut m'attacher derrière lui, mais je m'y opposais farouchement. Malik me montra donc comment seller et monter sans tomber, en prenant appui sur le cou du chameau à la montée et à la descente. Chaque jour, nous cheminions pendant six heures environ, ponctuées d'une pause déjeuner et d'une sieste. Je n'aimais pas ces pauses, mais je devais aussi récupérer. Le chameau m'épuisait, il n'avançait jamais quand je le voulais et s'arrêtait à son gré pour brouter. Malik m'avait dit d'actionner mon pied sur son cou, comme si c'était un accélérateur, et j'avais des crampes. Finalement, il me donna un petit bâton pour taper sur la croupe du chameau. J'adorais quand Idgnaz se mettait à courir à toutes jambes, comme poursuivi par un démon. Souffrant continuellement de sa lenteur, je me cramponnais à ses poils en criant de joie. Mais on me fit comprendre que je ne devais pas fatiguer mon chameau inutilement.

Nous progressions en direction du Ténéré, à la recherche de paille et de bois. Le vent de sable se levait en général dans l'après-midi et couvrait le paysage d'une brume opaque et grise. Parfois je restais des heures au campement en attendant Malik, qui était sans nul doute le plus occupé de nous trois. Tôt le matin, il partait avec les chameaux au pâturage, passait la matinée à collecter la paille, revenait manger un morceau, puis confectionnait, à l'aide de cordes tressées de ses mains et de ses pieds, de grosses bottes de fourrage destinées à la traversée du Ténéré. Ensuite, avant la tombée du soir, il ramenait à proximité du campement nos chameaux éparpillés dans les pâturages. Pendant ce temps, le guide s'occupait de la vaisselle et préparait le déjeuner ; il roupillait pas mal aussi. Et moi ? Eh bien, je faisais du troc avec les gens du village de Toreyet.

Le troc présentait au moins deux avantages : l'expression directe (avec beaucoup de gestes) et le marchandage sur un pied d'égalité, une manière de refuser la catégorisation des rôles et de s'amuser un peu de la déconvenue des marchands ambulants quand ils me voyaient déballer mes articles comme une vulgaire chiffonnière. Ce qui ne manquait pas de convaincre les gens, ou tout au moins de les faire rire. Un matin, une femme touarègue et une petite fille se sont approchées avec leur troupeau de brebis. Bientôt nous fûmes sur ma natte en train de marchander nos divers articles. La femme avait un très beau collier composé de plusieurs losanges en pièces d'argent ciselées. J'essayai de l'échanger contre ce que j'avais amené. Je déballai donc plusieurs choses de mon sac : vêtements, bijoux et autres accessoires, montres, stylos ou cahiers. C'était la première fois que je pratiquais le troc, je commis donc une erreur : déballer toutes mes marchandises en même temps. Cela ne fit qu'exciter la convoitise. Voyant que je refusais obstinément d'acheter avec de l'argent son collier, la touarègue se résolut à regarder ma marchandise et choisit une paire de boucles d'oreilles en argent et une chaîne en argent, les articles les plus onéreux de ma collection ! Je lui repris la chaîne et lui montrai son collier et ma paire de boucles, un contre un, le change me paraissait honnête. Après plusieurs hésitations et revendications silencieuses ponctuées de fronts plissés et de mains agitées, nous arrivâmes à un accord : la paire de boucles en argent pour elle et une autre paire fantaisie pour sa fille. Elle m'attacha mon collier. Je lui arrangeai les cheveux autour de ses nouvelles boucles d'oreilles, et nous rîmes. J'appris un nouveau mot tamasheq : *esumuskil*, le troc !

Le sixième jour, nous fîmes le plein d'eau à un puits. L'eau était glacée. Pendant que j'aidais Malik à remplir deux *guerbas* et deux bidons de trente litres, le guide alla acheter des cigarettes et de la vaseline. Je ne comprenais pas bien le rapport de travail entre lui et mon chamelier, surtout que ce dernier était payé trois fois moins que lui. Nous n'avions toujours pas croisé de caravanes du sel et la perspective de faire tout ce voyage à trois me désespérait. En même temps, chaque jour comptait pour parfaire ma maîtrise du chameau. J'avais vécu un incident traumatisant quand, aux abords d'un campement, deux hommes s'étaient approchés de nos montures pour nous saluer. L'un d'eux se tourna vers moi, hésita, puis d'un air implacable me tendit la main. C'est alors qu'Idgnaz choisit de faire son numéro : d'un coup, il tourna le dos à mon interlocuteur. Très gênée, je tirai la bride de toutes mes forces pour me remettre dans le bon sens. Mais Idgnaz resta sourd et me tint dans cette position humiliante durant d'interminables minutes. Bien entendu, les deux hommes ne tournèrent pas en rond autour de moi pour saisir ma main. Ce fut Malik qui, rigolard, me remit à l'endroit. L'homme choisit d'ignorer cette scène à la Buster Keaton et releva un pan de son turban sur sa bouche. Quant à moi, je restai stoïquement droite sur mon chameau en riant jaune, ce qui rendit la situation encore plus ridicule. Je me jurai que, quoi qu'il en coûte, j'arriverais à contrôler ma monture avant la rencontre avec la grande caravane.

Mes prières furent exaucées tandis que nous marchions le long d'un couloir de cailloux qui serpentait sur le flanc de la montagne. Les pas de centaines et centaines de chameaux avaient scellé dans la terre des sillons qui partaient de divers côtés, ondulant, dégringolant, puis reconvergeant les uns vers les autres pour ne former qu'un chemin, ce qui évitait tout encombrement et embouteillage. Chaque chapelet de chameaux s'engageait sur une piste différente et, pendant un certain laps de temps, on se retrouvait seul maître de sa caravane. J'appris vite à les reconnaître et à savourer l'illusion délicieuse d'être une voyageuse parfaitement solitaire au milieu de nulle part. Ces pistes qui se faisaient et se défaisaient au gré du terrain avaient quelque chose de ludique et de très émouvant. Elles étaient là depuis toujours, aussi vraies que le vent, la terre et les cailloux qui plombaient le sol.

C'est là que je rencontrai ma première caravane. Une soixantaine de chameaux apparurent au détour d'une piste à flanc de rocher et nous nous retrouvâmes tous à la queue leu-leu, le chemin étant bien trop étroit pour doubler. Quelle façon naturelle de se mettre ensemble ! Et quel spectacle magnifique dans sa simplicité. Je cachai tant bien que mal mon intense émoi sous mon chèche et, après les salutations usuelles, fis mine d'ignorer les regards curieux qui se tournaient vers moi. Mes yeux étaient rivés à un point fixe de l'horizon. J'avais besoin de toute ma concentration pour bien contrôler ma monture au milieu de tous ces chameaux. Bientôt je me fis oublier et pus faire vaguer mon regard aux alentours. À côté de moi, des chameaux gris, des chameaux tachetés, des chameaux marrons. En tête du cortège, un homme assis légèrement de biais, la main gauche posée sur la hanche et la droite tenant nonchalamment la bride, se balançait en rythme dans une indéfinissable indolence. Entraînée par Idgnaz qui, pour une fois, me semblait beaucoup plus leste, je dépassai un à un les chapelets. Le caravanier, qui avait suivi avec intérêt ma progression, me dit quelque chose que je ne compris pas, puis poussa un cri, un *Youh hou houuuuu* qui vibra dans sa gorge, décolla et jaillit en de superbes aigus avant de s'envoler dans le vent.

J'étais abasourdie et un peu confuse. C'était ma première caravane et je venais d'entendre mon premier cri du caravanier. Les autres caravaniers se retournèrent un instant vers nous, puis regardèrent à nouveau droit devant eux. Quant au joyeux touareg qui m'avait souhaité la bienvenue de si galante façon, il ne cessa désormais de se retourner et de me fixer d'un regard malicieux. Je le baptisai Yeux Rieurs. Nous avons marché jusqu'au coucher du soleil, puis établi le campement à une distance raisonnable de la nouvelle caravane. Devant moi, s'offrait le crépuscule charmant sur un jardin de chameaux broutant, éparpillés dans la grande plaine dénudée. J'observai les caravaniers, ils ne s'étaient pas rassemblés en un seul grand groupe, mais avaient formé des petits groupes de deux. Chacun faisait son feu et s'occupait de ses bêtes. C'est après le repas qu'on se rendait visite. Situé à proximité, notre camp était juste à la bonne distance pour, à la fois, préserver notre intimité et communiquer. Après le repas, Malik s'en fut demander aux caravaniers si l'on pouvait les suivre. Plusieurs hommes se réunirent. Ils acceptèrent à la seule condition que je ne dérange pas leur travail.

Je n'en demandais pas tant ! Le lendemain, je me tins en arrière de la caravane pour mieux les observer. En tête, je notai la présence permanente de deux chefs caravaniers. Puis venaient deux autres hommes, dont Yeux Rieurs, et ensuite l'homme au mouton et un jeune garçon qui me faisait penser à un mousse d'équipage. Au total, il y avait donc six hommes, soixante-trois chameaux et un mouton. Évidemment, personne ne parlait le français. Yeux Rieurs fut le premier à nous rendre une visite, le jour suivant, dans notre campement. Puis il nous apporta, en courant, un carré de fromage séché. Puis il me demanda si je pouvais le dépanner d'une paire de chaussettes. Yeux Rieurs était jeune et bien bâti – mais sait-on jamais ce que cache le chèche ? En tout cas, c'était celui qui m'était le plus sympathique. Il respirait la santé et émettait une bonne énergie. Il accompagnait un des deux chefs présumés, qui était lui aussi venu nous visiter près du feu. Vêtu d'un large manteau en cuir noir déchiré, il avait l'allure d'un bandit de grand chemin et l'air arrogant.

Le rythme ininterrompu – huit heures par jour – ne nous laissait pas vraiment le loisir de faire plus ample connaissance. Je n'osais imaginer ce que pouvait être une journée de seize heures non-stop. Avec le vent froid qui nous venait de face, nous n'avions que deux possibilités : ou marcher pour se réchauffer, ou monter à chameau, mais alors en se prenant en plein visage des rafales glacées. Mais qu'importe, j'allais traverser le désert avec une caravane de sel ! Dans mon carnet, j'ai noté à la date du 15 décembre 1998 : « Alterné les deux en testant à la fois mes capacités à monter et à descendre de chameau. Résultat positif et très gratifiant, autant pour moi que pour Idgnaz, qui fait preuve d'un grand flegme. Ça sent de plus en plus le désert. Nous avons fait une très courte pause pour avaler une Vache qui rit et un bout de pastèque avec des cacahuètes sans décharger les chameaux, que nous avons remontés aussitôt. La caravane de sel, elle, continuait de son rythme immuable. Je sens une douleur à mes chevilles, j'y suis peut-être allée un peu fort sur la marche avec mes tongs. Mon humeur en tout cas est joyeuse et j'ai enfin goûté aujourd'hui le plaisir de la musique de selle, me dandinant plein d'allégresse au gré des dunes. »

Trois jours plus tard, nous campions au pied d'Amzeguer, une montagne brune plantée sur une aire de pâturages suffisamment vaste pour fournir toute la paille et le bois aux caravaniers qui devaient finir leurs préparatifs avant d'entrer dans le désert. Je passai des jours dans le campement inondé de soleil et à l'abri du vent à écrire, peindre, préparer le repas ou le thé pour le vieux Malik, qui rentrait en général vers midi. Le soir, nous mangions souvent des macaronis arôme Maggi avec beaucoup d'ail et d'oignon, seule précaution que je prenais pour désinfecter mon organisme des éventuels parasites traînant dans l'eau de puits. Celle-ci n'était pas si mauvaise, d'ailleurs, mais elle avait un arrière-goût et j'appris vite à choisir l'eau au goût de chèvre des *guerbas*, plutôt que l'eau au goût de pétrole des bidons. J'avais ainsi de petits caprices et j'eus la priorité sur les *guerbas* et sur les citrons qui, une fois pressés dans la sauce de salade, étaient récupérés automatiquement dans les *guerbas*.

Un jour que Yeux Rieurs traînait par-là, je désignai sa belle théière au bec ciselé et lui dis que je voulais l'échanger. « *Esumuskil !* » Il crut que c'était une blague et rigola avec mon guide, mais finalement il repartit avec un pantalon à poches sur le côté presque neuf et bien repassé. Le lendemain, il me montra son superbe couteau touareg avec une poignée ciselée en verre et en argent, et me l'échangea contre une vieille Rolex et une paire de chaussettes neuves. J'étais ravie de ces affaires qui s'inscrivaient pour moi dans la politique du caravanier et m'aidait à communiquer. Pendant ces jours, je fis aussi la connaissance de l'autre chef présumé de la caravane, toujours vêtu d'un manteau beige, qui me demanda de l'accompagner en haut d'une colline pour repérer avec mon téléobjectif des amis caravaniers qui devaient passer par là. Mais rien à l'horizon, il aurait fallu des jumelles. Il s'appelait Mouloul et avait des yeux d'un ocre profond qui ressortaient sur le sombre de son turban. On parla comme on pouvait, Japon, Toyota, chasse à la gazelle, il m'apprit quelques mots au passage, ce que j'appréciai beaucoup. Malgré les barrages de la langue, des liens se tissaient peu à peu. Au bout de cinq jours, l'homme au mouton vint nous annoncer que la caravane était prête à partir vers le puits de l'arbre du Ténéré.

J'avais lu dans un article que cet acacia solitaire et très ancien avait été déraciné par un camion en 1973 et qu'il avait été remplacé par une sculpture symbolique en ferraille. Quelle ne fut pas ma surprise de découvrir, plantée sur la lande désertique, une sculpture d'art contemporain ! En approchant, je poussai un cri de stupéfaction : une paire de *geta*, les chaussures traditionnelles japonaises en bois, était déposée sur le sable ! Je tournai autour de cet ovni à la recherche d'une explication et finis par remarquer une inscription en idéogrammes gravée sur un disque métallique en haut de la sculpture : 風の樹. L'arbre du vent ! Le nom de l'artiste était écrit en dessous en alphabet : Kuma ; ainsi que la date du 9 décembre 1998. C'était à peine il y a cinq jours ! J'avais donc devant moi la toute nouvelle sculpture de l'arbre du Ténéré. Plus de vingt ans plus tard, je croiserais par le plus grand des hasards, dans les loges d'un grand théâtre de Tokyo, le fameux Kuma, qui jouait dans une troupe de danse butō. Rien n'aurait pu faire le lien avec l'arbre du Ténéré, sauf l'inscription de son nom en alphabet sur la porte de sa loge qui me projeta soudainement en plein désert. Alors qu'une amie me le présentait, je lui demandai d'un air incrédule s'il connaissait le Ténéré. L'homme rondelet et chauve, le visage et le corps badigeonnés de blanc et les yeux rouges exorbités comme un démon, éclata de rire. C'était bien lui qui avait construit l'arbre du Ténéré en 1998 ! Le plus extraordinaire est qu'il faisait partie d'une troupe de danse déjantée du nom de *Dairakudakan*, qui signifiait « le grand vaisseau du chameau » ! Je le revis plusieurs fois par la suite, et chaque évocation de son nom me propulsait à cet instant surnaturel près du puits, où j'avais découvert des *geta* au milieu du crottin d'une soixantaine de chameaux assoiffés. Hilare, je les avais chaussées en soulevant des kilos de sable, mais les caravaniers étaient bien trop occupés pour comprendre mon émoi.

L'importance stratégique de cet endroit pour la caravane était claire. Il n'y avait qu'à voir l'ardeur avec laquelle les caravaniers puisaient l'eau pour deviner que c'était le dernier puits avant longtemps. Je ne me lassai pas de les observer préparer la poulie, plonger la puisette, empoigner la corde à deux ou à trois, et tirer à grands cris les charges d'eau puis la transvaser soigneusement dans les *guerbas* et les bidons. Les chameaux criaient au désespoir sous le poids de ces charges supplémentaires, tandis que les hommes les hissaient sur leur dos en s'encourageant aussi de *yihihi !* Il n'y a jamais autant d'ambiance que près d'un puits. Une fois toutes nos provisions d'eau pleines à ras bord, nous avons poursuivi notre marche plein est. Petit à petit, le paysage prit la couleur pâle du sable à perte de vue. Les chemins sinueux des plaines rocailleuses se transformèrent en couloirs de dunes blanches.

Le lendemain, nous nous sommes levés à l'aube, traversant un paysage de plus en plus blanc et austère. Nous avons marché toute la matinée. Juste après la prière de midi, nous avons monté les chameaux. Le ciel n'était ni bleu ni gris, on eût dit que lui aussi avait pris les teintes du sable. Après un long cordon de dunes, nous sommes arrivés sur une étendue plane où notre caravane put s'étirer en longueur. Nous avancions ainsi, tandis que les rayons du soleil, derrière nous, commençaient à s'harmoniser en divers jeux d'ombres. Bientôt ce serait le meilleur moment de la journée, l'heure où la lumière se fait douce et caressante. Comme pour répondre à cette attente, on distinguait par-ci, par-là des touffes d'herbe d'un vert très tendre et d'autres d'une couleur délavée proche de l'ocre.

La caravane progressait lentement dans ce décor de plus en plus touffu. Le désert devenait vivant et chaleureux. L'herbe était partout, s'incrustant entre les dunes, tapissant le grand erg à l'infini de ses poils jaunes et verts. Un homme sauta prestement de son chameau, puis un deuxième, et un troisième, et pour finir on se retrouva tous à terre. Je ne comprenais pas encore la raison de cette agitation. En fait, tous les hommes étaient en train de se concerter à grand bruit sur une question de haute importance : allions-nous camper prématurément dans cette zone de pâturages ou continuer notre route jusqu'à la nuit ? Les regards se perdirent dans le chaud duvet du tapis végétal. Cette situation avait quelque chose d'attendrissant. Je ressentais très fort les émotions et les besoins de ces nomades, leurs anciennes privations aussi, quand les troupeaux de chameaux, il n'y avait pas si longtemps, dépérissaient sous leurs yeux sans qu'ils n'y pussent rien. Eux seuls connaissaient la valeur du puits et du pâturage.

Cette journée resta gravée dans ma mémoire, à la fois comme une bénédiction (j'avais échappé à une journée de seize heures) et un canular. J'écrivis dans mon carnet de notes : « Arrêt prématuré dans une zone de pâturages en plein milieu du Ténéré. Miracle de l'eau. Notre campement illuminé est baigné par une lumière divine qui se reflète sur le doré de la paille. Tout le monde a l'air heureux de cette halte providentielle. Nous sommes dans une petite oasis improvisée au milieu des dunes. Je me faufile parmi les bottes de paille et photographie quelques scènes de vie. Le mousse est en train de piler le mil tandis que Mouloul rafistole ses chaussures. On se croirait à la maison un dimanche. J'ai cependant eu un choc quand, passant par-là, j'ai remarqué pour la première fois un homme assis seul, la tête nue, en train de préparer du thé. Je l'ai fixé plus attentivement et mon cœur a crié de désespoir : Mon Dieu, cet homme aux oreilles de chou et au crâne malingre, c'est Yeux Rieurs, celui dont le regard sensuel laissait espérer tous les charmes ! Je n'étais jamais allée jusqu'à les convoiter, mais j'avoue que ce fantasme avait agréablement nourri mon voyage jusqu'à maintenant. Un touareg enturbanné peut en cacher un autre. Ça m'apprendra ! »

La journée fut aussi marquée par ma première visite aux caravaniers, qui me permit de mieux cerner leur personnalité. Après le dîner de macaronis, j'avais demandé à mes deux compagnons si je pouvais amener ce qui restait dans la marmite à nos compagnons de route sans risquer de les vexer. Ils m'avaient dit qu'ils apprécieraient sûrement, je préparai donc trois assiettes avec des parts égales et me dirigeai vers leur campement. Autour du premier feu, je trouvai assis Mouloul, son compagnon et le jeune mousse. Je les saluai d'un « *Salam aleykum* » qui fut repris en chœur par tout le monde. On se dépêcha de me céder la plus jolie couverture et je m'assis parmi eux. Ils avaient l'air en effet ravis, et moi je l'étais encore plus. J'appris que le deuxième homme s'appelait Huden et le mousse, Abdulahi. Ce dernier n'arrêtait pas de rigoler à chaque fois que j'ouvrais la bouche. On arrivait à communiquer avec mon pauvre vocabulaire que j'enrichissais à chaque conversation par de nouveaux mots écrits pêle-mêle dans mon carnet. J'aimais particulièrement la compagnie de Mouloul, il montrait de la patience et de la compréhension, et m'enseignait toujours des mots nouveaux. Après le deuxième thé, je me levai et m'en fus voir le deuxième feu. Il y avait là Yeux Rieurs et l'homme en noir. Je posai l'assiette devant eux en disant : « *Atchou* ! Mange ! » C'est l'un des premiers mots touaregs qu'on m'ait appris et répété mille fois !

Leurs vrais noms étaient Taberko et Brahima. J'avais fini par céder un de mes chèches à Brahima, mais cela ne lui suffisait pas, je pense qu'il était de ceux qui envient toujours ce qu'ont les autres, et comme j'avais donné un pantalon neuf à Taberko, il voulait aussi sa part. J'essayai de le prendre sur le ton de la plaisanterie et lui dis le mot magique : « *Esumuskil !* » Mais Brahima ne semblait pas d'humeur à échanger quoi que ce soit avec moi. Sans plus m'attarder, j'allai voir le dernier caravanier, le mystérieux homme au mouton noir et blanc. Il voyageait seul avec ses huit chameaux et son mouton, et s'entendait bien avec Malik qu'il avait pris l'habitude de visiter tous les matins après le premier thé, suivi de son inséparable mouton. Je posai l'assiette de macaronis et discernai pour la première fois un sourire dans son regard impénétrable de marabout. Petit à petit, de bons liens se créaient et, à défaut de discussions, nous pûmes communier ensemble devant un verre de thé.

Cette ravissante halte n'était que le préambule d'une des traversées les plus éprouvantes qui fût pour rejoindre l'oasis de Fachi, à deux cent cinquante kilomètres à l'est. J'allais enfin observer le véritable rythme de la caravane de sel et son organisation stupéfiante qui avait permis à ce commerce de perdurer pendant un siècle. À l'aube, les hommes distribuèrent le fourrage aux chameaux pendant que les autres préparaient le thé et la bouillie de mil. Les premiers à finir leur repas commencèrent à charger tour à tour la paille, le bois et l'eau sur la soixantaine de chameaux. Ce travail dura plus d'une heure. Les chameaux les plus rébarbatifs ne manquèrent pas une occasion de se rebeller, et il fallut pour certains que deux hommes les maintiennent au sol tandis qu'un troisième plaçait les charges sur leur dos.

Les premiers chameaux chargés et reliés en chapelet partirent sans attendre les autres. C'était la loi du désert, ne jamais attendre – une loi qui convenait plutôt à mon impatience naturelle ! Au vu de l'effort et du temps que nécessitent le chargement et le déchargement des bêtes, on comprend aisément que la caravane, une fois en route, ne s'arrête plus jusqu'à la halte finale de la nuit. Les hommes avaient le droit de s'arrêter, mais pas la caravane. Après avoir marché environ trois heures, ils montaient sur leur monture. Quel bonheur alors de poser les fesses sur le chameau ! Le vent frais nous fouettait le visage et nos corps se redressaient. Sur un chameau, en plein désert, face à l'horizon infini, on se sent petit et pourtant infiniment grand et fier.

Quand le soleil bascula à l'ouest, l'heure de la prière annonça la première pause. Tous les hommes sautèrent à terre. Il devait être environ 14 heures. Un caravanier confia la direction de son chapelet à son compagnon, puis courut dans les dunes se dégourdir, se soulager, et prier. Il revint au bout de dix minutes, toujours en courant, et ce fut au tour de son compagnon de courir dans les dunes. Ainsi, la caravane n'altérait jamais sa marche et quiconque voulait faire une pause devait ensuite courir pour la rattraper ! J'adorais cette heure de l'après-midi où brusquement le désert s'anime des silhouettes de ces hommes courant dans les dunes. Il m'arrivait de faire des folies, comme de grimper une dune immense et de la dévaler à toutes jambes, arrivant ensuite à hauteur de la caravane les yeux exorbités et la langue pendante.

Heureusement, moi aussi j'avais droit au bol d'arajira. C'est à Abdulahi, le mousse, qu'incombait la tâche de préparer dans un bol cette bouillie de mil cru mélangé à des dattes. Tout en marchant, il versait sur ce mélange l'eau de la *guerba* qui pendait au flanc du chameau, puis courait de caravanier en caravanier. Chacun buvait quelques gorgées en marchant, puis Abdulahi courait vers le suivant. Quand la bouillie se faisait trop épaisse, il revenait ajouter de l'eau puis repartait, infatigable. Certains s'étaient demandé, au début, si je pourrais avaler cette bouillie sans tomber malade, mais j'avais finalement eu raison de leurs doutes. Ce n'était pas bon, mais il est certain que l'*arajira* avait des propriétés à la fois nourrissantes et hydratantes, et puis c'était rapide. De toute façon, aurais-je pu manger autre chose que les autres ? On avait voulu me forcer à prendre un cuisinier… mais un masseur eût été plus utile ! On digérait ce repas en marchant, puis, sous le coup de la chaleur – car il faisait très chaud quand le vent ne soufflait pas –, chacun remontait à chameau. Alors débutait une longue somnolence jusqu'au coucher du soleil.

Ma principale occupation consistait à regarder les chameaux défiler devant, derrière ou sur les côtés. Certains essayaient pendant des heures d'attraper quelques brins de paille sur leur confrère de devant. Quoi de plus terrible que d'être affamé et de voir pendouiller de la paille sous son nez toute la journée, c'était même révoltant ! Les plus rebelles avaient d'ailleurs droit à une jolie muselière en corde tressée, mais la plupart se tenaient tranquilles. Les chameaux sont vraiment des animaux incroyables. Avec le mien, on se supportait l'un et l'autre mais ce n'était malheureusement pas le grand amour. Depuis que nous étions au sein de la caravane, Idgnaz était le plus rapide de tous et m'entraînait contre ma volonté en tête de cortège. La plupart du temps, je m'épuisais littéralement à le tenir là où je voulais rester, c'est-à-dire soit au milieu de la caravane, derrière un chapelet de chameaux, pour lâcher la bride et me la couler douce, soit tout en queue, pour écouter mon Walkman ou simplement me retrouver seule, à l'abri des regards. Idgnaz demandait une attention permanente et c'est pour cela que je le maudissais, je ne pouvais jamais être tranquille, il fallait toujours qu'il me contredise. Il marchait lentement quand je voulais aller vite, accélérait quand je voulais ralentir. Mais, Dieu merci, j'étais maintenant capable de monter et descendre toute seule de ma monture, et j'avais observé comment procéder dans les cordons de dunes, où il fallait maîtriser entièrement sa monture au risque de faire dégringoler toute la troupe. Bien sûr, je m'aventurais encore avec prudence, et mes deux acolytes étaient toujours là pour me souffler des mots de prudence, je pouvais compter sur eux pour ça !

Vers 17 heures, j'avais pris l'habitude de descendre de chameau et l'attacher derrière la caravane de Malik avant d'aller escalader les dunes pour le coucher de soleil. Le disque embrumé disparaissait derrière l'horizon et quelques minutes plus tard les caravaniers étaient à terre, face à l'horizon crépusculaire, et se prosternaient au sol. L'heure du Maghreb était emplie de sainte sérénité. Le désert était plus silencieux que jamais et les hommes, le front tatoué de sable, marchaient en tête, les mains croisées derrière le dos, leur cortège de chameaux à leur suite. Quand les premières étoiles se mettaient à briller plein feu dans le ciel, tout le monde remontait à chameau, manteaux et couvertures soigneusement repliés sur soi. Commençait alors la longue et glaciale méharée. La nuit, en plein désert, le peu de notion de temps et d'espace qui nous restait disparaissait complètement. On se sentait ballotté, chaloupé sous les milliers d'étoiles comme de vulgaires moussaillons. Une espèce de torpeur nous saisissait et puis plus rien, on ne pensait plus à rien, seul notre corps nous parlait du froid et de la fatigue. Notre fessier nous sommait de changer de position, on obéissait, puis on retombait dans le même état second, se balançant d'avant en arrière comme des pendules fous.

Le troisième jour, au matin, nous avons discerné très nettement les contours de la falaise de Fachi. Avoir enfin devant les yeux un point concret vers lequel se diriger changeait considérablement notre perception des choses. On retrouvait ses repères. Je me souviens de cette journée, qui était plus chaude que les autres. Les yeux rivés sur la falaise au loin, je m'étonnai, après plusieurs heures, de ne pas l'avoir déjà atteinte. Je n'étais pas encore avertie des distances trompeuses du désert. Alors que le soleil tombait lentement à l'horizon, mon cœur battit plus fort dans ma poitrine et je lâchai un « oh ! » incrédule. Mes yeux venaient d'identifier brusquement la masse sombre bordant la falaise : une palmeraie ! Pendant toute la journée, j'avais fixé ce même point sans comprendre une seule fois que nous approchions d'une oasis. Mon ignorance avait du bon : je découvrais tout avec une joie de nouveau-né.

Nous sommes arrivés à la nuit tombée, l'oasis était calme. Comme le voulait la tradition, nous avons établi notre campement juste à l'extérieur de la palmeraie. Mais une dispute éclata ce soir-là avec mon guide à propos de l'emplacement très mal choisi de notre camp, en bas de la dune. Les caravaniers s'étaient installés en hauteur et, en plus, ils avaient des dizaines de bottes de paille qui les isolaient. Mais nous étions complètement à découvert et à peine avions-nous déchargé, qu'une grande caravane déboula du désert et vint à passer juste devant nous.

Ma colère explosa. Comment pouvait-il établir notre campement au bord de la route alors que nous avions toute la dune pour nous tout seul ! Nous n'étions plus dans le désert et j'avais besoin d'intimité comme si cette oasis me rappelait brutalement ma propre vulnérabilité féminine.

Dans mon carnet, je note :

« Fachi, 29 novembre 1998. Nous aspirons notre premier verre de thé matinal quand déjà, venues de derrière la palmeraie, nous voyons arriver en petits groupes des femmes kanouris portant sur leurs têtes des paniers remplis de dattes, de fruits et de pains de sel. Les Kanouris sont des sédentaires et dépendent étroitement du commerce caravanier : ce sont eux qui traditionnellement confectionnent le sel.

Je les accueille avec le sourire mais leur fait comprendre que c'est trop tôt pour faire les courses. D'autant plus que nous n'avons besoin de rien en particulier et qu'elles viennent me dévisager, de plus en plus nombreuses. Finalement, elles commencèrent à me demander des cadeaux, ce qui eut pour effet de me faire fuir du campement. Heureusement, Mouloul, Huden et le petit Abdulahi m'ont confectionné un abri en haut de la dune et même une petite cabine avec des bottes de paille pour que je puisse me laver. Je suis vraiment touchée de leur gentillesse et regrette déjà mon emportement. La première vraie douche en deux semaines est un bonheur sans nom qui me fait oublier toute ma rancœur.

Une femme nommée Haoua est venue en fin de matinée me visiter. Elle a l'air différente des autres, dans son regard, son attitude, mais je suis toujours sur le qui-vive, j'ai tellement peur qu'elle me demande quelque chose. Au lieu de cela, c'est elle qui m'enfile au poignet cinq petits bracelets tressés de fils noirs et blancs tout en m'expliquant que c'est elle qui les fait. Je lui ai proposé de manger une salade avec nous mais j'avais oublié que nous étions en plein mois de ramadan. Elle me dit qu'elle allait se reposer un peu et revenir après la chaleur, comme ça nous pourrions visiter l'oasis.

Haoua m'emmène d'abord visiter les jardins. Que de verdure et de fraîcheur ! Je regarde avec envie les femmes accroupies dans l'eau entrain de lessiver, plus loin d'autres se baignent dans leur grand pagne.

J'achète de belles salades, quelques oignons, des oranges et des tomates. Nous sommes bientôt rejoints par une bande d'enfants hilares que Haoua renvoie illico. Quelques-uns des plus tenaces restent cependant à distance respectable, dont un garçon aussi têtu que son âne. Il insiste tellement pour avoir sa photo que je cède, puis il me défie de pouvoir monter sur son âne. Alors là, si je suis capable de dompter Idgnaz, ce n'est pas son âne qui va me faire peur ! Je le pousse de là, et d'un bond par derrière je saute sur le dos de l'âne qui commence à trottiner de travers au milieu des palmiers. Diable, ça ne doit pas être évident de faire garder le cap à un âne !

Ma nouvelle amie m'invite à passer chez elle. C'est une maison en banco où la belle lumière de fin d'après-midi filtre par le toit ouvert et vient caresser les visages. Elle m'emmène sur le toit et me dit que, si je veux, je peux reprendre une douche, je ne me le fais pas dire deux fois et en profite pour bien m'astiquer le crâne. Sitôt fini, sa petite sœur s'applique à me tresser les cheveux. Je l'ai prévenu qu'avec mes cheveux fins et raides elle aura du travail. Pendant une heure, je reste accoudée à son genou dans une délicieuse langueur pendant qu'elle me tisse de fines nattes de ses doigts agiles. Le résultat me plaît beaucoup, avec ça mes cheveux ne s'emmêleront plus et se saliront beaucoup moins. Je demande à Haoua si elle veut passer ce soir me voir mais j'oublie encore le carême. Elle me raccompagne jusqu'à la porte de l'oasis et on se dit à demain. Je me sens fraîche et dispose après cette excellente journée, et cours presque vers notre caravane. Mes compagnons saluent au passage ma nouvelle coiffure puis on m'annonce d'un "*tikle tufat !*" que le départ sera demain matin. Je regrette déjà mon campement perché dans la dune et le sourire de Haoua ».

Le lendemain matin, un vent de sable violent se leva. Pendant que les hommes rassemblaient les chameaux pour le chargement, des femmes et des enfants sont arrivés avec des paniers qu'ils remplirent de crottins pour parer au manque de combustible. Haoua est venue aussi de bon matin, accompagnée d'un jeune instituteur très gentil qui a l'air complètement incrédule. Allais-je vraiment partir à pied dans le désert avec cette caravane ? N'avais-je pas peur des chameaux ? J'essayai de répondre à toutes ses questions avec sérieux. Je lui promis surtout que j'écrirai un livre et que je lui enverrai par la prochaine caravane… en plus des manuels scolaires un peu récents dont son école a besoin.

Le vent énervait les bêtes. Mouloul me tendit la corde de son chapelet de chameaux en me faisant signe d'avancer « là-bas ». Lui devait aider les autres à charger. Je me mis donc au commandement de dix chameaux et entamai la marche seule sous les yeux éberlués de l'instituteur. Avec Haoua, il m'accompagna un bout de chemin en m'avouant qu'à force de voir cette caravane, il avait toujours rêvé de traverser le désert. *Inch'Allah.* Ce n'est pas moi qui vais lui dire que c'est impossible.

Alors que Malik et le guide m'avaient rejointe, les bagages du chameau de bât tombèrent à leur tour. J'essayai de faire stationner Idgnaz pendant qu'ils refaisaient le chargement, mais énervé par le vent, mon chameau refusait de s'arrêter. Je criai à mes compagnons de me rattraper devant et partis seule rejoindre la caravane. Le chemin qui nous attendait après les palmeraies de l'oasis n'était que dédale de pierres au passage très étroit où se bousculaient hommes et bêtes. Dans cette cohue, j'arrivai seule et j'avais beau freiner mon méhari, celui-ci s'obstinait à avancer à toutes jambes, dépassant tous les autres. Je me retrouvai donc bientôt en plein milieu de la caravane dans un vent de sable épouvantable.

Devant moi, les caravaniers brandissaient leur cravache au-dessus des croupes des chameaux qui, aveuglés par le sable, trébuchaient sur les cailloux. Je pris au hasard une piste sur le côté qui me mena par chance derrière Mouloul, Huden et Abdulahi qui avaient aussi pris du retard. Mais qu'est-ce que je foutais là toute seule ? Je haussai les épaules et fis un geste d'impuissance en regardant derrière moi. Ma caravane n'était toujours pas là. Je décidai de me placer sagement à la queue de leur chapelet mais je compris vite que ce n'était pas une bonne planque, il y avait trop de cohue, pas assez de place, et surtout ce damné vent qui nous aveuglait à moitié.

Mouloul eut l'air de comprendre mon désarroi et me fit signe de ne pas attendre et d'avancer. Je le regardai, pleine de doute, mais à court d'argument tamasheq, j'acquiesçai de la tête. Arrivée à une bifurcation, j'empruntai donc une piste parallèle et me retrouvai bientôt complètement seule.

D'étroits sillons creusés sur un plateau rocailleux marquaient la route des caravanes vers Bilma. Je descendis de chameau pour ralentir mon allure et commençai à marcher, tête baissée, avec le vent qui sifflait dans mes oreilles et les pieds cognant contre les cailloux. Quelle étrange sensation d'angoisse et d'excitation de se sentir seule au milieu de nulle part. Loin derrière moi, j'entendais vaguement des blatèrements. Puis j'arrivai à un grand plateau rocheux et ce fut le silence. C'est alors que, dans la semi-visibilité, je vis soudain une masse sombre converger vers moi. Tel un fantôme, l'ombre se déplaçait lentement, soulevant des tourbillons de poussière. Paralysée, je regardai cette masse se rapprocher. Des centaines et des centaines de chameaux avançaient telle une armée de centaures, les hommes flottant dans leurs grands voiles. Mon cœur bondit. J'étais seule face à une véritable armada ! La situation était à la fois extraordinaire et grotesque. J'aurais voulu disparaître sous terre, mais j'eus seulement le temps de cacher mon visage sous mon chèche. Déjà les cris des caravaniers fusaient. Il devait y avoir au moins quatre cents chameaux, et la moitié était en train de défiler à côté de moi. Nous nous regardâmes avec stupeur. Personne ne s'arrêta, mais je sentis les regards perçants. Ils me parlèrent sans que je comprisse rien, à part ces mots d'un caravanier qui me cria avec autorité : « Monte ! » J'étais à pied, épuisée. J'attendis que le convoi me dépasse puis baraquai mon chameau et, tenant la bride sous mon pied comme me l'avait appris Malik, je me hissai d'un bond sur son dos. Des « *You hou hou !* » fusèrent alors de partout. Tous les caravaniers étaient retournés en arrière sur leur monture et m'observaient en riant. Je réalisai soudain qu'ils avaient dû avoir plus peur que moi en voyant une Chinoise sortir des entrailles du désert au beau milieu d'une tempête de sable. Un fou rire me prit, relâchant la tension. Mon Dieu, que c'était bon de poser enfin ses fesses sur la bosse !

Au-delà des passages sinueux des falaises, nous déboulâmes sur un vaste erg. Malik et les autres m'ayant rejointe, nous nous fondîmes dans cette nouvelle caravane. Je pus l'observer à loisir. Elle comptait en majorité des hommes à la peau très noire. Tous avaient des allures de brigands de grand chemin avec leurs hardes et leurs turbans déchirés, haut perchés sur leur méhari, le corps balançant nonchalamment d'avant en arrière. Plus libre de ses mouvements, Idgnaz était le plus rapide de ces chameaux. Peu à peu encouragée par les caravaniers, je me laissai entraîner en tête pour surprendre l'avancée inexorable de cette armée de pirates au coucher de soleil. Sur l'horizon flamboyant, tandis que l'ombre des hommes se confondait avec celle des bêtes pour ne former qu'un seul et même corps aux contours fantastiques, la grande caravane avançait, illuminant le désert de sa grâce et de son mystère. Jamais je n'avais imaginé arriver à Bilma sous l'escorte d'un si incroyable équipage.

Nous avons posé notre campement au pied des salines de Bilma, à quelques kilomètres du village. Des centaines de caravanes étaient stationnées là, rythmant la vie de l'oasis au gré des départs et des arrivées. Mes compagnons entamèrent immédiatement les échanges avec les Kanouris, troquant leurs dattes contre du blé ou des tissus amenés d'Agadez. Quant à moi, je dus régler un problème qui accapara tout mon temps. J'avais décidé de faire le voyage retour jusqu'à Agadez en caravane avec mes trois chameaux et

Malik, mais sans mon guide. Je n'avais pas assez d'argent pour lui payer un supplément de quinze jours et honnêtement, je n'en voyais pas non plus l'utilité. Il était payé le double du chamelier et effectuait deux fois moins de travail. Mais quand je lui eus dit que son contrat n'était pas renouvelé, il devint tout rouge et me répondit que je n'avais pas le droit de voyager sans un guide : il fallait que je rentre avec lui en voiture ! Je le regardai et failli éclater de rire. J'étais escortée des plus grands guides caravaniers de la région ! Pour le calmer, je lui dis que s'il rentrait tout de suite à Agadez il trouverait sûrement un travail beaucoup mieux payé, car c'étaient les vacances de Noël et que les touristes abondaient en cette période de l'année. Mais il opposa une résistance à laquelle je ne m'attendais pas du tout. Brandissant ma feuille de mission, il répéta que je devais rentrer avec lui en voiture. « Un étranger ne voyage pas sans son guide ! », n'arrêtait-il pas de dire. Cette situation était parfaitement ridicule, mais ce n'était que le début.

Au bout du deuxième jour, mon guide menaça de me dénoncer aux autorités de Bilma : les lois sur la sécurité interdisaient en effet de voyager sans un guide d'agence attitré. Ce chantage me mit dans une grande colère. Je conviai Malik, qui se rangea tout de suite de mon côté et essaya de convaincre le guide, sans succès ; Mouloul et Huden se joignirent également à nous. Au bout du quatrième jour, je me résolus à payer mon guide pour qu'il parte. J'avais juste de quoi payer le ravitaillement pour le retour, mais j'écrivis une lettre m'engageant à lui donner un bonus pour bons et loyaux services dès que je serais de retour à Agadez. Mon guide accepta ce compromis à mon grand soulagement. Je ne connaissais pas suffisamment les touaregs, j'ignorais qu'il serait l'objet de moqueries en rentrant sans « son étranger » et que cela nuirait à sa réputation. Sidi fut d'ailleurs inflexible et refusa que je lui paie quoi que ce soit de plus. Le cinquième jour, nous embarquâmes tous les deux à bord d'un taxi-brousse jusqu'à l'oasis de Dirkou, à trente kilomètres de Bilma. Là, il prit son camion, tandis que je m'en allai acheter le strict nécessaire pour le retour.

Je n'avais plus un sou, il m'arrivait même de mendier auprès des touristes. Dès qu'un convoi de 4x4 arrivait à Bilma, je leur demandais des piles pour mon Walkman ou un Doliprane pour mes amis. Souvent, les touristes me confondaient avec les touaregs et me saluaient en tamasheq avec application, déclenchant mon fou rire. Un jour, une touriste italienne venue visiter les salines me trouva dans mon campement de paille, sale, les cheveux couverts d'un chèche, au milieu de centaines de chameaux. Quand elle voulut me prendre en photo, je lui fis d'abord chercher une boîte de pellicule avant d'accepter. « Si je meurs dans cette caravane, votre cliché vaudra de l'or ! » lui dis-je. J'étais complètement immergée dans ce monde et n'étais vraiment pas pressée d'en sortir.

Le retour avec Malik, la caravane de Mouloul et environ six autres caravaniers croisés à Bilma me fit franchir une autre étape expérimentale. L'occasion en fut ce pauvre Idgnaz, que mes promenades éreintaient. Je le faisais baraquer plusieurs fois par jour pour pisser derrière lui, à l'abri des regards, ou pour prendre une photo. Maintenant que je connais très bien les chameaux, je sais que ces arrêts incessants l'épuisaient, mais personne n'avait le cœur à me réprimander – et après tout, c'était mon chameau. Idgnaz se chargea de me dire qu'il en avait assez. Le soleil se couchait, j'étais restée loin derrière la caravane pour immortaliser – une fois encore – ce moment. Alors que je remontais en selle, Idgnaz bascula son arrière-train et me fit tomber. Il tenta même de s'échapper et je le récupérai de justesse, mais la selle se détacha avec tous les bagages. La caravane poursuivait son chemin, loin devant. Le temps que je rattache tous les sacs, il ferait nuit. Alors je pris une inspiration et poussai le cri du caravanier éploré. Presque aussitôt, là-bas, une silhouette sauta de son chameau et se mit à courir dans ma direction. Mon sauveur était un jeune caravanier que j'avais souvent vu parler avec Malik. Je regagnai avec lui, la tête basse, les rangs de la caravane. En souriant, Malik me mit en garde contre les Kel Essouf, ces esprits qui rôdent dans le désert. Quant à moi, je me jurai que cette situation ne se reproduirait pas !

Cette nuit-là, je dis à Malik que je lui laissais Idgnaz et que je prenais Abouzak, son chameau. Il éclata de rire. Abouzak n'était pas un chameau de selle, mais un chameau de bât ! En outre, il tirait deux autres chameaux, ce qui signifiait que je ne pourrais plus me promener à ma guise. Mais je lui promis que j'en avais terminé avec les ballades. J'ajoutai que la selle était inconfortable sur les grandes distances : les caravaniers montaient sur une couverture calée entre deux charges de sel, cela leur permettait de plier et déplier les jambes. Malik me regarda d'un air inquiet. J'avais vraiment l'intention de me mettre à la tête d'une caravane de trois chameaux ! Malgré tout, il savait que ma relation avec Idgnaz s'était détériorée et qu'achever ce voyage ensemble pouvait lui être fatal. C'est donc en chamelier consciencieux qu'il accepta de monter sur la selle d'Idgnaz à ma place. Nous fîmes le transfert le matin même, à ma grande excitation.

Mouloul et son groupe assistèrent à ce troc de chameaux avec bonne humeur. Il n'était plus question de marcher à mon rythme de citadine, je devais à présent régler mon allure sur celle de tous les caravaniers. J'admirais l'agilité des caravaniers qui, en deux mouvements, immobilisaient d'une main la gueule du chameau – lequel pouvait mordre, car il portait déjà cent kilos de charge et n'avait pas envie d'un poids supplémentaire – tandis que, de l'autre, ils se hissaient dessus, n'interrompant ainsi jamais la marche de la caravane. Mes premières tentatives furent couronnées de succès et de *yihihi* flatteurs, mais je me livrai à cette épuisante acrobatie le moins possible. Malik, lui, avait fière allure sur sa selle et même Idgnaz semblait avoir repris du poil de la bête. Quant à moi, j'adorais faire glisser mes pieds nus dans la crinière épaisse d'Abouzak et cela me tenait chaud la nuit. J'étais devenue « *Tarlemt'n Alissa wan eliki* », Alissa en caravane montée sans selle.

Les jours suivants, nous les passâmes comme dans une grande famille solidaire. Mouloul et Huden nous aidaient dès qu'ils avaient le temps, malgré l'énorme travail que représentait le chargement du sel et des dattes, pesant près de cent cinquante kilos. Le matin, ils aidaient le vieux Malik à charger les chameaux, à midi nous partagions à cinq le bol d'*arajira*, et à l'escale nocturne, pendant que Malik entravait les bêtes et les nourrissait, il y en avait toujours un pour me couper du bois, malgré la fatigue et le froid. Car c'est le feu qui nous faisait tenir encore deux bonnes heures la nuit et nous empêchait de sombrer sous nos couvertures, sans manger ni boire de thé. Dès que les flammes montaient, je me tenais accroupie de longues minutes et laissais pénétrer cette chaleur en moi. Alors que je n'aurais rien pu avaler quelques minutes plus tôt, je me sentais soudain un appétit de loup et d'attaque pour la préparation du repas. Il fallait d'abord trouver dans l'obscurité les ustensiles de cuisine et les ingrédients, les dessabler et mettre à chauffer la grosse marmite. Puis j'aménageais autour du feu les couvertures et les tapis de selle, et j'avais le loisir de réfléchir à ce qui allait agrémenter ma sauce tomate – des pâtes, du riz ou de la semoule. Malik arrivait généralement pendant la cuisson du repas et, avec un grand sourire, commençait par astiquer amoureusement la théière et les petits verres. Autour de nous, les bruits de la caravane montaient et descendaient au fur et à mesure que les hommes écrasaient le mil à grands coups de pilon. Je calais en général après la première assiette et Malik me disait d'un air offusqué « *Atchou, Atchou !* ». Quand les forces nous le permettaient, nous préparions, en attendant le deuxième thé, la *tagella*, le pain cuit dans les cendres chaudes sous le sable, que nous pourrions manger en selle. Je mettais alors en marche mon radio-cassette et il n'y avait rien de mieux pour donner de l'entrain au vieux Malik. Nous ne passions pas notre temps en grandes conversations, mais nous avions, depuis que le guide était parti, la complicité de deux baroudeurs. Quand toutes ces tâches journalières étaient achevées, je m'endormais en pensant que jamais je n'arriverais à me lever le lendemain. Puis le crissement des premières flammes dans l'aurore encore profonde me tirait du sommeil et j'ouvrais les yeux sur les ombres du paysage que je découvrais enfin. Sable d'une finesse extrême ou légèrement rugueux, désert plat ou cerné de dunes, c'était toujours différent. Je m'étirais dans mes couvertures et saluais solennellement Malik d'un « *Madjafo* ». « *Alker ghas*, Alissa, *alker ghas* », me répondait mon cher Amghar dans un sourire. Et c'était reparti pour une nouvelle étape dans les rugissements des chameaux et les *Yihihi* des hommes.

Je me sentais invincible et fière de mes exploits, mais parfois j'étais bouleversée par un rêve devenu trop réel. La magnificence et la richesse des caravanes d'antan n'existaient plus, il n'y avait plus de tentes, même plus de selles, les seigneurs du désert étaient en haillons et je vivais cette nostalgie comme si j'avais été moi-même un guerrier sans apparat. La caravane, c'était la force brute qui charge et décharge le sel. C'étaient les plaies à vif des mains, les chameaux qui meurent d'épuisement et les caravaniers en loques dans le vent glacial.

Mais la nuit, la caravane dévoilait toute son âme millénaire. Quand l'obscurité aiguisait les silhouettes et que le désert se berçait au rythme des pas feutrés des chameaux, notre équipage qui avait subi de longues heures de fatigue chavirait d'avant en arrière, ballotté sur un horizon sans fin. Puis un cri rompait le silence et venait percuter la caravane de son énergie, balayant de son vent chaud nos corps transis de froid. Comme prise d'assaut par ce cri de bravoure, la caravane se réveillait, et les hommes, répondant à cet appel, répercutaient à leur tour ce cri dans la nuit. Enfin, le signal du guide *madugu* vint interrompre notre marche forcenée. Sous le ciel sans lune, emmitouflée dans ma couverture après avoir dessellé Abouzak et ses bagages, je m'endormis sur place, dans la chaleur de son flanc chaud, et comme dans un songe je vis passer de chaque côté des chapelets de chameaux. Et c'était ainsi que la caravane animait la nuit du désert, et que le désert animait le rêve des hommes.

Et puis un matin je me suis réveillée sans le bruit de tam-tam des hommes pilant le mil. Je me suis réveillée sans le rugissement des chameaux, sans le froid piquant qui me poussait près du bon feu où je distinguais la silhouette bleue de Malik. J'étais rentrée à Agadez et, le jour même, j'avais suivi Sidi qui accueillait une équipe archéologique de *National Geographic* venue faire un reportage sur les girafes de Dabous gravées dans la roche depuis neuf mille ans. Je retrouvai avec plaisir mes anciens combattants stupéfaits car, apparemment, j'avais grossi pendant ces quarante jours de caravane ! Je n'en savourais pas moins les petits plats préparés par le cuisinier de *National Geographic* qui me les apportait en cachette dans le campement du staff touareg. Déboussolée, je me sentais incapable de tenir une conversation avec mes semblables. Mais il fallait bien se résigner à rentrer. Un matin, au réveil, je vis passer le photographe japonais du magazine et le saluai machinalement d'un bonjour honorifique. Il resta sans voix. Mon opération camouflage avait été plus que réussie ! À présent, il allait me falloir changer dans l'autre sens…

3

Caravan to the future : trois mille kilomètres de tournage à dos de chameau

(Niger, 2003)

> « Ce ne sont cependant ni les Tubus ni les Haussa, c'est-à-dire ni les producteurs, ni les consommateurs, qui se livrent à ce grand trafic, mais c'est un tiers qui, s'interposant, pourvoit aux besoins de ces derniers, en se créant lui-même des moyens d'existence. Ce tiers est l'indigène des régions inhospitalières qui s'étendent entre le nord et le midi.
>
> Parcourant des espaces immenses, il se rend aux mines de sel, charge de leur produit ses centaines et ses milliers de chameaux, et faisant des trajets qui durent des mois entiers, se rend aux contrées où les habitants lui prennent volontiers son sel en l'échangeant contre du blé ou des produits de leur industrie, tant est gravé profondément dans les lois de la nature le principe de la solidarité des peuples par l'échange des productions. »
>
> Heinrich Barth[1]

---

1. Heinrich Barth, *Voyages et découvertes dans l'Afrique septentrionale et centrale*, traduit de l'allemand par Paul Ithier, 4 tomes, Paris, Bohné, 1860-1863, tome 1, p. 278.

Bushidō touareg

Après ce premier voyage en caravane, j'ai commencé à me documenter sur tout ce qui concernait les touaregs. En réalité, ce peuple s'appelait lui-même *imajeren*, les « hommes libres ». L'origine du mot « touareg » qui leur collait à la peau était diverse, mais je retins une hypothèse qui me sembla leur aller à merveille. Fuyant l'islamisation forcée au VIIe siècle, ils se seraient enfoncés très profondément dans le désert, ce qui leur aurait valu des Arabes le nom de Tuareg, les « abandonnés de Dieu ». Mais ce qui me plaisait le plus, c'était que malgré leur conversion volontaire à l'islam des siècles plus tard, ils avaient conservé une société matriarcale et monogame.

Certains considéraient que leur ancêtre était Tin Hinan, une reine berbère qui aurait vécu au IVe siècle au sud du Hoggar, en Algérie. Mais là-dessus, les touaregs étaient partagés. Car comme au temps du *sengoku jidai* (« l'âge des provinces en guerre »), où les tribus de samouraïs s'entretuaient, les touaregs passaient leur temps à se faire la guerre les uns aux autres. J'appris que les touaregs du Hoggar étaient considérés comme des traîtres par les touaregs de l'Adagh au nord du Mali, que ceux du Tassili n'Ajjers détestaient qu'on les compare aux touaregs du Niger. Ils étaient unis en fractions qui avaient été coupées par les frontières. Malgré ces clivages, une langue – le tamasheq – et un code d'honneur unissaient les touaregs en une confédération sociopolitique et culturelle.

Ce code d'honneur s'appelait *asheq*, et régentait chaque acte de la vie quotidienne. En particulier, les hommes étaient tenus de se voiler la bouche en face des femmes ou des personnes âgées pour exprimer humilité et respect. La parole était sacrée. Je fus stupéfaite de découvrir que le non-respect de l'*asheq* pouvait déshonorer un homme. On racontait que jadis, un chef se vanta de pouvoir écraser l'ennemi d'un revers de la main, mais revint seul et vaincu : tous ses guerriers étaient morts. Pour le punir de son arrogance, son épouse lui ordonna de se voiler le visage et de cacher ainsi sa honte. Sur le champ de bataille, l'homme devait combattre son ennemi dignement. S'il s'avisait de mal se comporter, les femmes pouvaient composer des poèmes et cette honte le poursuivait toute sa vie. On disait d'ailleurs qu'elles étaient la ceinture de l'homme. Gare à celui dont le pantalon pouvait tomber ! J'étais bel et bien en présence du *bushidō*, dont les gardiennes n'étaient autres que les femmes !

De 1999 à 2001, je repartis plusieurs fois au Niger puis au Mali au gré de mes missions pour la JICA. Dès que j'avais fini mon travail, je quittais les rives du fleuve Niger et m'enfonçais dans le désert. Je découvris la vie des campements nomades à une trentaine de kilomètres d'Arlit, la ville uranifère qui, des années plus tard, allait révéler toute sa nocivité. Mais à l'époque, la région était encore un éden, une vallée verdoyante où pâturaient des troupeaux de chèvres, de moutons et de chameaux. Sur ces terres de pâturage irriguées par les eaux fossiles, plusieurs familles vivaient sous la tente traditionnelle en bois et nattes de palmiers doums.

C'est là que je fis connaissance avec les femmes touarègues. Comme elles étaient belles et fières, ces bergères ! Aux heures chaudes, sous la tente, les jeunes filles s'allongeaient sur les genoux des vieilles et se faisaient tresser langoureusement leur belle chevelure noire et ondulée. Puis chacune se repliait un moment sous ses voiles. En fin d'après-midi, on relevait les pans latéraux de la tente pour laisser passer le vent. Le campement s'animait au rythme des troupeaux de moutons et de chèvres qui rentraient des pâturages. Les femmes qui étaient allées au puits revenaient à dos d'âne, chargées de lourdes outres. Après le repas, les mortiers à piler le mil se transformaient en tambour. Quel étrange ustensile que ce *tendé* qui, recouvert d'une peau de chèvre tendue par deux bâtons, servait de percussion ! Assises à trois en équilibre sur les bois de ce tambour de cuisine, leur voile négligemment noué sur leur chevelure, les femmes chantaient de leur voix haute et claire les épopées guerrières de leurs ancêtres. Le son lancinant, lourd et grave du mortier était accompagné de youyous qui ne ressemblaient à aucun autre. C'était un cri d'oiseau qui vibrait au rythme de leur langue comme un battement d'ailes. Pour mon plus grand plaisir, le *tendé* était souvent associé à la danse des chameaux.

La première fois que je vis ce spectacle incroyable, c'était en pleine nuit, lors d'un mariage au sud d'Agadez. Je m'étais assise dans l'obscurité à côté des joueuses de *tendé* qui formaient un cercle dans le désert. Soudain, on entendit des cris d'hommes qui arrivaient au galop sur leur méhari. Sortis de nulle part, ils se mirent à tourner autour du cercle des femmes au rythme du tambour. Mes yeux peu à peu accoutumés à l'obscurité purent distinguer les magnifiques harnachements en cuir de leurs chameaux blancs qui frappaient contre leurs flancs. Les hommes vêtus de riches tuniques indigo étaient complètement voilés et tiraient avec force le cou de leur méhari pour le faire danser très lentement. Des dizaines de chameaux tournaient ainsi autour de nous, excités par les *yihihi* et les *tarlilit* des femmes à vous fendre l'âme. Derrière moi, un homme aux yeux de braise passa et repassa en faisant danser son chameau tellement près que je sentis le frôlement de ses pattes dans mon dos. Je ne bougeai pas. Curieusement, cette sensation éveilla peu à peu tous mes sens et je compris qu'une femme puisse être séduite par la danse d'un chameau.

C'était d'ailleurs le meilleur danseur qui avait droit à toutes les faveurs ! La femme touarègue était reine : toujours courtisée en groupe, elle choisissait celui qui avait le plus d'esprit durant les joutes oratoires au cours desquelles les jeunes hommes rivalisaient en poésie. L'heureux élu revenait ensuite en pleine nuit, quand le campement dormait, et se faufilait dans sa tente. Avant l'aube, il repartait. L'*asheq* interdisait de montrer au grand jour une relation intime hors mariage, mais celle-ci était tolérée à condition que la fille ne tombe pas enceinte. Progressivement, je découvrais une société musulmane et matriarcale où les femmes avaient depuis toujours le droit de divorcer. La tente était leur propriété, léguée de mère à fille. En cas de divorce, le mari se retrouvait dans l'*assouf*, qui signifie à la fois « désert » et « solitude », jusqu'à ce qu'il retrouve une autre tente.

La force incroyable des femmes se retrouvait dans une tradition très ancienne autour de l'*imzad*, un violon à une corde qui avait le pouvoir d'apaiser le cœur des hommes avant la bataille. L'*asheq* interdisait de toucher aux femmes, aux vieillards et recommandait de traiter son ennemi avec respect. Mais les temps avaient eu raison de cette vie qui disparaissait au fur et à mesure de la sédentarisation. Les poèmes d'amour et de guerre avaient fait place à une lutte pour la survie. Je savais que j'assistais aux derniers éclats d'une civilisation ancienne et ce sentiment me poussa à retourner autant que je le pus dans le Sahara.

Filmer la caravane

Après ces longs mois de désert, le processus inverse, qui consistait à revenir à Tokyo, eut des effets dévastateurs sur mon moral. En même temps, ces effets furent révélateurs. Dans ce grand écart entre le désert des touaregs et la mégapole japonaise, où la société de consommation m'apparaissait dans toute son horreur, je réalisais ma chance d'avoir connu un autre monde qui m'avait donné confiance en l'existence d'une autre humanité.

Même à Tokyo, la caravane de sel me hantait. J'entendais le vent, les pas feutrés des chameaux sur le sable, le son des cordages qui grincent, le bruit du thé qui coule dans les verres et le crissement du feu. Ces sons résonnaient en moi, apaisaient mon âme. Ils me confrontaient aussi à un système à la dérive, où l'individu était pris en charge dès sa plus tendre enfance pour être moulé dans une identité unique. C'est pour cela que j'eus envie de faire un film sur la caravane de sel, pour tous les moutons noirs au milieu de la foule compacte.

Sur cette caravane, il existait de nombreux documentaires, mais ils se résumaient souvent à de très belles images accompagnées d'un scénario dramatique qui se concluait par « la dernière caravane des seigneurs du désert ». Je n'avais pas la moindre expérience en matière de film documentaire, mais je savais que la caravane de sel était bien plus qu'une image de carte postale.

Après ma première traversée, j'avais eu la surprise d'apprendre que le véritable terminus des caravanes n'était pas Agadez mais Kano, au Nigeria. Ma route de quarante jours n'avait été qu'un simple tronçon de mille quatre cents kilomètres sur les trois mille kilomètres que parcourait cette caravane pour écouler le sel et les dattes dans le Sahel. J'étais stupéfaite de mon ignorance et du peu d'informations sur ce commerce. Aucun documentaire ne parlait de cette route du Sud et je dus attendre 2001 pour trouver une documentation précise sur ce sujet qui allait orienter mon projet de film.

Un livre combla mes lacunes. *Les Touaregs face aux sécheresses et aux famines*, de l'ethnologue allemand Gerd Spittler proposait une immersion dans le monde caravanier de la région de Timia, une oasis au nord-est d'Agadez[1]. À la fois éleveurs, agriculteurs et caravaniers, les Kel Ewey étaient les grands convoyeurs traditionnels de la *taghlamt*, la caravane de sel. Loin de s'arrêter à Agadez, ils poursuivaient leur traversée jusqu'au nord du Nigeria, approvisionnant sur leur passage tous les marchés du sud, nomadisant avec leurs chameaux avant de rentrer, six mois plus tard, chargés de céréales pour leur campement. De ce commerce dépendaient aussi les sauniers kanouris de Bilma et les paysans haoussas qui bénéficiaient du fumier des chameaux pour fertiliser leurs champs. Pourquoi ne parlait-on pas plus de ce commerce local, écologique et équitable dont l'envergure exceptionnelle reliait les zones nomades aux terres

1. Gerd Spittler, *Les Touaregs face aux sécheresses et aux famines : les Kel Ewey de l'Aïr (Niger)*, traduit de l'allemand par Michèle Greiner, Paris, Karthala, 1993.

sédentaires ? Spittler évoquait sans détour les politiques de développement qui favorisaient l'importation des véhicules et la sédentarisation. Au cours des sécheresses des années 1980, la coopération allemande avait fait don d'un camion pour acheminer le sel de Bilma, mais au bout de quelques années il était tombé en panne. Qui, du camion ou du chameau, était une utopie romantique ? La réponse de Spittler était claire : sur le long terme, la caravane était inscrite dans une réalité économique comme seul moyen rentable d'approvisionner durablement des zones complémentaires mais séparées par un désert. Pour le prouver, il avait publié une étude comparative entre les bénéfices de la vente du sel par camion et par chameau. Le résultat était stupéfiant : perdant en vitesse, mais gagnant en coût d'entretien et de carburant, la caravane était largement en tête !

Cependant, cela n'intéressait personne. Les maisons de production voyaient plutôt dans mon projet l'opportunité de filmer une femme seule dans le Ténéré avec des hommes bleus, des scorpions et des tempêtes de sable. Quoi que je fisse, on m'encourageait à réécrire mon projet de documentaire en m'incluant comme personnage à l'image. En 2000, après une mission de la JICA, je finis par embaucher un caméraman à Niamey pour m'accompagner dans les campements nomades et faire quelques essais. Le teint charbon et l'esprit jovial, Zazi appartenait à l'ethnie zarma et n'avait jamais mis les pieds dans le Sahara. Son arrivée chez les touaregs fut le vrai scoop et, avec le temps, je me dis que c'est moi qui aurais dû le filmer, et non l'inverse. La qualité médiocre de ce premier essai de tournage eut au moins pour effet de me convaincre que j'étais une très mauvaise reporter télé. Je revins donc à mon idée initiale et me consacrai entièrement à l'écriture d'un nouveau projet de documentaire filmé à dos de chameau jusqu'au terminus à Kano. Mais en 2001, je tombai gravement malade et partis chercher un traitement traditionnel en Afrique centrale. Je ne retournai pas dans le désert pendant deux ans.

Benedict Allen

En avril 2003, je tombai sur un reportage de la BBC mettant en scène un explorateur du nom de Benedict Allen qui se préparaît à traverser le désert du Namib avec trois chameaux. L'entreprise de cet Irlandais à la tignasse rousse et au teint rose me sembla tout d'abord sans intérêt. J'y voyais encore un reportage filmé avec de gros moyens et une logistique à mille lieues de ce qu'on voulait nous vendre à l'image : l'aventure. Toutefois, une semaine plus tard, je retombai sur le même explorateur, mais qui avait considérablement changé. Le teint cramé et les yeux luisants de désespoir, il confiait à la caméra qu'il s'était perdu et qu'un de ses chameaux était mort. Le reportage était composé de plusieurs épisodes d'une trentaine de minutes et suivait le périple de Benedict Allen jusqu'à la Skeleton Coast, un désert d'une beauté époustouflante qui longeait les côtes déchiquetées de l'Atlantique. Curieuse de savoir comment avait été filmé ce voyage, je lus attentivement le générique et vis qu'il n'y avait aucune équipe de tournage : tout avait été filmé par Allen lui-même grâce à un panneau solaire et une perche ! Cette information me fit l'effet d'un électrochoc.

Moi qui pensais que j'étais condamnée à devoir accomplir cette traversée avec un cameraman et un véhicule pour charger les batteries, voilà que je découvrais que je pouvais le faire seule ! Je décidai d'aller rencontrer Allen à Londres, où il habitait, et d'obtenir des conseils techniques utiles à mon projet. Hélas, ce premier rendez-vous fut assez décevant. Ses tournages étaient soigneusement préparés par l'équipe technique de la BBC et il ne pouvait rien me dire du type de panneau solaire ou de caméra. Cependant, il lut avec attention mon projet et m'encouragea à filmer cette traversée telle que je l'avais vécue : seule. « Entraîne-toi à te filmer toi-même avec une petite caméra et une perche, tu verras, tu vas t'habituer », me dit-il. Il s'était lui aussi filmé en train de traverser seul un tronçon inexploré de l'Amazonie dans des conditions épouvantables : c'était un explorateur moderne. Mais moi, je voulais juste filmer les caravaniers. Je lui promis néanmoins d'essayer et lui empruntai son unique cassette VHS de la série Skeleton Coast en lui jurant que je la lui renverrais de Paris. Le soir même, j'en visionnai une partie, puis m'assoupis. Le lendemain, je remis en marche le lecteur, mais à la place d'Allen je découvris horrifiée une série américaine que mon frère avait autoprogrammé dans la nuit : tout avait été effacé ! J'écrivis à Allen un mail consterné. Comment pouvais-je me faire pardonner cette bévue ? À ma grande surprise, il prit cela comme un coup du destin et me demanda avec un humour très british de lui envoyer un poème. Pour le reste, il irait s'expliquer auprès de la BBC.

Je n'avais jamais écrit de poème. Pendant des jours, je restai à écouter la pluie tomber et à lire ses aventures sur l'Orénoque au milieu des chauves-souris, des garimpeiros et des chamans. C'était le printemps, l'air était doux. Je finis par lui envoyer un poème en japonais et sans traduction.

Il me répondit qu'il en aimait beaucoup la résonance ; quand aurait-il le privilège d'en connaître le contenu ? Je lui demandai d'attendre la prochaine pluie. Un lien étrange, presque télépathique, se nouait entre nous. Le ciel londonien restait désespérément bleu. Puis, un beau matin, il plut.

Ceci marqua le début d'une correspondance avec Allen qui accompagna tous les mois de préparatifs de mon long voyage. Malgré mon anglais très imparfait, j'arrivais à communiquer mes émotions de manière instinctive et bien mieux que si j'étais passée par un interprète. C'est ce qu'Allen m'enseigna : peu importait la technique, il fallait d'abord se fier à son instinct. Je n'avais jamais réalisé de documentaire ni même filmé. Mais j'avais déjà accompli cette traversée une fois et j'étais persuadée qu'il fallait que je reparte pour filmer la totalité de ce voyage dans les mêmes conditions : seule et à chameau.

Chez les caravaniers Kel Ewey

Nous roulons à toute allure sur les routes cabossées en direction de l'oasis de Timia. Au volant, Bouhamid franchit une flaque d'eau de la taille d'un étang sans appuyer sur le frein. Nous sommes au mois de septembre 2003, en pleine saison des pluies. « Si on n'arrive pas avant ce soir au campement caravanier, mon beau-père partira sans toi », m'explique ce directeur d'école que j'ai rencontré chez Sidi Connard, il y a quelques années. Je regarde les éboulis de cailloux qui font office de route. Je viens de passer trente heures dans un bus, dont dix heures en panne au bord de la route entre Niamey et Tahoua. Un très mauvais début. Arrivée à Agadez, je n'ai même pas eu le temps de souffler : Bouhamid m'annonçait que nous devions partir aussitôt à Timia, car les oueds pouvaient déborder à la moindre pluie et bloquer la route. La bonne nouvelle, c'est qu'il s'était remarié avec une fille de caravanier Kel Ewey de la région de Timia. Une chance incroyable pour moi. « Tu verras, mon beau-père Rhissa est un sacré personnage ! Il est forgeron, et tu connais les forgerons, ils n'ont jamais la langue dans leur poche ! En tout cas, il connaît bien son métier, ça fait trente ans qu'il fait la caravane », lance Bouhamid. Confiante, je regarde les cimes de l'Aïr.

En quelques mois, sans producteur, j'avais réussi à financer mon matériel grâce à deux mécènes londoniens, à sponsoriser mon billet d'avion par *Le Point Afrique* et à boucler le reste du budget avec une mission de la JICA au Burkina Faso. Enfin, et c'était le plus important, j'avais trouvé le parfait assistant et interprète touareg en la personne de Bardaran, un type de la bande à Sidi, discret, intelligent et travailleur, et qui avait toujours rêvé de participer à la caravane de sel. Malgré cela, je sentais un poids. Comme si le ciel allait me tomber sur la tête.

Enfin, nous arrivons au campement de Rhissa en longeant un ravissant oued bordé de dattiers. Enturbanné jusqu'aux yeux, un homme d'une quarantaine d'années me serre la main d'une poigne robuste, puis fait glisser sa paume dans la mienne avant de regarder Bouhamid d'un air espiègle. « Elle sait parler tamasheq ? » Je réponds du tac au tac : « Je sais ! » avec une fausse assurance qui fait rire Rhissa. Nous sommes invités sous la tente. À l'intérieur, des femmes me saluent en essayant de garder leur sérieux. Que ces ambiances m'ont manqué ces deux dernières années ! Je me sens rapidement comme chez moi et aspire bruyamment un grand bol d'*arajira* avec du lait de chamelle.

Devant la tente, les deux fils de Rhissa finissent d'arranger les bagages, des cordages, des outres en peau, quelques bidons et des selles de bât *eliki*. J'apprends que l'aîné accompagnera son père pour la traversée du Ténéré, mais que le plus jeune ne viendra que pour la seconde partie du voyage vers le sud. Rhissa nous dit que dès ce soir sa caravane partira rejoindre les autres caravaniers à un lieu de rassemblement. Je sens une grande excitation à l'idée de pouvoir assister au départ d'une grande caravane. Cette fois-ci, je fais complètement partie de l'équipage : Rhissa m'a alloué un chameau dans sa caravane ; je le monterai en *eliki*, comme les caravaniers ! Dehors, Barda a mis les batteries de caméra à charger avec le panneau solaire. Je respire. Après cette folle course contre la montre, j'ai enfin quelques heures pour me reposer.

À l'ombre de la tente, les femmes me tressent les cheveux et me posent un tas de questions : « Tu vas vraiment partir avec la caravane ? Tu n'as pas peur ? » Je leur réponds avec mon tamasheq appris le long des routes : « Non, je suis un homme ! Regarde mon *tagelmust* ! » Et je leur montre mon chèche de trois mètres en l'enroulant autour de ma tête comme les hommes. Une femme du nom de Tamarouane renverse sa gorge et rit aux éclats. Sa peau de bronze fait ressortir le rouge de ses bracelets en granit. Elle m'en donne un, me dit de revenir vite. Bercée par ces voix de femmes, je finis par m'assoupir. Le soleil est au zénith. Dans la torpeur de la tente, j'entends comme dans un mauvais rêve la voix de Barda me dire : « Alissa, réveille-toi ! Les batteries ne chargent pas ! »

La panne

En effet, au bout de deux heures, aucune batterie n'a chargé. Sous quarante degrés, nous connectons, déconnectons et reconnectons la batterie 12V au panneau solaire, puis le chargeur caméra à la batterie, mais rien n'y fait. « Là c'est fini, Alissa », répète Bouhamid. Je sens une grande lassitude. J'avais tout fait pour éviter un problème technique. La caméra, achetée neuve au Japon, était accompagnée d'un set de batteries, mon appareil photo était un argentique Nikon FM3A muni de piles de rechange et d'un petit appareil numérique de secours, j'avais également trouvé une seconde caméra d'occasion et même une sorte de scaphandre étanche en cas de tempête de sable ! Mais à quoi cela servait-il si le panneau solaire ne fonctionnait pas ? Je l'avais acheté en France, par correspondance, dans un magasin spécialisé où l'on m'avait conseillé de charger mes batteries de caméra avec une batterie 12V branchée au panneau solaire. À cause d'un retard de la poste, tout ce matériel était arrivé deux jours seulement avant mon départ. Je n'avais pas pris le temps de le tester. À présent, il était trop tard. Nous étions à trois cents kilomètres du premier magasin d'électronique.

Bardaran reconnecta patiemment le chargeur caméra pour la dixième fois. Et poussa un petit cri : « Le panneau charge la batterie 12V, mais il y a un problème avec le câble allume-cigares qui charge la caméra. Je pense qu'il est HS. » Son diagnostic était juste : on m'avait envoyé du matériel défectueux.

Revigoré, Bouhamid dit qu'il était possible d'en trouver un à Agadez. Mais la caravane partait dans moins de vingt-quatre heures ! C'est alors qu'on vit passer au loin un véhicule. Bouhamid se rua pour l'arrêter. C'était l'ambulancier de Timia ! Cette ironie du sort nous fit espérer qu'il pourrait réparer le chargeur allume-cigares à Timia. L'ambulancier nous promit d'essayer et de revenir le lendemain matin.

Le jour tombait et Rhissa chargea ses douze chameaux. Une longue procession de femmes et d'enfants se forma pour escorter la caravane. Lentement, les femmes tournèrent autour en dispersant de l'encens pour bénir la périlleuse traversée. Puis, d'une seule poignée de main appuyée, Rhissa prit congé de ses proches et s'enfonça dans la brousse avec son fils Boushan. Je les suivis du regard avant de rebrousser chemin avec les femmes. J'avais filmé ma première et dernière séquence, pensais-je un brin sarcastique.

Heureusement, malchance rime souvent avec providence. Bardaran, qui n'avait cessé de tripoter les batteries, avait réussi à connecter directement la batterie 12V au chargeur caméra avec un câble trouvé au fond d'une tente. Miraculeusement, les deux diodes clignotèrent. Les batteries chargeaient ! « Ça risque de griller les batteries, mais pour l'instant ça marche », dit-il d'un air placide. Malgré les risques, la priorité était de filmer le grand départ de la caravane. Je confiai à Bouhamid une lettre à faxer à ma famille dès son retour à Agadez pour demander l'envoi urgent de deux nouvelles batteries de caméra. Je pourrais au moins les récupérer au retour du Ténéré avant de partir vers le Sud. En attendant, il fallait tenir quarante jours. Le film tenait à un câble…

Le départ

Le lendemain, à l'aube, nous partons enfin rejoindre Rhissa et les autres caravaniers. Nous passons des jardins irrigués par des chameaux de trait et plein de citronniers, d'orangers, de parcelles de blé et d'oignons. Grâce aux nappes phréatiques de cette région, les Kel Ewey développaient l'agriculture en même temps que l'élevage camelin. Chaque caravanier amenait des produits des jardins de Timia jusqu'à Bilma et pratiquait le troc.

Une dizaine de caravaniers se sont rassemblés sous un grand arbre et tressent des cordes en discutant gaiement. Rhissa vient tout de suite à notre rencontre. Soulagé, il nous dit que tout le monde est prêt pour le départ. Je fais connaissance de mes compagnons de route, à commencer par le guide *madugu*. Grand et sec, il me salue puis s'entretient longuement avec Bouhamid. Je comprends qu'ils parlent d'argent.

Bouhamid me traduit : « Une équipe de tournage allemande est passée il y a quelques semaines pour filmer une caravane de sel jusqu'à Bilma. Ils ont retardé le départ plusieurs fois à cause des points de rendez-vous avec leurs véhicules, et les caravaniers ont été très mécontents. À cause de ces retards, ils ont demandé un dédommagement pour chaque caravanier. » Je me tais et fixe le *madugu* : « Ce genre d'histoire n'arrivera pas avec moi. Je n'ai pas de voiture ! » Le guide se met à rire. Mais il me fait comprendre que, pour lui, mon tournage en vaut un autre : il veut un dédommagement pour combler tout retard dans leur organisation. Je refuse énergiquement : « Ce n'était pas ce qui était convenu ! » Seul Rhissa, qui me prenait dans sa caravane avec Bardaran, était dédommagé pour nos deux montures, la nourriture, l'eau. Par-dessus tout, j'étais choquée d'être comparée à ces téléreporters qui faisaient du documentaire comme on fait du cinéma. « Au contraire, moi je ne veux surtout pas que la caravane change quoi que ce soit ! Vous n'avez qu'à faire comme si je n'étais pas là ! »

Sentant la situation dégénérer, Bouhamid me prit à part : « Alissa, il vaut mieux donner un petit quelque chose pour les rassurer plutôt que de rester sur un désaccord. » Je fronçai les sourcils, mais au fond je savais qu'il avait raison. J'aurais beau tenter d'expliquer la différence entre un reportage indépendant et une production télé, les caravaniers ne comprendraient pas. Ils ne me connaissaient pas et leur inquiétude était légitime. Je sortis des billets de ma poche en maudissant mille fois la télé allemande. Puis je dépliai ma carte du Niger en pointant Timia. Maintenant, il était temps de parler de choses sérieuses : l'itinéraire ! Le *madugu* traça du doigt une ligne au nord de l'oasis de Fachi, où j'étais passée la première fois en 1998. La caravane ne prendrait pas la route de Fachi, mais celle de Tegalaq, un puits en plein milieu du Ténéré, avant de continuer sur Bilma ! Cette route différente s'expliquait par la position septentrionale des campements Kel Ewey par rapport à mes premiers compagnons caravaniers situés plus au sud. Le temps de voyage dans le Ténéré ne changerait pas : huit jours aller, huit jours retour, à raison de seize heures de marche par jour. Après une pause de quelques jours au campement, les caravaniers repartiraient au sud.

Ce tronçon que je n'avais jamais fait me préoccupait beaucoup. Bouhamid avait mentionné environ un mois jusqu'au terminus à Kano, mais quand j'interrogeai le *madugu*, il prit un air très embêté. Il ne savait pas : « Ça dépend du prix des dattes sur le marché. Et aussi du prix du mil. Si on vend les dattes rapidement, on pourra passer à la prochaine étape vers Kano. » La caravane s'adaptait chaque année aux taux fluctuants des marchés de brousse. Il était donc impossible à l'heure actuelle de déterminer ces cours. Il fallait attendre la fin des récoltes ! Après avoir longuement réfléchi, le *madugu* conclut qu'on pourrait arriver à Kano au plus tôt fin décembre. Cela signifiait trois mois de voyage, soit déjà vingt jours de plus que prévu. Je pensai à mes batteries de caméra, mes pellicules photos. Il fallait que le matériel tienne bon. Pour le reste, ce long périple était le prix à payer pour filmer le cycle entier de la caravane !

En fin d'après-midi, je me promène parmi les troupeaux de chameaux gardés par une bande d'adolescents. Âgés d'environ seize ans, ils répondent à mes salutations tamasheq en rigolant avant de s'éparpiller dans la brousse. J'ai la chance extraordinaire d'avoir cette fois-ci les pères et les fils dans une même caravane, et cette pensée me remplit d'espoir. Ces enfants nomades, qui avaient une connaissance extraordinaire de l'élevage et de la caravane, étaient pour moi le symbole d'une autre éducation et je mourais d'impatience de les filmer. Le soir, au coin du feu, nous partageons notre premier repas avec Rhissa et son fils Boushan. Barda a préparé le thé et Rhissa la bouillie de mil sucrée aux dattes. Un caravanier du nom de Mbabal est venu nous visiter avec son fils Tago. Très jovial, il accepte de me donner ma première interview. « À la saison des pluies, on passe trois mois au campement avec la famille, et puis on part chercher le sel à Bilma. Au retour, on repasse au campement une semaine, puis on repart vers le sud. On passe sept mois là-bas et on revient au campement. C'est toujours le départ ! »

Monter un chameau en marche

Le 30 septembre, la grande caravane s'ébranla. Nous étions dix hommes, quatorze enfants, environ cent cinquante chameaux et un mouton. Rhissa sourit à la caméra et poussa un *Yihihihi* que je ne suis pas près d'oublier. Nous traversons les montagnes de l'Aïr à raison de huit heures par jour en nous arrêtant juste pour remplir les outres dans des trous d'eau creusés dans le sable. Le soir, nous campons dans de ravissants oueds de montagnes. Je déambule parmi les campements de mes compagnons, devant un arbre à outres, magique et mystérieux dans son désert de pierres.

Dès le premier jour, j'ai filmé toute la matinée, courant presque avec la caméra, heureuse de saisir tout ce mouvement, tous ces bruits. Mais aux heures de midi, voulant monter à chameau, je me suis rendu compte d'un problème majeur. Mon chameau était attaché à la caravane de douze chameaux de Rhissa et il n'y avait qu'une seule solution pour monter dessus : sauter. Cet exercice périlleux que j'avais tenté lors de ma première caravane était un jeu d'enfant pour les caravaniers qui, en deux temps trois mouvements, pouvaient se hisser sur un chameau en marche. Mais moi, il me fallut en apprendre chaque étape. Attraper la corde et tirer le cou du chameau vers le bas, puis sauter en posant un genou sur le cou tout en se hissant vers la bosse. Au début, il me fut impossible de mettre juste mon genou et je me retrouvai pliée en deux sur le cou, ou alors, emportée par mon élan, je me projetais de l'autre côté de la bosse dans les éclats de rire général. Cette gymnastique épuisante que je devais accomplir plusieurs fois par jour me convainquit de me réorganiser. Désormais, il fallait que je porte tout le matériel dont j'aurais besoin pour la journée afin d'éviter de devoir remonter sur mon chameau pour le chercher. Mais je m'aperçus très vite que le poids de mon sac m'épuisait. Heureusement, il y avait mon assistant, Bardaran. Il était toujours là quand il le fallait, portant mon sac ou m'apportant un bol d'eau qu'il était allé chercher en courant en tête de caravane. Petit à petit, nous adaptions le tournage au rythme de la caravane. Pour l'instant, nous nous arrêtions avant le coucher du soleil, mais je n'osais imaginer ce que ce serait une fois que nous serions dans le Ténéré.

La paille

Le cinquième jour, nous arrivâmes à Tawsadaq, sur une aire de pâturages. Les hommes commencèrent à s'animer, discutant avec passion de l'endroit où ils allaient monter le campement pour faire la paille. Le *madugu* était d'avis de s'arrêter tout de suite, tandis que Rhissa était convaincu de trouver plus de pâturages plus loin. Après moultes palabres, la caravane décida de s'arrêter sur une plaine plantée d'acacias. À perte de vue, des pâturages. « *Almoz, yille !* » répéta gaiement le *madugu*.

Dès le lendemain, je suivis le travail de la paille qui allait durer plusieurs jours. Tôt le matin, les hommes partaient vers l'est, accompagnés de leur fils. Il fallait d'abord couper les herbes tranchantes, courbés en deux sous le chaud soleil. Serpe à la main et tête nue, les caravaniers font penser à des paysans. Devant la caméra, Rhissa fait des pitreries : « Vitamine ! Vitamine ! » me crie-t-il en faisant semblant d'être coincé du dos. À midi, les hommes faisaient une pause sous un acacia où mijotaient les trois thés et un plat de macaronis. Puis le travail reprenait jusqu'au coucher. Avec Barda, nous partions visiter des groupes de caravaniers plus à l'est, passant des plaines sablonneuses couvertes d'herbes à des plateaux rocheux où se bousculaient des cailloux gris et safran.

Autour du feu, le repas se prépare comme tous les soirs : macaronis, semoule, riz-sauce tomate ou mil-lait, et le bruit toujours présent et rassurant du thé qui passe de verre en verre, coule et recoule, avant d'arriver dans nos gosiers brûlants. Après le dîner, les caravaniers se regroupaient et continuaient leur labeur tout en discutant. Infatigables, ils tressaient à la lueur du feu les précieuses cordes en palmier doum à l'aide de leurs pieds et de leurs mains. J'aimais aller et venir d'un groupe à l'autre, filmant les pères puis les fils. Grâce à Bardaran, j'arrive à converser un peu avec le fils aîné de Rhissa, Boushan, un adolescent ténébreux. Je laissais tourner la caméra pour enregistrer les paroles des caravaniers le plus naturellement possible. Un soir, alors que je demandais à Boushan ce que la caravane faisait au Nigeria, il commença à discuter avec animation avec Barda ; au bout d'un quart d'heure, je finis par comprendre qu'il parlait de son ex-petite copine et du montant de la dot au sud ! Malgré les entraves de la langue, nous arrivions à communiquer directement. Rhissa me donna un de ses chèches noirs, long de cinq mètres, qui avait dû faire plus d'une caravane. Pour le remercier et rester dans l'esprit *esumuskil*, je lui donnai une petite bouteille de parfum et une paire de chaussettes japonaises. Sous les rires des enfants, Rhissa me coiffa de cet immense turban, et on plaisanta longuement sur mon statut d'homme, m'imaginant en train de courtiser une jeune bergère tout effarouchée de « *Oim tameshgould ?* » (Bonjour ma jolie) et autres salutations aguicheuses !

À part le bon Mbabal, j'ai fait la connaissance d'un caravanier au gros nez qui vient toujours me réclamer des médicaments pour la fatigue. Je l'ai surnommé « Amagal » (médicament), ce qui a fait pouffé Boushan. Le soir, autour du feu, les enfants se réunissent loin de leurs pères et palabrent gaiement en tressant les entraves et les muselières à chameau. J'aime particulièrement la compagnie de Tago, le fils de Mbabal, qui est de loin le plus turbulent de toute la bande, et puis aussi celle du bel Elias qui, avec ses nattes qui lui tombent sur les épaules, fait penser aux jeunes guerriers touaregs des temps anciens. Il en a d'ailleurs la noblesse et pousse des *Yihihihi* d'une voix si pure que j'en ai des frissons.

Le temps coule comme un long fleuve tranquille, au gré de la confection de la paille, du lever au coucher du soleil. Un matin à l'aube, je vis passer l'homme en vert avec sa belle tunique émeraude un peu délavée, sa ceinture en peau nouée autour de la taille et ses cordes qui enlacent ses épaules. Accompagné du jeune Elias, il allait confectionner les bottes de paille. Je courus à leur suite. À l'aide d'une grosse aiguille, l'homme en vert passa plusieurs fois une corde à travers chaque botte de paille et les ficela de manière impeccable. Ce travail prit toute la matinée, puis ils chargèrent deux bottes sur chaque chameau pour les ramener au campement. Chaque caravanier ayant douze chameaux, cela faisait en tout vingt-quatre bottes de paille à préparer pour le Ténéré. Il ne restait plus que l'eau.

L'équipée sauvage

Le quatrième jour, nous partons en petit groupe vers un point d'eau situé plus à l'est. Rhissa m'a mis une selle de bât *eliki* pour que je puisse monter seule : c'est ma première journée de promenade sur mon chameau Auraq ! À part l'homme en vert et le *madugu*, il n'y a que des enfants, soit quatorze enfants et cent cinquante chameaux ! Nous avons comme mission d'abreuver tout le troupeau et de ramener les outres pleines au campement, où le reste des hommes nous attend. Après avoir traversé un dédale de montagnes, nous arrivons sur un reg surplombant la vallée. Les chameaux libérés de toute entrave divaguent sur la grande plaine au cri des jeunes chameliers qui courent et font tournoyer leurs rênes pour rattraper les bêtes, les poussant d'un coup au derrière vers le reste du troupeau. Qu'ils sont beaux, ces cow-boys du désert, avec leur tunique bleue et leur turban flottant au vent ! Je me prends au jeu, poussant des *Yiihihi* en faisant courir mon chameau derrière quelques chamelles sur le grand plateau mordoré de Tawsadaq. Dieu que c'est bon de monter sur la bosse ! Bardaran déambule au loin, tel un cavalier solitaire, profitant lui aussi de ces heures de vagabondage loin de la caravane. Après deux longues heures sous le soleil, je sens soudainement une soif terrible et demande de l'eau à Boushan. Mais il se contente de rire en disant : « *Aman batan !* » Plus d'eau. Toutes les outres sont vides et pendent comme de vieilles peaux ridées sur les flancs des chameaux.

Commence alors une éprouvante marche au zénith où se succèdent plateaux sablonneux, bandes arborées, regs. Je sens ma gorge qui brûle, ma tête qui chancelle. Cela fait plus de cinq heures que nous sommes partis. Je pense aux autres caravaniers qui sont restés au campement, Barda m'a dit qu'on leur avait laissé ce qui restait d'eau : une demi-outre !

Nous entrons dans un long couloir de cailloux. L'équipée est silencieuse, presque grave. Mes yeux piquent, comme aveuglés par la blancheur des rochers. Et brusquement, une *guelta* bleue apparaît comme un mirage. Déjà, les chameaux se ruent vers l'eau claire et sont retenus de justesse par les caravaniers. Je cours avec mon écuelle, m'aspergeant de tout mon saoul de cette eau si délicieusement fraîche. Jamais de ma vie je n'avais eu aussi soif. Assis sur le sable chaud, les garçons remplissent les outres gaiement en bavardant, d'autres lessivent des vêtements en creusant des trous sur le rivage. Je me douche derrière les rochers. Puis c'est encore le départ.

Nous avançons doucement, les chameaux dispersés sur la brousse d'euphorbes, les hommes devenus rêveurs, leur grand voile flottant comme une épaisse chevelure. Le soleil se couche tandis que la lune s'allume comme une ampoule, toujours plus ronde. Dans la nuit déjà installée, notre équipée sauvage revient au campement avec ses outres pleines et les chameaux enfin désaltérés, sous les *Youhouhou* cristallins du bel Elias qui, comme un jeune seigneur de guerre, chante les prouesses de ses hommes.

Les hommes sont venus nous aider à décharger. On sent leur soulagement à la vue des outres pleines. Cette nuit-là, le vieil Adamu, qu'on surnomme « Amghar », l'ancien de la caravane, nous a raconté que dans ces contrées arides, il arrive parfois que des hommes meurent de soif. Grand, sec, et noir comme le charbon, il est assis autour des braises et on ne distingue que ses mains qui s'animent au fur et à mesure de son récit.

« Il arrive que la provision d'eau s'épuise. Et là, c'est grave… Il y a une année, à peu près à cette saison, les chercheurs d'eau sont partis vers un puits et l'ont trouvé vide. Ils ont continué en passant la nuit ailleurs. Ils ont dormi sans eau et le lendemain ils sont partis vers un autre puits. Quand enfin ils ont pu trouver de l'eau, ils ont repassé la nuit sur la route. Pendant ce temps-là, les autres caravaniers restaient au campement sans eau, ils avaient creusé des trous pour trouver de la fraîcheur et ils attendaient, au bord de l'agonie. Quand les autres sont arrivés, ils n'ont même pas eu le temps de décrocher les outres que les hommes avaient sauté sur l'eau. Ceux qui avaient encore la force les empêchaient de boire d'un coup en mettant du son dans leur eau. À cette époque, l'eau était très loin, pas comme l'endroit où vous êtes allés. » Le gosier serré, nous buvons notre thé. Puis, dans l'obscurité, on entend Rhissa rigoler : « Amghar, tu n'avais pas une réserve d'eau cachée quelque part pendant que les autres souffraient ? » Toute l'assemblée éclate de rire. D'autres enfants viennent se joindre à nous, dont Mohamed et Kabi, les deux petits-fils d'Amghar. Leur grand-père reprend de sa voix monotone : « Une autre année, on a passé deux nuits et deux jours sans boire avant d'arriver au puits. Certains hommes étaient couchés d'épuisement sur leur chameau. La nuit tombée, nos moutons ne bougeaient plus. Les hommes à moitié morts de soif ont dû faire appel à ceux qui tenaient encore debout pour tuer les animaux qui agonisaient. Ces bêtes, quand on les a égorgées, c'était très difficile d'enlever leur peau car elle restait collée par la soif. » Amghar joint ses deux mains et les serre. Tout le monde attend, captivé : « On a enlevé l'estomac des moutons et mis dans la panse le foie, les reins, tous les abats et la graisse. Puis on l'a bien fermée et on l'a laissée un moment dans le sable chaud recouvert de braises. Ensuite, on a enlevé et mangé la panse qui contenait un peu d'eau et nous a désaltérés. Le matin, il n'y avait pas d'eau mais tout va bien, on n'avait pas soif ! »

Impressionné, Barda demande à Amghar : « Et vous avez pu continuer votre voyage ?

– *Wallahaouli* ! bien sûr qu'on a continué ! On a l'habitude, ça arrive souvent. La plupart des hommes qui ont vécu ça sont autour de nous aujourd'hui ! »

Puis il fit résonner son rire : « Hohohoho ! »

Tout est calculé

Les bottes de paille forment des petits nids dispersés parmi les euphorbes et les chameaux broutant. Dernier paysage de vie végétale avant le Ténéré. Verra-t-on une fois ces bottes de paille déchargées à la lumière du jour ? Les pronostics semblent annoncer qu'on voyagera de 5 heures du matin à 9 heures du soir ! Autant dire que ma première *taghlamt* était de la rigolade à côté de celle-ci ! Cependant, les derniers jours de préparatifs sont joyeux.

Les enfants chantent en tassant les bottes avec des longs bâtons qui ressemblent à des rames, puis fourrent à l'intérieur des bûches en bois. Ainsi paille et bois constituent un seul bagage pour économiser du temps au chargement. Boushan aussi est allé chercher du bois mort pour toute la traversée. Perché comme un singe dans un arbre tout sec et poussiéreux, il s'acharne avec sa hache jusqu'au coup final, salué d'un craquement et d'un cri victorieux.

Je passe des heures à faire mon sac de cinq jours jusqu'à Tegalaq. Tout ce qui n'est pas nécessaire est rangé dans un autre sac, lui-même rangé dans un fourreau tressé et soigneusement emmailloté jusqu'à la prochaine escale. Encore une fois, tout est pensé et organisé pour gagner la moindre place, économiser chaque effort, et ne pas perdre de temps : dans le désert, chaque minute est comptée. La veille du départ, nous sommes retournés faire le plein d'eau. Au retour au campement dans le crépuscule incandescent, nous avons trouvé des morceaux de viande pendus aux arbres. Les hommes avaient égorgé deux chèvres pour bénir notre traversée. Autour du feu, nous avons bu notre thé, en regardant une tête de chèvre noircir sur les braises. Après l'avoir bien nettoyée, Rhissa en a extrait les oreilles, les yeux et les a fait cuire longuement dans une marmite. Le matin du départ, nous avons mangé ces abats de chèvre qui avaient mijoté toute la nuit sur la braise. D'abord réticente, j'ai goûté une oreille qui s'est révélée succulente. Déjà, on entend les gémissements des bêtes sur lesquelles on hisse les lourdes charges de paille, d'eau et de bois. Il faut parfois décharger un chameau trop récalcitrant et répartir son bagage sur d'autres bêtes. Chaque chargement est adapté à la force de l'animal, son âge, sa docilité. Comme pour l'eau, tout est calculé. Et enfin, la grande caravane s'ébranle.

Ténéré brûlant

Il doit être 4 heures du matin. Il fait encore nuit.

J'aime écouter le bruit du campement qui s'éveille, le son d'un pilon, d'une hache, des chameaux qui mastiquent leur paille. Rhissa a préparé le thé. Nous mangeons les restes du repas de la veille. Puis, très vite, c'est le départ.

Les hommes s'agitent dans l'obscurité, méthodiquement, ils chargent en premier les chameaux les plus rebelles, puis les font partir en tête. La *taghlamt* amorce sa marche sans attendre. Les autres restent en arrière pour finir de charger. Le désert n'est que cris et plaintes. Puis, très doucement, l'aube apparaît.

En tête, les hommes marchent à côté de leur monture, se saluent. En queue, des adolescents s'esclaffent, se tiennent fraternellement par l'épaule. Alors que le soleil surgit droit devant nous, les hommes sont tous montés sur leurs chameaux. Au loin, le désert se dessine dans des courbes d'ombres et de lumières où la caravane se glisse comme une couleuvre… Aux alentours de 10 heures, le désert n'est plus qu'une grande immensité blanche et brûlante. On avale des macaronis en chemin, puis tout le monde remonte à chameau. Commencent les longues heures assassines…

Cinquante degrés. Pas d'ombre. Seul le pas feutré des chameaux qui nous berce, et le grincement des cordages. Les hommes se balancent d'avant en arrière comme des pendules fous, assommés de chaleur. Parfois un bol d'eau ravive les sens, puis on retombe dans un état second. Le grand équipage avance, inexorablement.

Alors que le soleil passe à l'ouest, un cri annonce la deuxième pause. Un mousse saute à terre, remplit d'eau un bol de dattes et de mil pilés. C'est l'heure de l'*arajira*. On mange et on boit en marchant, puis chacun se relaie aux commandes pour vaquer à ses besoins, sans tarder, pour ne pas se faire distancer. La caravane ne s'arrête jamais.

La troisième pause sera celle du soleil couchant… pas de repas, mais une libération soudaine à l'approche du soir. Les ombres s'allongent, le désert alors si âpre et violent semble s'adoucir, tandis qu'une merveilleuse lumière se reflète sur la paille dorée des chameaux.

Telle est la force étrange du désert, à la fois destructrice et vitale : en ces heures du *maghreb*, il est si beau qu'on en oublie toutes les souffrances.

Quand le soleil disparaît derrière nous, la lune commence à monter et, entre ces deux horizons enflammés, les hommes de la caravane prient… Dans le crépuscule, les enfants sont très loin derrière et rient, faisant des galipettes, se bousculant, ils profitent de cette heure pour s'amuser loin de leurs pères, et leurs tuniques bleues se confondent avec la pureté du soir qui tombe.

La chaleur du jour a laissé place à un froid intense. La nuit, il n'y a plus de notion de temps, ni d'espace. La caravane chavire sous les millions d'étoiles, guidée par l'astre d'Orion.

Ce n'est qu'au signal du guide *madugu* que nous nous arrêterons. Il faut décharger, nourrir les chameaux, couper le bois, piler le mil. Enfin, c'est le repos, délivrance infinie autour du feu où mijotent une marmite et les trois thés. Demain, tout recommencera au même rythme.

Je filme jour après jour l'organisation stupéfiante de cette caravane. Les hommes sont tout entiers absorbés dans leur travail, et dans leur survie. Ils parlent peu, mais tout dans leurs gestes indique une vigilance extrême. La caravane obéit à des règles strictes où rien n'est laissé au hasard. Avec Barda, nous nous sommes rapidement organisés pour économiser nos propres forces.

La matinée on marchait, à midi on montait à chameau, et le reste de l'après-midi nous alternions marche et montée. Il était impossible de filmer avec un trépied, car on devait ensuite rattraper ce retard en courant après le convoi. J'appris donc à filmer en mouvement, suivant pas à pas les hommes qui mangeaient en marchant ou filmant sur mon chameau à même hauteur que les caravaniers. Au début, l'image bougeait tellement que j'en avais mal au cœur, mais petit à petit je suis arrivée à caler ma caméra contre mon épaule en suivant le lent chaloupement d'avant en arrière de la caravane.

J'ai pourtant commis une grave erreur. Nous étions partis en octobre, soit deux mois plus tôt que lors de mon premier voyage, et le soleil brûlait comme une boule incandescente pendant environ huit heures par jour. Au bout de trois jours dans le Ténéré, j'étais complètement déshydratée.

Aux heures de midi, je me cachais tant bien que mal sous mes voiles, me couvrant les pieds et les mains avec le pan de mon turban. De temps en temps, un enfant passait, le corps presque allongé à l'horizontale sur le dos de sa monture. Comme je l'enviais de pouvoir au moins dormir ! Certains hommes aussi s'assoupissaient, le corps penchant dangereusement vers le vide. J'avais essayé de les imiter, mais la crainte de tomber empêchait tout sommeil. Assommée de chaleur, je finissais par descendre pour m'abriter le long du flanc de mon chameau, observant l'ombre de son oreille. C'est grâce à cette minuscule tache sombre sur le sable brûlant que les caravaniers se repéraient à midi. Derrière, Bardaran restait stoïque sur son chameau, se retournant de temps en temps pour vérifier le panneau solaire. Personne ne se plaignait de la chaleur ou de la soif. Je finissais par prendre ma caméra pour m'occuper. C'est alors que Barda sautait à terre et me demandait : « Tu as soif ? » Il courait demander le bol à Boushan, puis le remplissait de l'eau fraîche des *guerbas*. J'en aspirais une seule gorgée avant de lui rendre le bol. Il aurait fallu que je loue un chameau supplémentaire pour porter une provision d'eau suffisante pour m'asperger au moins la tête. Mais à présent il était trop tard. Chaque tasse était calculée. Petit à petit, je commençais à douter sérieusement de pouvoir atteindre Bilma. Il restait encore six jours de désert.

L'oasis désenchantée

Réveil à 2 heures, départ une heure plus tard, dans la nuit glauque de pleine lune.

Le désert est voilé d'une brume blanche qui descend du ciel et vient se noyer sur le rivage. Ciel et désert ne font qu'un, horizon spectral où la caravane apparaît comme un bateau fantôme. Un instant, je me perds dans cet espace infini, fait de chimères et de rêves. Une tentation délicieusement dangereuse me souffle de pénétrer dans le brouillard. Puis l'aube apparaît et vient trouver nos corps engourdis et douloureux, nos gorges déjà sèches. Des colonies de nuages joufflus flottent sur la terre blême, cachant les lueurs du levant.

De l'autre côté des dunes, la caravane monte et descend les vagues de cet océan fauve. Tel un mirage, elle disparaît dans le sein d'une dune et réapparaît quelques moments plus tard au flanc d'une autre, tanguant d'avant en arrière, comme aspirée par un courant invisible.

Tout est ombre et lumière. Le ciel est gris et ajoute à la féerie de cet univers hostile et beau.

Jamais il ne m'avait été donné de voir autant de facettes de ce désert et chaque heure du lever et du coucher est un émerveillement.

Consolations suprêmes pour tous les maux endurés. Nous devrions arriver à notre première oasis « pour l'heure du déjeuner », vers 14 heures.

Enfin, on distingue à l'horizon la falaise de Tegalaq vers laquelle tous les yeux se rivent. Ce n'est qu'après midi que nous arrivons enfin. Nos outres sont presque vides. La caravane est joyeuse. Le jeune Elias se met debout sur son chameau et lance de sa voix haute un *Youhouhou* repris en chœur par Rhissa. Nous posons pied à terre. Je découvre Tegalaq d'un air un peu navré. C'est une lande inhabitée qui n'offre rien d'autre au voyageur que quelques arbres torturés et un puits. Alors que les hommes sont partis avec les outres et les chameaux, je reste au campement au milieu des bottes de paille et des bagages, incapable de bouger.

Quand Bardaran revient avec une outre pleine, je commence à boire machinalement l'eau brune, puis, les deux mains dans le récipient, je m'asperge avec fureur la tête, les bras, les pieds. Enfin ressuscitée, je cours rejoindre mes compagnons qui tirent à grands cris la puisette pour abreuver les chameaux. Rhissa me sourit : « Alissa ! *Aman !* » Puis il jette la puisette dans le puits, un simple trou creusé dans le sable mais si profond qu'on en voit à peine le fond. « Heureusement que la corde est assez longue ! » crie-t-il en tirant les lourdes charges. Son voile blanc danse autour de lui à chaque effort pour transvaser l'eau sur une bâche.

Les bêtes, qui n'ont pas bu depuis cinq jours, lapent de tout leur saoul tandis que les hommes s'aspergent le visage. C'est un moment magique pour toute la caravane, hommes et bêtes ensemble, s'abreuvant de cette eau bénie du Sahara. *Aman iman*, l'eau c'est la vie.

Après un vrai repas de midi, après la délicieuse volupté des trois thés, je me retire sous un arbre avec mon matelas mousse et ai tôt fait de m'assoupir. Quand je me réveille, le vent gicle et hurle sur la plaine, et très vite c'est la tempête. Debout dans le vent de sable, j'avance tant bien que mal, mon matelas collé à mon corps comme un bouclier, mes foulards giclant de partout. Des milliers de grains de sable chargent sur moi et repoussent mes élans acharnés pour mettre un pied devant l'autre. Soudain je m'immobilise. À quelques mètres de moi, une caravane montée par un équipage invisible, aux contours sombres et inquiétants, avance tel un mirage. Plusieurs hommes sautent à terre et regardent fixement dans ma direction. Trébuchant sur mon matelas et mes voiles tourbillonnants, je devais ressembler à quelque démon sorti des sables en furie !

Sous son abri de fortune, Barda est couché, enseveli sous une nappe de sable. Surexcitée par la tempête, je sors mon boîtier de plongée en quatrième vitesse. Enfin, il aura trouvé sa juste utilité ! Notre campement nage au milieu du chaos, les hommes font tenir tant bien que mal les couvertures qui les abritent entre deux bouts de bois enfoncés dans la paille, têtes baissées et voiles plaqués contre le corps tandis que le sable roule, déboule, dévale sur la steppe en emportant tout sur son passage.

Soudain je reçois une goutte. Je lève les yeux au ciel, telle une miraculée. « *Ejina ! Ejina !* » La pluie ! Bondissant partout, je cours pieds nus au milieu du campement désert tandis que les caravaniers inquiets s'empressent de mettre les bagages à l'abri. J'apprendrai plus tard qu'en trente ans, ils n'ont jamais vu la pluie en cette saison. Les chameaux indifférents à ces intempéries sont assis sous le ciel d'orage et mastiquent leur paille. Je cours en haut de la falaise pour admirer le Ténéré sous la pluie. Un dernier rayon de soleil s'abîme dans les houles grises. La petite oasis de Tegalaq est balayée par les vents et ses arbres rabougris semblent subitement se ranimer…

La nuit, nous sommes réveillés par une nouvelle averse.

À l'aube, le campement semble encore ensommeillé après cette nuit étrange. Je reste longuement allongée sous mes couvertures, écoutant le tonnerre qui gronde au loin. Les caravaniers se sont tous levés dans la nuit pour mettre à l'abri les sacs de mil, le thé, le sucre. Dans l'aurore pluvieuse, nous nous sommes demandé avec Barda si le départ serait maintenu, puis ne voyant aucun signe d'activité nous nous sommes recouchés, heureux de profiter de quelques heures de sommeil en plus.

Vers 8 heures, les caravaniers se sont réunis autour du feu pour savoir s'ils maintenaient leur départ. Il ne pleuvait plus, mais le soleil était voilé de nuages : on pouvait se perdre.

Amghar parle très bas au coin du feu : « Des fois on a des accidents d'animaux, la fatigue, la mort. Mais si tout va bien, tu pars de là où on a fait la paille et c'est sept jours de désert. Et le huitième jour, tu arrives à Bilma. Tout est bien calculé, si Dieu le veut, il n'y a pas d'erreurs. »

Finalement, nous chargeons pour repartir.

Nous grimpons la falaise couverte de cailloux et de fines herbes, puis longeons d'immenses cordons de dunes. Le désert a changé de couleur, le sable gonflé de pluie laisse flotter un merveilleux espoir pour la route du retour. Trouverons-nous dans quelques jours ces mêmes dunes parsemées d'un tapis végétal ? Le panneau solaire n'a pas pu recharger depuis hier. Mais la pluie m'a sauvée : il fait presque frais, de quoi tenir encore trois jours jusqu'à Bilma !

Les enfants de la caravane

En fin d'après-midi, un cri d'enfant annonça la deuxième pause. Les mousses sautèrent à terre et versèrent dans un bol du mil pilé mélangé à du fromage de chèvre séché et des dattes. Puis ils coururent vers un autre chameau pour verser l'eau. L'*arajira* à la fois nourrissant et très désaltérant était un délice que j'attendais chaque jour. Armée de ma caméra, je courais pour suivre chaque enfant apporter le précieux liquide jusqu'en tête de caravane où marchaient les pères. Certains enfants portaient le bol sur leur crâne ou bien le tenaient d'une main tout en avançant avec élégance comme un serveur de grand restaurant. En tête, les pères continuaient à marcher, un bol à la main, tout en tirant leur chapelet de chameaux, aspirant de grandes louches jusqu'à ce qu'il n'y ait plus d'eau. Le mousse alors retournait en courant jusqu'à l'outre. Élégants et rapides, ces enfants me fascinaient. Placés à la queue de chaque convoi de chameaux ils étaient les yeux et la force de la caravane, surveillant les chameaux et redressant les charges mal arrimées, servant l'eau et les repas ambulants. Tous mettaient un entrain extraordinaire autant pour travailler que pour s'amuser, comme si un accord tacite liait les pères aux fils, échange de travail bien fait contre une liberté totale hors de leur vue.

J'aimais particulièrement observer le vieux Adamu et ses deux petits-fils. Kabi, le plus jeune, était haut comme trois pommes, le teint aussi sombre que son grand-père et le même caractère têtu. Malgré sa petite taille, il arrivait à se hisser sur un chameau en marche sans l'aide de personne et descendait aussi lestement dès qu'on l'appelait. Son frère Mohamed, grand et bien bâti, portait une veste sur sa tunique bleue, ce qui lui donnait une allure incroyable. J'adorais regarder travailler ce caravanier en costard, l'imaginant parfois derrière un bureau à trier des paperasses.

Alors que le jour tombait et que les enfants étaient tous réunis en queue de caravane, je m'approchai de deux enfants qui se tenaient par la main. L'un d'eux était le fils du guide *madugu*, Basho, et l'autre un jeune mousse embauché par son oncle. Tous deux étaient des caravaniers en herbe qui faisaient la traversée du Ténéré pour la première fois.

– Vous connaissez la route ?

– Non ! répondit Basho.

– Tu es un mouton, alors ? demanda Bardaran en riant.

– On est tous les deux des moutons ! Mais on a déjà fait la route du sud plusieurs fois ! rétorqua Basho.

L'autre mousse sourit timidement en se cachant derrière son copain. Les enfants débutants devaient passer un rite de passage, dans le jargon caravanier on les appelait *rago*, « mouton » en haoussa. Comme en écho, on entendit le bêlement du mouton de la caravane qui cherchait son jeune maître. Pour lui aussi, c'était la première traversée du Ténéré – et probablement la dernière : il serait vendu à Bilma.

– C'est comment, la caravane ?

– C'est dur et c'est joli aussi ! dit Basho. Je ris à cette expression toute tamasheq.

– Pourquoi vous marchez dans le Ténéré ? demanda Bardaran.

– Pour vendre du sel et acheter du mil.

– Vous travaillez dur ?

– Oui, pour vivre !

Je demandai s'ils étaient allés à l'école.

– Moi je suis allé à l'école coranique, répondit Basho, qui savait parler un peu l'arabe.

– Tu n'as rien fait d'autre ?

– Non. C'est ça mon travail. Vous allez refaire une autre caravane ?

– Oui… Si on est vivants.

Nous marchâmes en silence en regardant les autres enfants courir devant nous et faire des galipettes. Dansant, tourbillonnant dans les dunes comme des petits diables, ils se préparaient à la cérémonie du mouton, l'initiation incontournable des caravaniers débutants !

La cérémonie du mouton

Le lendemain une tension palpable laissa deviner que les enfants préparaient ce rituel d'initiation qui mimait une attaque de la caravane pour réclamer un droit de passage. Après la pause *arajira*, les enfants avaient commencé à se regrouper, complotant comme des bandits. Ce fut d'abord

Tago, le fils turbulent de Mbabal, qui donna le signal en s'approchant du chameau de Bardaran. J'entendis des chuchotements puis des rires derrière moi. Enfin Barda me cria : « Alissa ! Tago te demande si tu peux lui prêter ton boubou qui ressemble à une hyène ! » Je fus secouée de rires. Tago voulait parler de mon boubou bogolan du Pays dogon. Je n'eus pas le temps de l'interroger sur ce qu'il allait en faire que déjà il avait disparu derrière une dune, suivi par une bande d'enfants. Barda courut après eux avec sa caméra. Portant des bouts de chiffons, des chapeaux pointus, des muselières à chameau, des braseros, armés de bâtons et de chicottes, ils se préparaient à attaquer la caravane !

Je m'empressai de descendre de chameau pour filmer de l'intérieur. La caravane assommée de chaleur poursuivait sa marche imperturbable quand soudainement apparurent à l'horizon des ninjas ! Le visage caché par un chèche noir, leurs silhouettes se détachaient à contre-jour sur le désert blanc. Puis surgit une ombre qui courait à quatre pattes, avec des oreilles démesurées et le visage couvert d'une muselière. Poussant des cris terribles, un individu coiffé d'un chapeau de paille pointu courait derrière lui en agitant son bâton, faisant voler sa grande cape mouchetée. Je clignai les yeux. Tago ! Les deux énergumènes finirent par débouler devant la caravane qui stoppa net son avancée.

Tapant le sol avec son bâton, Tago cria : « Viens ici, hyène ! » La hyène se retourna, le visage enduit de charbon et des tongs ficelées des deux côtés de la tête, elle éclata d'un rire cristallin. Elias !

Les pères ne purent retenir un rire avant de gronder : « Allez ! poussez-vous ! Vous faites peur aux chameaux ! » Un autre cria : « À qui on paye le droit de passage ? » C'est alors que deux petites silhouettes se détachèrent de la caravane et avancèrent timidement vers le devant de la scène. Les deux débutants ! Un caravanier cria vers la bande qui se tenait à distance : « Eh toi ! Viens ici ! » Un ninja se détacha du groupe et tendit son chapeau de paille vers les deux moutons. Basho et son copain y déposèrent craintivement un fromage et quelques dattes séchées avant de reculer. Puis imperturbable, le ninja tendit le chapeau vers les pères qui, du haut de leur chameau, grommelèrent tout en fouillant dans leur sac pour chercher du sucre et du thé. Satisfaits de leur butin, les petits pirates se retirèrent encore une fois dans les dunes tandis que la caravane reprenait sa marche. Je les suivis et les découvris assis sur le sable en train de partager leur trésor. Les yeux brillants, Tago prit le fromage pour le couper, mais il était trop dur : « Par les testicules de Rhissa ! C'est pas un fromage, ça ! C'est de la graisse carbonisée ! » jura-t-il en tapant furieusement avec sa serpe. Leur rire résonna longtemps dans le désert.

Troc à Bilma

Le dernier jour vit renaître une énergie nouvelle, dans l'ultime effort avant l'arrivée au port. Le huitième jour, une falaise bordée d'une frange sombre apparut à l'horizon. Enfin, à la tombée du jour, nous distinguons très nettement la palmeraie foisonnante de l'oasis. Les caravaniers poussent des cris très hauts : « Bilma ! Bilma ! On approche de l'eau ! *Youhouhou* ! » Pénétration lente et cadencée dans les salines de Kalala, parmi les caravanes, les enfants et les femmes, dans la calme splendeur du jour déclinant.

Rhissa pousse des cris et, de sa voix tonitruante, s'adresse en argot aux caravaniers qui campent là : « Poussez-vous, bande d'incapables ! Vous voyez bien que vous gênez avec vos chameaux ! Faites place, nous revenons du grand désert ! Celui qui ose me défier n'a qu'à se montrer ou retourner chez sa mère ! Allez ouste ! De l'air ! » Notre caravane se fraie un chemin parmi les dizaines de campements à la recherche d'un emplacement libre. En ce mois d'octobre, les salines de Kalala ressemblent à un port où se sont amarrées des caravanes de centaines de chameaux venues de l'Aïr et de Maradi. Les hommes ont mis pied à terre et marchent en saluant les autres caravaniers. Enfin, nous déchargeons. Des caravaniers à la peau très noire viennent nous accueillir et me fixent de leurs yeux perçants. Des Kel Gress, je les reconnais maintenant, nous aident à décharger et passent de longues minutes à glisser leurs paumes dans les nôtres au rythme langoureux des salutations tamasheq. Ce sont les grandes retrouvailles annuelles entre tous les caravaniers.

Le soleil se couche sur l'oasis, dans la poussière du sable et des tertres, la place du marché se vide de ses femmes et ses enfants qui rentrent au village, jetant des étincelles de couleur dans nos yeux blanchis de sable.

Au petit matin, la caravane s'éveille doucement au bruit des pilons. La place du marché est encore déserte et les caravaniers vont distribuer la paille aux chameaux avant de les mener vers les points d'eau. Petit à petit, le campement s'anime au gré des arrivages des femmes kanouris aux pagnes multicolores qui portent sur leur tête des paniers remplis de dattes. Des salutations s'échangent en haussa, la langue que tous les commerçants du Niger connaissent.

« *Ina kuana* » « *Lahiyalo !* » « *Ina eiki* » « *Lahiyalo !* » Puis le troc débute. Les groupes de caravaniers étalent chacun leurs produits : blé, sorgho, oignons, tomates et viandes séchées, mortiers sont échangés contre des dattes. Le ratio est calculé en bol, soit deux bols de blé contre trois bols de dattes, un bol d'oignons contre quatre bols de dattes. Les négociations vont bon train, on crie, on s'interpelle, accroupis sur les nattes, dans la poussière des salines et un brouhaha haut en couleur. « Ce bol de blé est mal rempli, il faut rajouter ! » houspille une femme coiffée de plusieurs mètres de foulard superposés sur sa tête. Rhissa marmonne et remplit le bol à ras bord jusqu'à ce qu'il déborde. Une autre femme s'approche et Rhissa lui dit : « Voici un bol d'oignons et un autre de maïs, je t'échange le tout contre six bols de dattes.

– Non, il faut augmenter un peu, tu te souviens de moi ! Je t'ai acheté un linceul l'année dernière, et à bon prix ! Ajoute deux bols de ton blé et le marché est conclu ! »

À la fin de journée, Rhissa a déjà rempli un fourreau de dattes. Reclus, il aspire un thé, adossé à ses bottes de paille. C'est alors qu'un Kanouri s'approche et demande s'il a une casserole à vendre. Rhissa lui montre sa vieille marmite carbonisée qui a vécu plus d'une traversée du désert. « Je te la vends à cinq mille francs ! » L'homme rétorque : « Quoi ! Si ce jour arrive c'est que je suis devenu fou ! » Rhissa ricane : « Comme tu veux ! De toute façon, elle n'est pas à vendre ! » J'apprends qu'il a acheté cette marmite en étain pour trois fois rien à Kano, au Nigeria. Ainsi, s'il avait pu en ramener une neuve, il aurait pu la vendre dix fois son prix sur le marché de Bilma !

Le soir autour du feu, le vieux Adamu nous parle des cacahuètes salées qu'il ramène du sud, une denrée rare à Bilma où on ne trouve que des arachides crues transportées par les camions. « Au sud, j'achète des cacahuètes et je les fais bouillir, je les sale et je les fais sécher. Ensuite, je les transporte jusque chez moi et je les stocke. » Amghar serre ses deux poings : « Ma famille veut les manger ! Mais je dois les en empêcher ! Car ces produits sont essentiels pour nous. Si tu les vends à Bilma, tu peux acheter plus de sel. Ensuite, avec l'argent du sel, tu achètes du mil, des habits, des ustensiles. Jusqu'au prochain départ. » Bardaran hoche la tête. Le sel revendu au sud servait à acheter le mil et la vente des dattes servait à acheter des produits au sud qui étaient à leur tour revendus à Bilma l'année suivante. « Donc la caravane achète et revend tout au long de la route. » Amghar acquiesce et dessine un rond sur le sable : « Oui. La caravane est un cercle. Le voyage que nous sommes en train de faire prépare notre voyage de l'année suivante ! Et ainsi de suite ! » Puis, comme d'habitude, il fit résonner son rire : « Hohohoho ! »

Sel et esclaves

Le troisième jour, Rhissa partit vers les salines avec trois chameaux. Les salines de Kalala formaient un univers irréel avec leurs tertres déchiquetés et leurs cratères rouges et orange nés d'anciens lacs salés. Tout autour, des bataillons de petits pains et de quilles de sel sont alignés au garde-à-vous. Quelques sauniers sont venus briser la pellicule déposée sur les bassins, mais la plupart ont confectionné leur stock des mois avant l'arrivée des caravanes pendant la période chaude.

En avril 2003, avant de partir en caravane, j'étais venue à Bilma pour filmer le travail du sel. Depuis le Burkina Faso, où j'avais terminé une mission de la JICA, j'étais arrivée à Agadez en stop, puis j'avais embarqué sur un camion avec une cinquantaine de migrants clandestins et autant de bidons en direction de la Libye. Accrochés comme des grappes, nous étions tombés plusieurs fois en panne avant d'arriver enfin à Dirkou, oasis de tous les trafics enclavée entre le Niger et la Libye. Après cette traversée infernale en pleine saison chaude, j'étais arrivée à Bilma et avais trouvé deux Nigérians qui travaillaient dans les salines. Interloquée, je les avais interviewés en anglais, apprenant qu'ils s'étaient fait voler tout leur pécule et travaillaient « comme des esclaves » depuis des mois dans les salines pour payer leur convoyeur. Cependant, leur salaire était tellement bas que leur rêve européen s'éloignait de plus en plus. Cela me rappela le temps où sel et esclaves étaient étroitement liés. Situé sur la route entre le Soudan et le Fezzan, Bilma était jadis un grand centre caravanier où le sel s'échangeait contre de l'ivoire, du cuir, des céréales, de l'or et des esclaves. Mais à partir du XVIIIe siècle, l'Occident soucieux de mettre fin à l'esclavagisme introduisit le sel de mer. Le commerce du sel saharien périclita. Cependant, deux siècles plus tard, les esclaves existaient toujours à Bilma.

Malgré ce qu'on pouvait penser du travail dans les mines de sel, souvent comparé à de l'esclavagisme, je rencontrai aussi un couple de Kanouris qui me parlèrent de leur travail avec fierté. Ils étaient sauniers depuis des générations.

Debout dans les bassins, ils cassaient la pellicule de sel qui remontait par évaporation à la saison chaude. Les cristaux étaient ensuite déposés sur le bord, séchés, puis introduit dans des assiettes ou des moules en palmier coniques. Personne ne savait exactement depuis quand l'on confectionnait ces moules à la forme si particulière. Mais d'après les sauniers, il ne faisait aucun doute que c'était pour faciliter le transport à chameaux. Ainsi, depuis l'Antiquité, les sauniers kanouris attendaient l'arrivée des caravanes. Au début du XXe siècle, les grandes caravanes marchandes avaient presque toutes disparu. Mais la *taghlamt* perdura grâce à l'utilisation du sel pour les animaux. Riche en minéraux, le sel de Bilma était vital pour les éleveurs nomades : purgeant l'organisme des bêtes, il leur apportait les compléments nutritionnels qui manquaient dans le désert.

Rhissa salua longtemps un saunier, puis lui demanda le prix de son sel. Bilma souffrait d'ensablement et le prix du sel baissait chaque année. Mais le saunier réussit à vendre ses *kantus* de sel à trois cents francs CFA et ses pains *fochi* à vingt-cinq francs CFA. Rhissa chargea quarante *fochi* et vingt quilles de sel, et retourna au campement. À présent, ses jours allaient être consacrés à l'emballage du sel et des dattes. À l'aide d'une grosse aiguille, il se mit à coudre ensemble trois nattes pour confectionner un fourreau. S'adressant à un spectateur imaginaire, il se tourna vers la caméra : « Regardez ! Ça, ce sont des dattes ! On enlève le bout et on les mange ! Et voici un fourreau à dattes, on coud ensemble des nattes, on les mouille et hop ! sur le chameau ! » Puis il but une gorgée d'eau et la recracha à la manière d'un arrosoir ce qui fit marrer tout le monde.

Une fois humidifiés, les fourreaux furent soigneusement pliés en quatre.

Ce fut Boushan qui fut chargé de remplir les fourreaux. Debout à côté d'une montagne de dattes, il en versait à ras bord, mais jamais assez pour son père. « Vas-y ! Tu peux encore en mettre », disait Rhissa en poussant avec son bâton. Les dattes de Bilma étaient tellement sèches que parfois il fallait les tremper dans l'eau pour les manger, mais au moins elles résistaient bien au voyage. La marchandise devait parvenir intacte sur les marchés du sud, en particulier le sel : s'il arrivait cassé, il perdait de sa valeur ! « Si tu ne fais pas attention, ton sel va arriver en morceaux et ne vaudra plus que la moitié de son prix sur les marchés », déclara Rhissa en posant délicatement deux quilles de sel socle contre socle sur une natte garnie de paille. Puis il rajouta une natte par-dessus et se mit à coudre le tout pour faire un fourreau. Les pains de sel furent aussi emballés avec parcimonie par Boushan, sous la surveillance de Rhissa. Il y avait aussi plusieurs qualités de sel. Un de nos compagnons, l'homme en beige, nous montra deux pains : « Tu vois, ce sel-là est bon : il n'y a pas de sable dedans. Mais celui-ci est rugueux, il comporte des déchets. » De toute évidence, le sel, gemme destinée aux animaux, avait presque pour les caravaniers une valeur sacrée.

Les jours s'écoulèrent au rythme des emballages de la marchandise. Parfois, une caravane prenait le large, dans les rugissements des chameaux et les cris des hommes qui hissaient les lourdes charges de sel et de dattes. Notre équipage accourait toujours pour aider et revenait parfois avec un menu butin : outre percée, braseros ou casseroles laissés derrière pour ne pas surcharger les chameaux. Quant aux femmes kanouris, elles remplissaient leur panier de crottins de chameaux : aussi sec que de la paille, c'étaient d'excellents combustibles.

Le dernier soir, le ciel de Bilma s'illumina d'une lumière divine. Les falaises du Kawar aspiraient les dernières couleurs du couchant tandis que des nuages flottaient au-dessus des chameaux comme des auréoles roses. Au crépuscule, les hommes prièrent sur un carré de sable surplombant le campement. Le *madugu* nous confirma que le départ aurait lieu le lendemain à l'aube. Depuis toujours, les guides de caravane observaient les étoiles pour déterminer le jour du départ. Deux batteries de caméra avaient grillé. J'envoyai un télégramme à Paris. Il ne restait plus qu'à prier pour que la dernière batterie tienne jusqu'au retour. Encore douze jours de traversée jusqu'au campement.

Bush et fromage

De l'autre côté des dunes, la caravane monte et descend les vagues de cette mer fauve. Tel un mirage, elle disparaît dans le sein d'une dune et réapparaît quelques instants plus tard au flanc d'une autre, tanguant d'avant en arrière, comme aspirée par un courant invisible.

Le long de ces immenses cordons de dune, nous croisons comme sur une autoroute une caravane en partance pour Bilma. Les vannes fusent. « *Yihihihi* ! Bonjour, ceux qui sont derrière nous ! On vous salue ! » crie Rhissa. Un autre enchaîne : « Vous restez à côté des femmes en vous disant que vous partirez demain, puis après-demain, jusqu'à ce que le temps passe et que nous, nous soyons déjà de retour ! » On entend des rires. Elias lance de sa voix claire : « Envoyez un enfant, on va vous donner des dattes. » Finalement une petite silhouette se détache du convoi et court vers nous. « Avance ! Ne crains rien, on te fera rien ! Toi aussi tu es un *rago* ? » Brusquement j'entends le son entrecoupé d'une radio en anglais : « Le président Bush… intervention en Irak. » Portant son poste à hauteur d'oreille, Akane, que j'appelle « l'homme à la radio », a capté par hasard les ondes de la BBC ! Il sourit devant mon air ébahi, puis poursuit sa conversation comme si de rien n'était, tirant son chapelet de chameaux :

– Le fromage, il coûte combien ?

– Si tu l'échanges en dattes, ça vaut cinq ou six tasses !

Lever nocturne sous les étoiles. Depuis trois jours, nous naviguons sans relâche. Tel un théâtre de marionnettes chinoises, les ombres des hommes et des bêtes s'agitent à l'horizon. De la terre aride, montent de longues complaintes, gutturales, mélancoliques et enragées. La lune, avec sa face blafarde, contemple froidement la lente agonie des chameaux de la caravane qui s'apprête au départ. Puis l'horizon austral se tapisse de rouge. La lune disparaît. Tout va très vite alors. Déjà, à l'orient, le soleil crache son sang qui inonde peu à peu le désert. Bientôt, il ne sera qu'une boule incendiaire suspendue au-dessus de nos crânes. Mais pour l'heure, quel spectacle grandiose que la naissance éternelle du bel astre !

Ameli

Nous sommes arrivés à Tegalaq au petit soir. Les hommes ont abreuvé le troupeau, puis ont rassemblé les chameaux qui étaient blessés pour cautériser leurs plaies. Les genoux fermement attachés avec une corde, les bêtes assises attendaient le supplice en blatérant. Le vieux Adamu empoigna la gueule de son chameau tandis que son petit-fils Mohamed appliquait le fer brûlant autour de la bosse. De la fumée, puis une odeur de cramé envahit l'air. Les rugissements du chameau firent trembler le sol. Enfin les hommes s'écartèrent pour laisser la bête se redresser. À son tour, Rhissa fit baraquer son chameau blanc aux yeux vairons. La bête commença à hurler d'une telle manière que tous les caravaniers se retournèrent. Boushan, accroupi près du feu, agitait furieusement une tong pour chauffer le fer posé dans les braises. Mohamed et Kabi accoururent pour tenir la bête, le premier empoignant la gueule, l'autre tirant la queue. Quand Rhissa accourut avec le fer, la bête se démena de plus belle, faisant dégouliner de la bave sur le bras de Mohamed. Elle aurait pu lui arracher un bras au moindre faux mouvement, mais Mohamed se contentait de rire, essuyant la bave sur le sable. Rhissa courut une nouvelle fois vers les braises, puis revint pour une deuxième cautérisation. Le chameau enragé se tordait dans tous les sens, puis on le relâcha. Rhissa lui appliqua tout de suite du henné sur sa bosse, qui devint orange ! Cette plante utilisée par les femmes pour teinter leurs cheveux et leurs mains d'un beau rouge auburn soignait aussi les brûlures et aidait à la cicatrisation. Je regardais avec admiration la dextérité de ces hommes qui prenaient soin de leurs chameaux mieux que personne. Mais Rhissa avait l'air inquiet et j'appris que son chameau vairon ne mangeait plus depuis notre départ de Bilma. Un chameau pouvait s'abstenir de boire pendant plusieurs jours, mais il devait manger quotidiennement pour alimenter sa réserve de graisse située dans la bosse. Quand celle-ci s'aplatissait, cela voulait dire que le chameau était faible. De plus, ce chameau vairon était un *ameli*, un mâle de reproduction, le plus précieux de tout le troupeau de Rhissa !

Rhissa partit vers la maigre forêt de Tegalaq avec sa hache sur l'épaule et son *ameli*. Quand il revint une heure plus tard, son chameau tenait dans sa gueule des feuilles d'arbre. Rhissa expliqua que ces plantes appelées *abezgin* pouvaient le guérir. Mais il n'y avait pas de remède miracle. Pour sauver son étalon, Rhissa devait abandonner son chargement, soit deux quilles de sel, une dizaine de pains et un fourreau de dattes. Le chargement serait probablement récupéré par un camion. Car dans la caravane, Rhissa savait que personne ne pourrait prendre ce chargement supplémentaire, au risque de perdre un chameau. Ces animaux à l'endurance hors du commun étaient d'une placidité stupéfiante et arrêtaient de grogner dès qu'ils étaient en marche. Mais ils pouvaient aussi s'écrouler sans avoir montré le moindre signe d'épuisement. Pour ne plus se relever. Malgré la perte de sa cargaison, Rhissa déclara en caravanier averti : « Mon chameau vaut plus que cette marchandise. Celui qui ne comprend pas ça perdra son chargement et aussi son chameau ! »

Dans la nuit, le miracle s'est reproduit. Il a encore plu à Tegalaq ! Mais les caravaniers sont de plus en plus inquiets. Pour conjurer cette météo anormale, ils ont fait une aumône. Dans l'aurore sombre, ils se sont assis autour du feu et ont donné chacun une portion de mil dans un grand plat en bois en marmonnant quelques versets. Puis, tout le monde en a mangé une cuillerée avant d'essayer de se rendormir un peu. Vers 10 heures, nous repartons sous un ciel d'orage. Il risque de pleuvoir encore, mais rester plus longtemps gâcherait les provisions de paille. Tout est calculé.

Kel essouf

Le désert n'est plus qu'une immensité grise qui se confond avec le ciel. Dans ce paysage surnaturel, la caravane avance tel un bateau fantôme, plongeant puis émergeant dans le brouillard. Sous le ciel sans soleil, les hommes marchent en tête et parlent des intempéries.

« Depuis trente ans que je fais ce métier, je n'ai jamais vu la pluie dans le désert, cette année c'est extraordinaire.

– Moi aussi ça fait trente-cinq ans que je voyage, mais charger sous la pluie, ça ne m'était jamais arrivé !

– La nuit dernière, je me suis réveillé, on ne voyait pas les étoiles, tout était gris.

– Les dattes et le sel peuvent fondre, et nos couvertures sont mouillées ! »

Puis Rhissa se tourne vers moi et demande : « Et toi, Alissa, tu aimes la pluie ?

– Oui ! La pluie est bonne ! »

Les caravaniers rient de bon cœur. À chaque fois qu'il pleut je suis comme une plante fanée qui revit. Mais l'un d'eux me dit avec sévérité : « La pluie est dangereuse dans le désert, on ne peut plus se repérer quand le ciel est voilé, on peut se perdre ! » Sur mon chameau, je me mis à penser aux marins qui n'embarquaient jamais de femme sur leurs bateaux. Les caravaniers aussi étaient superstitieux. Si jamais il nous arrivait quelque chose à cause de la pluie, je serais probablement montrée du doigt !

Le jour suivant, alors que la caravane naviguait toujours sous un ciel d'orage, un de nos moussaillons vint à manquer. Tout de suite, deux hommes détachèrent leur monture et rebroussèrent chemin. Une heure plus tard, ils revinrent avec le jeune solidement attaché au chameau. « Le petit était malade depuis hier. Il est tombé de chameau en dormant. Dieu merci, on l'a retrouvé avant la nuit », dit Rhissa. Puis le *madugu* parla avec ses compagnons d'une histoire terrible : « C'était l'année qui a suivi la sécheresse, tu te rappelles ? Nous étions partis très tard, car les chameaux étaient encore faibles. Sur la route de retour de Bilma, le petit de Hassan a commencé à être malade. Je lui avais dit pourtant de bien l'attacher sur le chameau, mais il ne m'a pas écouté… En cours de route, on s'est aperçu que le petit n'était plus là… Deux hommes ont détaché un chameau et ont rebroussé chemin… C'était à la tombée du jour, il fallait faire vite. Ils ont suivi les traces de pas jusqu'à une dune très grande, puis plus rien. Ils ont crié, mais en vain. Alors ils ont décidé de se poster sur la dune et d'attendre en faisant un feu de paille. Et alors, ce qu'ils ont vu les a glacés jusqu'aux os… Au nord, un feu brillait, juste un seul feu. Ils ont commencé à marcher vers le point lumineux, mais plus ils marchaient, plus le feu semblait s'éloigner… À bout de forces, ils ont baraqué le chameau alors que l'aube pointait et se sont écroulés sur le sable… Heureusement qu'ils ne sont pas allés plus loin et qu'on a pu les retrouver. Les *kel essouf* avaient voulu les tromper, tout comme ils ont trompé le pauvre gosse, Dieu ait son âme. »

Nous croisons une carcasse de voiture à moitié ensevelie dans les sables.

Qu'était-il arrivé à ces voyageurs ? En plus des provisions d'eau et de carburant, la règle était de toujours partir avec au moins deux véhicules. Sinon, en cas d'accident, c'était la mort assurée. Il y a quelques années, le maire de Bilma avait été porté disparu avec toute sa famille. On les avait retrouvés morts de soif en plein milieu du Ténéré. Leur véhicule était tombé en panne. Les voyageurs à chameau étaient soumis aux mêmes règles, mais ils avaient plus de chance de survivre.

Lors d'un mémorable coucher du soleil sur les dunes de Temet, à la frontière de l'Aïr et du Ténéré, on m'avait raconté l'histoire incroyable d'une Espagnole qui avait acheté sept chameaux pour faire la route du sel. Comme moi, elle avait accompagné une caravane jusqu'à Fachi, mais pour une raison obscure, elle s'était disputée avec les caravaniers et avait décidé de ne pas continuer avec eux jusqu'à Bilma. Elle attendit des jours à Fachi la venue d'une autre caravane, mais en vain. À bout de patience, elle décida de partir seule avec ses chameaux et réussit l'exploit d'atteindre Bilma juste avec sa boussole. Encouragée, elle décida de faire aussi la route du retour seule. Mais après Fachi, on perdit sa trace. Pendant une semaine, véhicules et hélicoptères sillonnèrent le Ténéré. On retrouva ses chameaux morts de soif. L'espoir disparaissait quand un nomade signala avoir trouvé une étrangère à moitié morte sur le dos de sa monture. L'Espagnole était dans un tel état de déshydratation qu'elle avait perdu la tête, mais elle vivait. Son chameau l'avait porté jusqu'à la lisière du Ténéré !

Ironie du sort, cette histoire m'avait été contée par Rhissa Ag Boula, le ministre du Tourisme qui m'avait envoyé balader lors de ma première caravane. Nous nous étions retrouvés par hasard en plein désert pour fêter le Nouvel An 2000. Je lui avais tout de suite demandé s'il se souvenait de moi. Il avait souri en me serrant chaleureusement la main. « Bien sûr, j'ai appris que ton voyage s'était très bien déroulé, je te félicite ! » Un peu déroutée je lui avais demandé pourquoi il m'avait traitée de folle des années plus tôt. Il m'avait alors raconté l'histoire de son Espagnole. « Quand tu m'as dit que tu voulais traverser le désert avec une caravane de sel, je me suis dit : "Ah non ! pas encore !" Tu comprends, c'est moi qui étais chargé des recherches. »

La voyageuse téméraire fut rapatriée immédiatement et, pendant des années, Rhissa n'entendit plus parler d'elle. Puis, un jour, il reçut une coupure de journal *El País* où elle avait raconté ses péripéties. Elle avait retrouvé la santé. Malgré ce *happy end*, Rhissa en avait toujours des sueurs froides.

Ténéré vert

Aube délicieuse au ciel de pourpre où se dessine l'ombre des chameaux de sel dans la pâle lueur orientale. La caravane tourne, contourne, dessine des rondes à travers les dunes teintées de pluie. Le ciel a transformé le désert en dégradés d'ombres ocre et grises, mais qui aurait pu prévoir tant de vert ? Nous frôlons des tapis d'herbe fraîche au creux des dunes. Les pousses sont si fines qu'elles disparaissent sous nos pas et réapparaissent au loin comme un mirage. Les caravaniers répètent : *« Akasa ! Akasa ! »*, le pâturage ! De toute leur vie, ils n'ont jamais vu les couleurs du Ténéré sous la pluie.

Alors que nous sillonnons le désert sous la nouvelle lune du ramadan et les milliers d'étoiles, une lumière jaillit du ciel derrière nous, éclaboussant toute la caravane d'un rayonnement extraordinaire. Je pousse un cri, croyant que ma lampe torche s'est allumée toute seule. Je me retourne sur mon chameau et je vois tomber du ciel une boule de feu. Tous les hommes aussi sont retournés sur leur monture et observent en silence l'étrange corps céleste s'embraser puis se désintégrer lentement avant de tomber dans le désert en un mince filet de lumière orange. Puis chacun se concentre à nouveau sur la route. Excitée comme une puce, je saute de chameau avec Barda et cours vers le vieux Adamu qui marche à l'avant de la caravane. « Amghar, tu as vu cette lumière tombée du ciel, c'était quoi ? » Amghar me regarde avec ses yeux brillants. De cette météorite, il dira simplement : « Un grand sage vient de mourir. » Le lendemain, nous étions sortis du Ténéré.

La sortie du désert

La marche continue, lente et progressive, jusqu'au soleil couchant qui se déchire sur les massifs auréolés de l'Aïr. Encore une fois, le miracle de l'eau a transformé le paysage de notre route comme si nous étions partis non pas plusieurs semaines, mais des mois plus tôt. Sous nos pieds, des écailles en mille morceaux entre lesquelles ont éclos de tendres pousses de trèfle vert. La terre asséchée a éclaté sous la pression de cette vie qui veut sortir. Comme pour répondre à cette attente, on entend le doux roucoulement des oiseaux. Les enfants courent partout pour ramasser le pâturage et l'engouffrent à pleine botte dans la gueule des chameaux en riant. Notre dernière batterie est morte, mais quel spectacle magnifique que cette sortie du désert !

Alors que nous longeons des campements nomades, de petites bandes d'enfants attendent sur le chemin, à distance respectable, à la fois fascinés et apeurés par la caravane de retour du désert des déserts, chargée de sel et surtout de dattes.

Les caravaniers leur crient d'un ton menaçant : « Viens faire la caravane si tu oses ! » Ils demandent leurs noms et ceux de leurs parents, leur descendance. Aux petites filles, ils demandent à voir leur grande sœur, les plus hardis répondent aux caravaniers en rigolant, les plus petits se cachent derrière les buissons. Les moqueries fusent : « Regarde-moi cette tête de hyène ! » Puis les hommes plongent une main dans leur sac de dattes et en jettent des poignées entières sur le chemin. Les enfants restent cois, accroupis à terre sans bouger, les yeux ronds comme des billes. Et une fois que le grand convoi est passé, les petites mains se ruent à terre vers les dattes dispersées sur le sol et c'est un concert de cris et de rires à qui en trouvera le plus. Scènes de retour où les voyageurs offrent avec générosité les produits merveilleux des contrées lointaines qu'ils ont quittées.

La grande caravane se scinde en chemin. Chacun rentre à son campement pour un repos bien mérité avant de repartir au sud. Les adieux sont très beaux, immortalisés par une photo alors que la caravane s'est exceptionnellement arrêtée. Tous les hommes descendent de chameaux, on est un peu gênés de cette situation inattendue : arrêter d'avancer ! Le *madugu* reste à chameau, imperturbable. Les enfants s'accroupissent en bas, on me pare d'un collier de dattes. Tout le monde est là, au grand complet, en ce jour de séparation de la *taghlamt*.

Puis la caravane de Rhissa poursuit sa route, silencieuse, à travers la belle brousse blonde cernée de pics sombres.

Enfin, nous arrivons à Tefaraout.

Dans l'ombre douce de la nuit qui se lève, nous déchargeons les chameaux à une centaine de mètres du campement, comme le veut la tradition. Un petit garçon court vers nous et nous salue gravement, mais avec beaucoup de chaleur et d'émotions. « *Alissa ! Mani esamed ? Mani edaze ?* » Et sa petite main glisse dans la mienne, souple et chaude. Ensuite, une troupe d'enfants apparaît, ils sont stoppés à quelques mètres de là, hésitants et fébriles, ils observent Rhissa et Boushan s'affairer autour des bagages. Quand Rhissa les interpelle enfin, ils accourent tous en criant, se collent à lui avec tendresse, les dattes sortent du sac comme un trésor, c'est Noël au campement.

Nous laissons les bagages empilés dans la brousse, les enfants prennent chacun une sacoche, une couverture et nous escortent en bourdonnant. Là-bas, les flammes du campement brillent. Une ombre de femme se profile dans la nuit. Je ne peux la voir, mais sa voix douce est si bonne à entendre, si indiciblement réconfortante... Elle me prend la main, me tâte le bras, les épaules, comme pour s'assurer que je suis bien entière. Dans sa voix, il y a de l'émotion vraie et palpable, qui me touche le cœur alors que je ne suis qu'une étrangère. Déjà, les femmes arrivent une par une et, dans l'obscurité chaude et soyeuse, elles commencent les longues litanies qui me bercent comme un chant. *Tagodem, tesram, woraganza, alker ghas, wartiga tikma, mani edaze, agodei, tesram, yo, mattolei ? Alker ghas, alker ghas,* la paix seulement !

Assises sur la grande natte devant la tente ouverte, nous répétons comme dans un rêve les mêmes mots, à l'infini, d'un ton monocorde et à voix basse. À côté de moi, Tamarouane s'est glissée là, et sa belle voix grave et puissante couvre toutes les autres. Dans un berceau en peau accroché aux arcs de la tente, les pieds d'un bébé dépassent, minuscules, suspendus à la Voie lactée. Un autre bébé apparaît aussi, petite boule chauve et grands yeux écarquillés vers la lumière de la lune. Les femmes se baissent en riant vers la petite et font claquer leur langue dans la bouche en embrassant ses petits pieds. Je m'endors au son de ce baiser touareg chaud et sec comme le désert.

Les plats défilent et rythment mon sommeil de brusques réveils. *Eshink* au lait de chèvre, tekomart, premier thé. *Eshink n edigi,* deuxième thé, macaronis, *tekomart,* troisième thé, etc. Rhissa préside l'assemblée. Les parents et amis alentour sont tous partis quand je m'éveille une troisième fois. Sur un *tidabut* à ciel ouvert, je m'endors cette fois d'un profond sommeil.

Nous passons les jours suivants au campement. Les femmes m'ont aménagé une petite case que je partage avec Bardaran. À peine revenus, Rhissa et Boushan ont commencé à jeûner et prient avec ferveur dans le crépuscule lumineux qui tombe sur la cime des montagnes bleues. Journée d'eau le matin, sieste à midi dans notre petite case de paille. Dehors, le vent gémit sur la brousse ensablée.

Ainsi faisant, la journée passe sans plus d'événements… Demain, j'accompagne les femmes au puits.

Au bout d'une semaine, j'ai reçu un message de Bouhamid. Les batteries de rechange étaient enfin arrivées ! Avec Bardaran, nous avons fait nos sacs et sommes partis en camion jusqu'à Agadez. Quelques jours plus tard, nous retrouvions Rhissa et la caravane pour un nouveau départ.

Départ au sud

À l'orée d'un oued, la caravane entame le pas pour une nouvelle traversée qui durera plusieurs mois. C'est le grand départ de l'*aighan*, la caravane du sud. Rhissa et ses compagnons croisent le regard de la caméra et saluent d'un ton jovial. Les chapelets de chameaux chargés de sel et de dattes défilent, puis, en queue, apparaissent deux jeunes chameliers qui poussent des cris en galopant derrière un troupeau en liberté. Je découvre avec ravissement que la caravane est augmentée d'une cinquantaine de chamelles et de chamelons ! Chaque père est aussi accompagné d'un ou deux enfants, ce qui donne une énergie nouvelle à la caravane. C'est la grande transhumance qui commence vers les pâturages abondants du sud.

Au fur et à mesure que la caravane progresse vers la falaise de Tiguidit, une nouvelle organisation se fait jour. Alors qu'en tête, les hommes guident leurs chapelets de chameaux, en queue, les enfants se relaient pour dompter des chamelons sauvages. Pendant que l'un retient l'animal par la queue, l'autre se hisse sur sa bosse nue et, s'accrochant aux touffes de poils, attend le signal du départ… *Yihihi !* Affolé par cette charge nouvelle sur son dos, le chamelon bondit dans tous les sens, mais son terrasseur esquive habilement les sauts de bosse et, tenant d'une main les rênes, brandit sa cravache en riant aux éclats, aussi habile qu'un cow-boy de rodéo.

La nuque blanche d'Abzaw, mon nouveau chameau de selle, apparaît devant ma caméra. Je l'ai baptisé Fujisama (honorable Fuji) à cause de sa belle bosse blanche. Je reprends goût aux vagabondages solitaires, à l'arrière de la grande caravane, sur ma selle *eliki*, en compagnie parfois des jeunes chameliers courant sur leur monture, voiles au vent, fiers et désinvoltes.

La nuit, les campements brillent comme des étoiles sur la terre noire, astres aux formes de petit tipi où pendent, sombres et mystérieuses, les ombres des *guerbas*. Je m'endors au son rassurant des pilons, après cette journée nomade à suivre le petit troupeau de chamelons de Rhissa telle une bonne chamelière.

Le temps s'écoule comme à l'accoutumée, très doucement le matin, puis très pesant à midi. Le soleil sur la route du sud est toujours face à nous, passant invariablement de gauche à droite, brûlant chaque bout de peau découverte. Heureusement, il y a de l'eau, des pâturages, et des nomades qui achètent notre précieuse marchandise. Ce matin encore, alors que la caravane chargeait, deux femmes touarègues sont venues acheter des pains de sel. Puis elles ont disparu dans la brousse aussi soudainement qu'elles étaient apparues.

Enfin, à la tombée du jour, nous posons pied à terre sur la grande brousse mordorée. Çà et là, des troupeaux de chèvres rentrent en désordre vers quelque campement fumant tandis que le crépuscule fait planer une infinie douceur sur les êtres et les choses. Les hommes braves qui continuent le carême s'abluent et prient dans leurs abris de sel, au milieu des cordages, des sacs en peau, des tas de nattes qui gisent comme des butins magnifiques sur la brousse. Lents et graves, ils s'agenouillent plusieurs fois puis, calmement, sans précipitation, boivent enfin une gorgée d'eau et l'*arajira*. Ensuite, on allume le feu, dont les petits ronds de fumée s'évaporent dans le ciel bleuté. Les campements sentent si bon à l'approche du soir, et mon cœur revit à cette vie nomade, simple et sans artifices.

Bororo

Les journées se succèdent pendant une semaine, au rythme de huit heures par jour sans interruption. Peu à peu, la caravane se transforme en marchand ambulant, en convoyeur itinérant, en grande roulotte derrière laquelle femmes et enfants courent pour acheter les précieux produits des contrées lointaines.

Le paysage change petit à petit, de la terre cramée nous passons à la brousse soyeuse, inondée de temps en temps de mares où s'ébattent oiseaux et zébus aux longues cornes, signe que les peuls Wodaabe, ne sont pas loin... Connus au Niger pour être les grands nomades de la brousse sahélienne, les Wodaabe portent aussi le nom de leurs fantastiques vaches aux cornes de lyre, les Bororos. Les chameaux se faufilent parmi les arbres broussailleux, petite forêt d'épines où chaque frôlement de branches entraîne l'envol d'une multitude de sauterelles dans un bruit argenté et cristallin.

Le crépuscule auréolé d'une étoile et du premier croissant de lune est si beau, à l'image de cette nuit sacrée de l'Aïd-el-Fitr. À cette occasion, la caravane a décidé de faire une halte d'une journée entière et c'est un peu la fête au campement. De bon matin, nous assistons avec bonne humeur aux négociations d'achat d'une chèvre, puis j'enclenche mon radio-cassette. Les enfants se réunissent autour du feu, et tout en tressant avec ardeur les entraves, rient et crient avec fougue en écoutant les rythmes de guitare et de *tendé*. Après une journée de repos et de ripailles, nous repartons.

Brousse majestueuse, aux longs poils blonds qui ondulent dans la brise matinale. Au loin, les silhouettes noires et imposantes des zébus tranchent sur l'horizon clair. De nouveaux éléments se sont introduits dans le paysage caravanier. En fin d'après-midi, nous sommes rejoints par un troupeau d'une vingtaine de zébus guidés par un seul berger bororo. Fier sur son cheval, il nous observe de loin sous son grand chapeau pointu tout en jetant un œil sur son campement : un troupeau de moutons blancs et une dizaine d'ânes montés par des femmes le suivent, lourdement chargés de calebasses sacrées et d'arcs de tentes, dans une procession extraordinaire. Je saute de chameau pour les rejoindre. D'abord apeurées, les femmes s'arrêtent, puis répondent à mes salutations en fulfulde en riant derrière leur foulard tout en faisant avancer leurs ânes. Elles ressemblent à des bohémiennes avec leurs tuniques noires trouées, leurs bijoux en laiton, leurs amulettes en cuir et leur étrange chignon qui orne leur front bombé. Finalement, une vieille me pousse vers un âne : « Monte ! Monte ! ». Je me retrouve à califourchon sur un bourricot, essayant de garder ma caméra droite. Une femme portant d'un côté un enfant, de l'autre un petit agneau blanc, me dépasse, puis c'est le tour d'un jeune garçon, beau comme un soleil, avec ses tresses et ses arcs de tente. Une jeune fille trottine sur son âne à même hauteur que moi et me salue doucement dans cette belle langue fulfulde lancinante comme un chant : « *Foooooma* », « *Sagoooo* », « *Oyaaaambe* », « *Algheeeeri* ». Puis elle me donne quelques-uns de ses bracelets en souriant timidement. Fascinée, je les suis jusqu'à ce que les grandes cornes en lyre disparaissent dans la poussière rouge, masses sombres sorties de l'horizon incandescent.

Le lendemain matin, alors que nous prenions le thé, la longue silhouette du berger Wodaabe apparut au campement. Il venait acheter pour ses vaches le sel. Très droit dans sa couverture loqueteuse, il inspecta une quille comme une œuvre d'art, semblant la caresser de ses longues mains pour en apprécier la forme.

Les Wodaabe étaient aussi connus pour être de grands artistes : ils vénéraient la beauté. En 2000, alors que je voyageais avec des amis de Sidi Connard, nous avions pris en stop un jeune Bororo qui voulait se rendre dans son campement au sud d'Agadez. Nous nous étions alors retrouvés dans une des plus incroyables fêtes que j'aie jamais vue : la cérémonie de beauté du Guéréwol, qui avait lieu une fois par an, après les pluies. Au bord d'une immense mare traversée par des centaines de zébus, des hommes au visage teint d'ocre rouge et jaune dansaient en rang du matin jusqu'à la nuit, roulant des yeux pour en montrer le blanc ou faisant grimacer leur bouche peinte de charbon pour faire ressortir l'émail parfait de leurs dents. Le front et les bras ornés de plumes d'autruche, ils portaient des colliers de cauris sur leur torse nu et un pagne de cuir autour de leurs hanches. Se balançant de droite à gauche dans une indicible langueur, ils chantaient sans relâche un répertoire ancien comme le monde pour célébrer la pluie et la beauté. Les femmes, telles des reines, observaient les mouvements de chaque danseur pour en apprécier la beauté. Après six jours de transe, deux jeunes filles allaient élire le plus bel homme, celui qui avait fait ressortir le mieux la beauté du *puulaku*, le code d'honneur Wodaabe fondé sur une valeur intrinsèque : la vache. Pour garantir la robe luisante de leurs zébus et leur lait mousseux, ils attendaient chaque année l'arrivée des caravanes.

Marchés de brousse

Après treize jours de marche, la caravane arriva à l'orée des premiers marchés de brousse. Soudainement, nous traversions des villages coiffés d'étranges bonnets ronds. Pour la première fois, je voyais paysans et éleveurs côte à côte, partageant les puits, des champs de mil plantés de campements peuls où divaguaient des troupeaux de zébus.

Chaque marché est hebdomadaire et les caravaniers arrivent très tôt le matin avec quelques chameaux pendant que des enfants restent au campement pour garder le reste du troupeau. Ils disposent leurs quilles avec grand soin, les dépoussiérant avec un petit balai avant de les poser bien droites à côté de *fochis* et d'une montagne de dattes. Chaque caravanier a sa propre clientèle et doit vendre sa cargaison à bon prix afin d'acheter le mil.

Après plusieurs petits marchés, notre caravane s'amarra au sommet d'une petite colline dominant les champs de mil et le village de Sakabal. C'est ici que nous allions camper plusieurs jours et faire la tournée des marchés de la région, à commencer par le grand marché local.

Le marché de Sakabal est tout en relief, plongeant vers les étals de cannes à sucre et de patates douces sur le fond bleu des boubous nomades, remontant à travers les étalages du souk par des rangées de mamas ridées au visage strié de cicatrices bleutées, enroulées dans des pagnes africains, calebasses de *fura* ou réchauds à galettes posés devant elles, remuant, pétrissant, versant inlassablement la pâte tout en riant de leurs bonnes vieilles faces édentées. Le marché remonte vers les étals de boucherie jusqu'à la grande place où se tient tous les jeudis le marché à bétail. Assises sur le sol, quelques femmes bororos au regard farouche vendent des calebasses de lait, de l'huile de vache, des plantes et de mystérieux talismans.

Puis tout en haut, on distingue la forme étrange et moulée des quilles de sel, les colonnes de pains empilés les uns sur les autres, et les nattes croulant sous les dattes. Les caravaniers sont là, attendant avec ennui que la journée se passe, affalés contre leurs abris de nattes dans la torpeur moite des heures torrides, un peu gauches dans leur immobilité soudaine au milieu du va-et-vient de la cohue générale.

Les journées sont dures, brûlantes, à rester assis dans la poussière du matin jusqu'au soir. Il y a parfois des disputes pour l'emplacement des stands, toujours exposés en plein soleil et sans toit en paille pour se protéger. Mais les caravaniers ne se plaignent pas, et malgré leurs mines désabusées, accueillent les acheteurs avec entrain. « *Ina eiki* », « *Lahiya lo !* », « *Ina gajiya ?* », « *Lahiya lo !* ». Les salutations en haoussa sont longues et l'on sent les liens qui se sont créés parfois depuis des générations. Les paysans haoussas, majoritaires dans cette région du Damergou, viennent acheter des dattes, du natron, tout en donnant des nouvelles sur leurs récoltes. Puis il y a les éleveurs peuls et touaregs de la région qui échangent des dattes contre du fromage et achètent du sel. Les nomades passent de longues minutes à regarder le sel, ils en évaluent la forme, en discutent le prix, partent voir ailleurs, puis reviennent encore. La concurrence est rude entre tous les caravaniers qui se retrouvent à la même période pour vendre le sel et les dattes.

De l'autre côté du marché, des pick-ups Toyota déchargent une cargaison de pains de sel empilés en vrac à l'arrière comme des cailloux. Ce sont des commerçants à la peau très claire, touaregs ou arabes, qui mettent deux ou trois jours depuis Bilma et approvisionnent les marchés à n'importe quelle saison. Assis sur des caissons, ils vendent des paquets de dattes importées d'Algérie, des cigarettes, du thé et des pains de sel effrités mais à bas prix.

Camion vs *chameau*

« C'est une concurrence déloyale ! On transporte le sel difficilement, et quand on arrive ici après des mois, les voitures nous ont devancés en quelques jours chez les acheteurs », proteste Mbabal. Rhissa renchérit : « C'est vraiment un problème. C'est notre principal problème ! »

Autour du feu, plusieurs caravaniers se joignent à la discussion. Dès qu'il s'agit des camions, la tension monte d'un cran. « Nos bénéfices baissent à cause de cette concurrence. Nous sommes obligés de ramener des marchandises depuis le Nigeria pour nous en sortir. Avant, un seul chameau pouvait porter un chargement de sel qui lui rapportait l'équivalent de trois chameaux de mil. Mais à présent, ce ratio a diminué aux trois quarts », dit l'homme en vert. « En plus de cela, il arrive qu'on se fasse arrêter par la police pour payer des taxes, alors que nous sommes en chameau ! » remarque le *madugu.* « C'est vrai ! Personne n'a jamais aidé les caravanes ! Mais les véhicules, eux, ont toujours la faveur de l'État ! » Comme en écho, on entend la longue complainte d'un des chameaux de Rhissa. Depuis une semaine, il s'est affaissé et n'arrive plus à se relever seul. Les hommes aspirent en silence leur verre de thé, puis l'ancien de la caravane prend à son tour la parole : « Un jour, la police du Nigeria nous a arrêtés et nous a demandé de payer des taxes. On a refusé et ils nous ont enfermés en prison pendant deux jours. Il faisait tellement sombre, je ne savais plus si c'était le jour ou la nuit ! Je ne voyais même pas mes mains. Mais j'ai dit à la police : "Même si vous m'enfermez cent ans, je ne vous paierai pas !" » Les caravaniers acquiescent bruyamment. L'ancien reprend de sa voix crescendo : « On n'a tué personne ! On n'a volé personne ! Et on n'a pas de marchandises interdites ! Pourquoi on devrait les payer ? Ça fait des générations qu'on fait la caravane et on n'a jamais payé de taxes ! » Puis, comme un pied de nez, il fait résonner son rire dans la brousse : « Hohohoho ! »

Je demande à mes compagnons si, malgré cela, personne n'a jamais envisagé d'acheter une voiture. Pour toute réponse, Rhissa se tourne vers Mbabal en ricanant : « Tu te rappelles l'histoire de cet homme à Agadez ? Celui qui avait beaucoup de chameaux, du petit bétail et une voiture ? Il a décidé de vendre une partie de son cheptel pour acheter un gros camion… L'entretien du camion a mangé la voiture, le bétail qui restait, et finalement il a perdu son camion ! Alors il est revenu dans son campement s'occuper des quelques chèvres qu'il avait heureusement gardées. » Il éclate de rire, puis conclut : « La voiture peut être une bonne chose pour nous, mais il faut pouvoir l'entretenir, sinon tu vas perdre tout ton troupeau ! »

Cependant, un seul camion chargeait autant que plusieurs chameaux et ravitaillait les marchés avant que les caravaniers n'arrivent. Dans ces conditions, comment la caravane arrivait-elle à faire des bénéfices suffisants pour résister à la concurrence ? Mbabal répondit d'un ton ferme : « Le sel des camions est bon marché, mais il est endommagé ! Certains acheteurs ne font pas la différence, mais la plupart reconnaissent la valeur de notre sel, c'est pour cela qu'on arrive à le vendre plus cher que celui des camions ! » Les caravaniers acquiescèrent. Ainsi, les éleveurs reconnaissaient non seulement la qualité du sel transporté à grand-peine par les caravanes, mais ils étaient prêts à payer plus pour avoir un sel plus beau ! Comme avait dit Rhissa, sur les marchés de brousse, une quille de sel cassée perdait la moitié de sa valeur. Ce qui n'était qu'un morceau de sel gemme pour les commerçants avait pour les éleveurs peuls et touaregs une valeur sentimentale et culturelle liée à leur troupeau. Seuls les nomades connaissaient la vraie valeur du sel.

Mbabal prit un *fochi* et le cassa dans une grande bassine en fer, puis il ajouta de l'eau. Plusieurs chameaux s'approchèrent instinctivement de la bassine et commencèrent à laper l'eau salée. « Les chameaux qui mangent du sel ont beaucoup d'appétit. Et boivent aussi beaucoup, ce qui est bon pour leur organisme. Généralement, il faut attendre quinze jours entre chaque purge de sel. Ici, on en fera deux et la troisième purge sera à Kano. »

Route de nuit

Gadbeji, Walli, Sakabal, Tawakechi, Kolahan, Dakoro... Les caravaniers écument tous les marchés de la région. Au campement, ils se réunissaient pour décider de la prochaine étape. Parfois les hommes s'absentaient de Sakabal plusieurs jours à cause des distances. Il fallait alors tenir compte des pâturages et aussi des récoltes pour éviter tout conflit. « A-t-on eu des nouvelles des endroits mis en jachère ? », demandait le *madugu.* « Oui, Dakoro est en jachère et donc tous les champs de la région sont ouverts. » Les plus courageux prenaient la route la nuit, par groupes de deux ou trois, pour atteindre l'emplacement suivant avant le matin. Rhissa faisait toujours partie de ces convois et se moquaient même de ceux qui préféraient attendre au campement. Il était infatigable.

– Nous sommes des voraces. Les marchés, on les fait tous ! Hahaha !

Les autres hésitaient, évaluaient les distances, la route.

– Il faut quitter à 3 heures du matin ?

– Non, ce n'est pas si loin.

– Il faut attendre l'aurore, car dans le noir vous allez vous perdre ! » prévenait Rhissa. S'ensuivaient des conversations interminables sur le chemin à prendre :

– Tu vois l'étoile là-bas, c'est par là qu'il faut passer !

– Non tu seras détourné, il vaut mieux suivre une vallée jusqu'à la grande dune, si tu la vois tu trouveras le sentier vers le marché !

Les routes de nuit étaient étranges. Aux heures de minuit, éclairés par la lune, nous dévalions les champs de mil et les pâturages, longeant les huttes endormies où quelques chiens aboyaient sur notre passage, traversant de notre pas feutré la brousse silencieuse. Dans l'aube frisquette, nous croisions des charrettes d'ânes, des marchands à cheval, des troupeaux de moutons, des femmes à pied portant de lourdes calebasses sur leur tête. Dans le marché encore désert, Boushan préparait le thé tandis que Barda installait le panneau solaire derrière notre stand. Quelques rares voitures déversaient un flot de passagers et de marchandises. Petit à petit le marché s'animait, les étals de sel et de dattes juxtaposant les bouchers, la friperie à côté des marchandes de galettes, un coiffeur coincé entre le marché à bétail et les vendeurs de sauterelles grillées… Que de couleurs, de gens et d'échanges !

C'est vers 14 heures que le marché vibrait d'animation, majorité haoussa avec beaucoup de peuls, plus ou moins Wodaabe, et quelques touaregs venus voir le marché à chameaux qui s'animait à la tombée du jour. Les hommes enturbannés s'accroupissaient pendant des heures devant les bêtes, admirant l'élégance de leur cou, ou la rondeur de leur bosse. Rhissa aussi était de la partie et dénotait parmi la gravité un peu hautaine des autres touaregs. Serpentant à travers les chameaux, il leur tirait la queue, ouvrant leurs gueules de ses gestes vifs et précis, jurant à haute voix, sans oublier de se moucher à grand bruit entre deux visites. Il cherchait depuis des jours un chameau pour son fils Ahmed, mais revenait toujours les mains vides. Tant qu'il n'aurait pas écoulé son stock de dattes, il n'achèterait rien.

Dans le marché devenu désert, Rhissa sortit des billets de sa poche et les tendit à Boushan. « Voilà pour toi, merci ! » Il avait vendu tout son sel, mais il restait encore une montagne de dattes. « *Debino ! Debino !* On a de bonnes dattes ici ! » cria Rhissa en haoussa. En regardant cette montagne, je soupirai. Tant qu'on ne les vendrait pas, on ne pourrait pas passer à l'étape suivante. Rhissa regarda ma moue dépitée en se marrant. Cela faisait trois mois que nous étions sur la route ensemble et après trois semaines à faire la tournée des marchés, je n'en voyais pas la fin. Je commençais à m'ennuyer ferme. « Alors Tamasroyt, comment ça va aujourd'hui ? » Rhissa me jeta un œil malicieux. Tamasroyt était chez les touaregs l'étoile des demoiselles célibataires qui la regardent avant de se coucher seules sans avoir reçu de visiteurs ! Je répondis comme d'habitude à cette boutade en me couvrant la bouche avec mon turban. « Je ne suis pas une femme, je suis un homme ! » Rhissa rigola : « Oui, c'est vrai, tu es un jeune berger amawad ! »

Après ces mois sur les routes, j'étais vraiment devenue comme un caravanier. Ma peau avait pris une couleur brun foncé et, avec mon pantalon bouffant, ma tunique et mon turban noirs, tout le monde pouvait se méprendre. Je m'en étais aperçue quand, un jour, l'homme en vert m'avait demandé de garder son stand au marché : il avait une course urgente à faire et son enfant était absent. Je pris un air grave. On m'avait déjà confié la responsabilité d'un chapelet de chameaux, mais jamais d'un stand de sel et de dattes ! « Les *fochis* sont à 200, les *kantus* à 3 500 ! Une poignée de dattes à 25 francs », me dit-il en riant, puis il disparut. Je m'assis sur sa natte, le visage bien enveloppé dans mon turban. Quelques minutes plus tard, un touareg bien habillé dans son boubou basin me salua tout en regardant attentivement un pain de sel. Il me demanda son prix. Je répondis avec la voix la plus grave que je pus pour ne pas l'effrayer : « *Akozat timorowen !* » Il ne parut pas s'apercevoir de l'imposture et, sans transition, commença à marchander ! Imperturbable, je me contentai de secouer la tête en répétant : « *Kala kala !* », ce qui voulait dire « non » en tamasheq. Finalement, c'est Bardaran qui me sortit de cette impasse en attrapant mon appareil photo caché derrière mon dos. Riant sous cape, il me photographia en vendeuse de sel devant le touareg qui, très gêné, se couvrit le visage avec un pan de son chèche. Il n'avait probablement jamais acheté de sel à une caravanière de sa vie !

Passer pour un homme, qui plus est touareg, me procurait une grande liberté. J'avais pris l'habitude de déambuler seule dans les marchés, m'éloignant à ma guise dans la brousse pour trouver un coin d'ombre sous un arbre ou m'assoupissant parfois dans un carré de mosquée réservé aux voyageurs dans le plus grand anonymat. Après la sieste, je revenais au marché, baluchon sur l'épaule, et croisais le regard de jeunes filles bororos qui me dévisageaient de haut en bas d'un air inquisiteur – et parfois charmeur ! Je les entendais me murmurer en fulfulde : « Tu es un homme, ou une femme », avant de s'enfuir en pouffant.

J'aimais par-dessus tout sortir mon appareil photo de ma grande tunique noire quand les gens s'y attendaient le moins. Je capturais ainsi ce regard à la fois ébahi et dubitatif qui me faisait tellement rire. Mon père m'avait appris à appuyer sur le déclencheur par surprise. Ces photos-là étaient comme un jeu. Comme lui, j'avais droit à des regards réprobateurs et des froncements de sourcil, surtout des femmes qui se dépêchaient de se recoiffer ! Mais la plupart du temps, les gens finissaient par rire en reprenant leur chemin. J'aimais prendre par surprise ces broussards magnifiques, drapés dans de grands boubous flamboyants, ces femmes au visage tatoué d'indigo, ces bergers touaregs au teint pâle et au profil presque grec. Nous tournions dans les mêmes marchés hebdomadaires et toutes les personnes croisées me saluaient invariablement en haoussa, tamasheq ou fulfulde.

Au bout de trois semaines, on venait même me chercher pour prendre la pose ! J'étais devenue la photographe des marchés, la femme-homme des caravanes, et de nombreuses gens venaient assister à mon arrivée. Quand trop de monde s'agglutinait autour de son stand, Rhissa les chassait avec sa grosse voix. Au plus grand plaisir des enfants qui criaient puis revenaient en bourdonnant comme un essaim.

Le marché à bétail de Sakabal était le plus haut en couleur. Après les étals de grillades et le carré de prière, il plongeait vers les troupeaux de chèvres, brebis et chameaux, puis à la tombée du jour la grande place se remplissait de nouveaux arrivages de zébus, grandes bêtes noires et indociles, baissant leurs belles cornes arquées à l'approche des cordes et des piquets. Autour de cette arène de centaines de vaches, se rassemblaient des silhouettes aux formes extraordinaires de vieux peuls, coiffés d'un chapeau en forme d'œuf énorme sur leurs turbans, récitant comme une mélopée les *foma* d'usage, de leurs voix douces et musicales. Quelques touaregs aussi étaient là pour assister aux ventes, dénotant des peuls par leur attitude stoïque et guerrière, la main posée sur leur épée. À la tombée du jour, les derniers rayons de soleil incendiaient le marché brillant de poussière tandis que la lune éclairait de ses reflets ambrés la robe noire des zébus.

L'école de la caravane

Pendant que les pères étaient au marché, les enfants gardaient le campement. Malgré leur jeune âge, ils savaient tout faire. Trouver du bois, piler le mil, préparer la sauce et s'occuper des chameaux.

Dès cinq ans, les garçons apprenaient les rudiments de la vie nomade. Ils menaient le troupeau jusqu'au pâturage, récupéraient un animal perdu en suivant sa trace, et savaient trouver leur route grâce aux étoiles.

De temps en temps, nous passions des soirées pleines de rire avec une classe improvisée qui, dans le plus grand désordre, récitait d'une voix claire et haute des mots de français que je leur avais appris : « 1-2-3-4 ! » Sur un bout de papier, ils avaient aussi écrit des caractères en tifinagh enseignés par leurs mères au fil des générations. Dans la nuit légèrement voilée, sous le clair de la lune, les ombres des chameaux se dessinaient derrière les enfants et je pensais : « Quelle belle école que cette école caravanière ! » Autour du feu, les enfants tressaient des entraves, jouaient aux échecs avec les crottins de chameau et fabriquaient avec des tiges de palmier des jouets en forme de chamelle et de chamelon. Toute leur vie tournait autour de cet animal dont ils vantaient les prouesses. Plein de rires, ils parlaient de la dernière course qu'ils avaient gagnée, ou du beau chamelon blanc qui deviendrait un jour leur monture pour se rendre aux soirées galantes.

« Moi je peux compter jusqu'à 7 ! » dit fièrement Basho, le fils du *madugu*. Il se mit à compter en oubliant le 4 et le 6 dans les éclats de rire des pères. Peu d'enfants pouvaient réciter jusqu'à dix sans se tromper. La caravane, comme le métier de chamelier, était un apprentissage à plein temps. Elle ne laissait pas le loisir d'aller à l'école.

« Nous, on ne connaît que le chameau ! On l'amène au pâturage, au puits, et on va se coucher ! C'est ça notre travail », dit Rhissa. Pour lui, apprendre le français était complètement inutile. Mbabal aspira son thé et parla de sa voix toujours empreinte de gaieté : « Ce n'est pas qu'on n'aime pas l'école. Mais on doit choisir. Car sinon nos fils ne pourront pas apprendre le métier de caravanier. Et alors, que feront-ils ? Il n'y a pas d'autre travail. » Rhissa acquiesca : « Ceux qui vont à l'école deviennent des brigands ! » Bardaran ricana. Dans l'assemblée, il était le seul à avoir été scolarisé :

– Pourquoi tu dis que tu n'aimes pas l'école ?

– Nous sommes des anciens, nous n'aimons pas l'école ! Pour nous, parler français, c'est pas suivre le bon chemin », rétorqua Rhissa.

Mbabal essaya de le calmer :

– L'éducation n'est pas une mauvaise chose.

Mais Rhissa répliqua du tac au tac :

– L'école est un vrai souci ! Tu n'as qu'à voir les enfants qui connaissent la ville, ils ne reviennent plus jamais au campement. Ce sont des voyous !

Pour les caravaniers, les jeunes touaregs des villes qui écoutaient de la guitare en fumant des cigarettes et en rêvant d'avoir une kalachnikov étaient une génération perdue.

Bardaran avait quitté la vie au campement pour aller à l'école en ville, puis il avait été recruté un temps dans une ONG avant de se retrouver au chômage. Les touaregs, de manière assez ironique, utilisaient deux mots en français dans leur vocable : chômeur et école. En Afrique, l'école était un système hérité de la colonisation et, aux yeux des nomades touaregs, c'était une menace pour leur mode de vie. Il y a encore quarante ans, les familles cachaient leurs enfants dans le désert pour ne pas qu'on les prenne en ville. L'école était synonyme de sédentarisation, de rupture culturelle et familiale. Rhissa craignait plus que tout que ses enfants partent en ville et se retrouvent sans travail. Pour cela, il était un père inflexible et très rigoureux. Au marché, il réprimandait souvent son fils aîné Boushan, trop laxiste à son goût : « Si tu manges toutes les dattes, que vas-tu ramener au campement ? Un bon caravanier doit savoir gérer son argent ! » Ou bien, quand le petit Ahmed voulait acheter de nouvelles chaussures, il lui répondait d'un ton placide : « Les chaussures, ça se répare ! »

Mbabal aussi élevait consciencieusement son fils Tago en lui apprenant le métier. C'était son rôle. « Mon fils a grandi dans la caravane, il ne connaît rien d'autre. Pendant que je suis au marché, il garde le campement, il s'occupe des chameaux. Et quand on se déplace, il surveille le chargement et le troupeau. C'est ça, son travail. Je n'envisage pas de l'orienter autrement. À moins d'y être poussé par les contraintes de la vie, la perte de mon troupeau, ou si la caravane ne nous procurait plus de quoi vivre, ou s'il décidait lui-même de choisir une autre voie. Sinon, moi, je l'orienterai toujours vers ce travail. »

Un jour que les hommes étaient au marché, Tago prit de l'argent de son père et disparut. Mbabal commenta cette fugue sans colère, mais avec une grande inquiétude. « Tago ne voulait pas faire la caravane cette année, sa mère lui avait offert un chameau noir pour qu'il m'accompagne. Mais il n'a pas pu tenir sa promesse jusqu'au bout. » Où avait donc fugué cet adolescent de seize ans ? Son père répondit qu'il devait être en ville. Et ne reparla plus de son fils.

Paroles de caravaniers

Au matin du 2 janvier, après trois semaines de labeur, les caravaniers quittèrent le campement de Sakabal pour la prochaine étape du mil. Rhissa avait vendu son vieux chameau pour 25 000 francs CFA et acheté avec le bénéfice de ses ventes trois jeunes chameaux, à 110 000, 80 000 et 50 000 francs CFA, et deux ânes ! Il lui restait 50 000 francs CFA pour le mil. À mon grand soulagement, les ventes avaient été bonnes. Tout en marchant, le guide *madugu* ne cessait de se réjouir : « Les affaires cette année ? Ça marche du tonnerre ! Il y a de l'argent, on a vendu le sel à 3 500, parfois 4 000 francs CFA ! L'an dernier, il se vendait à 3 000 francs CFA seulement ! Non, vraiment, on a de l'argent, Dieu soit loué ! »

La caravane traverse des champs de mil où les femmes trient le grain avec de grands tamis. Les récoltes ont été bonnes et les greniers sont pleins. Loin de nous chasser, les paysans haoussa nous saluent de la main. Chaque année, les caravaniers se rendent chez eux pour acheter le mil au meilleur prix avant de se rendre de l'autre côté de la frontière. Je demande au vieux Adamu quel est leur lien avec les Haoussas de la région de Kano :

– Nous allons chez eux depuis que nous sommes petits et nous ne sommes plus accueillis comme des étrangers, mais comme des frères ! Un étranger vient une fois mais ne revient pas. Mais nous, chaque année, on est là. Chaque caravanier a son champ là-bas et des pâturages abondants pour son troupeau. Car tout ce que les paysans veulent, c'est le fumier de nos chameaux. En échange de ce fumier, le propriétaire va nous amener de l'eau, du bois et de la nourriture. Les femmes nous pilent le mil. On est traités comme des rois ! Si tu n'aimes pas un plat, tu ne le verras plus ! Bon ou pas, c'est le Nigeria ! »

Très étonné, Bardaran demande :

– Mais dans ce cas, pourquoi vous ne prenez pas une deuxième épouse au sud ?

Adamu répondit tout à coup en haoussa :

– Ah ! mais si tu es son « *maiguida* », son chef de famille, elle va te dire : « *Maiguida* ! on n'a plus de pommade ! *Maiguida* ! où est la noix de cola ! *Maiguida* ! on n'a pas d'épices ! »

Il s'interrompit pour rire à pleine gorge, puis reprit de plus belle avec une voix de crécelle :

– *Maiguida* ! je n'ai pas de pagne ! *Maiguida* ! je n'ai pas d'argent pour les tresses ! Hohohoho !

Autour du feu, Rhissa et Bardaran se tiennent les côtes. Descendant de captif, Adamu n'en restait pas moins nomade jusqu'au bout des doigts. Il se pencha près du feu et planta son regard pétillant dans les yeux de Bardaran :

– Ce n'est pas parce qu'on ne veut pas se marier ! Mais on ne peut pas satisfaire tous ces besoins en ville. Car tu dois rentrer chez toi avec tous tes chameaux chargés de mil, et au moins deux sacs de sucre, une caisse de thé et quelques vêtements pour ta famille.

Il dessina sur le sable des petits trous avec ses mains d'ébène puis conclut :

– Ces provisions te permettent de ne rien acheter pendant trois ou quatre mois jusqu'au prochain départ ! *Tikle !*

Deux jours après avoir quitté Sakabal, la grande caravane s'est dissoute.

Nous nous quittâmes solennellement, d'une seule poignée de main appuyée et d'un « *Inch'Allah* », mais le petit Basho ne put retenir ses larmes. Je promis qu'on se reverrait bientôt et que je leur montrerais le film. Puis chaque groupe de caravanier prit son propre chemin jusqu'au village de son hôte haoussa.

Alors que nous nous éloignions avec la caravane de Rhissa, je me retournai pour suivre des yeux le reste du convoi à travers les champs de mil. Qu'ils étaient braves, ces hommes qui avaient parcouru les routes pendant des mois pour arriver sur ces terres si loin de leur désert ! Les caravaniers allait-ils vraiment survivre à tous ces aléas ? Comme en écho, j'entendis le bon rire d'Adamu : « Ça fait longtemps qu'on a commencé la caravane. Au début, il fallait que nos parents nous posent sur le chameau, et depuis nous continuons toujours. Aujourd'hui, on a des enfants et des petits-enfants, notre tête est devenue blanche et on a presque plus de dents. Mais on suit le même chemin. On n'a jamais abandonné une seule fois la caravane ! »

Le mil

Notre caravane de quinze chameaux et deux ânes traverse la campagne au son de « *Debino ! Debino !* » de Rhissa qui, en véritable marchand ambulant, continue de vendre ses dattes tout en s'enquérant du prix du mil. À l'orée d'un village, il parque la caravane sur un bout de champ et demande après le chef. Un Haoussa coiffé d'une calotte et vêtu d'un grand boubou l'accueille en souriant. Ils se saluent longuement en haoussa. Autour du chef du village, des enfants à la peau d'ébène regardent Rhissa avec des yeux ronds. Avec son grand turban blanc qui lui couvre les épaules et son teint clair, il détonne dans ce paysage champêtre.

Les deux hommes s'éloignent pour discuter du prix du mil. Finalement, Rhissa négocie une mesure de mil pour 200 francs CFA, soit 25 francs CFA moins cher que le premier village ! Satisfait, il fait baraquer ses chameaux sur-le-champ, à mon plus grand soulagement. Enfin, nous allions pouvoir avancer jusqu'au Nigeria ! Mais sitôt assis, Rhissa se mit à confectionner des fourreaux à mil en cousant des sacs en fibre synthétique blanc qu'il avait achetés sur le marché. Il fallait qu'il couse environ vingt-six sacs pour charger sa provision de mil ! Désespérée, je lui demandai pourquoi il n'achetait pas des grands sacs tout faits au marché. Fil et aiguille dans la main, le bon Rhissa me rétorqua avec humeur : « Je n'achète rien ! même si c'est à un franc ! » Chaque centime était pour ramener du mil.

Le tissage des sacs à mil dura cinq jours. Je pris mon mal en patience en allant visiter les femmes qui pilaient le mil dans le village. Elles riaient devant ma caméra, ou le sourcil froncé, feignaient l'indignation. Une jeune fille m'invita à entrer dans sa case, une maison toute ronde avec de jolis murs en crépis et un toit en paille. À l'intérieur, un lit, un placard où s'entassaient des produits de maquillage et des habits pêle-mêle. Je ris en me souvenant de la tirade du vieux Adamu. De son côté, la fille me demanda : « Pourquoi tu campes sur un champ ? » Ici, les touaregs étaient perçus comme des vagabonds, des miséreux sans maison. Ils ne se doutaient pas que les touaregs pensaient exactement la même chose d'eux ! Quand j'avais questionné Rhissa sur les paysans haoussas, il m'avait répondu que c'étaient des gens pauvres qui mariaient leur fille pour seulement 20 000 francs CFA ! Les nomades et les sédentaires avaient un mode de vie radicalement différent, mais leurs richesses étaient complémentaires. Notre hôte haoussa nous fit amener régulièrement de la nourriture et de l'eau, et bénéficia en retour du fumier des chameaux pour fertiliser son champ. Puis un matin, Rhissa partit au grenier acheter son stock de mil, soit 1 680 kilos équivalant à une charge de 120 kilos par chameau. De quoi être autosuffisant pendant trois mois au campement ! Rhissa et ses fils versèrent le mil dans les sacs, puis les stockèrent chez leur hôte. Grace à leurs relations de confiance, les paysans acceptaient de garder les provisions de mil des caravaniers pendant trois mois, jusqu'à leur retour du Nigeria. « À présent, les chameaux vont juste manger », dit Rhissa. Puis il cria un *Youhouhou. Tikle !*

Rakumi

Nous reprîmes la marche à travers les champs et villages du Damergou. Plus nous progressions vers le sud, plus notre caravane attirait les regards. Dès que les enfants nous voyaient, ils sortaient devant leur maison avec toute la famille pour observer notre passage. Indifférent à cette curiosité, Rhissa se contentait de répéter « *Debino ! Debino !* » pour vendre ses dattes. Je pensais que j'étais l'objet de ces attroupements, mais un jour que nous étions en train de décharger sur un champ, je remarquai une vingtaine d'enfants qui nous avaient suivis. Gardant leur distance, ils nous observaient de loin. Soudain, un chameau poussa un grognement terrible, et tous les enfants crièrent « *Rakumi ! Rakumi !* » en s'enfuyant. *Rakumi* voulait dire « chameau » en haoussa. Comme un essaim d'abeilles, ils revinrent à leur poste, observant avec frayeur et délectation ce grand animal bossu qui les dépassait d'une taille et demie.

Débarrassés des lourdes charges de sel, les chameaux de Rhissa reprenaient petit à petit des forces et leurs bosses grossissaient à vue d'œil. Tant est si bien qu'un jour, l'un des mâles commença à émettre des gargarismes étranges tout en faisant gonfler son cou, puis tout d'un coup il sortit une énorme langue rose dégoulinante de bave. Horrifiée, je regardai cette métamorphose sans comprendre. Rhissa éclata de rire : « Tu ne te souviens pas de ce chameau ? C'est *ameli*, mon mâle reproducteur ! » Le chameau vairon qui était tombé malade dans le Ténéré il y a plus d'un mois était entré en rut ! Il fut immédiatement isolé en queue de convoi. Bardaran m'expliqua que les étalons en rut étaient excessivement dangereux : ils pouvaient tuer d'un coup de mâchoire un autre mâle ou quiconque aurait le malheur de se trouver sur leur route !

Cependant, un jour, je surpris cet étalon en train de chevaucher sans succès une chamelle assise. Rhissa accourut et l'aida à placer son attribut au bon endroit avant de s'éloigner le plus naturellement du monde. Je ris beaucoup de ce chameau qui terrorisait tout le troupeau, mais qui était trop maladroit pour s'accoupler tout seul ! Entouré de son harem, l'*ameli* despotique révélait parfois une sensibilité déroutante : dès qu'il avait fini de s'accoupler avec une des trois chamelles, il restait assis à côté d'elle pendant de longues heures.

Ce qui était sûr, c'est que Rhissa avait eu cent fois raison d'abandonner sa charge de sel dans le désert pour le sauver. À son retour du sud, il aurait trois chamelons.

Nigeria, terminus

Un beau jour, alors que notre caravane traversait une route goudronnée, j'aperçus soudainement des panneaux publicitaires en anglais. Je criai : « Nigeria ! » Nous étions entrés dans ce pays sans même nous en rendre compte, littéralement en coupant à travers champs ! C'étaient les mêmes greniers à mil, les mêmes villages, les mêmes Haoussas. J'avais d'ailleurs arrêté de compter les jours et passai mon temps sur le dos de Fujisama à suivre telle une bonne chamelière les deux ânes et les chamelons qui divaguaient parmi les touffes de cram-cram. Puis, au fur et à mesure que nous descendions vers Kano, le paysage se fit plus touffu.

Sous l'ombre exotique des baobabs dressés vers le ciel, nous continuions à plaisanter sur l'étoile des demoiselles célibataires, ou cherchions le sexe d'*Amanar, alias* Orion, que les touaregs associaient à un guerrier paré de son épée. Ou d'un pénis à trois étoiles !

Ainsi faisant, par une chaude après-midi, Rhissa posa pied à terre à l'orée d'un village. Un vieux Haoussa apparut et serra chaleureusement sa main. Puis appela son fils qui confectionna un abri sur un champ. Boushan et Ahmed entravèrent les bêtes et les menèrent au pâturage. C'était un bel endroit avec une grande prairie d'herbes grasses et quelques baobabs et manguiers. Je demandai à Rhissa combien de temps il allait rester ici. Il me répondit : « Jusqu'aux prochaines pluies dans l'Aïr. » Nous étions arrivés au terminus de la caravane.

Le fumier

À l'ombre de leurs bagages élégamment superposés sur une étagère posée sur la brousse, Rhissa et ses fils sirotent un Fanta bien frais avant d'attaquer leur plat de mil à la sauce verte baobab. « C'est de la *fura* préparée par les femmes ! » commente Boushan en riant. Depuis leur arrivée, ils n'ont rien fait à part manger et boire. Exactement comme l'avait dit le vieux Adamu, ils menaient sur ce champ une vraie vie de pachas. « En échange, nous leurs donnons le fumier ! » commente Rhissa d'un air satisfait. Barda s'étonne :

– C'est tout ce que vous rendez comme service ?

– Oui, mais c'est beaucoup, car il y a même de la concurrence ! Les voisins essaient de te corrompre pour que tu viennes séjourner sur leurs champs à cause de ce fumier. Et ça a été ainsi depuis nos grands-parents !

Autour du feu, Rhissa et Bardaran palabrent en buvant du thé. Selon Rhissa, le fumier laissé par leurs chameaux était tellement riche que son hôte haoussa avait vu ses récoltes doubler en quelques années ! Le lendemain, Idriss, l'hôte de Rhissa, me fit visiter ses champs où il cultivait le mil, le maïs et les arachides. Il accueillait Rhissa depuis trois ans dans son village de Kabirma et ne se lassait pas de se féliciter de cet échange de bons services. « Le fumier des chameaux a beaucoup d'importance, on le met sur les cultures et c'est beaucoup plus efficace que les engrais chimiques qu'on achète au marché. » Et c'était gratuit. Idriss avait réussi à doubler sa production sans dépenser un centime. En échange, il lui fournissait eau et nourriture et lui vendait à très bon prix une partie de sa récolte d'arachides que Rhissa revendrait à Bilma. « La caravane est un cercle, chaque voyage prépare le prochain », avait dit ce cher Amghar.

Sous un rayon de lune qui éclaire la forêt de manguiers, Rhissa tresse les entraves à chameau tout en me racontant un peu sa jeunesse. Forgeron de naissance, il avait été propulsé très tôt dans la caravane comme manœuvre. « À cette époque, on n'avait pas de lampe-torche ni de chaussures. On n'avait même pas de macas ! » La caravane était un métier qui lui plaisait, mais il devait économiser pour se marier. « À vingt ans, je suis resté deux ans à Kano-ville pour travailler comme gardien et payer ma dot. » J'avais du mal à imaginer Rhissa assis sur une chaise toute la journée, mais à Niamey comme à Kano beaucoup de touaregs trouvaient du travail comme gardiens en assurant la sécurité des maisons ou des bureaux. Postés devant le portail devant leur réchaud à thé, ils passaient la nuit jusqu'à la relève du matin. Ce travail leur assurait un revenu mensuel. Malgré cela, Rhissa ne resta pas. « Après deux ans, je suis retourné au campement et je me suis marié. Ensuite, j'ai repris la caravane et depuis je n'ai jamais arrêté ! »

Autour du feu, Boushan et le petit Ahmed tressent les cordes tout en écoutant les cassettes de guitare. La veille, un jeune adolescent du nom de Adde est venu visiter Boushan depuis son campement voisin. Il accompagnait l'homme en vert sur la route du sud et nous a dit que lui aussi comptait partir en ville à Kano chercher du travail comme gardien. Je lui ai demandé s'il allait laisser la caravane, il a répondu : « On ne peut pas savoir l'avenir, mais si tu as la vie tout est possible. » Boushan avait presque l'âge de se marier et continuerait sans doute le métier que lui avait appris son père. Quant au jeune Ahmed, il passait de longs moments à discuter avec Bardaran et l'on sentait son attirance pour la ville. Il avait environ onze ans et contredisait souvent Rhissa. Dans quelques années, il traverserait à son tour le Ténéré et deviendrait un vrai caravanier. Ou choisirait une autre route.

Je pose à Rhissa la question qui me brûle les lèvres :

– La caravane… tu crois que ça va s'arrêter un jour ?

– Non, je ne pense pas… Elle durera tant que les caravaniers vivront. Et même si une année de sécheresse nous prive de pâturages pour les chameaux, ce sera juste une ou deux années difficiles et puis la caravane reprendra. On n'envisage pas quelque chose qui remplace ce travail. Et même si on trouve une proposition, la caravane est irremplaçable.

Nous restons un moment à écouter le crépitement du feu. Puis allongé sur sa natte, Rhissa regarde les étoiles et me jette un œil malicieux : « Tamasroyt ! » Je prends mon chèche accroché autour de mon cou et le fait tourner trois fois autour de ma tête :

– Je ne suis pas une femme, je suis un homme !

– Oui c'est vrai, tu es un jeune berger ! Amawad !

Après quatre mois passés sur les routes, nous sommes comme une famille et ça fait tout drôle de penser que nos chemins vont se séparer. Je dois partir le lendemain à Kano et chercher un taxi-brousse pour me ramener à Niamey.

Je m'éloigne un moment de notre campement et regarde l'ombre des chameaux qui broutent paisiblement, très loin de leur désert. Depuis l'aube des temps, la caravane adaptait son parcours au troupeau, prenant en compte les périodes de soudure dans le désert pour rester au sud et profiter des vastes pâturages. En tamasheq, *manna* désignait à la fois sécheresse et soudure, une période difficile située entre les mois de mars et mai dans l'Aïr où les animaux très affaiblis ne donnaient pas assez de lait pour nourrir le campement. Les femmes cueillaient des jujubes et vivaient sur le reste des provisions jusqu'au retour des caravanes.

J'imagine tous ces chameaux à la bosse bien replète remonter vers le désert chargés d'étoffes indigos, de casseroles, d'arachides et de mil. Les petits enfants attendraient la grand caravane au bord du chemin, puis ce serait la longue litanie des femmes qui, de leur voix si douce, accueilleraient leurs hommes. Bientôt, sous la tente, ce serait la fête, avec Rhissa qui, comme un père Noël de la brousse, distribuerait les produits des contrées lointaines. Puis viendrait la saison des pluies et des mariages. Les caravaniers se couvriraient la tête de leur beau turban indigo et harnacheraient leurs chameaux blancs au cou fin et altier pour aller parader et danser devant les femmes. Puis, après le temps des réjouissances, ce serait à nouveau le départ. *Tikle !*

Kano

À bord d'un taxi-brousse, je plonge dans le brouhaha assourdissant de Kano dans un concert de klaxons, de bruits d'échappement et de n'dombolo. Deuxième plus grande ville du Nigeria, avec une population de neuf millions d'habitants, Kano bouillonne de vie. Malheureusement, je n'ai pas le loisir de faire du tourisme. Je n'ai plus d'argent liquide, ma carte bleue a expiré et, comble de la poisse, mon visa d'entrée sur le territoire nigérian n'est plus valable depuis un mois. Je l'avais obtenu à grand-peine au consulat du Nigeria à Paris en me faisant passer pour un chercheur pour obtenir un visa valable trois mois. Maintenant, je n'avais pas d'autre choix que de me livrer à la police en confessant : je suis entrée clandestinement au Nigeria avec une caravane de chameaux !

Au poste central de Kano, le chef du département de l'immigration me regarde d'un air médusé avant d'éclater de rire. « *Are you serious ?* » me demande-t-il. Loin de me sermonner, il demande des détails sur mon voyage. Puis me rassure : « Vous êtes la bienvenue au Nigeria ! On va vous faire un prolongement de votre visa, restez autant que vous voulez ! » Trente minutes plus tard, je sors du commissariat avec mon passeport tamponné et l'adresse d'une auberge. Je n'en crois pas mes yeux.

Pour fêter cette veine, je me donne le reste de la journée pour profiter de la ville et me fait déposer en moto-taxi au pied de la grande mosquée de Kano. Peut-être parce que j'avais l'habitude de me promener autour de la mosquée d'Agadez, c'est le premier endroit qui me vient à l'esprit. Je déambule dans les ruelles ombragées et fraîches. Quand brusquement l'appel du muezzin résonne dans toute la ville. D'un coup, tous les commerçants ferment leurs stores et convergent vers la grande place avec un tapis de prière à la main. Je suis prise dans un raz de marée et marche moi aussi dans la même direction avec l'espoir de trouver une sortie. Mais les routes sont fermées à la circulation : je suis tombée sur la grande prière du vendredi ! J'entends un homme me dire en anglais : « Madame, les femmes ne peuvent pas être ici ! » Je me retourne, hausse les épaules, il sourit devant mon embarras. Partout des fidèles accourent et déroulent leurs nattes au hasard des ruelles. Je mets un certain temps à trouver ma place, un peu perdue et perplexe au milieu de la foule croissante de croyants qui viennent se poster devant, derrière ou à côté de moi. L'État de Kano vient d'adopter la charia, pensé-je bêtement.

Je finis par m'accroupir sur le côté quand la voix puissante et grave du muezzin vient prononcer l'appel final : « *Allah Akbar !* » Un profond silence étreint la ville. Je reste immobile au milieu de la foule qui se prosterne, priant à mon tour dans mon cœur… Dieu merci, mon voyage est terminé ! Les prieurs restent en recueillement, puis se relèvent et toutes les voitures en arrêt se remettent en marche. Dans la foule compacte qui avance à contre-sens, je croise des regards inquisiteurs et amusés de me voir là tel un mouton noir au milieu du troupeau. Des hommes m'interpellent et m'expliquent très poliment que, selon leur loi musulmane, une femme ne peut être en ces lieux. Dix ans plus tard, la mosquée de Kano serait le théâtre d'un massacre perpétré par le groupe Boko Haram. Mais je garderai toujours de cette journée l'image d'un islam lumineux.

Le soir je pose bagage au State Tourist Camp, que m'a conseillé le chef de la police. À 2 000 nairas la nuit, c'est l'endroit le moins cher de tout Kano. J'ai donné 8 000 nairas au taxi-brousse qui va m'emmener directement à l'aéroport à Niamey, et il me reste juste de quoi passer une nuit. Mais à l'aube, je ne trouve personne à la réception et pars sans payer. J'ai rendez-vous à l'autogare à 5 heures pour le départ.

Nous passons plusieurs barrages sans encombre, entassés à dix dans une Peugeot 404. Le chauffeur m'a conseillé de garder mon turban pour ne pas me faire remarquer et me demande plusieurs fois si je suis en règle. Je lui montre mon passeport, où j'ai un visa à entrées multiples pour le Niger toujours valide. Les autres passagers sont de la CEDEAO et circulent librement dans le territoire ouest-africain. Arrivé près de la frontière, le chauffeur du taxi hésite encore, puis rejoint le goudron qui mène au poste-frontière. Le policier prend mon passeport et me demande de le suivre au poste. Inquiète, je lui montre le tampon d'extension de mon visa sans bouger de la voiture :

– Je suis en règle !

Mais il me répète : « *Follow me* », d'un ton qui me donne des sueurs froides. Au poste, son chef fait défiler les pages de mon passeport avec son pouce, puis le pose bruyamment sur la table.

– Comment êtes-vous entrée au Nigeria ?

Prise de cours, je regarde attentivement le tampon qu'on m'a fait au commissariat de Kano. Merde ! Mais quel crétin ! Le chef m'a fait une extension de visa, mais a oublié le tampon d'entrée au Nigeria !

– Comment êtes-vous entrée ? redemande le chef d'immigration.

– Je suis entrée en chameau depuis la région de Dakoro.

Le chef me regarde sans comprendre. Soudain, il se fait très agressif :

– *Cut the crap !* Qu'est-ce-que vous êtes venue faire ici ? Depuis quand êtes-vous entrée clandestinement ? Vous n'êtes pas venue seule, n'est-ce-pas ? Où sont vos complices ?

Il me prend pour une espionne. Je lui explique que je suis une anthropologue et que je n'ai pas de preuve de mon voyage à part mes notes. Dehors, le chauffeur du taxi-brousse attend devant la voiture avec tous les passagers. Je réalise qu'il pourrait me laisser là et partir. Je suis dans de sales draps. Si je montre les images de la caravane, je risque de me faire confisquer ma caméra et tout mon matériel. Si je ne montre rien, le chef menace de me transférer au commissariat central de Katsina. Ce n'est pas la première fois que je me retrouve en situation illégale, mais là, on est au Nigeria. Finalement, c'est le chauffeur de taxi qui me sort de ce cauchemar. Feignant de me donner un sac resté dans la voiture, il me murmure à l'oreille :

– Tu dois leur donner de l'argent, sinon ils ne vont pas te laisser.

Je lui réponds :

– Je n'ai plus rien !

Et tout d'un coup je me souviens des 2 000 nairas de l'hôtel. Je fouille dans mes poches, sors deux billets. Le chauffeur les prend et ajoute quelques billets de sa poche.

– Je ne pourrai pas vous les rendre.

Il ne répond pas et entre dans le poste, puis ressort avec mon passeport. « On y va », dit-il. La baraka.

Devant le guichet de Point-Afrique, je pousse mon chariot rempli à ras bord de bagages. J'ai ramené avec moi la moitié de la caravane de Rhissa, soit une outre, un récipient en bois et trois cuillères, un collier de dattes, des entraves à chameau fabriquées par les enfants, sans oublier deux pains de sel et deux *kantu*. Je pose délicatement la quille de sel sur la balance. Les gens derrière moi regardent par-dessus mon épaule, et poussent un « Oh ! ». La quille fait vingt-trois kilos ! L'agent me regarde, incrédule. « Vous allez ramener tout ça ? » En plus de mon billet gratuit, j'ai quatre-vingts kilos de bagages. « Oui, c'est mon matériel. S'il vous plaît, mettez des étiquettes spéciales sur ces deux blocs de sel, c'est extrêmement fragile. » Je regarde avec inquiétude mes deux quilles disparaître vers la soute. Rhissa a passé une heure à les emballer, les enveloppant chacune dans une triple couche de paille et de nattes en palmier doum. Je me dis qu'elles ne vont jamais résister à ce voyage en avion.

Au petit matin, nous atterrissons à Paris. On est en février, il fait froid et humide. Mais les deux quilles de sel sont intactes. C'est un miracle ! Je charge ma cargaison dans un taxi en direction de La Villette. C'est notre nouvelle maison, un pied-à-terre destiné à toute la famille que mon père a acheté pour la première fois de sa vie. Depuis Taipei, il m'a prévenue qu'il y avait encore des travaux, mais qu'on pouvait y dormir. Je pousse la grande porte et entre dans la cour. Un ouvrier me salue, s'empresse de prendre une des quilles de sel que je tiens dans mes bras et… la laisse tomber. Bam ! Après trois mille kilomètres de chameau, mille kilomètres de piste, six heures de vol, le sel se fend en deux à l'entrée de chez moi.

4

Une oasis appelée Djanet

L'appel de l'Algérie

De retour à Paris, je tombai dans une sorte de torpeur alimentée par ces mois de désert. Je pensais qu'achever cette aventure dont j'avais rêvé pendant des années m'ouvrirait les portes d'un avenir plus radieux. Mais force était de constater que rien n'avait changé. J'étais toujours sans travail et mon documentaire était en stand-by. J'avais bien montré quelques-unes de mes cinquante heures de rush à des maisons de production. Les images avaient de l'impact et il y avait de quoi monter un film, m'avait-on dit. Mais le montage et la postproduction exigeaient un financement important que seules les chaînes de télévision ou le Centre national du cinéma pouvaient financer. Pour ce faire, on me conseilla de « réécrire le projet d'après mon repérage ». Je ne comprenais pas. Les quatre mois passés avec la caravane n'étaient pas un repérage ! On m'expliqua plus clairement que si je disais que le projet avait déjà été filmé, je ne recevrais pas les aides pour le monter. Pourquoi ? Personne ne sut me répondre. J'écrivis le projet selon la procédure et commençai à monter laborieusement un trailer de trente minutes. Un ami musicien m'hébergeait à Saint-Denis en attendant que les travaux à La Villette soient finis. Il faudrait probablement des mois avant d'avoir une réponse et cette seule pensée m'épuisait. Je ne rêvais qu'à une seule chose : repartir.

Mon souhait se réalisa plus vite que prévu. Par une belle après-midi d'avril, j'entrai dans Le 404, un restaurant de couscous, rue des Gravilliers, dans le centre de Paris. J'avais rendez-vous avec son propriétaire, Mourad Mazouz, un homme d'affaires déjanté rencontré à Londres en 2003, avec le projet de lui demander d'être le mécène de mon film. Kabyle, Mourad n'avait jamais mis les pieds au Niger, mais la cause touarègue ne le laissait pas insensible. Il aimait surtout les projets « tordus » – son restaurant Sketch, à Londres, mélangeait cuisine maghrébine et cuisine moléculaire sur fond de toilettes en forme de suppositoires – et il m'avait encouragée à écrire mon projet de la manière la plus originale possible. Avec son aide, j'avais financé tout mon matériel. En remerciement, je voulais lui offrir la seule quille de sel intacte qui restait de ce périple. Sans être une sculpture d'exception, cette pierre à lécher avait une présence, et surtout une originalité, incontestable qui plaisait à Momo. Elle avait tout de même traversé trois mille kilomètres à dos de chameau ! Et je n'étais pas peu fière qu'elle se retrouve exposée chez lui au milieu des cubes de lait Nido et autres œuvres à la « Andy Wahloo ». Pour fêter ça, on était partis dans son cab chez un ami qui organisait une soirée dans un appartement du xe arrondissement. Sitôt que j'eus franchi la porte, je tombai nez à nez avec un touareg coiffé d'un immense turban blanc qui faisait penser à une soucoupe volante. Il me dit qu'il était de Djanet, une oasis du Sud algérien, et qu'il faisait des allers-retours avec Paris : « Je m'appelle Abdou, je suis chef d'agence, et je cherche à élargir ma clientèle au Japon. Appelle-moi pour qu'on en discute ! »

Quelques jours plus tard, je le revoyais aux Halles. Toujours avec son Ufo sur la tête, il me fit une proposition : « Je dois repartir à Djanet cette semaine. Je te paie la moitié de ton billet et plusieurs jours de circuit en 4x4 pour que tu puisses découvrir la région. En échange, tu traduis mon site Internet en japonais. » La proposition était alléchante, mais je devais réfléchir. J'étais revenue depuis à peine deux mois et j'avais toujours l'espoir d'entamer le montage de mon film le plus vite possible. Mais je n'avais jamais vu l'Algérie. « Si tu rates ce vol, il faudra attendre la prochaine saison touristique, à partir du mois d'octobre », me prévint Abdou.

Quelques jours plus tard, je le retrouvai place de la République, dans son restaurant préféré, le Buffalo Grill. Irréel avec son turban de sultan, je l'observai dévorer une entrecôte devant un cow-boy en papier mâché. Quand il fut enfin rassasié, je lui dis : « Entendu, mais je ne voyagerai pas en voiture. Je veux partir à chameau et sans groupe. » Abdou rigola. Il avait les incisives taillées en pointe, elles ressortaient de sa peau noire et lisse. « Pas de problème. Je te mettrai avec un chamelier. » L'affaire fut conclue. Je devais partir sept jours. Un voyage d'agrément, une petite parenthèse avant de reprendre le fil de mon projet. Mais au fond de moi-même, je savais que l'âme de ce Sahara chaotique et sulfureux pourrait m'étourdir au point de tout oublier. Le Hoggar ! Le Tassili !

Chef d'agence

Je me rappelle cette aube grise où j'ai quitté Saint-Denis. Dans le RER bondé à 5 heures du matin, des foules d'immigrés rejoignaient le centre de Paris pour travailler. Quelques heures plus tard, je me retrouvai à Alger en transit, puis survolai les dunes immenses de l'erg oriental. Le nez collé au hublot, je contemplai les oasis aux noms de femme, Ghardaïa, Ouargla, El-Goléa. Enfin, le Tassili n'Ajjers apparut, exubérance extraordinaire sortie des sables, interminables éboulis hérissés de roches noires, canyons encastrés de vallées verdoyantes. Au pied de la frange longiligne du plateau du Tassili qui se détachait à l'horizon, une palmeraie foisonnante, et quelques kilomètres plus loin, au beau milieu d'un océan de dunes aux formes courbes et voluptueuses, l'aéroport international.

Dans le hall quasi-désert, je distingue le turban lenticulaire d'Abdou.

On se salue à l'algérienne, avec une poignée de main et deux accolades. Puis il empoigne mon bagage et me dit : « On va directement dans le désert. J'ai perdu trois chameaux, du coup je dois aller voir si mon chamelier les a trouvés ! » Je ne me fais pas prier. Nous longeons un ruban d'asphalte qui serpente à travers un décor de film. À gauche, les immenses dunes de l'erg Admer ; à droite, un enchevêtrement de rochers, de vallées, de canyons et de couloirs de sable. La Toyota bifurque à droite, puis s'arrête au pied d'un rocher pharaonique. Je m'assois à l'ombre sur le sable frais, observant le désert brûlant autour de nous. Çà et là, des oiseaux voltigent parmi les branches d'acacias chargées de gousses. Au loin, le long d'un oued verdoyant, des troupeaux de chamelles clopinent sur les pâturages en faisant balancer leur bosse blanche. Je murmure dans un souffle : « C'est le plus beau désert que j'aie jamais vu. » Le rire d'Abdou secoue son turban. « Et tu n'as encore rien vu ! Le désert du Tassili n'Ajjers est classé au patrimoine mondial de l'Unesco ! » Mais autour de nous, il n'y a ni guichet ni pancarte. Juste un paysage à la *Star Wars* de soixante-dix mille kilomètres carrés.

Nous longeons les pâturages. Abdou salue le chamelier d'une brève poignée de main, puis commence à lui parler dans un tamasheq dont je ne comprends pas un mot. J'apprends avec désespoir que le dialecte des Ajjers est mélangé à de l'arabe algérien et du tamasheq de Libye : l'oasis de Ghât est à seulement quatre-vingts kilomètres d'ici. Je lui demande où est le campement du chamelier. Il me montre un rocher où pendent une outre, une couverture et une marmite. « Certains nomades ont une tente avec des troupeaux de chèvres, mais la plupart des chameliers habitent à Djanet. » Je suis dans la confusion. Comment élever des chameaux tout en habitant en ville ? « C'est pour les circuits touristiques. Les agences paient un chamelier et lui amènent régulièrement son ravitaillement par voiture. » Je lui demande combien il a de chameaux. « Il m'en reste seulement sept ! s'exclame-t-il d'un air indigné. À chaque mariage, on me demande de contribuer avec un chameau, car il faut nourrir des centaines d'invités, donc comment veux-tu faire ! » Je le regarde avec stupeur. À Djanet, non seulement les chameliers vivent en ville, mais en plus ils mangent les chameaux !

Chemin faisant, nous arrivons près d'un oued où est plantée une tente de fortune, quelques pics en bois surmontés d'une bâche de récupération. Abdou dit d'un air satisfait : « Tu as de la chance, ce sont des nomades ! » Mais ça n'a rien à voir avec ce que j'ai vu au Niger. Nous descendons de voiture et saluons une vieille à la peau très noire avant de nous asseoir sur sa natte. J'apprends qu'elle habite là avec son mari, ses enfants et un troupeau de chèvres. Elle nous sert un verre de lait en poudre Lahda, Abdou lui offre des cachets d'aspirine. Je regarde d'un air chagrin le paysage somptueux à travers les pans déchirés de la tente où pend une outre en pneu de voiture. Où sont les ustensiles en bois et en peau qui faisaient la beauté de la vie nomade ?

Dans la voiture, Abdou me parle de ce désert si différent de celui que j'ai connu. « Jusque dans les années 1970, il y avait beaucoup de nomades. Moi-même, j'ai accompagné des caravanes qui allaient vers le Mali ou le Niger. Mais les sécheresses ont porté un coup fatal à ce mode de vie. On a sédentarisé les nomades, on leur a donné des logements gratuits en bordure de Djanet, petit à petit ils ont abandonné la tente. Ici, tu sais, l'État est très fort… » Il m'explique que le tourisme a permis à beaucoup de touaregs de Djanet de retourner dans le désert. « Je suis parti en Libye pour trouver du travail et quand je suis revenu à Djanet dans les années 1980, je suis devenu ânier, puis chamelier, ensuite cuisinier, guide et enfin chef d'agence en 1988 ! Un parcours sans tache, sauf que, deux ans plus tard, l'Algérie entrait dans la décennie noire du salafisme. En 1993, tous les étrangers avaient quitté le pays. Quand l'Algérie rouvre en 2002, on compte plus de cent cinquante mille victimes dans le nord du pays. Bouteflika amnistie les assassins en échange de la paix sociale. Mais en 2003, l'enlèvement de trente-deux touristes par le GSPC (Groupe salafiste pour la prédication et le combat) à Illizi, dans le Sud algérien, fait craindre que le salafisme ne soit pas vaincu : il est juste en train de se déplacer au sud. Malgré tout, un an plus tard, la compagnie aérienne française Aigle Azur parie sur la reprise du tourisme dans le Sud algérien. Cette année, on a eu des vols directs entre Paris et Djanet. Tu es vraiment arrivée au bon moment ! »

Nous nous garons à l'entrée du canyon d'Essendilène. Des falaises de grès surplombent un oued étroit plein de tamaris et de lauriers roses. Chaque pas dans la chaleur accablante de ce mois d'avril est compensé par l'ombre rafraîchissante de cette palmeraie luxuriante où se faufile la silhouette improbable d'Abdou, avec son grand boubou et son turban. Il cueille une fleur et s'exclame : « *Le Rendez-vous d'Essendilène* ! Tu ne connais pas ? Les touristes raffolent de ce roman à l'eau de rose ! Mais gaffe au laurier : malgré ses jolies fleurs, c'est un poison pour les chameaux ! » En effet, j'allais vite découvrir que tout n'est pas rose dans le Tassili n'Ajjers.

Au bout du canyon, nous arrivons à une petite *guelta* dont la seule vue est rafraîchissante. « C'est pour abreuver le petit bétail. Des familles habitent encore dans les environs », dit Abdou en se faufilant entre deux rochers. Là, tout au fond, cachée sous un écrin de lauriers roses et de dattiers, la *guelta* d'Essendilene. Mes yeux se perdent dans le vert émeraude de cette piscine naturelle au creux des rochers blancs quand soudain j'aperçois la fesse rebondie du chef d'agence qui, en deux temps trois mouvements, disparaît dans l'eau. Sacré Abdou ! J'observe sa tête devenue brusquement toute petite. Puis il s'allonge sur un rocher comme un lézard au soleil. Enfin, il me lance : « C'est ton tour maintenant ! Je vais aller faire un thé, tu me rejoins quand tu as fini. » Il disparaît derrière les rochers. J'entre à mon tour dans l'eau délicieusement fraîche. On entend les chants des oiseaux, et le bruissement du vent à travers les feuilles des palmiers dattiers. Je reste longtemps allongée dans l'eau à regarder les pics de grès qui grimpent vers le ciel. Après tous ces mois de désert, cette oasis est un paradis.

Nous roulons en écoutant des airs de Beethoven dans un décor de rêve. Au soleil couchant, Abdou déroule un grand tapis au pied d'un rocher abrité du vent. C'est là que nous camperons avant d'entrer dans Djanet. Je repense à la grisaille de Saint-Denis en regardant les étoiles apparaître dans ce crépuscule limpide. Abdou a préparé un méchoui avec de la viande de mouton, des petits oignons. Nous buvons le thé en contemplant les flammes qui crépitent : tout n'est que calme et volupté. C'est alors que je sens comme une ombre se rapprocher et, soudain, tout mon corps se crispe : Abdou est en train de me regarder comme un bon dessert. Je me braque. Ce tête-à-tête dans le désert était calculé ! Il n'y a aucun partenariat ! Je suis furieuse contre lui et surtout contre moi-même. Je me suis fait avoir comme une débutante. Mais Abdou se défend : « Non, je te jure, ma proposition de travailler ensemble est sérieuse. » Et pour me montrer qu'il est de bonne foi, il prend son burnous et disparaît à l'horizon. Le lendemain matin, je lui dis que je vais rentrer à Paris sans faire de circuit. « Comme tu veux.

Mais le prochain vol est dans deux jours. Tu peux te reposer à Djanet chez mes sœurs et décider à ce moment-là. » Je l'observe sans rien dire. Malgré tout, j'ai envie de lui faire confiance. Comme s'il devinait mes pensées, il sourit et découvre ses incisives en pointe. « Lorsque j'étais petit, ma mère les a taillées pour que je mâche mieux la viande. » J'éclate de rire. J'allais comprendre qu'à Djanet, il y avait autant de chacals que de gazelles.

Un mariage à Djanet

Nous parcourons d'une traite les quatre-vingts kilomètres de goudron qui séparent Essendilène de Djanet. Je découvre pour la première fois cette oasis tout en longueur qui serpente le long d'une seule route principale. À gauche, la palmeraie, à droite les ksours bâtis en hauteur pour se protéger des crues de l'oued Idjeriou. Après le ksar d'El-Mihan, le centre-ville avec ses cafés arabes, sa poste, son souk de légumes et de viande. Le long de l'asphalte, Abdou salue des touaregs enturbannés au volant de leurs 4x4 bariolés d'autocollants « Terre d'aventure ». Au détour de vieilles maisons en pierre apparaît la forme fantastique du mont Timbeur, monolithe qu'on croirait droit sorti de *Rencontres du troisième type*. À son pied, une multitude de maisons aux portes bleues et ombragées de dattiers.

– Bienvenue à Zelouaz ! me dit Abdou en se garant dans une ruelle sableuse.

Il entre dans une cour bien balayée où trois femmes préparent le repas. Ça sent bon le couscous.

– Voici mes sœurs, fais comme chez toi.

Je regarde curieusement cette maison typique de Djanet avec sa cuisine ouverte, sa parabole, sa machine à laver. Les trois sœurs me servent du thé très sucré et des arachides. L'aînée s'appelle Kishi, la deuxième Taha et la troisième Fatima. Elles rient en entendant mon tamasheq du Niger.

– Toi, tu connais le vrai tamasheq ! s'esclaffe Taha, qui parle bien français.

Dans la ruelle, je vois passer des grappes de femmes avec des plats dans les mains. Taha me dit :

– Ce soir, il y a un mariage à Zelouaz. Viens avec nous !

Abdou s'éclipse. Après le dîner, j'assiste aux préparatifs. Kishi enfile par-dessus son pyjama un grand boubou scintillant bleu aux larges manches, qui lui descend jusqu'aux pieds. J'apprends que cette tenue traditionnelle de Djanet s'appelle *arbai*. Fatima aussi ne s'encombre pas et enfile un *arbai* vert par-dessus son survêtement. Un trait de khôl et un *alesho* indigo sur la tête et les voilà prêtes. Mais c'est sans compter sur Taha qui, après avoir enfilé une robe à paillettes argentée qui met en valeur sa peau café au lait, se met à se maquiller pendant de longues minutes : poudre blanche et fard à joues, ombres à paupières bleues, rouge à lèvres… Puis elle allume le séchoir qui, dans un bruit infernal, vient lui raidir les cheveux. Enfin, elle m'attrape par le bras :

– On y va !

Nous marchons dans la nuit, au son froufroutant des grandes robes *arbai*. Bientôt, nous distinguons les échos de la fête. Des spots clignotent comme une boîte de nuit. Barricadé avec des jerricans et de la tôle, l'endroit est fermé de l'extérieur. Devant ce bunker, des dizaines d'hommes discutent dans l'obscurité à côté de leur véhicule. Taha me tire par la main et accélère le pas en redressant son voile sur la tête avant de pousser la porte. Je pousse un cri de surprise. À l'intérieur, des centaines de femmes sont en train de rire, danser, manger dans une cour improvisée, tapissée de nattes et décorée d'un cœur qui clignote au-dessus d'un sofa. Je regarde ce melting-pot incroyable où se mélange toute l'Algérie et bien plus encore. Des vieilles femmes en *arbai* jouxtent des jeunes filles en robe décolletée, des peaux basanées, des blondes, des noires, des tenues bigarrées de Kabylie, des draperies de Mauritanie et de sombres indigo de l'Aïr… Taha se déchausse et marche vers un carré libre. Elle salue les femmes en tamasheq, donne des accolades et des bises. « Où sont les hommes ? » ai-je le temps de demander. Taha s'esclaffe : « C'est interdit aux hommes ! Sauf pour ces deux-là ! » Et elle me désigne deux ados pubères qui font office de DJ. Des femmes passent avec un plateau et distribuent des jus et du pop-corn. À côté de nous, des jeunes filles touarègues ouvrent des sachets de bonbons et rient en lisant le message qui a été glissé dedans en arabe. Taha me traduit : « Michael Jackson te dit bonjour ! », ou encore : « Ce que tu n'as pas aujourd'hui, tu l'auras demain. » Les filles me demandent mon nom, puis répètent en riant : « Elissa ! Elissa ! » Taha m'explique que c'est le nom d'une star de la chanson libanaise. C'est le dépaysement total.

Le brouhaha cesse brusquement et des youyous frémissent dans l'assistance à l'entrée de la mariée complètement voilée et entourée de parentes vêtues d'*arbai* qui l'escortent jusqu'au sofa. Elle est habillée à la mode arabe, les mains teintes au henné, avec une robe à paillettes blanche et des escarpins pointus. Elle garde le visage baissé sous son voile et sa tête d'enterrement contraste étrangement avec la flamboyance et le rococo de sa tenue. Je suis persuadée qu'elle est arabe, mais Taha me dit que c'est une touarègue. À Djanet, le henné se mélange sans complexe au vernis à ongles et l'encens au déodorant. La mariée s'assied évidemment sous le cœur clignotant et c'est d'un kitch irrésistible que cette momie dont tout semble mort sauf ce cœur tout rouge qui fait des signaux désespérés au-dessus de sa tête. Et d'ailleurs pas pour longtemps, car il finit pas se taire lui aussi, victime d'un faux contact.

La fête commence. Les musiciennes assises à côté de nous se mettent en cercle et se concentrent, frônçant les sourcils à la moindre dissonance de leurs voisines, essayant de s'accorder toutes ensemble. Derbouka, *tendé* et castagnettes forment bientôt un ensemble tout à fait homogène, caressé par le chant et entrecoupé de youyous à fendre l'âme. Une par une, des femmes se lèvent, nouent leur voile autour de leurs hanches, et, bras largement déployés, ondulent du bassin pour le plus grand plaisir de l'assistance qui reste assise autour d'elles. Une Noire drapée dans un voile très fin qui laisse deviner la courbe fine de sa taille bronzée se lève à son tour, avançant d'avant en arrière avec une sensualité à fleur de peau. Tambours et derboukas se hissent jusqu'au-dessus des têtes pour donner toute leur résonance avant de retomber à terre.

Assise avec Taha, je discute avec plusieurs femmes qui rient comme d'habitude de mon accent nigérien et me poussent à danser. Je me lève mais, impressionnée par ce parterre de femmes, je profite de la pénombre causée par une coupure d'électricité pour me rasseoir. De fines gouttes de pluie commencent à tomber. La lumière revient et les

DJ mettent une chanson de raï reprise en chœur par les filles : « Joséphine ! Joséphine ! *Roumia ! Roumia* (étrangère) ! » Elles me poussent à me lever et, avant que je proteste, elles enroulent leur foulard autour de mes hanches en criant : « Elissa ! Elissa ! », tandis que des femmes me font passer des bracelets d'or, tapant dans leurs mains et youyoutant comme des supportrices. Cette fois, on enlève mon châle pour dévêtir mes épaules. Bientôt, je me retrouve avec des billets de banque coincés sous la bretelle de ma robe. Dans cette ambiance de go-go bar, je surprends des regards noirs de sourde rivalité, où se concentrent toutes les jalousies, les orgueils blessés qui animent la vie de la gente féminine de Djanet.

Vers 23 heures, le son des tambours annonce le rituel du *enela*. Des femmes en *arbai* bleu et vert marchent lentement en procession vers la mariée, chantant et frappant leur baguette sur le *ganga*, un tambour tendu de deux peaux. La mariée est bientôt dissimulée par une foule de femmes dont les voiles blancs forment autour d'elle une auréole lumineuse. À l'intérieur du cercle, les femmes chantent en chœur tout en balançant la longue manche de leur *arbai* de gauche à droite. Une femme portant un panier rose rempli de pâte de henné s'agenouille devant la mariée et lui en pose un peu sur les mains et les pieds, en lui souhaitant santé et prospérité. Puis elle se lève et en distribue d'un air bienfaisant aux filles qui se pressent autour d'elle en tendant la paume vers elle. Après cette cérémonie, l'escorte repart sous les youyous, emportant la belle qui, pour la dernière fois, se reposera chez ses parents avant la grande fête de mariage du lendemain. Dehors, les hommes attendent dans l'ombre, silhouettes longilignes accoudées nonchalamment sur des pick-ups poussiéreux qui crachent des morceaux de guitare. D'un coup, on passe de l'odeur capiteuse des parfums à l'odeur âcre du tabac et du feu de bois. Les femmes s'engouffrent en riant dans les voitures, encore empreintes de la gaieté de la soirée. Mais que font les hommes pendant tout ce temps ? Taha me répond en gloussant : « Rien ! Ils boivent du thé chez le jeune marié et mangent de la viande ! »

Le deuxième jour, j'accompagne Fatima qui va aider à la préparation du couscous. « Hier, c'était la préparation, le henné. Mais ce soir, c'est le mariage ! » m'explique-t-elle en souriant de sa bonne tête ronde. Dans une cour à ciel ouvert, les femmes du quartier de Zelouaz défilent avec tout leur branlebas de cuisine. Casseroles, réchauds à gaz, récipients, couteaux sont disposés sur le sable. Assises en rond sur les nattes autour d'une calebasse de légumes, jeunes et vieilles épluchent, coupent en petits dés, pilent méthodiquement tous les ingrédients pour le couscous du soir. Il y a le groupe des patates, celui des oignons, des tomates, des courges, des carottes. Plus loin, d'autres femmes dépècent la viande de mouton et de chameau. Je commence à comprendre pourquoi la viande de chameau est privilégiée lors des mariages : il faut nourrir tout le quartier ! Une belle mulâtre moulée dans une tunique rouge et orange fait glisser d'un geste désinvolte et précis chaque ingrédient dans quatre grosses marmites, tout en papotant gaiement, main posée sur la hanche. Ensuite, c'est la cuisson de la semoule que le mari a distribué deux semaines à l'avance dans tout le quartier, me dit-on. Les femmes l'ont déjà roulée à la main, puis ont passé une dizaine de fois au tamis les gros grains et les petits grains jusqu'à former des boulettes homogènes.

Le jour tombe sur la petite cour qui se vide en laissant les longues traînées des draperies bleues et vertes se disperser dans les ruelles du village de Zelouaz, dans l'ombre rougeoyante du mont Timbeur.

Comme la veille, la fête de mariage débute dans un bunker fermé aux hommes, au son des airs à la mode sélectionnés par les deux DJ. Les petites filles se tortillent en riant près des baffles, essayant d'imiter le déhanché de leurs grandes sœurs. Il y a autant de femmes que la veille. Après quelque temps, les musiciennes arrivent et prennent la relève des DJ ; tapant sur des jerricans en chantant des mélopées touarègues, à la plus grande joie de l'assemblée. Des femmes se lèvent, attachent cérémonieusement leur foulard autour de leurs hanches, et commencent à rouler des fesses très lentement, au rythme des tambours. L'assemblée reste assise à regarder, encourageant de ses youyous les danseuses, faisant passer de main en main des bracelets en or ou des téléphones Nokia que les danseuses arborent fièrement en signe de richesse ! Les musiciennes aussi sont honorées de bijoux et de billets de banque qu'on a glissés dans un pan de voile et qui flottent sur les têtes comme des plumes d'oiseau.

Puis vient le repas, plein de convivialité, avec les aînées dans leurs *arbai* étincelants, qui forment une chaîne majestueuse de jus d'orange et de plateaux de couscous qu'elles se passent adroitement au-dessus des têtes avant de s'engouffrer dans la cuisine dans un flottement d'encens. Quand la mariée pénètre dans la fête, les invitées ont fini de manger et l'accueillent dans un déferlement de youyous. Comme la veille, elle s'assoit sur le canapé et observe à travers son voile immaculé les invitées qui chantent et dansent sous le regard austère des femmes de son escorte.

Vers 23 heures, nous parvient depuis la rue le chant des hommes qui accompagnent le cortège nuptial du jeune marié. Les femmes enveloppent la mariée de toute leur masse blanche et lumineuse, et quittent la fête. Je sors avec Taha pour assister à ce qu'on appelle ici le *ehen*, qui signifie à la fois mariage et maison. Dans la ruelle silencieuse, la mariée se traîne, les bras suspendus au cou de sa marraine, se laissant porter comme un lourd fardeau jusqu'à la demeure provisoire où l'attend son mari. L'escorte des femmes avance d'un pas très lent, berçant la nuit d'un chant doux et mélancolique. « Mon amie est partie, je me sens triste. Préparez-vous les hommes, on vous amène un trésor d'or. »

De retour dans la cour des trois sœurs, je me remets de toutes ces émotions, posant des tas de questions à Taha qui rit de mes comparaisons avec le Niger :

– Toi, tu as vu les vrais touaregs. Ici, les femmes ne connaissent pas le désert et certaines ne parlent même pas tamasheq.

Mais Kishi n'est pas de cet avis :

– À Djanet, les femmes sont de vraies touarègues.

Elle se rend à une ultime cérémonie de mariage et me tend un *arbai* vert. Je n'ai pas le cœur de refuser l'honneur qu'elle me fait et me voilà avec une robe qui fait trois fois mon corps. Kishi me regarde d'un air satisfait, me met un *alesho* indigo sur la tête et me dit de sa voix autoritaire :

– On y va, Elissa !

Je ris en entendant ce surnom dont on m'a affublée. Mais le jour où je découvris Elissa à la télé, j'eus un choc. C'était une brune aux énormes seins et couverte de strass !

Nous nous faufilons dans les ruelles ombragées jusqu'à une vaste cour. Vêtues d'*arbai* et d'un voile blanc très brillant, les aïeules tapent sur leur *ganga*, encadrant la jeune mariée accroupie sous son voile. Une ancienne à la voix puissante entame un chant. Les femmes scindées en deux rangées lui répondent en chœur, tout en se balançant lentement de gauche à droite et en frappant l'air de leurs longues manches bleues et vertes. Kishi se joint à elles et je suis prise à mon tour à l'intérieur du cercle, sous le regard bienfaisant et maternel des femmes qui répètent à l'infini les chants dans une transe douce et primitive. Peu à peu, je me laisse bercer par toutes ces femmes, marmonnant à mon tour des refrains du fond des âges, le cœur battant la chamade comme si j'avais été moi-même une jeune mariée.

Le chamelier du Tassili

Trois jours plus tard, je retrouve Abdou. Je me sens complètement requinquée et lui dis que je suis prête à partir comme prévu dans le désert. Notre « deal » tient toujours. Mais dès qu'il me parle de guide, je fronce les sourcils. Et si je tombais sur un chamelier qui allait me traîner à chameau comme en Mauritanie ? Abdou me dit avec pragmatisme : « Tu as fait la caravane de sel ! Et s'il y a un problème, parle-lui en tamasheq. De toute façon, il ne parle pas français ! ». Nous partons dans un beau jardin rempli de citronniers où paissent deux chameaux blancs. Je fais la connaissance du chamelier. D'un bon mètre quatre-vingt-dix, il est habillé avec un boubou bleu, le visage caché sous un chèche blanc qui lui fait plusieurs fois le tour du front, et il porte des lunettes de soleil effilées. Il me salue du bout des lèvres. Je lui pose une question en tamasheq, mais il ne paraît pas comprendre et s'éloigne avec ses chameaux. Je me dis que nous allons passer trois jours sans parler et cela me convient parfaitement.

Départ à l'aube levante, très vite, comme j'aime. Chargement des deux chameaux, direction nord. Nous montons à pied un plateau rocheux, puis entrons dans un désert labyrinthique jonché de sables ocres et de rochers aux formes extraordinaires. Sous le ciel gris, des rayons de soleil tombent en cascade sur des arcades, des théâtres figés dans la pierre, décors gréco-romains directement inspirés de mes lectures garamantesques. Au gré des couloirs de pierres bordés çà et là de vagues de dunes blondes, la silhouette bleue du chamelier et les bosses blanches des chameaux disparaissent et réapparaissent comme dans un rêve. Je cours partout pour photographier ce désert éblouissant, clignant des yeux à chaque rocher en croyant apercevoir un visage sculpté dans le grès. Essoufflée, je rattrape la caravane et trouve le chamelier à lunettes noires qui m'attend tranquillement sur un rocher, fumant une cigarette, un léger sourire aux lèvres. Sans un mot, il reprend la marche.

Vers midi, on décharge les bagages à l'ombre d'un grand rocher. Pendant qu'il emmène les chameaux brouter dans l'oued, je prépare une salade avec tous les légumes de l'oasis, tomates, fenouil, concombres, un peu de thon à l'huile d'olive. Il revient, se cuit des spaghettis dans une marmite. « La salade, c'est pour les touristes ! », me dit-il. Après le thé, la sieste. Il part s'allonger plus loin, je m'endors sous un rocher jusqu'à ce que les ombres s'agrandissent avant de recharger.

La marche se poursuit toujours à pied dans un chaos de roches noires. Arrivée dans un oued sablonneux, je baraque un des chameaux et essaie de le monter comme m'a appris mon vieux Malik. Mais ma selle est bien plus large et haute que celles des caravaniers et je dois me résigner à monter sur le genou du chamelier pour m'asseoir dessus. Il rit de ma mine dépitée et entame la marche. Je retrouve rapidement le goût de la selle, longeant l'ombre délicieuse des rochers. À l'est, le plateau du Tassili rougeoie à l'horizon et nous remplit de son mystère... Nous campons dans un endroit préhistorique, univers minéral où chaque pierre semble recouverte d'écailles et ressemble à une tortue géante ou à un autre monstre fabuleux.

Autour du feu, dans la fraîcheur du soir, un ragoût de lentilles mijote dans la marmite, le thé frémit pour un premier service, et sous les braises la *tagella* cuit dans son four de sable chaud. « Tout est bien », murmure le chamelier de sa belle voix grave.

Lever à l'aube. Le campement dort encore. Je tâtonne dans la pénombre à travers les roches rugueuses, le long d'étroits couloirs où il me semble que jamais personne n'a posé le pied. Le jour commence à poindre. Je monte, escalade, redescends, et trouve enfin une vue surplombant la forêt de pierres encore endormie. À l'horizon, s'étirent des bleus et quelques roses de l'heure que je connais si bien. Au milieu des rochers ridés comme une peau de pachyderme, notre campement s'éveille. J'observe le chamelier ranimer les braises pour le thé. Puis il disparaît derrière une cavité, réapparaît avec les chameaux qui clopinent de leurs pattes entravées. J'escalade les masses de grès pour les photographier dans l'aube grise qui ajoute à la sombre beauté des lieux. Puis je descends et prépare le lait pour tremper la *tagella*, lui le thé, dans un geste devenu presque quotidien.

Après les longs couloirs de pierres, nous arrivons dans l'après-midi sur les grandes étendues de Tasutaret, repère favori des chameliers du Tassili qui viennent là faire paître leurs chameaux. L'horizon à perte de vue, du sable couvert de déflagrations de rocs noirs, et de bons pâturages pendant la saison…

La pause-déjeuner a lieu dans une grotte où des baluchons que les chameliers ont laissés là jusqu'à leur prochain passage pendent comme des nids d'oiseau aux parois des rochers… On voit encore des restes de braises, des bouts de cordes servant à entraver les chameaux. Les entraves sont tressées avec du plastique vert. « C'est pas joli ! Celles du Niger en palmier doum sont mieux », lui dis-je d'un ton moqueur. Il rit, me montre son outre en pneu et m'apprend un nouveau mot : « chambriair » !

Après la sieste, il baraque les chameaux et commence à charger les bagages. Il me tend ma selle. « Attache-la ! » J'essaie de me rappeler comment faire les nœuds, me trompe, reprends. Il vérifie de temps en temps, puis hoche la tête d'un air satisfait. Pour monter toute seule, je tiens d'une main la gueule du chameau fermée tout en sautant sur la selle. Je ne m'en tire pas trop mal. Du haut de la bosse, je l'observe à la dérobée. Je ne vois ni ses yeux ni son visage. Mais la seule vue de ses cheveux torsadés et de ses pieds me fait tout l'effet du monde.

Le troisième jour, je perds la notion du temps. Le vent de la veille a effacé nos traces. Nous marchons tantôt côte à côte, tantôt à distance par les chemins de sable et de cailloux, déboulant sur un plateau gris et ocre où s'entrelacent les sillons caravaniers. Nous arpentons des paysages lunaires où les couloirs de lave ont laissé sur la roche des traînées dramatiques. On décharge devant une grotte cachée parmi les pitons de pierre. Je prépare comme la veille un sandwich avec la salade et le regarde manger avec satisfaction.

Nous reprenons la marche à travers un oued parsemé d'armoise, dont l'odeur m'enchante. Le désert semble renaître sous nos pas, avec des touffes de vert éparses. On fait le plein d'eau à une *guelta*, puis nous repartons, cette fois à chameau, tous les deux, traversant les couloirs du « bébé à quatre pattes » au trot, libres sous le soleil qui gicle à travers la falaise. Profitant du bon vent et d'une vue haut perchée sur mon chameau Abeidek, je me repais de ce désert sans cesse changeant, gravissant les hautes dunes pour découvrir au sommet une vue magnifique.

Le soleil se couche sur le grand désert de Tiharamiwen d'où surgissent des pitons géants aux formes extraordinaires, là-bas on croit même apercevoir le cône parfait du mont Blanc qui repose sur un tapis d'herbes fraîches… Je dégringole la haute dune jusqu'à notre campement, où attendent un bon ragoût et du pain cuit dans les cendres. Le repas est comme d'habitude frugal, mais si bon, peut-être parce que nous avons faim, peut-être aussi parce qu'on apprend ici à se satisfaire de l'essentiel.

Assis sur son tapis de selle, il astique amoureusement les deux petits verres à thé, ramène quelques braises et pose la théière. Chacun de ses gestes est mesuré. Nous restons allongés chacun d'un côté du feu. Une légère brise vient accompagner le crépuscule. Je note dans mon carnet les noms des endroits que nous avons passés. Ehalagi, Tekat n Tenerin, In Amenas, Adaik, Assasso. Chaque désert a son nom et son âme propre. Et lui, quelle est son âme ? Il a enlevé ses lunettes et m'observe, assis un peu en retrait, comme s'il savait ce que je suis en train d'écrire. Il aspire son thé, prend une cigarette. J'essaie de distinguer ses yeux dans l'obscurité. L'œil droit est acéré comme celui d'un faucon, l'œil gauche légèrement en biais semble rêver ailleurs. Je mets en marche mon petit Walkman qui joue un air d'*imzad* plein de solitude. À cet instant, j'aimerais qu'il se passe l'impensable.

Clandestins

Cinq mois se sont écoulés et je ne pense plus qu'à une chose : repartir à Djanet. Ce voyage m'a bouleversée bien plus que je ne veux l'admettre. L'été est arrivé sans aucune nouvelle de mon film et m'a poussée au départ. Je vais partir au Niger, puis rejoindre l'Algérie. Je me suis convaincue qu'il fallait d'abord que j'aille filmer une séquence de mariage dans le campement de mes amis caravaniers près de Timia, peut-être pour me donner bonne conscience. On est en plein mois de juillet, c'est la saison des pluies au Niger, et je n'ai pas de mal à obtenir un autre billet pour Niamey avec le Point Afrique à partir de Marseille. Je reprends goût à la vie en scrutant la carte du Sahara de haut en large. Relier le nord du Niger au sud de l'Algérie par la route est la seule alternative possible. Mais à partir d'Arlit, il n'y a pas de route. À bout de solution, je contacte mon ami Abdou.

Dans son coquet appartement parisien, nous buvons un thé d'un air complice. Depuis que je suis revenue un jour plus tard que prévu de mon « circuit », il me regarde avec un sourire en coin, mais ne pose pas de questions.

– Donc tu veux aller à Djanet par la route depuis le Niger ?

Je hoche la tête. Il déplie sa carte en pointant Arlit, la dernière ville au nord du Niger.

– Depuis Agadez, tu vas à Arlit, et de là, tu as deux possibilités. Soit tu passes par le poste-frontière d'In Guezzam pour entrer en Algérie, mais ça te fait faire un gros détour. Soit tu passes « direct », en fraude.

Le gros détour, c'est huit cents kilomètres juste pour faire tamponner mon passeport. Je secoue la tête.

– En plein mois d'août, ce n'est pas possible !

– C'est ce que je pensais. Donc tu fais comme les touaregs, tu trouves un véhicule et en trois ou quatre jours tu es à Djanet !

Il désigne sur la carte la route qui passe par l'Adrar Bous, un désert aux confins du Niger que j'ai toujours voulu voir. Je fredonne avec enthousiasme une chanson des Tinariwen, « *Adrar bous* », « désert blanc ». Abdou me ramène à la réalité de la fraude :

– Ce que tu dois absolument avoir, c'est ton visa algérien en règle. Dès que tu arrives à Djanet, tu vas au commissariat et tu expliques que tu es venue en stop et que le chauffeur t'a fait passer par une route où il n'y avait pas de poste-frontière.

J'éclate de rire. Chez les touaregs, « venir en stop » est une expression pour dire « taxi-brousse ». Il répète :

– Tu te fais ton tampon d'entrée dès que tu arrives à Djanet, ils ne pourront pas te refouler si tu as ton visa.

Nous finissons notre dernier verre de thé. Puis, l'air de rien, il me dit :

– À cette saison, ton chamelier doit amener mes chameaux sur les pâturages en haut du plateau du Tassili, à Assakao. C'est un endroit très beau.

Je digère cette information en silence. Depuis cinq mois, on s'est appelés une fois. Finalement, je souffle :

– D'accord, tu lui diras de m'attendre. J'arriverai dès que je pourrai.

Le voyage s'annonçait très bien. Mon ami Bouhamid m'avait dit que mon caravanier Rhissa allait marier une de ses filles vers le 5 août. C'était une chance inespérée et je préparais joyeusement mon matériel vidéo, qui avait survécu miraculeusement à quatre mois de caravane. Si je comptais une semaine au Niger et cinq jours de route, je serais à Djanet à la mi-août.

Bien sûr, rien ne se passa comme prévu.

La saison des mariages

Le soleil brille ce matin sur les contreforts de Timia. L'arrivée après la pluie est de toute beauté, nous longeons les étroits dédales de pierres, sillonnant les montagnes de l'Aïr au son du *tendé* et de la guitare. Nous avons dû passer une nuit en brousse, arrêtés par un oued en crue où s'égaillaient des grenouilles et des insectes d'eau. Dans la case du jeune marié, des petites filles balaient la cour. Quels jours d'intenses festivités dans la petite oasis balayée tour à tour par les courses de chameaux, le *tendé* des femmes, la danse des hommes.

Le voyage avait pourtant mal commencé. À mon arrivée à Agadez, Bouhamid m'avait annoncé que le mariage de Rhissa avait eu lieu une semaine plus tôt que prévu à cause d'une sombre histoire de dot. Pour me consoler de cette mauvaise nouvelle, j'étais allé voir mon vieil ami Danger. Connu dans tout Agadez, Danger tenait le « Ski Shop », une caverne d'Ali Baba flanquée d'une paire de skis au carrefour du vieux marché. Il m'avait accueillie de son habituel « Ah, voilà la caravanière ! » et m'avait collé deux bises en lançant : « J'espère que tu ne vas pas encore essayer de me refourguer tes selles ! » Il s'agissait des selles de chameau que j'étais venue lui revendre après ma première caravane en 1998 ! Il me les avait échangées contre une montagne de grigris bororos, une épée *takouba* et de vieilles bagues touarègues que je n'avais jamais réussi à revendre, mais nous étions restés bons amis.

Danger était un spécimen rare chez les touaregs. Du même lignage que le sultan d'Agadez, il se fichait éperdument du code vestimentaire et arborait des bracelets cloutés, des bagues à tête de mort, et un Perfecto. Cela ne l'empêchait pas de se coiffer d'un superbe turban indigo quand l'envie lui en prenait. Sa boutique était un fouillis invraisemblable où les fromages séchés jouxtaient les skis, les calebasses haoussas, les tapis de selle ou les gourdes à beurre que des nomades avaient laissés en dépôt-vente moyennant quelques kilos de sucre. Adoré par tous les va-nu-pieds et les traîne-savates d'Agadez, qui étaient sûrs de trouver chez lui un verre de thé et une cigarette, Danger était snobé par une grande partie des touaregs. Quoique Sidi connard m'ait interdit de m'y rendre, j'adorais aller écouter les histoires de ce rocker au grand cœur, paria de la société touarègue et star d'Agadez, qui racontait le bon vieux temps où les touristes faisaient du ski sur les dunes en bikini ! Inutile de dire que sa boutique était le lieu où s'échangeaient toutes les informations.

Quand je lui avais parlé de mes déboires, il m'avait tout de suite dit qu'un groupe de musiciens allait jouer de la guitare dans un grand mariage à Timia. Un des mariés – car il y en avait trois – était un certain Karim, qui me proposa de m'amener en voiture. Les convois partaient dans quelques jours. En attendant, j'avais déambulé à moto avec Danger dans tout Agadez. En cette saison des pluies, les mariages se fêtaient chaque semaine à grand renfort de *tendé* et de guitare. La mode désinvolte d'Agadez se mêlait au pur style de la brousse pour aboutir à des mélanges étonnants. Sous un acacia, plusieurs femmes en boubou blanc à paillettes, typiques des montagnes de l'Aïr, tapaient des mains au rythme du tambour tandis que des jeunes hommes à lunettes noires et sans turban faisaient courir leur méhari autour d'elles en fumant une cigarette ! Plus loin, des dizaines d'autres jeunes attendaient sur leur moto comme s'ils allaient eux aussi entrer dans la danse.

Après cela, nous étions allés écouter un concert de Takrist N'Akal – un groupe en vogue, dont l'un des membres était le très jeune Bombino, future star internationale – dans une cour sous une grande tente où des dizaines de femmes au visage tatoué de latérite rouge dansaient et youyoutaient devant les amplis qui crachaient des sons de guitare dans un tintamarre de cymbales et de larsens. Enfin, après un bon plat de mil arrosé de jus de viande, nous avions atterri à la grande soirée guitare organisée par les mariés à l'hôtel de la Paix, un hôtel de « standing international » financé par le général Kadhafi dans les années 1990. Hasso Akotey et Abdallah Oumbadougou, les deux stars de la guitare au Niger, devaient s'y produire devant tout le gratin de la haute société touarègue. Malheureusement, le concert avait tourné vinaigre. Les notables en grands boubous avaient arrosé de billets de banque la piste de danse très sélect, provoquant une cohue parmi les « ramasseurs » embauchés par les organisateurs. Au Niger, c'était ainsi qu'on payait les artistes. Sauf que les notables, pris d'une générosité sans limite, avaient tellement fait pleuvoir de billets que brusquement on ne se savait plus qui était réellement ramasseur ! Devant Hassu qui, imperturbable, continuait de chanter son tube « *Tazeydert* » (La patience), des jeunes à quatre pattes sur la piste se remplissaient les poches. Une bagarre avait failli éclater. Le concert s'était achevé dans le chaos, avec une interprétation enragée de « *Afrikya taoura* » (L'Afrique brûle), chantée par un Abdallah Oumbadougou hors de lui qui donnait de grands coups de guitare devant un public en train de ramper par terre. Excédé, il avait quitté la scène au bout de deux morceaux. Autant dire qu'après cette ambiance survoltée, Timia avait été un bol d'air frais.

Journée passée à écouter des chants de louanges. Au crépuscule, je me retrouve dans une cour, parmi une foule d'hommes allongés avec nonchalance. Je ne connais personne et je me fais toute petite avec ma caméra, intimidée, comme d'habitude, devant ces visages voilés, le corps drapé d'indigo, à la fois princiers et rigolards. On prépare le thé. Sous les étoiles, un chant solitaire et vibrant impose de temps en temps le silence. Après le repas, les litanies reprennent dans le cercle des forgerons qui frappent tambour et *ganga* dans les ruelles sombres. À une heure du matin, je cède à la fatigue, mais le sommeil tarde à venir, mon cœur bat toujours au son des mélopées chantées devant la porte du jeune marié. Après une nuit frileuse sur une natte coincée entre des rangées de femmes et la porte, je sors sous le soleil éclaboussant pour assister à un véritable défilé de mode. Dans la chaleur torride, une centaine d'hommes et de femmes forment une masse compacte et multicolore devant la case d'un des mariés. Un par un, des hommes sortent, tous plus beaux les uns que les autres, parés de basin riche, le front enserré de plusieurs bandes indigos qui brillent comme de l'ardoise, arborant des lunettes de soleil et des parapluies, traversant la haie d'honneur d'un pas lent sous les youyous des femmes. La cérémonie du *kéré* se poursuit devant une autre case avec le défilé d'une deuxième escorte masculine qui rivalise en beauté et en élégance. Puis ce sont des danses guerrières avec des lances qui sont improvisées autour des forgerons Kel Ewey, les grands artisans des mariages touaregs. Je cherche du regard mon bon Rhissa et tous les autres caravaniers que je n'ai pas pu trouver sur la route. Ce rendez-vous manqué sera le seul grand regret de cette fête.

À peine revenue à la maison avec les femmes pour engloutir une platée de mil, je repars dans les ruelles tortueuses de l'oasis. Le vent s'est levé, les voiles fouettent, le sable tourbillonne en d'étranges spirales. Bientôt, l'orage gronde. Et là, sous la pluie battante, le *tendé* des forgeronnes commence dans l'intimité d'une petite case éclairée par une lucarne. Le visage des femmes au voile sombre et brillant se fait tour à tour doux et violent, et leurs chants vibrent comme les battements du cœur amoureux. Les louanges pour la jeune mariée se poursuivent jusque tard dans la soirée.

Le troisième jour, la parade des chameaux défile avec superbe et dans le plus grand désordre devant un orchestre de guitares, de micros mal accordés et des chants stridents des femmes. Malgré le vacarme, c'est d'une beauté indescriptible. Jeunes et vieux en tenue d'apparat défilent, faisant courir leurs méharis harnachés de cuir autour d'un petit cercle de chanteuses de *tendé*. Après cela, la foule se rassemble le long de l'oued pour assister à une course de chameaux qui finit par la chasse d'un bœuf qui court éperdument au milieu des camélidés ! Dans la pure tradition touareg, le bœuf sera offert à la jeune mariée et dépecé par les forgerons qui en prendront une grosse partie. Le clou du spectacle sera pour moi les performances extraordinaires du *fage n ezeli*, la danse des hommes que je découvre pour la première fois. Sur une grande arène, la foule bigarrée, armée d'énormes radio-cassettes, encadre de chaque côté une rangée de chanteuses debout derrière un forgeron. Assis devant son tambour tel un maître de cérémonie, il observe les jeunes hommes de l'autre côté qui attendent le coup d'envoi en trépignant comme des chameaux de course. Un rythme sourd et rapide déferle. Un jeune homme s'élance dans l'arène, frappant le sol à toute allure de ses pieds nus tout en brandissant une cravache à chameau, un autre arrive derrière lui et prend sa place, gesticulant dans des bonds extraordinaires, il est chassé par un troisième qui avance à genoux vers la rangée des chanteuses, imitant la danse des chameaux sous les youyous du public qui en redemande. Galvanisés par les chants de louanges, les jeunes hommes rivalisent tour à tour d'audaces devant les femmes qui tapent des mains plus forts, souriant de leurs belles dents blanches à chaque performance. Pour un regard de braise de ces demoiselles, les hommes se plient en quatre… Chassant un jeunot qui fume crânement une cigarette entre deux acrobaties, un vieux déboule sur la piste en poussant un *Yihihi !*, tambourinant le sol avec ses pieds et brandissant sa canne dans les éclats de rire de la foule. Les musiciennes s'interrompent, rajustant leur voile de tête, s'échangeant des commentaires à l'oreille en riant, tout en parcourant d'un air malicieux l'assemblée des prétendants enturbannés jusqu'au nez, yeux fébriles, prêts à en découdre.

Je retrouve avec un plaisir mal contenu cette légèreté des fêtes nomades. Qui sait ce qui m'attend au bout de cette route, dans cette Algérie que je connais si mal ? C'est ainsi que le cœur un peu branlant, je quitte presque à regret l'oasis de Timia pour Arlit.

5

La route de la fraude

(Algérie, Niger, 2004)

Le paysage fantomatique du grand plateau défile à travers les vitres cassées du bus d'Air Transport. La carcasse grince, sursaute à chaque trou dans un nuage de poussière qui s'engouffre par tous les pores. Enfin, après deux cent cinquante kilomètres de calvaire, la ville uranifère apparaît à l'horizon comme un mirage surgi des sables brûlants. À la descente du bus, je vois le visage souriant d'Anotan, un forgeron d'Arlit que Bouhamid m'a présenté pour m'aider à trouver un véhicule pour Djanet. Il fait une chaleur accablante et je suis pressée de partir, mais Anotan m'annonce la mauvaise nouvelle : « Il y a eu une attaque la semaine dernière sur un des bus d'Air Transport sur ce tronçon même, les passagers ont été dévalisés et il y a même eu des morts. Les patrouilles sont partout et tous les véhicules de fraude se font refouler avant d'avoir atteint l'Algérie. » Nous passons quand même à l'autogare des taxis-brousse, déserte en ces heures de midi. Deux chauffeurs se précipitent pour me dire qu'ils vont partir bientôt sur Djanet et que je peux réserver ma place dès maintenant, mais Anotan les regarde avec suspicion. Il n'y a aucun passager. « Allons d'abord déposer tes bagages à la maison et on va discuter. »

Anotan habite à Bukoki, à l'extrémité nord de la ville. Nous longeons des baraques en tôle d'aluminium jusqu'au marché à bétail. Puis le taxi bifurque dans un carré de maisons en banco. Il fait une chaleur épouvantable, mais dès que je franchis la cour, je suis assaillie par les cris et les rires de toute une bande d'enfants. Anotan en a treize ! Un jeune prénommé Mohamed prend mon gros sac, un autre mon matériel, et tout le monde m'escorte jusqu'à une petite chambre. Anotan me prévient qu'il n'y a pas d'électricité dans ce quartier et qu'en été tout le monde dort dans la cour.

Autour du thé, je fais la connaissance de ce touareg discret qui s'exprime en très bon français. Il confectionne des bijoux et se rend en Europe régulièrement, mais il n'a jamais fait la route de la fraude. Il me regarde avec un air inquiet : « Écoute, je ne suis jamais entré en Algérie, mais c'est dangereux. Il y a des pannes de véhicules, des coupeurs de route. Choisis bien avec qui tu pars. Moi je te recommande de passer par le poste-frontière, mais si tu insistes, je vais demander un contact à un ami qui connaît bien les fraudeurs. » Je hoche de la tête. La conjoncture est très mauvaise, mais je suis persuadée que ce n'est que passager. Après tout, la fraude, c'est juste passer en ligne droite à travers une frontière invisible, exactement comme le font les caravaniers !

Après un coup de fil, Anotan m'annonce qu'on ira voir un fraudeur du nom d'Akaroz ce soir. Après le dîner, nous traversons la ville obscure d'où jaillit quelques carrés de lumière : « La base-vie des travailleurs des mines d'Areva », me souffle Anotan. Nous enfilons une ruelle sombre. Anotan frappe une fois à un portail. On entend aussitôt des pas dans le sable. Un jeune touareg enturbanné nous ouvre. Dans la cour éclairée par un feu, des hommes sont assis sur des nattes. Nous échangeons de brèves salutations : ce sont des touaregs d'Algérie. Anotan s'assoit à côté d'un homme d'une cinquantaine d'années vêtu d'un basin délavé et d'une veste multi-poches sans manches : c'est Akaroz. Ils discutent à voix basse. Puis Anotan se tourne vers moi :

– Il ne peut pas te prendre, mais il connaît bien un chauffeur de camion qui doit partir demain à Tamanrasset en passant par le poste-frontière d'In Guezzam. De là, tu pourras rapidement atteindre Djanet.

Je m'oppose tout de suite à ce plan :

– Ce n'est pas du tout ce que j'ai prévu ! Je ne ferai pas un détour par le poste-frontière !

Akaroz semble avoir compris et reparle à voix basse à Anotan qui m'explique de manière plus claire :

– Écoute Alissa, il dit qu'il ne prend pas d'étranger avec lui, c'est trop dangereux.

Énervée, je regarde Akaroz et lui dit en tamasheq :

– Je ne suis pas un étranger et je n'ai pas peur !

Interloqué, Akaroz éclate de rire :

– Mais où as-tu appris à parler tamasheq ?

– Avec les caravaniers de Bilma ! Regarde, je suis un homme.

Je m'enroule le visage dans mon chèche. Anotan intervient :

– C'est vrai qu'elle est habituée au désert, elle a traversé deux fois le Ténéré à chameau !

Akaroz me regarde attentivement. Puis il s'adresse de nouveau à Anotan :

– Entendu, si elle a son visa je la prends. Mais je ne peux pas prendre de risque en Algérie, donc dès qu'on arrivera près de Djanet, elle devra se faire discrète et se voiler le visage. Je dirai que c'est ma femme si jamais on croise une patrouille, est-ce que c'est clair ?

J'acquiesce énergiquement :

– Quand est-ce qu'on part ?

Akaroz sourit :

– Bientôt. Je contacterai Anotan, c'est promis. Et toi, tu attends, tu as compris ?

– Oui, j'ai compris.

On se serre la main.

Tazeydert, la patience

Je me morfonds, ne faisant rien d'autre qu'attendre. Voilà six jours que je suis à Arlit. Rien à voir à part la mine d'uranium, dont on m'a refusé le droit de visite : il faut faire une demande écrite ! Avant-hier, Akaroz est passé en quatrième vitesse devant chez Anotan pour l'informer qu'il n'avait pas pu obtenir mon cachet de sortie à la gendarmerie. Je lui ai dit de laisser tomber et de se préoccuper plutôt de trouver des passagers pour partir rapidement. Il a répondu que le problème n'était pas les passagers. Je ne cherche plus à comprendre. Comme chaque matin, après le thé, je rejoins les fils d'Anotan dans leur atelier. J'aime les regarder travailler la forge. Mais bientôt vaincue par la chaleur et le bruit, je me retire dans un coin de la cour et continue à dessiner des grains de sable au Bic dans mon carnet. Puis, à bout de forces, je me traîne de l'autre côté de la cour et croise Anotan. Il me regarde de son bon regard :

– Ne te décourage pas, on va trouver une occasion ; au pire, j'ai un autre contact.

Une lueur d'espoir s'allume.

– Tu pourrais appeler un autre fraudeur ?

Anotan prend son téléphone. Quelques minutes plus tard, on a le contact d'un autre chauffeur, mais Anotan me prévient qu'il n'est pas aussi fiable qu'Akaroz. Je hausse les épaules :

– J'irai avec celui qui part en premier.

– Allons-y voir.

La maison du deuxième fraudeur est un bâtiment en parpaing avec un énorme luminaire et des plafonds en faux marbre. Dans le salon, un touareg en basin riche accueille Anotan et va s'entretenir avec lui dehors. Je m'assois dans le salon près du faiseur de thé. Un jeune vient alors vers moi et me salue. « Elissa ? » Je tressaille. Comment me connaît-il ? Il prononce à voix basse un nom que je connais bien. Mon cœur se met à battre la chamade.

– C'est lui qui m'envoie, il m'a demandé de te trouver pour te ramener à Djanet.

Je bredouille :

– Il sait que je suis à Arlit ?

J'avais essayé de le joindre en vain, mais à l'évidence le téléphone arabe avait fait son travail. Le jeune me dit qu'il est mécanicien et fait des allers-retours entre Arlit et Djanet.

– Tu dois partir avec nous. Dès qu'on est prêt, on t'appelle, dit-il.

Je soupire. « Quand ? »

– Demain. On viendra te chercher chez ton ami, *inch' Allah.*

– *Inch' Allah.*

Le lendemain, personne n'appelle. Je n'y crois plus, à ce départ. Deux jours plus tard, un pick-up Toyota déboule dans un nuage de poussière. C'est Akaroz ! « On y va ! » crie-t-il en français tout en empoignant mon sac. J'ai juste le temps de faire pour la troisième de la semaine mes adieux à Anotan et ses treize enfants. Mais cette fois, ça a l'air sérieux. Anotan me serre la main dans la sienne :

– Sois prudente et promets-moi de me contacter dès que tu arrives à Djanet.

Akaroz lui dit qu'il n'a pas eu de cachet de sortie pour son véhicule, que la route est complètement fermée, mais qu'on part quand même. Ce soir.

Le pick-up revient dans la cour et se gare à côté de deux autres Toyota beiges. Je m'assois sur une natte, et observe le va-et-vient des fraudeurs dans la routine du départ. Une dizaine de jeunes touaregs en jean et tee-shirt tachés de cambouis s'activent pour remplir les jerricans d'eau, charger le carburant, les vivres. Dans la cour, une fillette court et s'amuse à remplir les petits bidons d'eau et à boucher les jerricans sous le regard attendri des fraudeurs. Il se met à pleuvoir. Je me réfugie dans une pièce. Dans la pénombre, un touareg aux dents de lapin est allongé sur un matelas épais et essaie de négocier avec une vendeuse ambulante des petites culottes en dentelle rose pour sa copine assise à côté de lui. Des éclats de rire jaillissent de la pièce.

L'heure du maghreb arrive. Les jeunes hommes aux turbans déchirés prient, puis embarquent à l'arrière des trois pick-ups. Deux autres touaregs plus âgés font démarrer leurs véhicules. Ils ont le visage dur, se ressemblent comme deux gouttes d'eau, et n'ont pas vraiment l'air d'apprécier ma présence. Ce sont les frères boss. « Monte dans la cabine », me dit doucement Akaroz. Je m'assois devant, entre Akaroz et son jeune apprenti, et me couvre le visage avec mon chèche. L'eau, l'essence et les provisions sont chargés. Mais où sont les autres passagers ? Les trois Toyota sortent une par une de la cour et se faufilent très lentement dans les ruelles ensablées. La nuit tombe, recouvrant la ville d'une ombre bleutée. On entend juste le grincement des essieux qui crissent sur le sable. Quelques minutes plus tard, un portail s'ouvre et laisse entrer notre convoi dans une cour. Les phares éclairent la pénombre. Un essaim de noirs Africains fond sur nous avec sacs et bidons. Un des touaregs saute à terre et s'adresse à eux en arabe, un Haoussa traduit en français. Les ordres sont brefs, ceux qui sont sur la liste montent, les autres restent. Des protestations fusent, il y a un moment de confusion dans toutes les langues, mais très vite le bruit du moteur interrompt toute discussion et une trentaine de personnes s'entassent à l'arrière de deux pick-ups. Depuis combien de temps tous ces gens attendent-ils, et d'où viennent-ils ? Je n'ai pas le temps d'y penser plus que déjà on redémarre. Nous fonçons à vive allure vers le désert. Dans la cabine, le jeune apprenti assis à côté de moi brûle la liste des passagers par la fenêtre.

Premier barrage. Akaroz marmonne des *bismilahi* avant de couper le moteur. Des militaires avancent vers nous avec leur lampe-torche. Est-ce un barrage sauvage ? Un grand gars s'approche de la fenêtre et me demande mon passeport.

– Vous allez où ?

Je bredouille que je vais visiter Bilma, en me disant que, de toute façon, nous ne passerons jamais. Mais l'autre me dit simplement :

– Ah, d'accord, et c'est votre première fois au Niger ?

Je plaisante comme je peux :

– Eh ? Mais moi, je suis nigérienne, regardez ! et je lui tends mon permis de conduire nigérien. Souvenir de mon premier séjour en 1998. Il rigole, me redonne mon passeport. Il n'a pas l'air de se soucier des passagers clandestins entassés dans la benne de notre véhicule. Mais derrière, le jeune apprenti touareg d'Akaroz subit un interrogatoire avec la lampe-torche braquée dans la figure. Le militaire lui dit : « Donne-moi tes papiers, *buzu.* » L'autre le fixe sans ciller. Il ne parle pas haoussa, ni français, et il n'a pas de papiers. Mais il connaît ce que veut dire le mot raciste *buzu*, employé au sud pour qualifier les touaregs. La route aura été courte...

Akaroz s'approche de la fenêtre et me murmure en tamasheq : « Prête-moi de l'argent pour la police. » Je lui tends quelques billets. Il disparaît. Des minutes interminables s'écoulent. Puis Akaroz me fait signe qu'il a payé et qu'on peut partir. Mon cœur recommence à battre.

Arrêt une heure plus tard, au milieu de nulle part. Les trois chauffeurs descendent sans couper leur moteur et se concertent mystérieusement. Des passagers descendent à leur tour et s'assoient sur le sable frais. Personne ne sait ce qu'on fiche là. Un feu s'allume, signe qu'on va faire un thé. Akaroz déplie une natte et me sort une couverture, tandis que son apprenti nettoie la théière. Tout serait normal s'il n'y avait pas une trentaine d'Africains éparpillés autour de nous, allongés à même la terre. D'où viennent-ils ? Derrière moi, deux femmes en jean et anorak se sont assises sur un pagne et regardent avec intérêt l'apprenti d'Akaroz en train de laver une casserole. Je leur propose des biscuits, elles m'offrent une place sur leur pagne.

– On regarde comment les hommes préparent à manger dans le désert, car chez nous, à Kinshasa, seules les femmes cuisinent, dit l'une d'elles.

– Vraiment, on n'a jamais vu ça !

Elles se mettent à rigoler en se tapant les cuisses. Je les regarde avec stupéfaction.

– Vous venez de Kinshasa ?

C'est la première fois que je rencontre des Congolais dans le désert.

– Oui, moi je suis moitié congolaise, moitié camerounaise, et je m'appelle Clarisse, dit la plus costaude.

Puis elle éclate à nouveau de rire en voyant le jeune touareg couper les oignons et les faire revenir dans la marmite avec des morceaux de viande. Elle lui crie en français :

– Et toi, là ! Mais qui t'a appris à cuisiner ?

L'apprenti la regarde furtivement derrière son turban. Puis marmonne :

– Pas français !

Il y a un moment de gêne, je lui traduis la question en tamasheq nigérien, mais il ne comprend toujours pas. Ses copains commencent à lui lancer des vannes du genre : « Eh, Dikna, tu t'es fait des copines, on dirait ! » De plus en plus embarrassé, l'apprenti tourne furieusement ses oignons. Akaroz finit par lui répéter la question en tamahaq d'Algérie :

– Qui t'a appris à cuisiner ?

Dikna répond :

– Maman !

Et tout le monde se met à rire. À ce stade, c'est plutôt sympa de se retrouver en plein désert avec des touaregs et une bande de Congolais.

Allongées à trois sous une grande couverture que m'a prêtée Akaroz, nous nous reposons un peu en regardant la voûte étoilée. On doit repartir avant l'aube.

– Les fraudeurs voyagent presque toujours la nuit, murmure Clarisse.

Comment sait-elle ça ?

– Il y a deux semaines, je faisais partie d'un autre convoi qui a passé six jours dans le désert avant de revenir à Arlit, dit-elle.

Je n'en crois pas mes oreilles. C'était un des convois dont m'avait parlé Anotan à ma descente du bus.

– On a tourné pendant des jours afin d'éviter les patrouilles jusqu'à ce qu'on se retrouve presque sans carburant. Les autres avaient encore de l'eau et de la nourriture, mais ils les gardaient pour eux. Heureusement qu'on est revenus à Arlit sans passer la frontière, sinon tous les passagers seraient morts de soif.

Nous restons un moment à regarder les fraudeurs qui réparent un pneu. Elle me raconte à voix basse comment, au départ d'Arlit, les convoyeurs avaient vidé les jerricans d'eau des passagers pour charger des moutons qu'ils traitaient mieux qu'eux. « J'espère que ceux-là seront plus gentils que les autres », murmure-t-elle.

Départ immédiat aux aurores. On reprend la route, tous phares éteints. Il fait une chaleur d'enfer dans la cabine, mais à l'arrière, ils doivent tous se les geler.

Akaroz a fait marcher son poste, qui fonctionne par miracle. Le *tendé* des femmes nous porte vers la palmeraie de Djanet. Mais encore une fois, on s'arrête au bout d'à peine trois heures de route sur un plateau désertique. Les fraudeurs s'installent à l'ombre du seul acacia. Je partage avec eux le thé et un plat de macas. De l'autre côté, les Africains sont allongés sous le soleil. Je demande à Akaroz quand il est prévu qu'on reparte. Il me répond : « Ce soir ! » Il est à peine 9 heures du matin.

Je rejoins Clarisse pour l'informer. « Quoi ? On ne va partir que ce soir ? » Les passagers grognent, puis regardent d'un air craintif les convoyeurs qui dorment d'un seul œil, repliés sous leurs grands voiles. Il n'y a rien d'autre à faire qu'attendre. Chacun se confectionne un abri sous l'ombre trouée des quelques épineux qui parsèment le plateau. Mais ils sont vite dérangés par des ennemis encore plus redoutables que le soleil : les fourmis qui, attirées par les miettes de biscuits, accourent par bataillons entiers. Incapables de trouver le sommeil, nous nous regroupons sur la grande natte.

Je fais la connaissance des autres passagers. Alain est un Congolais très costaud. Sam, dont une jambe boite, a l'air d'être le seul Nigérien. Osé vient du Cameroun, les autres du Nigeria. Ils ont quitté leurs familles depuis des mois, certains en sont à leur troisième traversée du désert, d'autres ont déjà fait l'expérience de cette autre Afrique, celle du

Nord. Clarisse raconte une anecdote sur l'une de ses amies, mariée en Libye, « très belle, avec le teint noir, d'un noir très serré », nous dit-elle. « Un jour, un petit garçon s'est approché d'elle et a essuyé son doigt sur sa peau, certain que c'était du cirage. » Nous nous moquons. La conversation embraye sur divers problèmes de racisme. Alain est déjà passé par le Maroc et la Libye avant de se faire refouler. Il nous affirme que c'est en Libye que c'était le pire, car les gens se bouchaient le nez sur son passage. Osé est lui aussi sur la route depuis presque deux ans. Il a fait toute l'Algérie, de Tamanrasset jusqu'à Oran, en passant par Ghardaïa et In Salah, où il s'est fait arrêter, emprisonner, puis refouler à Tinzaouatène, à la frontière du Mali. Je lui demande pourquoi il fait tout ça, Douala n'est pas en guerre... Osé répond : « Je veux tenter l'aventure. » J'en reste bouche bée. Jamais je n'avais réfléchi au fait que pour un Africain, partir découvrir l'Europe en touriste équivalait à traverser à pied des milliers de kilomètres jusqu'à la Méditerranée.

Les heures passent. Je décide de sortir mon petit poste et demande à Alain d'apporter une cassette. Un son torride de Dombolo commence à chalouper sur le grand reg. Un Camerounais se lève et ouvre le bal, fesses en arrière et bras tendus en avant, bondissant en de formidables cadences. D'autres arrivent de derrière les arbres, intrigués. Ils se tiennent d'abord timidement, puis se lancent à leur tour sur la piste, encouragés par les femmes qui crient et tapent des mains. Bientôt, ce ne sont que rires qui secouent les arbres rabougris du désert, chacun oubliant un moment sa peur en se trémoussant de toutes ses forces. Là-bas, les touaregs ont interrompu leur sieste. Stupéfaits, ils regardent ces performances de danse congolaise, avant de décider d'intervenir.

L'un des frères boss marche vers nous d'un air féroce et vocifère en arabe : « *El houkoum !!* », la police. Notre bande s'éparpille. Je reprends mon poste discrètement et vais m'asseoir avec Clarisse, qui murmure en pouffant : « Tu as vu sa tête ! » Grande somnolence. Je me retire sous un arbre au loin. Réveil panique au bruit d'un 4x4 qui s'arrête près de notre camp, puis repart tout de suite. Finalement, les convoyeurs décident aussi de lever le camp. Il est 14 heures.

Arrêt au puits d'Iwararen. Tous les passagers se précipitent à terre, bidons à la main. Les fraudeurs tirent la poulie, bientôt rejoints par plusieurs Africains qui expriment à grands cris leur joie de participer à cette tâche insolite. D'autres restent près du véhicule, hésitants et dubitatifs. La plupart sont des Africains des villes qui ne connaissent pas les puits et ils regardent plein d'appréhension l'eau brune et saumâtre. L'un d'eux m'observe en train de boire et prend une mine dégoûtée. Je le réprimande vertement : « Que vas-tu boire dans les jours qui viennent ? Tu es dans le désert ! Cette eau ne va pas t'empoisonner, et ton bidon est vide ! » Il me fixe, atterré. C'est bien la première fois qu'une Chinoise lui donne une leçon sur l'eau des puits ! Le puisage se poursuit dans une ambiance bon enfant, touaregs et Africains unis dans un même effort, oubliant l'espace d'un instant le gouffre qui les sépare. Discrètement d'abord, carrément ensuite, je les photographie. Depuis la séance de danse, les fraudeurs me regardent avec suspicion, mais mon initiative reçoit un certain enthousiasme, sauf chez les deux frères boss qui se cachent le visage et me font un non catégorique de la main. Akaroz intervient et me houspille gentiment en me montrant les pick-ups : « Pas immatriculation ! » Je hoche la tête. Les deux frères sont avec Akaroz les possesseurs des véhicules et donc les chefs, ceux qui risquent le plus gros.

Nous reprenons la route. Le 4x4 qui s'est arrêté tout à l'heure près de notre camp s'est ajouté au convoi. À son bord, sept touaregs, dont trois femmes, un enfant et un vieux. Nous les avions recroisés au puits. Après de mystérieuses concertations, leur guide au ventre bedonnant est monté dans notre cabine, prenant la place de l'apprenti d'Akaroz. Il fait une chaleur épouvantable. Le guide et Akaroz discutent en *tamahaq* algérien, que je ne comprends pas. Nonchalamment, il met sa main sur mon genou tout en bavardant. Je suis si surprise que je pense à un geste inconscient. Depuis cinq ans que je voyage dans le Sahara, personne n'a jamais posé la main sur moi. Je commence à exprimer mon mécontentement en bougeant en tous sens, frappant du pied, donnant des coups de coude, mais rien n'y fait. Heureusement, le convoi s'arrête avant que j'aie à passer à une attitude plus directe. S'il n'avait pas été guide, je l'aurais jeté par-dessus bord, ce vieux saligaud !

La lumière plane, sublime et irréelle, au-dessus des pics sombres. Nous campons au crépuscule. Je m'éloigne dans le silence de cette heure qui appelle à la prière. C'est si beau de voir tous ces hommes se prosterner ensemble, sur un fond de vieilles carcasses de Toyota, dans la calme splendeur du Sahara ! Je me faufile entre les groupes de fraudeurs qui préparent le thé et la pâte de *tagella* autour du feu. On m'installe une grande couverture, on me chouchoute avec du fromage, des cigarettes. Je fais des signes à Clarisse de venir me rejoindre, mais elle n'ose pas. Les Africains sont dispersés sur le sable, chacun préparant son repas en petit comité. Alain m'invite à goûter une spécialité locale à base de tapioca. Les fraudeurs déposent un plat de *tagella* arrosé de sauce que je partage avec les deux Congolaises, puis on s'étend sur la couverture et, comme la veille, le froid vient nous prendre à la pointe du jour – et c'est signe du départ.

La chasse

Arrivée à l'improviste dans le Tafassasset algérien. Grands plateaux de rocailles noires parsemés de touffes de poils qui ondulent dans le vent. Le guide bedonnant est à nouveau dans notre cabine et il prend toute la place. À bout de nerfs, je profite d'un arrêt pour appeler par la fenêtre l'apprenti d'Akaroz :

– Eh, Dikna ! Ce n'est pas gentil d'avoir changé de voiture, car maintenant je n'ai plus de place pour m'asseoir !

Immédiatement, le guide descend du véhicule, vexé. À mon immense soulagement, Dikna reprend sa place. Akaroz me réprimande :

– Mais c'est notre guide !

Je lui réponds en posant ma main sur son genou, il murmure un « *bismilahi* » et redémarre en riant.

Arrêt soudain. Les convoyeurs font descendre gentiment tous les clandestins : « DESCENDEZ !!! » et redémarrent aussi sec en laissant tous les passagers au milieu de nulle part. Je crois que c'est la police qui les a mis en fuite, un des fraudeurs a même sorti sa kalachnikov. Je pousse Dikna pour regarder par la fenêtre. Mais on ne va quand même pas abandonner tous ces gens dans le désert ? Je m'énerve dans le véhicule, mais Akaroz est comme fou et fonce droit devant, hypnotisé. Je suis son regard et soudain je la vois. Une gazelle. Ils sont en train de chasser la gazelle ! Les trois pick-ups roulent à toute allure et encerclent l'animal qui, essoufflé, finit par ralentir, puis tombe sous une balle. On la charge et repart dans l'autre sens. Les touaregs sont hystériques et poussent des *Yihihi* sauvages. Devant nous, les clandestins font des signes désespérés pour qu'on s'arrête. « MONTEZ !!!! » Les passagers remontent en hâte et nous redémarrons. Quelques minutes plus tard, le convoi s'arrête à nouveau dans un oued aride, sans une ombre, avec juste quelques arbustes. Les fraudeurs dépècent la bête en deux temps trois mouvements, un feu est allumé. Les passagers gisent plus loin, s'abritant tant bien que mal du soleil... On mange le foie, un peu de côtelettes grillées sur la braise avec du bon thé. Les effluves de la viande sont partout. J'aperçois un passager qui avance, puis reste debout à plusieurs mètres de distance. Il hésite et c'est déjà perdu d'avance. Il finit par dire : « On veut de la viande nous aussi. » Un des frères boss se lève et le jette comme un chien en l'insultant en arabe. Je me sens mal à l'aise et n'arrive pas à manger. J'enveloppe ma côtelette dans un kleenex et la donne à Clarisse avant de remonter en cabine.

Le touareg aux dents de lapin s'approche de ma fenêtre et me dit :

– Je m'appelle Baba ! On va parler français !

Puis il prend la place de Dikna. J'en profite pour m'insurger contre cette mentalité arriérée qui fait que les touaregs croient encore à la domination des hommes libres sur leurs anciens esclaves, les *iklan*.

– Les touaregs sont racistes !

Baba ricane sous son turban et déclare avec cette rudesse bien touarègue :

– Ces gens n'ont pas de travail, ils sont comme des chiens !

Je murmure un « *bismilahi* » pour chasser ces mauvaises paroles. Il veut ajouter quelque chose, cherche le mot en français, puis finit par dire :

– Ils n'ont pas de tête !

J'éclate d'un rire sardonique. Ces chiens sans tête ont presque tous un diplôme d'études supérieures en poche ! Mais Baba secoue la tête, hermétique à toute explication. À bout d'argument, je lui crie :

– On est en 2004, c'est fini les esclaves !

Akaroz acquiesce :

– C'est vrai. Le racisme, c'est pas bon.

Comme Baba, c'est un touareg d'Algérie où les noirs sont soit des migrants, soit d'anciens esclaves affranchis. Mais il est plus ouvert que les autres, peut-être parce qu'avant de faire la fraude, il était chauffeur pour les touristes dans une agence de voyages à Agadez. Cependant, lui aussi s'est exclamé en traversant le Tafassasset :

– Ça y est, on a quitté le pays des *iklan*, on est en Algérie !

Suite et fin.

Salomé

Autour de nous, les manœuvres préparent la fameuse *tagella* et un ragoût à la viande de gazelle. Clarisse vient me rejoindre, suivie d'une Camerounaise avec une casquette qu'elle regarde avec respect. C'est la seule qui ose parler aux touaregs. Son nom est Salomé. Je l'avais remarquée depuis le début, car elle avait une place privilégiée à l'arrière du pick-up réservé au staff touareg. Le reste du temps, elle était seule et ne se mélangeait pas aux autres passagers. La veille, nous avions discuté devant notre plat de macaronis-cube Maggi, et ce, jusqu'au dormir. Salomé est une femme robuste qui a surmonté bien des épreuves. Après avoir bravé de multiples barrages et pots-de-vins sur l'axe Douala-Niamey-Agadez, elle embarque finalement dans un bus pour Arlit et tombe sur des coupeurs de route. L'attaque du fameux bus d'Air Transport, une semaine avant mon arrivée, qui a coûté la vie à trois passagers ! « Une bande d'hommes au visage voilé ont arrêté le bus et ont tiré dans le tas, puis ils nous ont fait descendre et ont mis les migrants à part. Ils ont dévalisé tous les passagers, et ont même fouillé dans les sous-vêtements des femmes. Ensuite, ils sont partis en poussant des cris. Maintenant, dès que j'entends ces cris j'ai peur. » Était-il possible que ce soient les *Yihihi* que j'affectionnais tant ? Pour Salomé, il ne faisait pas de doute que ces bandits étaient touaregs.

Après cette attaque, elle était resté prostrée deux jours à Arlit, puis avait repris courage :

– J'ai eu de la chance, une partie de mon argent était caché dans un Kleenex et les bandits ne l'ont pas trouvé. C'est pour ça, j'ai décidé de continuer la route.

Un Haoussa qui fait l'intermédiaire entre les fraudeurs et les clandestins lui trouve un véhicule pour Djanet. Mais elle tombe sur le même convoi que Clarisse, qui a tourné six jours à éviter les patrouilles avant de rentrer à Arlit ! J'en ai la chair de poule.

– Tu as survécu à tout ça !

– Oui, on a perdu presque tout notre argent, mais au moins on est revenus sains et saufs à Arlit. Cette fois-ci, nous avons de la chance, car les autres étaient bien pires.

Je suis rassurée de voir qu'elle n'a pas l'air de haïr les Touaregs pour autant. Elle sourit pour la première fois, et me confie que pendant tous ces jours d'attente à Arlit, elle a eu une liaison brève, mais très attachante, avec un jeune fraudeur.

– Il a dû partir sur un autre convoi, mais il a demandé à ses amis de prendre soin de moi. C'est pour ça que je suis sur le pick-up des touaregs. Tu l'aurais vu au départ, il ne voulait pas me laisser partir et pleurait presque.

Nous regardons les derniers rayons du soleil tomber derrière les pics sombres. Les migrants comme les touaregs se battaient pour assurer un meilleur avenir à leur famille. Les uns risquant tout pour partir, les autres faisant tout pour rester. Dans ces conditions de survie extrême, il n'y avait pas de place pour la romance. Cependant, au fond de mon cœur, je remerciais Salomé de m'avoir raconté cette histoire. S'il y avait de la place pour une idylle, il y avait de l'espoir.

Salomé me demande :

– Mais toi ? Qu'est-ce-que tu fais là ?

J'éclate de rire. Clarisse lui répond :

– Eh, tu sais pas ? C'est la copine du chef là, le chauffeur.

On se tape dans les mains en riant à cette bonne blague. Depuis que j'ai promis de mettre mon voile sur la tête quand on arriverait à Djanet, Dikna m'appelle « Madame Akaroz ».

– Ça c'est pour rire ! Par contre, c'est vrai que je vais à Djanet pour voir quelqu'un.

Salomé me pousse du coude :

– Je te comprends, ils sont beaux, les touaregs !

On pouffe toutes les trois comme des gamines. C'est bon de relâcher la tension. Je ne leur demande pas pourquoi elles sont parties de chez elles ni ce qu'elles vont faire en Europe. J'ai un passeport français et un visa d'entrée en Algérie, et je me déplace où je veux. Elles doivent voyager clandestinement même dans l'espace Cedeao en planquant leur argent dans un vieux kleenex pour échapper à la cupidité des douaniers haoussas de Kano jusqu'à Arlit. Passé le Maghreb, elles risqueront pire. Je reste pensive. Après tous ces dangers, toutes ces humiliations, comment ne pas croire à leur folle entreprise d'entrer en Europe ?

Les anges

Longue route aujourd'hui, avec alternance de pannes pour les trois pick-ups. J'en profite pour visiter la famille touarègue que nous avons croisée au puits. On échange les salutations tamasheq du Niger, puis les femmes assises à l'arrière m'offrent l'eau délicieusement fraîche de leur outre en peau. Je crie : « Ça, c'est une vraie outre ! Pas comme les "chambriair" ! » Les femmes rient, me caressent la tête, m'arrangent les nattes. Je découvre que cette famille est du même campement, près d'Arlit, qu'un de mes amis, et que le vieux connaît bien Anotan. Je pose la question qui me brûle les lèvres : pourquoi notre convoi de migrants suit-il leur guide ? Le vieux Hadj répond :

– Quand on vous a croisés au puits, j'ai discuté avec vos chauffeurs. Ils allaient suivre le même itinéraire que d'habitude en passant par Adrar Bous et je leur ai dit qu'ils allaient sûrement être attrapés par les patrouilles qui circulaient partout. Ça m'a fait pitié, avec tous ces pauvres gens. C'est pour ça que je leur ai proposé de suivre notre guide, qui connaissait une autre route.

J'apprends que nous suivons depuis trois jours une route empruntée par les chameliers ! El Hadj sourit :

– Oui, c'est une piste moins connue et beaucoup plus sûre.

Cette famille d'Arlit se déplace en Algérie pour amener El Hadj à l'hôpital de Fort Gardel, un bourg situé à cent quarante kilomètres de Djanet, pour une opération chirurgicale : il est très malade. J'en ai la gorge serrée. Nos véhicules tombaient sans cesse en panne et il fallait toujours qu'ils nous attendent. Pourtant, personne ne se plaignait. El Hadj sourit tel un vieux sage :

– Tu comprends, chez nous on dit que dès l'instant où on a croisé quelqu'un sur la route, on est responsable de ce qui lui arrive.

Je réalise la chance inouïe que nous avons eue. Sans eux, nous serions probablement revenus à Arlit après avoir tourné en rond jusqu'à l'épuisement de nos provisions.

Menés par le guide chamelier, nous longeons un oued jusqu'à un puisard au milieu de rochers, mais quel soulagement pour tout le monde ! Il y a de l'eau et de l'ombre, et il n'en faut pas plus pour donner le signal de la pause.

Je déambule parmi les petits groupes de migrants jusqu'au fond de l'oued où campe la famille d'El Hadj. Les femmes ont préparé l'*arajira* avec des dattes et du fromage. C'est la fête ! Je sors mon petit poste et mets une cassette de *tendé*, au grand plaisir de la vieille. Elle s'est assise en face de moi et a pris des fils de mon chèche pour réparer son *alesho* tout fripé. Elle ressemble à une gitane, avec ses mauvaises manières, rotant et baillant à tout va, émiettant la *tagella* de ses doigts agiles et fourchus. Derrière nous, un Congolais et un Nigérien font la tambouille. Le Congolais a un keffieh sur la tête pour se faire passer pour un musulman : « C'est pour tromper la police ! » dit-il en riant. Il me demande de prendre une pose de lui avec une paire de cornes de mouflon qu'il a trouvées dans l'oued : « Un souvenir du désert », dit-il fièrement. On partage leur platée de tapioca-sardines. Les femmes touarègues leur donnent du lait et plaisantent en haoussa. C'est si bon de les voir rire tous ensemble. La plus jeune se lève et danse gracieusement au rythme du *tendé*, tandis qu'une autre tape dans ses mains, sous les youyous de la vieille. Les groupes de migrants se tournent vers elles avec un regard plein de surprise. J'entends l'un d'eux s'exclamer : « Qu'elles sont belles ! » Ils n'ont jamais vu la liberté des femmes touarègues. Au moment d'embarquer, on se fait nos adieux. Le groupe d'El Hadj et leur guide prennent la route de Bordj Mokhtar, à l'ouest de Djanet. Je promets à El Hadj de venir le visiter à l'hôpital.

FJ45

La route continue joyeusement entre Akaroz et Dikna. Toutes les cassettes y passent et notre voiture crache des sons de guitare à plein pot. Dikna me sermonne comme tous les jours à propos de mon bidon que je laisse traîner partout. Il s'est donné pour mission de le remplir à chaque point d'eau, grondant les fraudeurs qui l'ont vidé à moitié entretemps avant de courir le reremplir.

– Fais attention à ton bidon, Madame Akaroz ! gronde-t-il.

– Je ne suis pas encore Madame Akaroz, on n'est pas arrivés à Djanet !

Akaroz appuie sur l'accélérateur en faisant grincer tous les essieux de sa vieille carcasse. Une FJ45 qui a dû en voir de toutes les couleurs, si l'on en croit le pare-brise en morceaux. Sur le panneau de bord, un autocollant de Bouteflika jouxte des grigris en peau de chèvre, une paire de Ray-Ban chinoises et des cassettes d'*ishoumar*.

À l'horizon, on distingue la silhouette des deux frères boss qui, comme d'habitude, nous attendent. Notre rafiot est de loin le plus lent de tous. Loin de s'en soucier, Akaroz profite de la situation pour prendre de l'avance, fonçant entre les deux véhicules sous le regard effaré des fraudeurs qui bondissent sur le côté en lançant des jurons avant de se dépêcher de remonter à bord. Notre Toyota continue sa course folle sous les *yihihihi* de Dikna et les rires des Africains derrière qui font des pieds de nez à leurs compagnons. Je finis par comprendre que les freins sont morts ! Mais la tête éberluée des frères boss vaut bien tous les risques.

Nous campons, touaregs d'un côté, Afro-Africains de l'autre. Dikna prépare le repas. D'autres fraudeurs réparent les pneus. Beaucoup de passagers sont éparpillés dos au sol, sur la terre chaude qui sûrement les soulage des douleurs du voyage. La grande lune s'est levée sur le Tafassasset, magnifique et lumineuse. Akaroz me dit que demain, on sera à Djanet.

Exodus

Le paysage défile au ralenti à travers les vitres brisées de la FJ45. Soudain, j'aperçois des dunes gigantesques à l'horizon. « L'erg Admer ! » Nous sommes enfin entrés dans le Tassili n'Ajjers. Mais encore une fois, les trois pick-ups s'arrêtent et on allume un feu. Il est 10 heures.

Allongés sur le sable, nous prenons un thé à l'ombre, dans un décor somptueux de dunes et tout serait normal s'il n'y avait pas un peu plus loin une véritable arène de clandestins noirs qui attendent en plein soleil le bon vouloir des convoyeurs pour partir. Akaroz vient de me rendre les cinq mille francs CFA qu'il m'avait réclamés pour passer le barrage d'Arlit... du jamais vu. De son côté, Makina, un des fraudeurs, a demandé à chaque passager un supplément de mille francs CFA pour les guider à pied jusqu'en ville. Certains passagers ont commencé à protester, ils ont déjà payé cinquante mille francs CFA pour ce trajet, dont une large moitié à leur « coxer », ces maquereaux de la fraude qui prennent des deux côtés, proposant aux passagers un logement puis les négociant comme du bétail aux convoyeurs. Makina se montre intransigeant. Il est le plus complexe, un jour je le vois saluer avec un grand sourire tous les passagers, et le lendemain il leur crache presque dessus dès que l'un d'eux s'approche du feu pour chauffer de l'eau ou demander une cigarette. Ce qui me peine le plus, c'est de voir de la soumission chez certains passagers qui deviennent craintifs comme des animaux et engendrent un mépris encore plus fort de la part des touaregs. Un observateur étranger y verrait du racisme pur, mais c'est oublier que depuis un siècle il y a des touaregs noirs. Est-ce que j'aurais moi-même la même attitude amicale avec des Français traitant ainsi des Noirs ? Sûrement pas.

Après les pâtes, le départ. Il est presque midi. Les clandestins montent dans les pick-ups, puis redescendent presque tout de suite au pied de l'erg Admer. « MONTEZ !!! » crie Makina en montrant le sommet des dunes. Les passagers s'empressent d'attraper leur bidon. Je n'ai pas le temps de comprendre quoi que ce soit : déjà le véhicule d'Akaroz redémarre et s'élance à l'assaut d'une dune gigantesque. Je me retourne pour voir tous ces hommes et ces femmes qui s'enfoncent dans le sable jusqu'aux genoux, têtes nues et bidons presque vides, s'encourageant les uns les autres. Un homme boite, un autre souffre du palu. C'est un spectacle des plus impressionnants que la marche forcenée de tous ces Africains des Grands Lacs qui s'enfoncent dans la fournaise du désert. Pendant ce temps-là, nos véhiculent s'ensablent sans arrêt. Dikna court pour placer les bandes anti-enlisement sous les pneus, tandis qu'Akaroz fait redémarrer le moteur dans des gémissements terribles.

Enfin nous arrivons au sommet des dunes et je fais demi-tour pour aller accueillir avec mon bidon les marcheurs. Salomé apparaît, suivie d'une bande de Congolais. Alain arrive derrière, soutenant d'un bras Sam, l'homme qui boite, et de l'autre une des femmes, un vrai Hercule des sables ! Ils sont souriants et c'est merveilleux de voir cette bonne humeur alors que tout est si tragique. Certains me demandent une pose photo pour immortaliser cet instant où un jour de leur vie ils se sont retrouvés au cœur du Sahara, à affronter le sable et la soif. À cet instant, je ne vois plus des migrants mais des aventuriers qui bravent tous les dangers pour découvrir un autre monde. Jamais un touriste n'aura pénétré aussi profondément qu'eux dans les dunes de l'erg Admer ! Akaroz me dit que nous allons rester cachés dans le creux de ce désert brûlant jusqu'au soir.

Quatorze heures. Il fait une chaleur d'enfer. La moitié des passagers se sont abrités sous les véhicules, tandis que les autres entourent Baba, le roi de la « chambriair ». Enturbanné jusqu'aux yeux, le jeune mécanicien est capable de réparer n'importe quelle chambre à air avec du plastique et de la colle. Il semble que ce travail de réparation unisse pour un temps migrants et touaregs qui poussent tour à tour sur la pompe dans une ambiance bon enfant. Baba met en route une cassette de guitare *ishoumar* et me conte avec bonne humeur ses aventures. Un brave type, ce Baba, surtout quand on sait qu'il a fait quatre ans de prison en Algérie, deux ans au Mali et un an en Libye, soit un total de sept années pour fraudes diverses. Il est lui-même un sans-papier et le déclare avec aplomb : « Je n'ai pas de papiers ! »

Quinze heures. Makina s'est confectionné une tente improvisée avec une couverture et quatre plaques anti-enlisement. Il s'assoit dessous et, d'un air satisfait, commence à faire son thé sur un petit tas de charbon. Mais il n'a pas l'air de s'apercevoir que plusieurs clandestins se sont introduits sous sa tente par derrière ! Baba et Dikna observent la scène en pouffant derrière leur chèche, puis explosent de rire. Makina se retourne et vocifère : « DÉGAGEZ !! » en les chassant de la main comme des mouches. Mais sitôt qu'il a le dos tourné, les Africains reviennent s'asseoir à l'ombre. L'un d'eux pousse l'audace jusqu'à poser sa théière sur le feu de Makina, déclenchant un fou rire contagieux chez les fraudeurs. Submergé par leur nombre, Makina se résigne, offrant l'image pittoresque d'un touareg assis seul au milieu d'une bande de Noirs qui écoutent du Dombolo !

L'après-midi passe ainsi. La lumière se radoucit, des ombres apparaissent enfin au creux des dunes. Les passagers et les fraudeurs sortent peu à peu de sous les véhicules. Un feu s'allume. Pendant qu'un des manœuvres prépare la *tagella*, un des frères boss m'interpelle au passage. Il veut voir la séquence que j'ai filmée tout à l'heure dans la voiture avec Akaroz en train de s'énerver sur l'embrayage tandis que Dikna dessable les pneus dans l'erg Admer, rien de bien extraordinaire sauf que le frangin n'est pas de cet avis et commence à hurler de rire en se tapant les mains sur les cuisses, il en redemande encore et encore. Au bout de la troisième fois, il en pleure presque et je profite de cette bonne humeur pour le filmer. Alors que nous buvons le thé dans un décor de dunes au coucher de soleil, les Africains nous offrent un spectacle improvisé de pirouettes, bondissant tour à tour en triple saut arrière avant d'atterrir sur le sable sous les applaudissements. C'est le grand relâchement avant la tempête.

Les véhicules démarrent et s'enfoncent dans le crépuscule. Au pied du grand erg, moteurs allumés, les hommes prient avec la ferveur des condamnés. De l'autre côté du bitume qui mène à Djanet, la lune énorme se lève à travers les pics déchiquetés. Je me répète les noms tant aimés, Tekat n Tenerin, In Amenas, Tiharamiwen. Akaroz me demande de ranger ma caméra et de jeter ma cigarette. Personne ne parle. Puis, tous phares éteints, nous coupons le goudron à toute allure et allons nous encastrer, quelques kilomètres plus loin, dans l'ombre des rochers. Une deuxième pick-up arrive et se gare à proximité. Dos tourné, tout le monde scrute l'horizon à la recherche du troisième véhicule, celui qui transporte l'autre moitié des clandestins. Attente pesante, dans l'ignorance la plus complète de ce qui se passe. Les passagers commencent à paniquer, certains ont laissé leurs provisions d'eau sur l'autre pick-up, pour d'autres c'est un ami ou un frère. Les fraudeurs ordonnent de se taire. Dikna fume sa cigarette dans le creux de sa main et me dit de faire pareil. La vraie fraude a commencé. Au loin, des pans de lumière stagnent dans la nuit, patrouillant inlassablement le long du goudron, de gauche à droite, puis de droite à gauche, nous signalant la présence des gardes-frontières de Djanet.

Toujours rien. Les deux pick-ups redémarrent. L'autre file devant, tandis que le véhicule d'Akaroz suit à grand-peine. Il est de plus en plus lent, on dirait qu'il va agoniser. Nous sommes sur une pente sablonneuse, complètement à découvert. Je regarde avec angoisse la lune devant nous escalader les phallus de pierre. Quand elle sera en haut, nous serons inondés de lumière ! La Toyota hoquette, gémit, puis, dans un dernier vrombissement, franchit la dune et se faufile dans une cavité rocailleuse, à côté de l'autre pick-up. Tous les clandestins descendent, pour eux c'est le terminus. Débute une échauffourée. Les passagers réclament des explications à propos du troisième véhicule, dans lequel se trouve Makina leur guide, et des mille francs qu'ils ont payés. Ils veulent qu'un autre touareg les accompagne, mais en vain. Personne ne parle la même langue, il n'y a aucune discussion possible. Les fraudeurs haussent les épaules, ils leur font signe de marcher tout droit ; derrière les grands rochers, il y a la lumière de la ville, c'est Djanet, impossible de se tromper. Je ne peux m'empêcher de penser aux histoires glauques de clandestins égarés en plein désert, dans des situations à peu près semblables... Un guide malhonnête, une lumière au loin qu'on n'atteint jamais... Mais je reconnais un peu le coin, et c'est vrai qu'on ne doit pas être à plus de sept ou huit kilomètres de l'oasis. Un touareg leur dit, pour les rassurer, qu'il leur suffit de suivre les traces de pas – mais les clandestins sont tout sauf des broussards ! Au bout d'un moment, ils prennent leur courage à deux mains et c'est Alain qui entame la marche, suivi par Osé et le boiteux. On se serre la main, on s'embrasse, je promets à Clarisse de bien conserver les photos que j'ai prises d'elle et des autres. Ils disparaissent dans la nuit avec leurs bidons et leurs sacs à dos. Des années plus tard, je reverrai Osé à Paris. Il me racontera que tout le monde était arrivé sain et sauf à Djanet, mais qu'ensuite un véhicule les avait abandonnés dans le désert entre Djanet et Ghardaïa. Refoulé à la frontière malienne, Osé avait fini par franchir la barrière de barbelés de Melilla, et avait posé les pieds en Europe. Un miracle comparé à tous les autres, perdus, sans nouvelles.

Nous redémarrons. Les pick-ups s'enfoncent dans les profondeurs de Tisras, à travers les couloirs de pierres, jusqu'à une arène de sable cerclée de grottes. On se croirait dans un décor de film de gangsters. À cet instant, j'aperçois les dizaines et dizaines de cartons qui étaient cachés sous le plancher à l'arrière des pick-ups. Des cigarettes de contrebande ! Je ne peux retenir mon indignation. Pendant tous ces jours où nous avions manqué de tabac, il y en avait des kilos planqués sous nos pieds ! Certes, je n'avais jamais manqué d'en emprunter aux fraudeurs, mais certains avaient poussé le vice jusqu'à demander mille francs CFA aux clandestins pour un paquet ! Baba rigole de ma mine dépitée.

Les fraudeurs remontent dans leurs pick-ups. Akaroz me dit de rester là, qu'il reviendra me chercher ce soir et m'emmènera comme promis à Djanet. Je lui fais confiance, depuis le début il a toujours été de mon côté, à me défendre quand les autres me témoignaient de la méfiance. Nous nous asseyons autour du feu avec Baba, Dikna et deux autres manœuvres. Soudain, Baba me dit qu'il veut s'exprimer devant la caméra pour ses futurs auditeurs japonais ! Je dis à Dikna : « *Temsi !* » (Lumière !) et je vais m'asseoir de l'autre côté du feu. Baba commence à parler : « Bonjour Djapan ! » tandis que des flammes gigantesques montent et manquent de brûler mes vêtements. Je crie à Dikna qui jette des tonnes de brindilles dans le feu : « Coupez ! Ça suffit ! Pas de *temsi* ! » Je transpire à grosses gouttes. Baba reprend sa tirade : « Bonjour Djapan ! Moi, je suis un type qui n'a pas de papiers ! » Il cherche ses mots, puis tourne sa face rouge comme un diable vers la caméra : « Si j'avais des papiers, je peux faire de bonnes choses, alors donne-moi Toyota ! »

Un bruit de moteur interrompt notre séquence. Akaroz est revenu à bord d'une 4x4 ordinaire. Je me lève, mais il me dit qu'il faut attendre encore. Je ne cherche plus à comprendre, tout ce que je veux c'est entrer dans Djanet. Nous faisons un court somme, éparpillés autour du feu qui crépite. Un deuxième 4x4 arrive, des hommes que je ne connais pas descendent et chargent les cartons de cigarettes. Akaroz me redemande si je ne préfère pas qu'il me dépose demain matin, mais je secoue la tête. Baba et Dikna montent à l'arrière et c'est le départ. Nous quittons la piste et enfilons tranquillement la nationale, une route goudronnée bien lisse et propre ! Mis à part les cigarettes, nous sommes à présent des voyageurs normaux. Par les ruelles silencieuses, nous nous faufilons dans le vieux ksar fantomatique sous la lune. Près d'une vieille bâtisse à flanc de rochers, les hommes descendent la marchandise. C'est leur QG, on dirait. Avec Baba et Dikna, on se quitte très vite, d'une simple poignée de main et d'un *Har tufat !* (À demain). Je remonte en voiture avec Akaroz. Nous longeons le café arabe du centre-ville et les jardins de la palmeraie, l'oasis dort d'un sommeil profond. Il est une heure du matin quand nous arrivons devant chez les sœurs du chef d'agence. Mon cœur bat la chamade, je n'ai pas pu les avertir de mon arrivée et je me sens comme une intruse : il est si tard… Mais sitôt le premier coup frappé, Fatma répond de sa petite voix, timidement je dis : « C'est moi… », et la porte s'ouvre. Les trois sœurs me serrent tour à tour dans leurs bras. « Elissa ! Mais où tu étais perdue ? » C'est si bon d'être arrivée, enfin. Je ressors prendre mes bagages, Akaroz a lui aussi l'air soulagé, je le remercie, il sourit, me dit qu'il repassera le lendemain, mais je sais que c'est faux. Les touaregs n'aiment pas les adieux.

Toyota banzaï

Le lendemain matin, mon chamelier frappe à la porte. Je me suis installée dans la cour de l'agence en face. On se salue, puis il s'assoit, prépare le charbon pour le thé. Son visage est entièrement couvert de son litham blanc.

J'observe ses longues mains fines, une touffe de ses cheveux bouclés qui dépasse de son chèche, et ses éternelles lunettes noires. Aussi imperturbable qu'un samouraï, il ne laisse transparaître aucun sentiment. Je finis par lui demander s'il est toujours d'accord pour m'emmener avec lui faire pâturer les chameaux, à mon grand soulagement il répond oui.

– On part quand ?

– Comme tu veux.

Nous buvons le thé en silence. Je m'approche de lui. Il me repousse doucement.

– Je vais chercher une voiture, toi tu restes là et tu ne sors pas.

Mon entrée illégale le tourmente. Il revient avec le véhicule d'un ami, qui nous dit qu'il faut d'abord passer à la douane. Nous traversons l'oasis en hâte, moi camouflée à l'arrière avec mon chèche. Mais à la douane, on nous renvoie à la gendarmerie nationale. Il est 17 heures et le service immigration vient de fermer. Retour à la case départ.

La nuit tombe. Assis près du feu, on mange et on prend le thé avant de s'allonger enfin. Il est 22 heures passées quand, brusquement, il se redresse, les muscles tendus, comme un animal aux abois. « La police », murmure-t-il. Je tends l'oreille, n'entends rien qu'un vague bruissement de moteur, puis tout à coup des pneus crissent sur le sable et s'arrêtent devant la porte. « Pan pan pan ! » On frappe sur le portail métallique. Nous retenons notre souffle tels des voleurs pris la main dans le sac. Je lui dis de rester là, me lève lentement et m'habille. On frappe à nouveau. Cette fois je réponds et entrouvre le portail. Dans la ruelle, deux voitures vertes de la gendarmerie sont garées. Le policier me salue et me demande mes papiers.

– Comment êtes-vous entrée en Algérie ? me demande-t-il en feuilletant mon passeport.

– Je suis arrivée par voie terrestre depuis le Niger, mais sans passer par le poste-frontière.

– Quand ?

– Hier.

– Pourquoi ne vous êtes-vous pas déclarée hier ?

– Je voulais me déclarer, mais c'était fermé.

Le policier regarde mon visa, parle en arabe à ses collègues. Puis, il me dit qu'il repassera demain matin pour m'emmener au poste :

– Il vous est formellement interdit de sortir, prévient-il.

Dans la cour, je demande à mon chamelier comment ils ont fait pour savoir que j'étais là. Il éclate de rire :

– Ils savent tout sur ce qui entre et tout sur ce qui sort.

Je le regarde d'un air suspicieux :

– Et toi, comment savais-tu que la police allait arriver ?

Il rit plus fort. Je n'en saurai pas plus.

Le lendemain matin, je suis conduite de bureau en bureau. D'où vous venez ? Niger. Par où ? Le Djado. Comment ? En stop. Seule ? Oui. Je n'ai pas de tampon de sortie du Niger, mais j'ai un visa en bonne et due forme : ils ne peuvent pas me refouler. Au bout de deux jours, on décide que le mieux est que j'aille m'expliquer avec le chef de la police des frontières, un homme affable et posé. Je répète ma version. Je suis partie voyager à Bilma et, apprenant qu'il y avait des troubles au nord d'Arlit, j'ai décidé de prendre directement la route par le Djado avec un taxi-brousse ; comme il n'y a pas de poste-frontière sur cette route, je me suis dit que je pourrais faire tamponner mon visa à l'arrivée... Le chef m'écoute d'un air ennuyé. Puis il demande :

– Vous êtes d'origine japonaise ?

– Oui.

– C'est votre mère ou votre père ?

– C'est ma mère.

– J'ai vu sur votre passeport, un nom, Toyotasaki.

– Non, c'est Toyosaki, le nom de ma mère.

– Ah, d'accord, en tout cas leurs véhicules sont les meilleurs.

Je le regarde sans comprendre.

– Vous parlez de Toyota ?

– Oui, bien sûr.

– Ah oui, comme les pick-ups FJ45, dis-je en pensant à Baba.

– Non, nous on utilise un modèle plus sophistiqué, les FJ45 c'est pour la contrebande.

– Ah oui.

Le chef part dans des explications passionnées sur l'endurance des véhicules tout terrain utilisés par la garde-mobile. J'ai presque envie de le filmer lui-aussi. Il y a un moment de silence, puis il sourit :

– En tout cas, remerciez M. Toyota de notre part.

Il assène un coup de tampon sur mon passeport, puis :

– Toyota, ce sont les meilleurs pour faire respecter la loi dans le désert !

6

Vagabonde

(Mali, 2005)

Tinariwen

Tinariwen fait crier le désert sous les poutres de la vieille Europe. Nous sommes en juin 2004 et le spectacle de ces touaregs est tellement beau dans cette salle de l'Olympia bondée de Parisiens et de berbères venus de toute l'Europe ! Sur scène, la tignasse désordonnée d'Ibrahim Ag Alhabib, dit « Abreybone », contraste avec les visages voilés d'indigos de ses musiciens. C'est sa première tournée mondiale, vingt ans après la formation de Tinariwen. Mais dans le Sahara, il est déjà une légende, plus connu que Jimi Hendrix. Je ne sais pas grand-chose de lui, à part ce qu'on répète dans la presse. Il est né dans le désert, au nord du Mali, en 1960. Il a participé à la guerre dans les rangs de l'armée libyenne, ensuite il est revenu combattre chez lui aux côtés de la rébellion touarègue qui éclate en 1990. En exil, il a découvert des artistes comme Bob Marley et Dire Straits. Il se met à jouer de la guitare et à composer des poèmes qui deviendront de véritables chants de ralliement pour unifier son peuple contre l'oppresseur. Avec ses anciens frères d'arme, il crée Tinariwen, le premier groupe de guitare touareg qui va bousculer tous les genres. On le dépeint comme un rebelle, un rocker, kalachnikov à la main, guitare électrique sur l'épaule.

Pourtant, Ibrahim n'a pas du tout l'air d'une icône de la résistance, du moins telle qu'on se l'imagine en Europe. C'est un homme réservé, à l'air fragile, presque mal à l'aise sur scène. Et son visage est imprégné d'une souffrance que je n'ai jamais vue jusqu'alors chez un touareg. Mais dès qu'il chante, c'est tout le désert qui chante avec lui.

« *Amassakoul n Ténéré, worhidjaraw takunt.* Je suis un voyageur du désert. J'endure le vent, la soif, le soleil. Je sais où se cache l'eau de la grotte. Ces soucis sont mes amis, c'est l'histoire de ma vie. » Sa voix profonde nous emplit de sa nostalgie, tandis que les guitares font tanguer la salle, hypnotisée par les rythmes de basse et les *tarlilit* de la choriste. Des *yihihi* fusent de partout.

Cette chanson, je l'ai écoutée des centaines de fois sur mon chameau avec mon radio-cassette lors de mon premier voyage en caravane en 1998. Après plus de quinze ans, c'est une consécration : elle fait partie de leur deuxième album et lui a donné son nom, « Amassakoul », le voyageur. Pour moi qui n'ai toujours pas fini mon documentaire après sept ans, leur histoire est une lueur d'espoir.

À la sortie du concert, je fais la connaissance de Bastien Gsell, le *tour manager*. Il a une gueule de baroudeur. En souriant, il me dit qu'il n'était qu'un « touriste » quand il a connu Tinariwen au nord du Mali, en 2001. Les jours suivants, je rencontre plusieurs fois les membres du groupe dans un petit appartement du xe arrondissement, où ils logent chez un ami kabyle. Autour d'Ibrahim, il y a les guitaristes compositeurs Hassan et Abdallah, qui sont nés dans les années 1960 et ont tous fait leur école dans les camps d'entraînement de Kadhafi. C'est le noyau du groupe. Ensuite, il y a le bassiste Iyadou, le guitariste rythmique Elega, Nina la choriste et Said le percussionniste, qui forment la génération d'après. Ils habitent tous entre Tamanrasset et Kidal et ont tous connu la dernière rébellion de 1990 et l'exil à différents degrés. J'ai amené mon montage de trente minutes de la caravane de sel, mais pour eux c'est l'époque de leurs arrière-arrière-grands-parents, une époque révolue. Abdallah rit, me demande plusieurs fois pourquoi je fais des voyages dans des conditions aussi pénibles. Il s'exprime bien en français, c'est un peu le porte-parole du groupe. Je lui réponds que si c'est pour voyager en Toyota climatisée, je peux rester chez moi. Il éclate de rire. Il existe au Mali l'azalai, une caravane qui relie les mines de sel de Taoudenni à Tombouctou. Mais à ses yeux, c'est un travail misérable, un travail qui n'est pas noble. Je m'offusque de ses propos : « Tous les touaregs traversaient le désert en caravane avant la colonisation ! » On parle du commerce caravanier en général, qui reliait tous les grands centres d'échanges du Sahara. Mais pour eux, ce monde-là est trop éloigné de leurs réalités. La plupart des chansons de Tinariwen sont politiques et traitent de la souffrance du peuple de l'Azawad, un désert au nord du Mali où les membres du groupe ont tous une histoire. Je comprendrai plus tard qu'Azawad est également le nom d'une lutte pour l'indépendance.

Seul Ibrahim a l'air content de visionner ces images de caravane. Il parle peu, surtout en français. Je lui demande :

– Alors la France, ça te plaît ?

Il répond :

– Je sais pas, c'est nouveau. Mais je vais jamais penser vivre là-bas. Moi j'aime bien retourner chez moi !

Il est né dans les campements nomades de Tessalit et ça se voit qu'il est attaché à ce mode de vie. Je lui dis que j'ai beaucoup écouté « Amassakoul » sur mon chameau et que je voudrais utiliser ce morceau dans mon film. Sans hésiter, il me répond : « Bien sûr. »

Je croise à nouveau le groupe avant qu'ils ne partent en tournée aux États-Unis. J'apprends que leur association Taghreft Tinariwen organise un festival à Essouk, au nord de Kidal, à la fin de l'année. J'ai beaucoup entendu parler du Festival au désert, à côté de Tombouctou : c'est là que Tinariwen a été découvert par le groupe angérois Lo'Jo, qui organisera leurs premiers concerts en France en 2001. Robert Plant, de Led Zeppelin, et Justin Adams s'y sont produits deux ans plus tard. Mais le festival d'Essouk est pratiquement inconnu. La chance est avec moi : quelques jours plus tard, je reçois un mail de la JICA qui me propose une mission d'interprète à Ségou, dans le centre du Mali, d'octobre à décembre. Si je pars à Noël, j'arriverai à temps pour le festival d'Essouk ! Je fais mes calculs. Mille kilomètres séparent Ségou de Kidal. Ensuite, de Kidal, je pourrai rejoindre l'Algérie « en ligne droite » : mille kilomètres jusqu'à Tamanrasset, puis sept cents kilomètres jusqu'à Djanet. En tout, cela représente environ trois mille kilomètres de piste que je ne connais pas. De quoi être surexcitée, surtout que je n'ai jamais vu Kidal ni « Tam », qui sont deux villes emblématiques pour les touaregs. C'est le long de ces pistes, entre la Libye, l'Algérie et le Mali, qu'est né le « *desert blues* » de Tinariwen. Un seul *hic*, la frontière algérienne. Mais je me dis que cette fois je vais passer sagement par le poste-frontière qui est sur la trajectoire. Je téléphone à mon chamelier : « Ne t'inquiète pas, je tamponnerai mon entrée avant d'arriver à Djanet, c'est promis. » Il ne répond rien, comme s'il sentait déjà les galères.

Amassakoul

Le bus Binke Transport crapahute sur la terre rouge qui longe le Pays dogon. Nous sommes partis au petit soir et roulons de nuit en direction de Gao. Assise à la place la plus confortable, derrière le chauffeur, je m'assoupis, bercée par le son des mélodies peules. Quand je me réveille, tout est silencieux à part les bâillements d'ennui du chauffeur. La lune énorme encense le ciel et éclaire la brousse. Une falaise étrange se dessine au loin. Une pancarte touristique confirme que nous sommes à Bandiagara. Les falaises s'étirent à l'infini sous la voûte étoilée. Le vent balaie la route en brusques tourbillons de poussière. Puis apparaît le mont Hombori, gigantesque sous les étoiles. Le chauffeur me montre les cinq pics qui se découpent comme des aiguilles. Il me dit : « C'est la main de Fatma. » Je me rendors, heureuse d'avoir pu voir un peu de ce Pays dogon où j'avais prévu de m'arrêter si je n'avais pas eu un accident.

Mon séjour à Ségou a été chaotique. Je me suis fracturée les deux poignets après avoir foncé à moto dans un mur le jour de la réélection de Georges W. Bush, qu'il soit maudit. La mission japonaise a menacé de me renvoyer si je prenais un congé maladie. Pas question d'accident de travail, je suis la seule à me déplacer à moto à mes risques et périls, disent-ils. Du coup, je me suis rendu à l'hôpital de Ségou, où l'on a fait avec les moyens du bord. Le jeune médecin m'a rassurée : « Ça va aller, madame Alissa, dans deux semaines on enlève les plâtres et vous pourrez reprendre l'usage de vos mains. » Confiante, je me suis remise à taper mes rapports du bout des doigts. Dans la grande maison que j'avais louée au bord du fleuve Niger, deux fillettes s'occupaient de ma toilette et me cuisinaient de délicieuses carpes grillées aux *alloco*. On avait fêté l'Aïd ensemble. Tout alla bien jusqu'au jour où on enleva les plâtres. Ma main gauche était normale ; la droite, tordue. L'hôpital n'ayant pas de chirurgien, on m'avait plâtré sur un os de travers. Il me restait encore un mois avant la fin de ma mission. Incapable de me résoudre à annuler mon voyage vers Kidal, je décidai de faire un voyage express à Paris, à Noël, pour consulter un chirurgien orthopédiste. Sa réponse fut claire : « Il faut recasser l'os et tout ressouder. Donc, que vous le fassiez maintenant ou dans deux mois, c'est la même chose ! » Le surlendemain, j'étais de retour à Ségou et rassemblais mes bagages. Plus que quatre jours pour arriver à Kidal !

L'aube pointe tandis que les passagers se prosternent vers le ciel clair. Nous arrivons au bac, au loin le bleu du fleuve se marie au vert des bourgoutières. Je retrouve la ville des Askias au petit matin. J'y avais fait une brève escale en 2001 pour rejoindre Tombouctou à Niamey en quatrième vitesse. Cette fois encore je n'ai pas le temps de me poser. À peine arrivée que déjà l'un de mes contacts m'a trouvé une voiture qui part pour Kidal. À partir de là, c'est la piste sur trois cents kilomètres. Je monte à bord d'une Toyota avec quatre touaregs. On déboule à cent trente kilomètres sur un plateau désertique ouvert aux quatre horizons. Kidal semble être la seule enclave habitée dans cette immensité. Courte halte pour avaler de la viande et des macas. À 21 heures, on est déjà aux portes de la cité gardée par un rocher qui signale l'entrée dans le bastion touareg de trois lettres tifinaghs : :• V II Kidal. La lune rousse se lève sur la ville de garnison à peine éclairée par quelques lampadaires. Une avenue sableuse traversée par des pick-ups longe des baraques en banco. Au bout, une rotonde plantée d'un char et d'un drapeau : un triangle jaune et trois bandes rouge, vert, noir. En bas, tagué au spray, AZAWAD. On a quitté les rives du fleuves Niger il y a six heures à peine, mais c'est comme si l'on arrivait dans un autre pays.

Le chauffeur me fait entrer dans sa cour en attendant de trouver Ibrahim. Les femmes sont vêtues d'indigo, les yeux cernés de khôl. Je salue en tamasheq. Elles me regardent en fronçant les sourcils, ici on ne parle que le tamasheq de l'Adagh ! Finalement, c'est Iyadou qui arrive et m'emmène jusqu'au QG : une baraque en parpaing en haut des rochers qui sent le thé et le tabac. À l'intérieur, Elega et Intidaw, un autre membre des Tinariwen, jouent quelques accords. Bastien me dit qu'Ibrahim habite une autre maison, mais qu'il n'est pas souvent là. Pour le trouver, il faut chercher dans le désert.

Je découvre Kidal le jour. Battue par les vents de sable, et beaucoup plus petite qu'Agadez. Seulement dix mille habitants, quasiment tous touaregs. Peu de magasins, un seul marché. Cette ville sans rien est pourtant le symbole de la résistance touarègue. Depuis l'indépendance du Mali, Kidal est marquée par la poudre et le sang. En 1963, les insurgés touaregs, retranchés dans les maquis de l'Adrar des Ifoghas, tiennent tête à l'armée malienne. L'insurrection est réprimée par un ethnocide sur les populations nomades à peau claire. En 1990, une nouvelle rébellion touarègue éclate pour revendiquer les droits civiques des touaregs et le développement de la région de Kidal. Encore une fois, l'armée malienne se livre à de terribles exactions sur les civils. Des accords de paix sont signés en 1996. Mais il n'y a qu'à voir Kidal dix ans plus tard pour comprendre qu'elle est bannie du reste du Mali. La présence malienne se résume à un bagne construit par Modibo Keita pour interner les prisonniers politiques.

Assis sur une natte à l'abri du vent, Ibrahim aspire son thé en fumant une cigarette. Il dégage la même aura tranquille qu'à Paris, mais son visage est beaucoup plus décontracté. On le sent heureux d'être ici et de recevoir son équipe de production. Un peu plus loin, se tiennent Bastien et Philippe Brix, le manager. L'ingénieur du son Jaja et des amis des Lo'Jo logent aussi dans une famille en ville. Je m'aventure à le questionner sur l'Azawad. Ibrahim répond dans un français approximatif, demande de temps en temps des mots à Intidaw.

– Il y a eu la rébellion de 1963. Mon père faisait partie, mais pas en tant que soldat, il travaillait avec la rébellion pour trouver des armes, pas des kalash, des fusils allemands. Il a été arrêté et tué en prison à Kidal. Ils l'ont brûlé dans un four. Ce four existe encore.

Silence. Il reprend :

– Le capitaine Déby a tué beaucoup de gens, surtout les marabouts, et des animaux aussi. Il est mort en prison, à Taoudenni, quand Moussa Traoré a pris le pouvoir.

Intidaw rajoute :

– Tu connais la chanson « Soixante-trois » ? Ça parle de ça.

Le morceau est fameux, je l'ai entendu sur des cassettes à Agadez. Un chant funeste, sur les massacres commis par l'armée malienne. Ibrahim parle très doucement, de sa voix grave.

– Après la mort de mon père, on est partis de Tessalit la nuit avec des chameaux, des ânes. La journée, on se cache, la nuit on marche vers l'Algérie avec ma grand-mère, ma grande sœur et ma petite sœur. Il y a beaucoup de patrouilles maliennes. Quand ils te trouvent, ils te ramènent.

Sa mère, il dit qu'elle est restée au pays et qu'elle est morte après leur exode.

Comme des milliers d'*ishoumar*, Ibrahim fuit les sécheresses et le chômage, et part en Libye pour être formé dans les camps de Kadhafi. « J'ai fait la guerre au Tchad et au Liban, mais je ne sais pas pourquoi je me bats. Je suis rentré à Kidal en 1990 pour faire la rébellion. » Je lui demande s'il a tué, il dit : « Je sais pas. À côté de Boghassa, il y avait beaucoup de morts, on tire seulement. J'aime pas la guerre mais je suis obligé, je pense à mon père, je me rappelle ma grand-mère qui me parle de comment ils ont tué tous les chameaux, les vaches, les chèvres. Après il reste rien pour la famille, tu peux pas vivre sans les animaux, à l'époque y a pas de travail, rien. La rébellion, j'ai duré un an. »

Intidaw m'explique qu'à Boghassa, un village situé près de la frontière algérienne, il y a eu de nombreux morts. Les troupes maliennes ont intensifié leur répression avec des armes russes. Après cette bataille, les autres membres de Tinariwen vont aussi laisser les armes pour la guitare. Abdallah composera « Chet Boghassa » pour les femmes qui continuent à soutenir la lutte pour l'Azawad même si elles sont les premières victimes du conflit. D'autres membres historiques, tel Intayaden, vont aussi composer des poèmes avant d'être fauchés par la mort. Ibrahim ne l'oublie pas, comme toutes les autres victimes directes ou non du conflit. « Tu perds des amis au combat et tu tues aussi tes ennemis, c'est le prix à payer pour la liberté. Mais je ne comprends pas pourquoi l'armée tue nos familles et notre bétail, nous ne sommes pas des esclaves ; nous nous battons avec l'honneur. » Il prononce le mot *iklan* avec un mépris féroce. Depuis 1963, l'armée malienne est détestée. Les histoires de ses exactions sont transmises de génération en génération : « Moi j'étais pas né à l'époque, mais on a tous entendu des histoires comme celle-ci de nos parents et grands-parents qui ont fui l'armée malienne car elle tuait tous les touaregs. Le Mali est un État raciste », conclut Intidaw. Seule échappatoire à la haine : la musique.

Ibrahim se souvient en riant de sa première guitare : « À Tam, j'ai vu la guitare dans des films de western. Ça m'a beaucoup plu. Seule une personne avait une guitare à Tam et je suis allé tous les jours chez lui, mais il m'a dit que sans argent il ne va pas me la donner. J'ai fait une guitare moi-même avec un bâton et des fils de bicyclette. Ensuite j'ai volé de l'argent à ma grande sœur et j'ai acheté la guitare. Je suis allé chez Intayaden et je lui ai dit :

“On a une guitare !”, mais personne ne savait jouer ! » Il rit. « À l’époque, poursuit-il, les touaregs ne connaissent pas du tout le son même de la guitare, ils ne connaissent que les cordes du oud ou de l’*imzad*, le violon joué par les femmes. » Il paraît que les débuts de Tinariwen datent des années 1980 : « On jouait dans les mariages, et en 1983 on est partis à un festival à Alger, là quelqu’un m’a donné une vieille guitare électrique. » On parle des autres artistes comme Abdallah Oumbadougou, rencontré aussi dans les camps de Kadhafi : « Je lui ai donné une guitare à mon tour, car c’était dur pour les avoir, il fallait aller à Tripoli. En Libye on achetait tout, les guitares et les kalashnikov ! » Le nom de Tinariwen naîtra des années plus tard, mais déjà leurs morceaux sont connus partout. « Ma première composition, c’est “Imidiwan sadjdàt Tislim”, ce n’est pas sorti en album mais on a enregistré plusieurs fois une maquette. » Ce morceau parle de ce qui se passe dans la rébellion, dans la vie des touaregs. Il parle aux jeunes de la révolte. « On n’avait pas de radio, seulement les cassettes pour diffuser notre message. »

Essouk

De grands convois de 4x4 se dirigent vers Essouk pour la fête qui se prépare. À quarante-cinq kilomètres au nord de Kidal, le petit village d’Essouk était autrefois un important carrefour caravanier et un centre islamique connu sous le nom de Tadamakat. Les touaregs de l’Adagh y auraient tous leurs origines. Sur les parois d’énormes rochers granitiques, on trouve de très anciennes gravures comme sur le Tassili. À la saison des pluies, on me dit qu’il y a des nomades et de nombreux troupeaux. Mais en ce mois de décembre, c'est juste le va-et-vient incessant des picks-ups et des camions qui charrient depuis Kidal tout le matériel sono, les groupes électrogènes. Le festival se tient en plein désert. En face de la grande scène, un terre-plein et puis des rangées de tentes en peau de chèvre richement décorées de tapis et de sacs en cuir. Dessous, les femmes se sont réunies et je suis frappée par la masse sombre que forment tous ces corps drapés d'indigo. Ici, pas de pagnes colorés ni de tuniques blanches et brillantes des femmes touarègues du Niger. La mode à Kidal, c'est cuir et indigo.

La plupart des femmes ont la peau à peine plus mate que la mienne, certaines avec les yeux en amande presque asiatiques. Les décennies de rébellion ont fait de cette région non plus un carrefour, mais un bastion isolé de tout, une île rocheuse cernée par des massifs de granit. Je sens l'orgueil de cette race touarègue qui ne s'est jamais mélangée aux autres. Ici les étrangers sont rares et une femme seule, encore plus. On me demande avec qui je suis venue, chez qui je dors. Hassan me tire de l'embarras et m'emmène vers des gaillards qui prennent le thé sous un acacia. Je retrouve Bastien et d'autres musiciens. Il m'explique que Tinariwen n'est pas un groupe, mais un mouvement musical et social : « Il y a des artistes qui ont composé des morceaux depuis les années 1980 mais qui ne participent pas aux tournées, comme ton cousin, un des meilleurs guitaristes ! », dit-il. Mon cousin, c'est « Japonais », *alias* Mohamed Ag Itlal, un des membres fondateur de Tinariwen. On lui a donné ce surnom en raison de sa petite taille et surtout de ses yeux bridés. « Japonais, il a fait une tournée avec les Tinariwen et après c'était fini ! Il n'a pas supporté la routine à dormir dans les mêmes hôtels et jouer les mêmes chansons ! »

À la tombée du jour, la brousse résonne de rythme du *tendé* et des youyous d'une dizaine de femmes. Autour du feu, l'ambiance est magnifique, avec les guitares de Hassan, Elega et Iyadou. On rit, on danse, sous les yeux brillants des jeunes *ishoumar* qui connaissent par cœur tous ces morceaux des années 1980. Après le repas, un premier groupe de chanteuses joue sur la scène. Mais très vite, un vent glacial vient me chasser. Grelottante, je me réfugie sous la grande tente. Là, un petit groupe de femmes m'accueille, me chouchoute avec des couvertures et un verre de thé brûlant. On me complimente sur mon pantalon et ma tunique, entièrement cousus avec de l'indigo de Kano, que même Ibrahim veut copier ! Je retrouve enfin les ambiances de la tente nomade et je n'ai qu'une envie : rester au chaud dans la tiède obscurité de l'*ehaket* aux parfums d'encens. Dehors, le vent mugit et on entend les paroles entrecoupées d'un discours du maire. Enfin, vers 22 heures, les premiers sons de guitare de Tinariwen résonnent. La tension monte en flèche. Je me lève d'un bond et me dirige à grands pas vers la scène, caméra en main. Il fait froid, très froid, mais c'est le prix à payer pour filmer Tinariwen dans le désert.

Quand Ibrahim entre sur scène, c'est un artiste complètement différent de celui que j'ai vu à Paris. Son visage est détendu et ses yeux empreints de douceur. Tout autour, le public assis sur les nattes attend, fébrile, les premières notes. Un rythme lascif et électrique emplit le désert, Ibrahim chante avec superbe : « *Ténéré, Ténéré, Ténéré dafeo nikchan.* » Aussitôt, deux hommes et deux femmes se lèvent et commencent à danser devant la scène. Vêtus de longues vestes en cuir noir et de basins brillants, le regard stoïque derrière leur *tagelmust*, les hommes avancent lentement tandis que les femmes font tournoyer leurs longs colliers de cornaline de leurs doigts tatoués de henné, redressant de temps en temps leur voile indigo sur leur visage découvert, faisant sentir toute leur force matriarcale. Des *yihihi* fusent, le public tape des mains, encourageant d'autres danseurs. Tel un ballet, les masses sombres se fondent ensemble, se croisent, s'entrecroisent, et je suis subjuguée par autant de grâce.

Minuit de la bonne année, sans accolade ni embrassade. Juste un verre de thé qui passe et les rires aux éclats de pétards qui fusent n'importe où. Il doit faire zéro degré : sur scène, le percussionniste joue avec des gants ! Le concert finit en bœuf déglingué avec un touareg à lunettes qui s'empare du micro pour rapper en tamasheq sous les regards médusés de la foule. Très drôle. Ibrahim, indifférent au vent glacial qui ébouriffe ses cheveux, interprète un dernier morceau. Les jeunes envahissent la piste, libre de la censure des adultes et des codes, Noirs et Blancs tous mélangés.

Je m'endors sous une pile de couvertures dans une tente gardée par le Lion. Réveil tôt le matin dans le froid piquant. Je décide de retourner à Kidal avec la première voiture. Le vent de sable recouvre le paysage de rocaille de son grand voile blanc. Je cherche des vêtements chauds et une couverture, mais à Kidal on se croirait un jour férié. Le marché est presque désert, les commerces fermés, sauf Radio Tisdas. C'est dans ce studio que Tinariwen a enregistré son premier album, produit par Justin Adams en 2000 : « The Radio Tisdas Sessions ». J'entre visiter cette radio légendaire qui diffuse en langue tamasheq. Il y a aussi un bel amphithéâtre en plein air où Tinariwen se produira pour clore le festival d'Essouk. Dans le hall d'entrée, une femme à la taille imposante danse sur une cassette de Tinariwen. On parle de la maison de l'artisanat, où je ne suis pas encore allée. Elle me chuchote à l'oreille : « Fais attention, les Noirs là-bas ils sont fous ! Dès qu'ils voient un clair, ils doublent le prix ! » Cette remarque me met mal à l'aise. À Kidal, il n'y a pas eu de mélange avec le sud, on n'entend jamais parler bambara. Les choses se sont détériorées trop vite. Mais avec les touaregs, j'ai appris à ne pas me formaliser des plaisanteries sur les Noirs et les *iklan*. Et quand la dame me fait entrer dans le studio pour me présenter son mari, qui est le directeur de la radio, j'étouffe un rire : son mari est un grand touareg Noir qui me sourit de toutes ses dents !

Le lendemain, je retourne en ville à pied tandis que les autres dorment au QG. Sur la route, un petit m'interpelle et me dit de le suivre. J'hésite, entre dans une cour avec l'enfant et vois une femme allongée sur son lit dans la pénombre. Je reconnais Tesmou, rencontrée à Essouk. Elle me sourit, m'invite dans sa chambre. On discute dans un tamasheq chaotique. Finalement, elle m'offre de passer la nuit. Je ne mets pas longtemps à accepter. Je passe la journée à dormir, puis à la regarder se préparer pour la soirée, assise sur son lit avec son miroir et son khôl. Quand on arrive au concert, le petit amphithéâtre de Radio Tisdas est plein à craquer. L'ambiance est plus décontractée qu'à Essouk. Il y a beaucoup de jeunes *ishoumar* en jean et sans turban, contrastant avec l'allure sobre et sérieuse des filles drapées dans leur longue étoffe indigo qui les recouvre des pieds à la tête comme des statues grecques. Cette fois, le groupe joue sur la piste de danse dans une ambiance électrique.

Alors que les couples dansent face à face dans d'élégants chassés-croisés, un jeune *ishoumar* se met à faire des pas en arrière, tournant sur lui-même, imitant des danses à la Michael Jackson pour mon plus grand plaisir, mais sous le regard sévère du public. On sent une rigueur, le poids des traditions qui contraste avec cette musique révolutionnaire. J'ai droit moi aussi à mon quart d'heure de danse en compagnie d'un beau moustachu vêtu de cuir et à l'haleine de whisky ! Je pose la caméra, déplie mes bras engourdis tout en surveillant les femmes qui dansent en ligne à côté de moi. À Essouk, une jeune femme m'a carrément poussée de la rangée et avant que je ne comprenne quoi que ce soit, s'est fait réprimandée par une mama qui m'a tirée par la main pour me remettre en piste sous le regard impassible de mon cavalier de danse, un parfait inconnu qui devait être la cause de ces jalousies féminines ! Pour la première fois, je ne me sens pas tout à fait à l'aise dans cette société conservatrice et seul peut-être Ibrahim peut le comprendre.

Le lendemain, je me rends dans son repaire et lui dis que je partirai à Tamanrasset dès que j'aurai trouvé une voiture. Il me répond que ses étrangers vont aller à Tessalit, dans son campement, à quatre cents kilomètres de Kidal, et que je suis la bienvenue. J'hésite, j'aimerais tant voir ce désert. Finalement, je lui dis que je préfère continuer ma route seule. Je ne me doute pas alors que je ne reverrais pas Kidal avant très longtemps.

On passe la journée dans notre planque de cailloux surplombant l'oued brouillé de sable. Je me sens bien là, assise parmi de grands gars drapés de cuir et d'indigo que mes quelques mots de tamasheq remplissent de fierté. La lumière du soleil, ronde et incolore, filtre sur les visages et la fumée parfumée de viande et de thé. Assis sur un rocher, Ibrahim a sorti la flûte de berger qu'il porte sur lui depuis qu'il est enfant. Une mélodie très douce emplit le désert. C'est l'*assouf*, la nostalgie de la vie nomade, le blues de l'exil qui a nourri son âme pendant les vingt-sept ans où il n'a pu retourner dans son pays natal. J'écris dans mon carnet la suite du poème d'« Amassakoul n Ténéré » :

« Vous, organisés, rassemblés, marchant ensemble,
La main dans la main, vous vivez
Un chemin vide de sens.
En vérité, vous êtes seuls. »

Je retourne en ville au petit soir, passe à Radio Tisdas récupérer chez le directeur des cassettes de guitare « Made in Tisdas » dont je ne suis pas peu fière. On se quitte sur « How deep is your love » des Bee Gees, qui passe à la radio à Kidal et j'en ris durant tout le chemin de retour. Ibrahim m'avait dit qu'il écoutait Boney M. dans les camps de Kadhafi en Libye ! Tesmou m'a appelée, un taxi-brousse part ce soir vers Tamanrasset. Je traîne un peu au marché, puis j'arrive chez elle ; fébrile, elle m'annonce que la voiture est déjà partie ! On court, on trouve le 4x4 garé à la station essence, on s'engueule à cause d'un vieux qui ne veut pas que je me mette à côté de lui dans la cabine parce que je suis une femme. Excédée, je débarque mes bagages, puis les rembarque. Le chauffeur baisse le prix du transport, je monte derrière, à côté d'une femme, un enfant et deux autres types. Enfin nous démarrons avant le crépuscule, dans un vent de sable épouvantable. Toute la nuit, la voiture tremble sous le vent. La carrosserie accuse l'attaque de milliers grains de sable, les bidons d'eau et d'essence tanguent dans le coffre, les fagots de bois grincent sur le toit. On est chargés à bloc avec cinq passagers plus un enfant et le chauffeur. Le matin n'est plus qu'une brume épaisse. Nous nous arrêtons pour réparer le véhicule dans un paysage de désolation habité par quelques arbres secs et des bosquets d'euphorbes. Autour du feu, je découvre mes compagnons de route, tous touaregs. Trois hommes d'âge moyen, le vieux, la femme et son enfant, et Aklinine le chauffeur. Nous passons la matinée dans l'oued à manger un méchoui de chèvre que les hommes ont trouvé je ne sais où. La *tagella* cuit sous les braises, le thé brûlant coule dans les gorges. Si ce n'était le sable qui vient nous gifler le visage, tout irait bien. Puis les hommes se lèvent et assistent le chauffeur au démarrage, poussant de toutes leurs forces le 4x4 qui finit par vrombir. Le Toyota traverse un immense plateau jonché de monolithes de granit qui semblent tombés d'une autre planète. Empilés les uns sur les autres, les masses rondes polies par le vent de sable brillent d'un rose pâle sous le soleil fantomatique.

Le 6 janvier, nous arrivons aux abords de la petite ville de Tinzaouatène. Avec son oued qui coupe la localité en deux, et son poste-frontière, « Tinza » ressemble à un décor de western, passage obligé des contrebandiers, des convois de clandestins qui se dirigent vers l'Algérie, mais aussi des familles touarègues qui doivent passer par des postes de contrôle pour se rendre visite entre les deux rives. Dans la voiture, Aklinine m'a dit que personne n'avait de passeport. « Si la police nous attrape, elle peut retirer la voiture, donc nous on va passer par derrière. Toi on te dépose et on te récupère au café à Tinza. » Je lui réponds qu'on est déjà à Tinza. Il s'impatiente : « Non, ici c'est Tinza-Achebriche, la vraie Tinza est du côté algérien ! » Je ne suis pas très rassurée de quitter la voiture, mais je n'ai pas le choix. Cette fois-ci j'ai promis de faire tamponner mon visa avant Djanet.

À 9 heures, le poste de police en briques rouges est désert. Il règne un silence oppressant, entrecoupé de brusques rafales de vent qui cognent contre la porte. Le vent lui-même semble protester contre cette frontière en plein désert. J'ai oublié de faire ma sortie à Kidal et me revoilà encore en situation irrégulière. Quel discours tenir cette fois ? Pourvu que tout se passe bien. Enfin un policier arrive et me fait rentrer. Il est aimable, m'offre une tasse de café. Je lui montre mon passeport, lui dis qu'un véhicule m'a déposée là et que je vais en chercher un autre après la frontière. Il ne pose pas de questions, tamponne un cachet sur mon visa et me souhaite bon séjour en Algérie. Je n'arrive pas à y croire ! Comme à Kano, je me dis que c'est trop beau pour être vrai. Et j'ai raison. Voilà qu'on m'emmène à la salle des douanes. Rien à déclarer. On fouille mon sac. Finalement si, une caméra, cent euros. Entretemps, le policier de tout à l'heure est revenu avec mon passeport à la main. Il a l'air gêné. Il me dit que son chef l'a informé d'un nouveau règlement pour les étrangers voyageant dans le désert.

– Vous êtes obligée d'être accompagnée par un guide d'une agence de voyages agréée, je suis désolé.

Je m'écrie :

– C'est une plaisanterie ? Vous venez de tamponner mon visa !

Le policier répète que c'est un nouveau règlement et qu'il n'était pas au courant :

– Vous comprenez, la situation sécuritaire s'est dégradée.

Puis il me tend son téléphone.

– Vous pouvez appeler un guide d'agence à Tamanrasset. S'il part maintenant, il sera là avant la nuit.

Je tombe des nues.

– Mais c'est hors de question ! Je n'ai pas les moyens ! Qui va payer pour le guide et le véhicule ?

Le policier se tait. Puis il me dit :

– Dans ce cas, on ne peut pas vous laisser passer. Vous comprenez, on est responsables s'il vous arrive quelque chose.

– Vous n'allez quand même pas me renvoyer à Kidal !, lui dis-je, au bord des larmes. Je viens de faire huit cents kilomètres dans le vent de sable et le froid !

À bout de forces, j'enlève l'attelle de mon bras droit :

– Regardez, je suis malade, j'ai eu un accident de moto et il faut que j'aille à Tamanrasset me faire soigner !

Cette fois, le flic a l'air vraiment ennuyé. Il fixe mon poignet tordu et tout maigre. Finalement, il cède :

– Dans ce cas, on vous laisse passer, mais on fait comme si on ne vous avait pas vue. On ne peut pas prendre la responsabilité, répète-t-il, vous irez vous expliquer au commissariat de Tamanrasset.

J'accepte. Tout sauf être refoulée.

De l'autre côté, en Algérie, c'est la même ville, les mêmes ruelles ensablées. Je cherche le café, tombe sur un espèce de bar où des migrants africains sont agglutinés devant la télé. Je n'ai même pas de dinars pour un café. Je finis par trouver la voiture d'Aklinine au garage. Ouf, ils ne sont pas partis sans moi ! Je lui raconte mes mésaventures. Il se moque de moi : « Tu vois, je t'avais dit, pourquoi tu veux passer par le poste, tu cherches les ennuis ? Il faut faire comme tout le monde et frauder. À cause de toi, on a perdu du temps. » Je soupire et regarde mon passeport. Sur mon visa algérien, le tampon d'entrée de Tinzaouatène est barré et porte une mention au Bic bleu : « ANNULÉ. »

Désert plat. Nous avançons à pas de chameau. Problèmes de batterie. Ensablements. Prières. Salutations. Les quatre cents kilomètres qui nous séparent de Tam sont comme un océan. Il y a des tensions dont je ne comprends pas la cause. La femme a commencé à me donner des ordres pour faire le repas, Aklinine s'y est mis aussi. Qu'ils aillent se faire voir. Ce n'est pas pour un bol de lait que je vais obéir. Je dis à Aklinine que son rafiot est pourri et qu'on devrait déjà être arrivés depuis trois jours. Je m'enferme dans la voiture. Depuis Tinza, je dors dedans à cause du froid. Heureusement il y a le bon Tahar, un monsieur d'une cinquantaine d'années qui vient me parler. Il m'explique que les passagers ont amené chacun leur ravitaillement. Mais moi, j'ai juste un bidon d'eau. « Ce n'est pas grave, en fait ce sont juste des petites jalousies. » Enfin, nous parvenons aux abords du Hoggar. Le temps s'éclaircit sur la piste, tranchant à travers la hamada de pierres où se balancent des touffes de paille dorées. Les premiers pics montagneux apparaissent. Nous y sommes presque ! C'est alors que nous tombons en panne d'essence. Encore une nuit dans ce maudit rafiot.

Partis aux aurores, nous arrivons à Tam inopinément, par un beau soleil hivernal. Après le désert, la ville de quatre-vingt-dix mille habitants fait l'effet d'une mégalopole. La plus grande ville touarègue a poussé comme un champignon au pied du Hoggar, qui culmine à 2 900 mètres d'altitude. Jadis, c'était un carrefour pour les caravanes qui longeaient ses sommets altiers. À présent, la population stagne dans des logements sociaux qui se ressemblent tous, au pied d'immenses dépotoirs à ordures.

Après avoir déposé les autres passagers, Aklinine traverse la ville pour retrouver une parente de Tesmou. Mais quand j'arrive, elle me dit qu'elle ne peut pas m'héberger. Je ne m'étonne plus de rien. Finalement, je me retrouve chez Aklinine ! Malgré ses sautes d'humeur, c'est un brave gars. Sa maison fait face aux montagnes, isolée du centre-ville. Son épouse m'accueille avec le sourire, me montre une chambre proprette où je peux enfin me reposer. On partage un repas de viande en sauce avec des légumes, des oranges, du lait. Rassasiée, je pars avec Aklinine pour acheter du crédit et appeler tous mes contacts. Il faut que je règle ma situation très vite. Je me rends d'abord dans le camping d'un chef d'agence, mais il me dit que même avec une attestation bidon de son agence je n'aurai pas mon entrée. « Il vaut mieux régler ça à Djanet », conclut-il. J'explique ma situation à un autre chef d'agence dont le beau-frère est douanier, il passe des coups de fil, on attend dans une grande pièce à boire du thé sur de beaux tapis. J'espère juste trouver un contact à la police de Tam pour me faciliter la tâche. Finalement il m'annonce d'un air satisfait qu'un de ses amis a trouvé une solution. Son contact haut placé à la police lui a dit que je pouvais faire mon tampon d'entrée à In Guezzan. J'en reste bouche bée. C'est un poste-frontière avec le Niger, à quatre cents kilomètres de Tam !

– Vous voulez dire que je dois aller jusqu'à In Guezzan juste pour faire un tampon d'entrée, puis revenir ?

– Oui, il a été formel, c'est tout ce qu'il peut faire, et c'est moins loin que Tinzaouatène.

Je ris de cette mauvaise blague, mais ils ont l'air sérieux. L'agence m'offre son attestation gratuitement, mais le reste a un prix : frais de carburant, voiture et guide.

– Neuf cents kilomètres aller-retour, avec un bon véhicule tu fais ça dans la journée.

Je me force à sourire. Je dis oui à tout, c'est très bien comme ça, je vais vous rappeler. Son fils, un jeune du nom de Mohamed, me dépose chez Aklinine. On fume une cigarette. Il m'écoute en riant pester contre tout le monde.

Je remâche le scénario toute la nuit. Au matin, j'appelle Mohamed et lui dis de venir me prendre, mais pas pour aller chez son père. J'ai troqué ma tenue d'homme contre un grand basin et des talons. Cas de force majeure ! Pendant la nuit, je me suis convaincue que c'était impossible qu'il n'y ait pas de cachet d'entrée au commissariat de police de Tamanrasset. Comme au Japon, ça devait être du bluff !

– Dépose-moi au commissariat ! Je vais régler ça toute seule.

Dès que j'entre, un policier me demande mon passeport et la raison de ma visite. Mais j'en ai marre des intermédiaires. Je lui réponds : « Je veux parler directement au chef de l'immigration. » Un autre s'approche, me demande la même chose, puis un autre. Je reste de marbre. « Je veux parler au chef. » Finalement, on m'abandonne sur un banc. Après deux heures d'attente, un flic vient me conduire au bureau du patron. C'est un gros homme, aimable, et qui semble sincèrement ennuyé par mon cas.

– Je ne peux pas assumer la responsabilité de votre entrée en Algérie. La seule façon de faire les formalités d'immigration en règle est de retourner à la frontière, dit-il derrière son bureau.

Cependant, lorsque je lui dis que dans ce cas-là, c'est la police qui doit prendre en charge les frais, l'attitude du chef change un peu. Il marmonne :

– Hum, c'est beaucoup de frais.

Je reprends :

– En plus, vous ne pouvez pas demander à une femme seule comme moi de faire neuf cents kilomètres pour un tampon d'entrée, soi-disant c'est pour ma sécurité, imaginez qu'il m'arrive quelque chose sur la route.

Le chef toussote, feuillette mon passeport de long en large. Au bout d'un moment, il me demande ce que je viens faire à Tam. Je lui réponds qu'en fait je me rends à Djanet.

– Pourquoi donc, le tourisme ?

– Non pas vraiment, c'est une visite de famille.

Il rigole. Je lui raconte un peu mes aventures. On boit un thé. Je lui montre mon poignet cassé.

– Vous voyez j'ai déjà fait deux mille kilomètres depuis le Mali car il n'y a pas d'avion, et avec les formalités de visa en plus, ce n'est pas facile !

Le chef est un Algérien sentimental. Il pousse un profond soupir et sort de son tiroir un tampon. Je ressors du poste, en répétant *Hamdulilahi !* dix fois. Ce tampon, ce n'est pas juste un cachet, c'est une reconnaissance de la liberté de circuler !

Dans la nuit noire, je suis réveillée par un moteur qui crache. Je jette mes sacs et j'embarque. C'est un départ comme je les aime, rapide et matinal. Nous sommes trois dans la voiture, avec deux moutons. Un voyage grand luxe aux côtés de Mohamed et Mohamed, deux touaregs de Djanet. Nous roulons plein est, vers le ciel très bas qui empourpre la cime des montagnes. Après deux heures, nous nous arrêtons enfin pour le thé au bord d'un oued surmonté de pics noirs. On parle du Niger, de Sidi connard et toute la bande, que mes deux compères connaissent. Puis la route continue, joyeuse, au son du raï et du oud d'Othmane Bali qui chante « Assarouf », nos deux amis bêlant derrière ! Dans quelques jours, c'est l'Aid-el-Kebir, la fête du mouton. Tout le monde s'échangera les paroles de réconciliation en disant « *Assarouf* », le pardon en tamasheq. Nous traversons des plateaux ornés de collines aux rondeurs fauves, des rivières de cailloux, des dépressions sombres. Je respire par la fenêtre les senteurs enivrantes de l'armoise. Dans l'oued Amdit, Mohamed crie : « *Azenked !* » À l'horizon, deux gazelles sont arrêtées et tournent leur tête charmante vers nous avant de s'enfuir. Heureusement qu'on a les moutons ! On enfile les sept cents kilomètres dans la journée. À l'approche du soir, nous déboulons sur le goudron. Je reconnais le canyon d'Essendilène. Enfin nous arrivons aux portes de l'oasis, tambour battant, au son du *tendé*. Cette fois encore, je me retrouve comme une clandestine, en pleine nuit, dans la cour de l'agence.

Le lendemain matin, mon chamelier arrive. On se salue d'une poignée de main et de deux accolades fraternelles. On boit le thé :

– C'était comment le voyage, bien passé ?

– Oui, bien passé.

– Tu as vu Kidal ?

– Oui.

– C'est bien.

Il allume une cigarette, remet de l'eau dans la théière pour le deuxième thé. Il est au courant de mes déboires de tampon depuis Tinzaouatène, son frère était à Tam et l'a informé. Je balaie ces histoires de la main et lui dis fièrement :

– Regarde mon passeport, cette fois-ci je suis en règle !

Je croise son regard, dur. Il me dit soudain en français :

– Pourquoi tu peux pas arriver en avion comme tout le monde ?

Je le regarde avec surprise. C'est la première fois qu'il montre du ressentiment. Je lui dis que je n'ai pas eu le choix, mais il sait que c'est faux. « Tu connais rien à ce qu'il se passe dans cette région. C'est pire qu'au Niger, il y a beaucoup de mafia qui cherche des étrangers. La police a eu raison de t'empêcher de passer. » Je l'écoute sans rien dire. Il poursuit : « Il y a des rumeurs partout, dès qu'il y a un touriste, tout le monde le sait. Même hier un homme est venu me dire qu'il t'avait vue dormir à droite à gauche chez des hommes. Je ne le connais même pas ! Il m'a abordé comme ça, au marché. Je lui ai dit de s'occuper de ses affaires. Moi je m'en fous de ce que les gens racontent, mais ça me fait du mal d'entendre du mal de toi. » Je suis interloquée. Je n'aurais jamais pensé que de tels ragots circulaient à mon sujet ! J'apprends que ce n'est pas la première fois, et que, même après ma traversée en fraude depuis Arlit, on est venu lui « casser les oreilles ». Je suis impressionnée de savoir qu'il a gardé ça pour lui, qu'il ne m'a posé aucune question. On passe toute la matinée à causer, à s'accorder. Il parle un français tout à fait correct et, comme mes combattants d'Agadez, il a attendu des mois pour le sortir. D'ailleurs, quand je lui demande pourquoi il n'a pas parlé français plus tôt, il me répond en tamasheq :

– Parce que je comprends pas français !

Finalement, je lui dis d'un air sérieux :

– D'accord. Je vais faire un effort et venir en avion.

Il me regarde et éclate de rire :

– C'est impossible. Tu es une *tishoumart* !

Le féminin d'*ishoumar*. La vagabonde, la femme errante. Ce sera comme ça qu'il m'appellera à Djanet, pour faire taire les mauvaises langues !

Le quotidien de Djanet

Le temps s'écoule au rythme de l'oasis. Je reste dans ma cour à écrire au soleil, flânant de temps en temps dans les jardins de l'oasis ou passant prendre le thé chez les trois sœurs. Puis, un matin, l'une d'elles me demande pourquoi je ne vais pas habiter chez mon chamelier. C'est ainsi que j'apprends qu'il a un endroit à lui alors que je pensais qu'il habitait chez ses parents comme la plupart des hommes célibataires. Là encore, le choc des cultures. Je lui dis :

– Mais pourquoi ne m'as-tu pas amenée chez toi ?

– Tu ne m'as jamais demandé.

– Mais je pensais que tu habitais chez ta mère.

– Non.

– Alors pourquoi tu ne m'as rien dit ?

– Tu ne m'as jamais demandé, répète-t-il.

Je soupire. Chez les touaregs, la femme décide de tout. Je lui dis donc :

– Je veux habiter chez toi.

– D'accord, fais tes affaires.

Quinze minutes plus tard, j'entre dans une cour, il y a une seule porte, entrouverte. Je tombe immédiatement amoureuse de cette chambre avec ses murs roses délavés décorés de bandes de fleurs bleues. Il n'y a pas de meuble, juste deux matelas, des coussins, un grand tapis de Ghardaïa et, accrochés au mur, une peau de bête et un cadre avec un portrait en noir et blanc de son père. « Il habite Tinzaouatène, c'est un Ifoghas », dit-il fièrement. J'apprends que son père s'est remarié là-bas après avoir divorcé d'avec sa mère de Djanet. Elle habite dans la cour à côté, avec ses deux sœurs et son frère cadet. « Allez Tishoumart, va la saluer », dit-il en riant devant mon air crispé.

J'entre par une porte en tôle qui donne sur une autre cour, plantée de dattiers et d'arbustes en fleurs. Il y a une cuisine ouverte, et plusieurs chambres dont le grand salon avec une télévision et des meubles brillants. Sur un canapé arabe, sa mère se lève et me salue en souriant. Je répète les formules tamasheq, elle rit avec son joli visage rond plein de bienveillance. On s'assoit. Les deux sœurs arrivent. L'une d'elles parle bien français. Elle me dit : « La maison de mon frère est encore en construction, donc il n'y a pas de cuisine. » Elle me tend un plateau avec un plat de riz-sauce, deux cuillères, deux oranges. Maintenant je fais partie de la famille.

Désormais, j'allais tâcher de vivre de manière un peu plus féminine en suivant quelques règles de Djanet. À commencer par vivre entre femmes. Les activités étaient clairement séparées. Les hommes passaient la journée dehors et les femmes restaient à la maison. Bien sûr, elles se rendaient visite les unes les autres, mais pour aller en ville elles étaient accompagnées par d'autres femmes ou des hommes de leur famille. Telles étaient les règles de l'oasis. Aussi, à chaque fois que j'étais seule dans la chambre, une sœur ou une parente venait me tenir compagnie. J'avais beau leur dire que j'allais très bien, ça ne se faisait pas ! Je me retrouvais souvent parmi des dizaines de femmes pour boire du thé et manger des gâteaux en bavardant. Je ne comprenais pas le tiers de ce qu'elles racontaient, mais parfois, quand l'une d'elles me demandait des nouvelles du Niger, je montrais des photos de la caravane de sel ou du mariage à Timia. C'étaient alors des explosions de rire et des commentaires du genre : « Toi, tu connais les vrais touaregs ! » Comme je parlais le tamasheq de l'Aïr, elles pensaient même que j'habitais là-bas. Beaucoup d'entre elles ne connaissaient pas la vie dans le désert. Elles avaient été scolarisées à l'école arabe de Djanet. Leur idéal était d'élever des enfants dans des villas en parpaing décorées de gros luminaires et de bibelots clinquants comme dans les publicités de la télé algérienne. Certaines pratiquaient une foi dévote et croyaient qu'une femme respectable se devait d'être effacée. Cependant, je me consolais lors des mariages, en les voyant troquer soudain leur hidjab contre le voile indigo, taper des mains au son du *tendé*, youyouter à tout-va tandis que les hommes buvaient tranquillement le thé à l'intérieur des maisons !

Pendant que je faisais la femme au foyer, mon chamelier était au café. Tous les matins, après le thé, il partait, revenait dans sa chambre à midi, puis repartait au café jusqu'au coucher du soleil. C'était comme d'aller pointer à l'usine. Son café préféré s'appelait le Scanner. Une terrasse du centre-ville ayant pignon sur rue et peuplée exclusivement d'hommes qui restaient assis des heures, café et cigarettes à la main, à « scanner » les femmes derrière leurs lunettes de soleil ! En tant qu'étrangère, j'avais eu le privilège de m'y asseoir une ou deux fois et je m'étais amusée à regarder les petits vieux au fond de la salle qui jouaient aux dominos. Mais pour la gente féminine, le café Scanner avait une réputation à la hauteur de son surnom. Dès qu'elles passaient devant, elles accéléraient le pas en changeant de trottoir tout en grommelant : « *Iban teqaraqit !* » (« Vous n'avez pas honte ! »)

Un jour, je demandai avec humeur : « Qu'est-ce que tu fais assis toute la journée dans un café ? Tu n'as rien d'autre à faire ? » Il me répondit du tac au tac : « Je travaille ! » Ce café était le pôle-emploi de Djanet. Le matin, celui qui pointait tôt recevait les nouvelles et pouvait espérer trouver du travail. J'avais essayé de savoir de quel travail il s'agissait, mais ça restait vague. Les mieux lotis travaillaient à temps partiel à l'hôpital de Djanet, d'autres sur le site gazier d'In Amenas.

Ce qui était sûr, c'était qu'à part ça ou un poste à la mairie ou au Parc national réservé aux diplômés, tout le reste était de l'emploi journalier au noir. « Les Arabes travaillent comme ouvriers de chantier, les touaregs dans les transports », avait ironisé un ami. Avec son gaz et son pétrole, l'Algérie n'arrivait pas à offrir une perspective à sa jeunesse, terrassée par le chômage. Dans le sud, les six mois de la saison touristique, avec ses hauts et ses bas, ne suffisaient pas pour survivre toute l'année. Dans le nord, chaque année des milliers d'Algériens tentaient la traversée clandestine de la Méditerranée. On les appelait les *harragas*. À Djanet, on préférait rester *ishoumar* chez soi. Les guides touristiques, les chameliers se recyclaient en guides pour clandestins, même les âniers faisaient de la fraude entre Djanet et Ghât, en passant par le col d'Assakao, pour vendre des cartons de lait en poudre Lahda.

Cette situation poussait parfois mon chamelier à désirer un changement radical. Un jour, il me dit : « Si je trouve un travail à la mairie avec la sécurité sociale, je laisse les chameaux ! » J'éclatai de rire. Il parlait arabe, mais ne savait ni lire ni écrire le français, et ne pouvait pas rester assis sur une chaise plus d'un quart d'heure !

En outre, il m'avoua que pour échapper au service militaire, il avait disparu dans le désert pendant plusieurs années. Aux yeux de l'administration, il n'existait pas ! Il avait vingt-huit ans. « Si j'attends encore deux ans, je pourrai faire mes papiers. »

Je lui fis remarquer que s'il était allergique aux ordres, le métier de fonctionnaire n'était probablement pas pour lui. Il eut un rire farceur. En réalité, il n'attendait qu'une chose : partir dans le désert, « là où personne ne lui cassait la tête ». Quant à moi, chaque départ était une fête. On chargeait le ravitaillement pour plusieurs semaines, quelques affaires de rechange, une lampe-torche et des couvertures. Tout ce dont nous avions besoin, c'était de l'eau, du bois et des pâturages.

Traces

Ces transhumances que j'avais goûtées avec la caravane de sel prenaient dans le Tassili n'Ajjers des allures de paradis. Il y avait de l'ombre pour nous protéger de la morsure du soleil, et des grottes pour nous tenir chaud la nuit. Le désert était une vaste maison pour nous tout seuls. Nous suivions un itinéraire tracé par des fourrages aux noms chantants : *tullult*, *almoz*, *afazo*. Le matin, on partait rassembler le troupeau pour les conduire vers les pâturages les plus nourrissants. À midi, nous déplacions notre campement à l'ombre d'une grotte ou d'un acacia. Alors qu'à Djanet je ne mettais jamais les pieds à la cuisine, dans le désert j'adorais préparer le repas. Il fallait aller chercher du bois, puis trouver un bon rocher à l'ombre et à l'abri du vent avec une jolie vue pour éplucher les légumes. Chaque chose était recyclée, les épluchures étaient laissées sur un buisson pour les animaux, l'eau des légumes servait pour la vaisselle, le sable servait à dégraisser les casseroles.

Après la sieste, on retournait voir les chameaux qui, entretemps, s'étaient déplacés. Tout au fond d'un désert de pierres, nous les trouvions qui tournaient vers nous leurs faces étonnées et débonnaires. Mon chamelier les menait alors vers leurs pâturages favoris, car souvent ils s'arrêtaient dans des endroits mal fournis ! J'aimais le voir ainsi, les rappelant à l'ordre avec des sons de gorge et des claquements de langue, puis leur tendant de ses belles mains une touffe d'herbe juteuse avant de s'allonger à l'ombre d'un rocher pour les regarder manger.

Nous les ramenions tranquillement vers l'oued, tout en ramassant du bois. Le jour tombait au rythme de ces tâches journalières et simples. Manger, dormir, s'occuper des chameaux, faire le plein d'eau, chercher du bois. Merveilleuse routine pour l'esprit.

Souvent les traces de nos chameaux nous menaient dans des endroits inattendus. C'était une perpétuelle errance à travers les labyrinthes de pierres, les oueds ravissants où fleurissaient des bosquets de lavande. On cueillait en chemin de la camomille, de l'armoise pour parfumer notre troisième thé, et parfois une bûche d'acacia laissée par un véhicule près d'un tas de charbon complétait notre chasse au trésor.

Les chameaux n'étaient pas les seuls à laisser des traces. Nous croisions des empreintes de gazelles et de moutons sauvages. Alors les yeux de mon chamelier devenaient plus luisants. Mais sans fusil c'était peine perdue, il se contentait donc de chasser les lézards *agazaram*.

La première fois qu'il avait ramené ce fouette-queue au gros ventre, j'avais été horrifiée. Il l'avait égorgé puis l'avait passé au feu en le tenant par la queue, mais l'animal continuait à frétiller dans les flammes. Il fallut trois grillades pour qu'il s'immobilise. Ensuite, il l'avait mis dans la marmite avec des petits légumes. Je regardai avec dégout cette peau de lézard mijotant dans le ragout : avec sa queue épineuse, on aurait dit un monstre préhistorique. Mais quand il eut enlevé cette peau devenue molle, je trouvai une chair blanche, aussi goûteuse qu'un blanc de poulet. Nous rongeâmes même les os, au risque de les avaler tellement ils étaient fins.

Un jour, aux abords d'une petite *guelta*, les traces d'un *agazaram* nous menèrent vers celles d'une vipère. Mon chamelier inspecta le sable, analysant les empreintes digitales tel un détective privé. « Regarde, la vipère est venue de derrière ce rocher, l'*agazaram* l'a vue et il est parti par là. » Il pointa avec son bâton deux traces, le serpent l'a piqué ici. Il contourna les cailloux et trouva un *agarazam* immobile sur une pierre. « La vipère doit être cachée quelque part », conclut-il.

Après la sieste, il retourna à la *guelta* pour voir les chameaux. Au petit soir, il revint triomphalement, tête nue et longue bouclette encore luisante d'eau, une vipère accrochée à son outre. Je le grondai : « Pourquoi tu l'as tuée ? » Il haussa les épaules. Comme tous les touaregs, il avait une sainte horreur des serpents mais adorait les chasser : c'était un jeu. « Regarde ! », dit-il excité comme en enfant. Il décrocha la vipère et je vis son ventre énorme : c'était exactement comme le dessin du *Petit Prince* ! Il ouvrit la bête en deux avec son couteau. C'était écrit sur le sable : elle avait gobé l'*agazaram*.

Cet exercice fabuleux qui consistait à trouver des traces parmi des centaines d'empreintes était pour moi un casse-tête chinois. À vrai dire, j'avais de la peine à discerner mes propres pas dans le sable, au plus grand désespoir de mon chamelier. À chaque fois que je m'absentais du campement pour aller faire mon habituelle promenade au coucher du soleil, il m'avertissait : « Fais attention à tes traces et reviens avant la nuit ! » Un jour, je me perdis au retour d'une ballade dans Tekat n Tenerin. Le sable avait fait place à un plateau de cailloux hérissés de colonnes de grès. Chaque fois, je me retournai sur mes pas pour bien mémoriser la forme de mes tongs. Mais la beauté du désert était comme une ensorceleuse qui me poussait à divaguer, tête dans les nuages. Oubliant de prendre des repères, j'empruntai un petit sentier à gauche, bifurquai à droite et grimpai en haut d'un grand rocher. À l'horizon, le soleil éclaboussait de ses lueurs pourpres la cime du Tassili. Bientôt, un bleu profond et un silence magnétique recouvrirent le désert. Je me dépêchai de revenir sur mes pas. Je me retrouvai sur un sentier qui me mena à des éboulis de pierres noires qui formaient des pyramides sur la lande volcanique. Je n'étais jamais passée par là. Le cœur battant, je rebroussai chemin : la nuit tombait et je commençais à me demander si je n'allais pas crier au secours. Le ridicule de la situation m'en empêcha. Les caravaniers disaient qu'en cas de désorientation, il fallait marcher un peu en baissant la tête, puis la relever. Après un moment, je pris un sentier où je discernai des traces de chameaux. Je les suivis pendant un moment qui me sembla une éternité. Dans le silence, mes pas crissaient sur le sable. Un quartier de lune se leva à l'est. Je pris cette direction et gravis une dune. J'aperçus un feu. Je courus presque et discernai enfin la silhouette de mon chamelier qui fumait une cigarette en haut d'un rocher. Il guettait mon arrivée. Je le saluai d'un « *salam aleikum* » désinvolte. Il répondit en marmonnant : « Tu es en retard. » Puis, voyant ma mine défaite, il se mit à rire et, sans poser de question, descendit de son rocher pour servir le repas.

Le lendemain matin, nous chargeâmes les chameaux et reprîmes la route. Tout en marchant, il me lança d'un ton moqueur : « Tu as beaucoup tourné la nuit dernière ! » Je haussai les épaules en boudant. Il y avait des traces de mes pas partout et il les lisait comme dans un livre, ce qui m'énervait beaucoup. Mais il se mit à inspecter le sol de plus belle et s'exclama :

– Tu n'étais pas seule !

Il pointa quatre petits ronds enfoncés dans le sable :

– *Ebegi.*

Et il éclata de rire. C'étaient les traces d'un chacal.

– Tu veux dire qu'un chacal est passé après moi ?

Il secoua la tête :

– Non, non, regarde bien, il te suivait !

Derrière chacun de mes pas, il y avait en effet, quelques dizaines de mètres plus loin, une petite empreinte de ses pattes. Je n'en revenais pas.

– Mais pourquoi m'a-t-il suivie ?

– Pour jouer, répondit-il comme si c'était une évidence.

Pour les touaregs, l'*ebegi* était un animal ambivalent : il n'attaquait pas l'homme, mais il pouvait attaquer la femme. Ainsi les prédateurs sexuels étaient-ils appelés *ebegi* ! Plus généralement, c'était un animal qui aimait jouer des tours, un peu comme les *tanouki*, ces espèces de ratons-laveurs japonais à la mine débonnaire mais qui pouvaient se transformer en n'importe quel être vivant pour se jouer des humains.

Je m'imaginais la veille, marchant sur ce sentier dans le silence pesant du crépuscule, un chacal à mes trousses. Si je m'étais retournée, j'aurais sûrement hurlé en voyant dans l'ombre une paire d'yeux jaunes et brillants ! Mais à présent, la vision de ces traces me procurait une joie intense, comme dans un conte de fées. J'avais été suivie par un chacal !

La journée, nous ne croisions que des oiseaux et des bandes de marmottes qui dévalaient les rochers. Mais la nuit, tout un bestiaire s'animait pendant notre sommeil. Des colonies de scarabées arpentaient les dunes de sable, des gerboises blanches sautaient autour des arbustes plein d'épluchures, des scorpions prenaient l'air du soir. Et tout ce petit monde laissait une trace de son passage que seuls les initiés pouvaient lire.

Parfois, dans ces grandes solitudes inhabitées de l'homme, nous avions la visite de quelque ami de Djanet qui avait trouvé aussi nos traces. C'était alors un festin de rires et d'anecdotes autour d'un bon méchoui qu'il avait eu le tact de charger dans sa voiture pour remplacer nos lézards d'eau et autres lièvres des sables.

La discussion tournait souvent autour des circuits touristiques, sujet inépuisable de blagues entre touaregs.

Pendant que les lentilles cuisaient, notre ami raconta : « J'étais cuisinier avec un monsieur Français et chaque fois je lui faisais un couscous ou un ragoût, il demandait à manger aussi le plat du chamelier. Au début, on lui a servi le pain *tagella*, avec du lait et du fromage, et ensuite tous les jours il en voulait. Jusqu'à ce que le chamelier vienne se plaindre : il n'avait plus de semoule pour faire son pain ! Mais le touriste ne voulait rien savoir et il a fini le voyage en mangeant toutes les provisions du chamelier et nous, on a dû manger ses salades ! » Mon chamelier secoue la tête d'un air désapprobateur, puis voilà les deux compères qui commencent à se rappeler ce fameux circuit où une Italienne allait chaque nuit rejoindre son guide et revenait incognito, à l'aube, dans son sac de couchage, ne se doutant pas un instant que toute l'équipe voyait ses traces et commentait ses faits et gestes chaque matin autour du thé ! Je poussai un soupir. Les touaregs étaient redoutables. Mais ces petites moqueries les vengeaient des humiliations qu'ils subissaient quand ils devaient supporter les caprices de certains touristes moyennant un salaire de dix euros par jour.

Autour du feu, le silence était venu trouver nos ventres repus. On entendait le bruissement du vent couler à travers les couloirs de pierre. C'était l'heure à laquelle les ombres des épées de pierre se projetaient sur le sable clair, comme une armée au garde-à-vous.

Nous campions à Tikobawen. Gardée par une arche de pierre, elle était déserte en cette saison et offrait au regard ses vastes arènes de sable cerclées de rochers aux formes sculpturales. Quand la lumière venait à tomber, les pics s'illuminaient mystérieusement et c'était comme si d'étranges vestiges de civilisation renaissaient. Tikobawen était un endroit un peu hanté.

La voix de notre ami brisa le silence : « Si c'est moi, je ne vais jamais rester dormir seul ici ! » Je lui demandai pourquoi : « Ici, il y a trop de *kel essouf*. D'ailleurs, personne ne vient camper ici seul si ce n'est pas lui. » Il montra mon chamelier. « Tu n'as qu'à lui demander ce qu'il a vu ! » J'adorais les histoires de fantômes. Au Japon, on prenait ça au sérieux et chaque famille avait son lot de spectres. Mon chamelier commença à raconter d'une voix morne : « Je campais seul par ici, à la même époque. J'avais fait ma *tagella* et mon thé. Je me suis couché et endormi tout de suite. Mais au milieu de la nuit, j'ai été réveillé par un bruit. C'était comme le son du *tendé*. J'ai fumé une cigarette et j'ai attendu, pour être sûr que je ne me trompais pas. Mais c'était garanti, j'entendais même le rythme du *illoujan* (la danse des chameaux). » Il s'interrompit pour préparer le deuxième thé. Nous étions en septembre et seules quelques braises rougeoyantes suffisaient pour nous tenir chauds. « Alors, que s'est-il passé ? » demandai-je avec impatience. « Je me suis levé et j'ai commencé à marcher vers le son du *tendé*. Mais je ne voyais pas de traces, rien. J'ai marché, j'ai marché, mais toujours personne. Alors j'ai grimpé tout en haut d'une dune pour chercher le campement, et là, sous la lune, j'ai vu un chameau qui marchait, tout seul. Il n'avait pas de tête.

– Quoi ? Tu as vu un chameau sans tête ?

– Oui.

Il aspira une bouffée de cigarette et rit devant ma mine effarée pendant que son ami murmurait des « *Lailah illa* ». Je le pressai :

– Alors, que s'est-il passé ?

– Rien. J'ai fermé les yeux et j'ai dit : « *Bismilahi alhaman alahim.* » Ensuite, je suis retourné me coucher sans regarder en arrière.

Il bâilla. Son ami murmura à son tour des incantations et me murmura :

– Tu vois, je t'avais dit ! Cet endroit est hanté !

Moi j'attendais toujours une suite :

– Donc tu es retourné te coucher ?

– Oui, qu'est-ce-que j'allais faire ?

Je me tus. Il bailla encore et nettoya les verres de thé, signe qu'il allait dormir.

Cette nuit-là, je me réveillai plusieurs fois. Tikobawen se tenait immobile sous la voie lactée, dans le silence oppressant de ses tours de pierre. J'imaginais des femmes drapées d'indigo et des chameaux tournant autour d'elles au rythme lent et saccadé du *tendé*. Les Kel Ajjers avaient jadis habité ces oueds, ces grottes, et suivi les mêmes pâturages, les mêmes points d'eau avec leurs centaines de troupeaux. Ils occupaient un désert pendant trois ou quatre jours. Puis, lorsque l'herbe venait à manquer, ils rassemblaient le troupeau et repartaient, laissant derrière eux quelques os de viande, quelques épluchures sur les bosquets d'armoise, un tas de charbon que bientôt le sable recouvrirait.

Nous suivions leurs traces. Alors parfois, se languissant dans leur solitude, ils nous apparaissaient.

Saison touristique

Ainsi faisant, la saison passa. Puis vinrent les pluies, diluviennes.

Pendant que je séjournais au Japon, l'oued Idjeriou devint un torrent furieux et emporta dans sa course le plus grand artiste de Djanet, Othmane Bali. L'oasis était en deuil. Les pluies de cet été 2005 offrirent un paysage spectaculaire. Partout où le regard se posait, des tapis d'herbes fraîches se déployaient au pied des dunes, les pics noirs se lovaient sur des serpentins vert tendre où paissaient les troupeaux de chamelles. Les animaux étaient partout, les chèvres, les moutons, les ânes déambulaient dans la verdure, les *guelta* pleines à ras bord s'animaient de nos rires quand le week-end on partait pique-niquer avec des amis.

J'étais revenue pour la première fois en avion, par un vol direct. Quatre heures et demie depuis Paris, un record. C'était la saison touristique. Des groupes de Français, d'Italiens et d'Allemands déambulaient dans les ruelles du marché et des dames blondes en short Quechua et débardeurs prenaient un café à la terrasse du Scanner en fumant une cigarette. À l'aéroport, les touaregs affichaient des pancartes de tour-operateurs français de l'aventure pour accueillir leurs clients, qui se ressemblaient tous, une panoplie massacrée de l'aventurier. Après une courte nuit en bivouac, ils iraient dans la Tadrart rouge en 4x4, ou alors à Essendilène en « randonnée chamelière ».

Un jour, nous avions croisé deux chameliers touaregs qui tiraient une caravane chargée de sacs à dos et d'eau minérale. Mais il n'y avait aucun touriste avec eux. Devant mon air interrogateur, mon chamelier pointa l'horizon devant nous. Une dizaine de personnes chargées de sacs à dos marchaient à vive allure à la queue leu leu, balançant leurs bâtons de ski derrière un guide touareg. C'était surréaliste.

– Mais pourquoi ne marchent-ils pas à côté de leurs chameaux au lieu de porter tous ces sacs ?

– Ils font la marche avec le guide, puis ils rejoignent les chameaux au bivouac. Ça s'appelle une randonnée chamelière, répondit mon chamelier d'un ton très professionnel.

J'éclatai de rire. Cela me paraissait complètement absurde de voyager avec des chameaux sans monter dessus.

Quelques jours plus tard, je participai pour la première fois à une caravane qu'on appelait, dans le jargon touristique, une « méharée ». Mon chamelier avait été embauché pour un petit circuit de trois jours organisé par des amis à lui. Les participantes, deux femmes d'environ cinquante ans, venaient souvent à Djanet pour visiter leurs amis touaregs et aimaient voyager à chameau. Mais dès le début du trajet, mon chamelier les attacha à la queue leu-leu et marcha devant en les tirant. J'observai leur posture avec désapprobation, jetant des regards à mon chamelier et lui répétant : « Mais pourquoi les attaches-tu ? Elles peuvent conduire elles-mêmes leurs chameau ! » Mais il se contentait de dire : « Elles connaissent pas. »

L'ambiance était au beau fixe, les deux femmes riant sur leur selle et bavardant avec leurs amis touaregs qui marchaient à côté d'elles, quand soudain mon chamelier commença à chanter d'une voix aiguë : « Il descend la montagne à cheval, il descend la montagne à cheval, yipi yaiyaiyai ! yipi yai ! yipiye ! » Je ne l'avais jamais vu comme ça et j'étais très gênée, mais apparemment, en circuit, c'était normal. D'ailleurs, me dit-il, c'étaient des touristes français qui lui avaient appris cette chanson. On lui avait aussi appris « Alouette, gentille alouette ». Il se mit à l'entonner, et, à mon grand désespoir, tout le monde reprit en chœur le refrain. « Je te plumerai la tête, je te plumerai la queue. » C'était une ambiance de colonie de vacances dont je n'avais pas du tout l'habitude et je marchais le plus loin possible derrière eux. Cependant je pus discerner quelques signes chez les trois compères. Ils cachaient quelque chose. À chaque fois qu'ils répétaient « alouette », ils étaient pliés de rire. Après plusieurs tentatives, je pus leur arracher des aveux. « Alouette » voulait dire « zizi » en tamasheq ! Les Français ne se doutaient pas du double sens que prenait cette comptine à leurs oreilles ! Surtout, j'imaginais le choc du premier chamelier qui avait entendu ça !

Autour du feu, je discutai avec ces deux femmes à la chevelure argentée et au maquillage discret, dont l'allure élégante contrastait avec le look débraillé de leurs amis, qui avaient l'air de deux voyous avec leurs jeans et leurs chèches négligemment enroulés sur leur tête ! Pour elles, chaque voyage dans le désert était un bol d'air pur, une escapade loin des carcans de la société, loin des jugements de classe et d'âge.

Je n'aimais pas les circuits, mais il fallait reconnaître que grâce au tourisme, des tas de gens faisaient l'expérience du désert. Certains se contenteraient de passer un agréable moment entre amis, d'autres au contraire goûteraient à la liberté et reviendraient dès qu'ils pourraient. Le tourisme alors prenait une dimension plus noble, ce n'était pas simplement un moyen de faire tourner l'économie locale, il y avait un défi : celui de transformer, d'assainir, de poncer, d'ouvrir les esprits. Et si les touaregs avaient des choses à nous apprendre, le contraire devait aussi être possible par la loi des échanges des idées et des marchandises propre à la caravane.

Le tourisme ne contribuait pas seulement à « mettre de la viande dans le ragoût », mais aussi à maintenir le lien fragile qui reliait les touaregs au désert. C'était particulièrement vrai pour les chameliers. Sans les méharées et les randonnées chamelières, la génération sédentarisée à Djanet après les années 1970 n'aurait probablement pas pu mettre à profit ses connaissances inestimables sur l'emplacement des points d'eau, des pistes, des pâturages, des plantes médicinales qui jonchaient cet immense désert. Mon chamelier avait acquis cette connaissance de son père, qui était éleveur nomade dans l'Adrar des Ifoghas, puis était devenu un grand guide touristique dans le Tassili n Ajjers. Il lui avait légué ce savoir que ni l'école ni l'État ne pouvaient lui apprendre. À mes yeux, le métier de chamelier était le plus beau du monde, mais il était dévalorisé à Djanet. La concurrence de la voiture était telle qu'il coûtait moins cher aux touristes de voyager en voiture qu'à chameau.

Petit à petit, germa en moi l'idée d'organiser des caravanes telles que je les connaissais. Il ne s'agissait pas de traîner des touristes à chameau, mais bel et bien de leur apprendre à monter en selle. Une caravane où les voyageurs seraient traités comme tels et non comme des enfants, et où les touaregs ne seraient pas juste des porteurs de bagages lors de randonnées sportives.

7

Sahara-Eliki

Eliki caravane

Nous campons au milieu de l'erg Admer, tapi d'herbes fraîches. Sous le ciel moutonnant et gris, la vue est immense, imprenable. La pluie a dépoussiéré les tamaris et fait éclore leurs fleurs jaunes sur les cactus de l'oued Essendilène. Sous le sable chaud, le pain *tagella*, et sur les braises, le ragoût. « Tout est bien », murmure mon chamelier, qui enchaîne en français : « Donnez-moi un gigot de jambon, s'il vous plaît ! Avec du vin, pastis Ricard, amène tout ici ! » Depuis la veille, on parle des touristes sous divers aspects et ces boutades en disent long sur leur image ici. Je lui dis : « Tu te rappelles le soir où on a rejoint Rhissa, le jeune chamelier, avec son groupe de Français qui avaient voulu servir du vin à tout le monde ? » J'étouffe un rire. Les touaregs avaient refusé poliment, mais les Français leur en avaient quand même servi en faisant des clins d'œil. Ils étaient persuadés que tous les touaregs buvaient et fumaient des joints en cachette ! Ce soir-là, j'avais observé les chameliers en train de verser discrètement leur vin par terre puis désinfecter les verres en les frottant avec du sable ! Sacrilège ! Les verres à thé avaient contenu de l'alcool !

Le cliché du bédouin dans le désert ou du musulman frustré qui se saoulait la nuit derrière les murs avait la vie longue. Dans les villes, c'était parfois le cas. Mais dans le désert, après toutes ces années sur les routes, je n'avais jamais vu un touareg prendre autre chose que du thé et des cigarettes. Ce soir-là, je m'abstins de parler et observai les chameliers verser discrètement leur vin par terre puis désinfecter les verres en les frottant avec du sable ! Sacrilège ! Les verres à thé avaient contenu de l'alcool ! Ces histoires étaient banales à Djanet. Les touaregs étaient tolérants et laissaient faire. Mais ces temps derniers, il y avait eu de plus en plus d'abus : des bouteilles et des canettes de bière jonchaient le désert. Et chaque fois qu'on voyait des poubelles autour des bivouacs, on était pratiquement sûr de trouver aussi des restes d'alcool. Je dis à mon chamelier :

– Tu sais, si on expliquait aux gens, je suis certaine qu'ils n'amèneraient pas d'alcool dans le désert.

Il répond :

– Oui, comme toi !

Je précise :

– C'est vrai, mais en France ou au Japon, j'aime bien boire du vin ou du saké. Chez nous, c'est dans la culture, ici pas du tout.

J'avais dû boire trois fois de l'alcool dans le désert et chaque fois je l'avais recraché. À chameau, il était impossible de charger une glacière et le vin était infect. En plus, j'avais remarqué que ça ne se mariait pas du tout avec le thé touareg. Il fallait choisir, et le choix était vite fait. On reste allongé à regarder les étoiles en attendant le repas. Cette paix-là n'a pas de prix et je n'avais pas spécialement envie de partager ces instants avec qui que ce soit. D'un autre côté, je me disais qu'on pourrait peut-être faire venir des gens, des voyageurs. J'avance avec prudence :

– Je n'aime pas trop les circuits, mais je suis sûre que beaucoup de gens aimeraient faire un voyage comme je le fais. On pourrait attirer des clients différents, qui s'intéressent vraiment à la culture et aux caravanes.

Il allume une American Legend, à l'écoute. Je reprends :

– Je pourrais essayer de faire venir de temps en temps des petits groupes. Mais seulement à chameau. Je ne veux pas de voiture. Et j'aimerais que ce soit comme la caravane de sel. Bien sûr, on ne va pas marcher seize heures par jour, mais les gens pourront apprendre à monter eux-mêmes les chameaux. Et aussi apprendre un peu le tamasheq, ou comment mettre les entraves…

Il me regarde du coin de l'œil. Il n'a pas appris à s'occuper des touristes de cette manière. Il me dit :

– Si y a un accident, on sera responsables, c'est pour ça qu'on ne fait pas comme ça. Les agences de voyages étrangères sont très sévères à cause des assurances.

Cependant, il n'a jamais entendu parler d'un quelconque accident impliquant un chameau. En réalité, le chameau est bien plus facile et plus sûr que le cheval. Seulement, les tour-opérateurs avaient décrété que les touristes n'étaient pas capables de monter tout seuls et depuis, c'était toujours la même rengaine, de Paris à Tokyo : « Je suis monté une fois en Égypte et ça m'a fait trop mal aux fesses », « J'ai fait juste une balade à dos de chameau au coucher du soleil au Maroc et j'ai eu mal au dos ! ». J'avais étudié le problème et découvert que cela était dû à la façon de tirer les chameaux par le cou : le corps était ballotté à gauche, à droite, sans aucune assise, provoquant des douleurs aux hanches et au dos.

Autrement dit, pour monter à chameau confortablement, une seule solution : faire comme les touaregs, prendre les rênes, tirer le cou du chameau vers soi et mettre ses pieds dessus. Si le chameau était bien dressé, il n'y avait aucun risque de tomber. Et les chameliers étaient là pour « le décollage et l'atterrissage » !

– Tu te souviens ? Je t'avais raconté mon premier voyage en Mauritanie. Ça c'était mal passé ! J'avais mal aux fesses parce que le chamelier tirait mon chameau au lieu de me donner les rênes. J'aurais pu conduire moi-même, mais il ne m'a pas laissée. Donc moi, si on a des clients, je ne vais pas faire la même chose que lui, je vais leur apprendre.

Mon chamelier rallume une cigarette. Pour lui, un touriste monté seul à dos de chameau est synonyme d'emmerdements. Et il ne les croit pas capables de tenir en selle tout seuls. En réalité, il les prend pour des enfants un peu nigauds mais gentils, auxquels il doit répéter sans cesse les instructions : « Vous oubliez rien ? », « Ramassez du bois, s'il vous plaît. Ce soir il y a du froid, beaucoup ! » Je soupire. À partir de quand le voyageur était-il devenu un touriste, cet individu des pays civilisés en short, appareil photo pendu au cou, qui transportait tout son mode de vie partout où il allait ? Les agences avaient mis en place des circuits pour le faire se sentir *at home* avec les hommes bleus du désert, mais il n'y avait qu'à entendre les touaregs pour comprendre que leur image du touriste était ce qu'on appelait chez nous : un beauf.

Et pour moi, il n'était pas question d'organiser des caravanes traîne-touristes. Je lui dis :

– On prend souvent les touristes pour des imbéciles. On les laisse faire ce qu'ils veulent, boire de l'alcool, chanter « alouette », alors que c'est presque une injure. Ils ne connaissent rien à la culture parce que personne ne la leur apprend. Moi, ça ne m'intéresse pas d'enrichir le business des tour-opérateurs, mais je peux apprendre aux gens à voyager en caravane. Parce que je suis persuadée que la caravane est le meilleur moyen de découvrir le désert, à condition de savoir se tenir correctement sur selle. On n'a qu'à proposer quelque chose de nouveau.

Il sait bien que je n'organiserai jamais de circuits « randonnées chamelières ». C'est à prendre ou à laisser. Il finit par rire et me demande quel nom nous allons donner à notre « agence ». Finalement, c'est lui qui le trouve en me montrant une de nos selles de bât *eliki* qui traîne sur le sable : « Agence Eliki ». Le nom me plaît tout de suite. Les *eliki* ont un côté brut, sans fioritures : à Djanet, elles sont faites de plusieurs pièces taillées dans le bois, liées par des lanières en cuir, et attachées à un grand coussin bourré de paille et cousu avec du tissu en jean qui encercle toute la bosse. Cela sonnait vraiment bien, comme *eleki guitar*, qui voulait dire « guitare électrique » en japonais, et surtout l'*eliki* que les caravaniers m'avaient appris : monter à chameau sans selle.

Nous n'avions pas l'agrément pour créer une agence de voyages à Djanet. Du coup, on a fait comme des dizaines de guides satellites qui organisaient des circuits à Djanet *via* un chef d'agence en échange de l'assurance et surtout des papiers nécessaires pour les visas.

J'écrivis un manifeste en vue de créer un blog sous le nom de Sahara-Eliki en français et en japonais : « Le voyage à chameau est pour beaucoup synonyme de ballotements et de mal aux fesses, d'inconfort et de mauvaises odeurs. Pourtant, ce mode de transport adopté par les populations du Sahara il y a plus de deux mille ans avec l'introduction du dromadaire reste non seulement le moyen le plus authentique de découvrir le désert, mais aussi le plus confortable. Imaginez donc un séjour d'une semaine assis dans un 4x4. Non seulement vous aurez mal au dos, mais vous raterez la moitié du paysage, soit parce que vous dormez, soit parce que vous parlez à votre voisin. À dos de chameau, vous êtes roi, vous pouvez prendre des photos de votre selle et pouvez descendre faire pipi sans arrêter la moitié du convoi. Vous pouvez marcher à côté de votre monture, lui donner des touffes de pâturages, lui apprendre quelques mots de français… Et si vous voulez éviter le mal de reins, demandez à votre chamelier de ne plus tirer votre chameau et de vous donner les rênes : il vous apprendra à mettre votre pied sur le cou, à guider votre animal sans douleur, à entraver ses pattes de devant, à reconnaître ses herbes préférées. Après une semaine, cheveux au vent et derrière en croupe, vous ne serez plus le même : non seulement vous repartirez chez vous avec un permis de conduire, mais vous aurez contribué à la revalorisation d'un patrimoine culturel par la location de plusieurs chameaux et leurs chameliers. Alors n'hésitez pas pour votre prochain voyage dans le désert : en selle ! »

Un chameau pour bosser

De retour à Paris, j'enregistre l'association Sahara-Eliki, « pour promouvoir la culture touarègue par l'organisation de voyages en caravane ». On peut appeler ça de l'écotourisme : on n'utilise pas de voiture. Mais pour être une vraie association, il faut aussi un projet à but non lucratif.

J'avais transhumé des mois à travers le désert de Djanet et sillonné deux fois le plateau du Tassili avec des ânes. À chaque fois, j'avais fait le même constat douloureux. Ce Sahara était le plus beau que j'aie jamais vu, mais il était désert. Il manquait les nomades. Je ne pouvais pas les faire revenir. Mais je pouvais contribuer à former plus de chameliers. Et pour cela, il fallait beaucoup de chameaux.

Pendant la caravane de sel, mes compagnons m'avaient dit : « Si on augmente le nombre de chameaux, on augmente nos profits. » À Djanet aussi, les chameaux étaient un outil de travail pour les chameliers qui recevaient un salaire modique pour les faire pâturer dans le désert. Ceux qui possédaient quelques têtes pouvaient les louer pendant la saison touristique. Un chameau coûtait cher à Djanet. Mais j'avais lu qu'à Madagascar, des gens avaient parrainé des zébus dans le cadre d'un projet de dynamisation de l'élevage. Je trouvais l'idée drôle et pas bête du tout. Si on arrivait à faire sponsoriser l'achat de plusieurs chameaux, on pourrait peut-être donner du travail à des chameliers pour les garder toute l'année. Et cela pourrait sensibiliser aussi les propriétaires de chameaux à la vie nomade. Quant à l'entretien, ce serait Sahara-Eliki qui prendrait en charge les salaires des chameliers grâce à l'organisation des caravanes. Ainsi, chaque participant à nos voyages contribuerait à un projet de redynamisation de l'élevage camelin et du métier de chamelier. J'intitulais le projet : « Un chameau pour bosser. »

Je n'avais aucune idée de la viabilité du projet et mon chamelier encore moins, mais ça m'amusait d'essayer. N'ayant toujours pas d'emploi stable, je plongeai corps et âme dans Sahara-Eliki. Il fallait créer un vrai site Internet et trouver un moyen de recruter des propriétaires de chameaux. À Paris, une amie me présenta deux webmasters qui acceptèrent de me faire un site Web en échange de deux places dans la prochaine caravane Eliki. L'échange de services était aussi une monnaie que j'avais apprise grâce à la caravane de sel. Je ne l'avais pas oublié. Je décidai aussitôt de prendre la route du Japon pour lancer cette nouvelle entreprise. Je n'avais aucun plan précis, juste un point de chute dans la campagne à deux cent cinquante kilomètres de Tokyo, où ma mère avait emménagé.

Ma mère s'était lancée dans un projet encore plus fou que le mien. Alors qu'elle gérait une société de conseil près des Tuileries, elle avait décidé de tout quitter et de s'installer au Japon, dans la vieille maison de campagne de ses parents, pour se mettre au fumage de truites. Toute la famille avait poussé des cris. Ma mère évoluait depuis toujours dans le milieu de la mode et de l'art, et personne ne la voyait en campagnarde. C'était mal la connaître. L'idée avait germé au gré d'événements tragiques et y puisait toute sa force. Mémé Toyosaki était atteinte de la maladie de Parkinson et il fallait que ma mère retourne au Japon à tout prix. La maison de Tokyo avait été vendue depuis longtemps, il lui restait donc comme seul pied-à-terre cette maison de campagne à Karuizawa, dans la préfecture du Nagano.

La question restait de savoir quoi faire là-bas. C'est alors qu'elle s'était souvenue d'un éleveur de truites rencontré en Auvergne, des années plus tôt. D'après elle, il faisait les meilleures truites fumées du monde et elle avait souvent rêvé de les présenter un jour au Japon. Le destin voulut que ce soit elle qui les fabrique. Après avoir suivi un stage en Auvergne, elle partit s'installer dans le Nagano en 1998, emportant avec elle un fumoir de 50 kilos. Elle avait cinquante-six ans, une nouvelle vie s'ouvrait à elle.

Quand j'arrivai au Japon cet été de 2006, les truites fumées à la française de ma mère étaient déjà connues dans toute la région. Elle avait progressivement ajouté sa propre touche culinaire pour créer un goût unique sous le label « Moulin de la vallée ». Ce nom imprononçable en japonais s'était répandu grâce au bouche-à-oreille pour devenir tout simplement « Moulin ». Karuizawa s'était transformée en une campagne très huppée, les centres commerciaux avaient poussé comme des champignons sur les anciens chemins de traverse. Mais la maison familiale était loin du bruit, tapie dans une forêt d'érables en face d'un vieux cimetière abandonné où chantaient des milliers de cigales. C'était un peu le Japon de mon enfance. Je passais des journées devant l'ordinateur à mettre en ligne mon site Internet pendant que ma mère surveillait son four jusqu'à minuit. Parfois, la journée, je me résignais à porter un tablier avec un foulard assorti sur la tête pour l'aider à la boutique de « Moulin ». C'était une toute petite boutique dans un préfabriqué ouvert seulement en été, quand les Tokyoïtes fuyaient la chaleur pour passer les week-ends dans leurs luxueuses villas. Grâce à la qualité de ses produits et à son profil hors norme, ma mère avait pu élargir sa gamme aux saumons fumés et aux rillettes, et la proposer aux restaurants du voisinage ou en livraison à domicile réfrigérée dans tout le Japon. C'est là que je commençai ma promotion.

J'avais confectionné des flyers intitulés « Achetez un chameau et donnez du travail aux chameliers ! », que j'avais placé à la boutique entre les bons de livraison et le menu. Chaque fois qu'un client familier venait commander, je lui donnais une brochure du magasin avec mon flyer du plan « Un chameau pour bosser ». Ma mère s'excusait en riant auprès de ses clients dans son japonais honorifique : « Ma fille a monté un projet de chameaux dans le Sahara. Moi-même je ne suis jamais allée dans le désert, mais je compte y aller un jour. Et vous, connaissez-vous l'Afrique ? ». S'ensuivait une petite discussion sur le continent noir qui avait pour mérite de faire rire les clients qui finissaient par demander le prix d'un chameau. C'était encourageant.

Ce flyer très simpliste eut des effets magiques. À Tokyo, il tapa dans l'œil d'un journaliste qui le ramassa lors d'un événement culturel sponsorisé par l'ambassade d'Algérie. Le lendemain, il me contacta. Il travaillait pour Kyodo News, l'équivalent de l'AFP, et voulait m'interviewer. Quelques jours plus tard, un article paraissait dans le journal *Asahi* : « L'association de soutien aux nomades "Sahara-Eliki" recrute des propriétaires de chameaux ! Faites un voyage dans le désert sur votre propre chameau ! » Mon interview sur le plan « Un chameau pour bosser » expliquait que « les propriétaires qui deviennent parrains peuvent donner à leurs chameaux le nom de leur choix, et reçoivent un "bulletin d'information" qui leur transmettra l'actualité sur leurs chameaux et la vie quotidienne dans le désert du Sahara ».

Kyodo News était la plus grosse agence de presse japonaise. L'article fut repris dans le *Tokyo Times* et dans presque tous les journaux régionaux, de Nagoya à Kumamoto. Les jours suivants, je reçus plusieurs emails de personnes souhaitant devenir propriétaires. De plus, deux Japonaises me contactèrent pour participer à une caravane Eliki à la fin de l'année. Tout s'enchaînait bien. Ne restait plus qu'à acheter les chameaux.

J'avais spécifié aux futurs propriétaires que l'achat d'un chameau se faisait au prix du marché et que ce prix pouvait varier. Après un coup de fil à mon chamelier pour lui demander les prix d'un chameau de selle à Djanet, j'appelai mon vieil ami Anotan à Arlit. Il me dit que les prix étaient bien plus bas au Niger qu'en Algérie, car les chameaux vendus sur le marché de Djanet étaient acheminés en caravane depuis le Niger. Le mot de « caravane » ne fit qu'un tour dans mon sang. « Tu veux dire qu'il y a des marchands de chameaux qui partent en caravane d'Arlit jusqu'à Djanet ? » Anotan me confirma qu'il y avait plusieurs départs chaque année. Je recontactai mon chamelier et lui proposai d'aller acheter les chameaux de Sahara-Eliki à Arlit puis de les ramener ensemble à Djanet. Il garda le silence pour voir si j'étais sérieuse, ensuite de quoi il éclata de rire : « Pourquoi je vais aller jusqu'à Arlit, puis refaire huit cents kilomètres pour revenir, si je peux acheter les mêmes chameaux à Djanet ? » La réponse était claire : pour l'aventure !

Mais lui avait d'autres chats à fouetter et disons que ça ne l'intéressait pas. Il était pragmatique, organisé, et aimait les choses simples. À ses yeux, ce projet d'acheter des chameaux à Arlit était encore une combine pour faire de la route. J'avouai : « C'est vrai, c'est le début du plan "Un chameau pour bosser", et je n'ai pas voyagé en caravane depuis longtemps. » Ces derniers temps, j'étais venue par avion. Mais là j'étais en train de lui dire que j'allais entrer clandestinement en Algérie à chameau. Il poussa un profond soupir : « Tishoumart a la tête dure. » Il n'y avait rien d'autre à ajouter. J'irai chercher les chameaux seule à Arlit !

Achat de six chameaux

Dans la cour, je me réveille de la sieste en écoutant avec plaisir le bêlement des chèvres et le rire cristallin des enfants. Que de souvenirs, à la fois pénibles et si bons, de cette maison d'Anotan ! Deux ans ont passé, mais le brave homme m'a accueillie d'un « Dieu merci, tu es arrivée saine et sauve ! » comme si je venais de quitter Arlit pour la route de la fraude. Nous rions en reparlant de ce voyage. Il me dit qu'il voit de temps en temps Akaroz en ville. Et que le vieux Hadj est rentré sans encombre après son opération. Ça me fait plaisir, je suis allée le voir à l'hôpital après être arrivée à Djanet, mais Akaroz, je ne l'ai jamais recroisé.

– Ça fait deux ans que je transporte les photos de notre voyage pour les lui donner.

– Il doit se cacher !, plaisante Anotan.

Son fils Mohamed entre dans la cour, suivi des autres enfants qui me saluent chacun en me serrant la main. Ils sont tellement mignons avec leur tenue dépareillée et leur air solennel ! Je leur dis à mon tour, d'un ton sérieux : « Je vais acheter six chameaux. » Ils pouffent et je me sens aussitôt en famille pour débuter cette nouvelle mission. Mais comme en 1998, Anotan me dit que, pour ne pas augmenter les prix du marché avec ma tête de Chinoise, il serait préférable que ses fils se relayent à ma place. « Tu comprends, les prix sont déjà très élevés car il y a eu des pâturages et les bêtes ont été bien nourries. » J'acquiesce à regret. Malgré mes multiples voyages, je n'ai pas acquis le savoir-faire nécessaire pour acheter moi-même le meilleur chameau. Non seulement les prix variaient selon des facteurs locaux aussi difficiles à évaluer qu'un cours de la bourse à Wall Street, mais le *camelus dromedarius* se déclinait en tamasheq en cinquante variétés selon son âge, sa race… J'en connaissais à peine douze… C'est Mohamed qui est chargé d'être mon coursier. Il parle bien français et il a la même rigueur que son père. Il me rassure : « Je te tiendrai au courant des affaires par portable ! » Le marché à bétail ouvre chaque jour après les heures de la sieste sur la grande place de Bukoki, à une centaine de mètres de la maison. On ne peut pas être mieux placé.

Le lendemain, Mohamed m'appelle pour me communiquer le prix des chameaux du jour.

– Il y a un très beau chameau de selle, mais il coûte deux cent mille francs.

– C'est un peu cher. Quoi d'autre ?

– J'ai vu un chameau de bât. C'est un Awinagh. Cent cinquante mille francs.

Je connaissais bien les chameaux Awinagh, car ils étaient souvent utilisés dans les caravanes de sel et se distinguaient par leur pelage gris tigré, des yeux vairons et un tempérament de merde. Cependant, ils étaient très résistants.

– Ok achète-le !

Au crépuscule, Mohammed revient avec Awinagh. Il a une robe pie beige et blanche, et l'air féroce. Mais il est bien élevé et, en lui caressant le cou, je vois ses yeux rouler vers moi avec une sorte de tendresse qui m'émeut. Le premier chameau Eliki, ça compte tout de même ! On le parque à côté de la maison, avec une botte de fourrage. Dans la famille, c'est l'émerveillement. Ahmed, un jeune chamelier, ouvre la gueule d'Awinagh pour vérifier son âge. Celui-ci a environ dix ans et presque toutes ses dents. Mohamed me dit que dans deux ans, il aura deux incisives de plus en bas, et dans une vingtaine d'années, quand il aura mastiqué des tonnes de chardons et de paille, il perdra ses dents et mourra. En réalité, la longévité d'un dromadaire au Sahara atteint rarement plus de quinze ans.

Les jours suivants, on trouve de moins en moins de chameaux au marché et les prix atteignent en moyenne deux cent soixante mille francs CFA pour un chameau de selle, soit soixante mille francs de plus que d'habitude. Je fais ma conversion, des yens en euros puis des euros en francs CFA. À ce prix-là, je ne pourrai pas en acheter six. Mohamed me dit que des commerçants arabes sont arrivés en ville et achètent des bêtes à n'importe quel prix pour les revendre à Tamanrasset. De toute façon, il n'y a qu'à regarder la place du marché pour s'apercevoir que, ce mois-ci, ce sont plutôt les moutons les vedettes.

Une fois de plus, le timing est mauvais. L'Aïd-el-Kebir a lieu dans trois semaines et toutes les familles se préparent déjà à la fête du mouton. Il y aura sûrement une incidence sur le départ des caravanes et je risque de ne pas arriver avant la fin de l'année à Djanet. Aghali, un ami d'Anotan, vient confirmer mes craintes. Il revient de brousse, où il a parlé à plusieurs chameliers. Il y a une bonne et une mauvaise nouvelle. La mauvaise, c'est qu'une caravane de commerçants de chameaux a quitté Djanet il y a quinze jours et que la prochaine ne partira qu'après la fête, début janvier. La bonne, c'est qu'il pense avoir trouvé un chamelier qui acceptera de m'accompagner à un prix correct. Mais il me prévient : « Un musulman ne ratera pas la Tabaski pour tout l'or du monde ! ». Autrement dit, il voudra être de retour avant la fête. Je dois activer mon départ.

En attendant le chamelier, je mets à contribution toute la famille d'Anotan en commandant de l'artisanat traditionnel. Il me faut des tapis de selle, des rênes et des entraves, des sacs en peau. Dans l'atelier, c'est l'affairement. Les femmes confectionnent les sacs en cuir, El Hadj coud les sangles des selles, Ahmed prépare le fer pour le marquage, et Mohamed a commencé à découper les plaques en cuivre qui porteront le nom de chaque chameau en trois alphabets, japonais, latin et tifinagh. Je lui montre les deux idéogrammes de Tanaka : 田中, on inscrit en bas ⵜⵏ⁚·. Pour « Shunichi » et « Hako », on utilise l'alphabet katakana, un jeune forgeron dit :

– Mais c'est le M en tifinagh…

– Non, c'est une lettre japonaise !

« Pop » et « Lucky » sont écrits en lettres capitales.

Enfin, au bout de six jours, on arrive à trouver quatre chameaux supplémentaires, dont deux chameaux blancs, un chameau beige et un chameau Awinagh supplémentaire, avec un gros ventre celui-là. Les cinq chameaux stationnent devant la maison d'Anotan avec leurs bottes de paille et attirent beaucoup les regards. Cependant, ils ne font pas l'unanimité. Les touaregs aiment les critiques. Certains passants s'exclament : « Ah ! ce chameau est magnifique ! Il faut me le vendre ! » Tandis que d'autres bougonnent : « Vous pouvez dire par ses dents que ce chameau est vieux ! Combien l'avez-vous acheté ? »

Aghali me dit qu'un chamelier du nom de Mahmouden arrive de brousse. « Il a traversé dix-neuf fois la frontière algérienne », explique-t-il avec admiration. Les frais sont beaucoup plus importants que prévu, car il n'emmène pas de chameau à vendre : dès qu'il arrive à Djanet, il repart dans l'autre sens pour préparer la Tabaski. Le lendemain, je fais sa connaissance. Encore un chamelier à lunettes noires, la trentaine, un fraudeur. Je peux être rassurée sur un truc, ce n'est pas un habitué des touristes. Il est taciturne, ne parle pas un mot de français, et dit ne jamais avoir eu de problème avec la police en murmurant un « *hamdulilahi* » ! On s'entend pour partir dans deux jours. Puis il explique à Anotan, qui me traduit : « Une fois qu'on arrive près du Tafassasset algérien, il y a des patrouilles qui circulent, donc il faut marcher sans s'arrêter. Elle peut faire ça ? ». Je réponds que oui, car j'ai fait la caravane de sel deux fois. Mahmouden sourit, puis ajoute : « On va marcher vingt-huit heures. » Je regarde Anotan et lui dis que personne ne marche vingt-huit heures sans s'arrêter. « Seize heures non-stop, c'est le maximum. » Mais Mahmouden répète : « Il y a des patrouilles, donc on doit marcher vingt-huit heures. » Je hausse les épaules, marmonne un « *khalas* » pour dire « d'accord ». Je n'y crois pas du tout, à cette histoire de vingt-huit heures.

Entretemps, j'ai appelé mon chamelier qui me dit : « Je viens te chercher à un puits à cinquante kilomètres avant

Djanet, car après il y a trop de patrouilles. Demande à ton guide le jour où tu vas arriver, il doit savoir. » Le puits s'appelle Tirerene. Je demande à Mahmouden le nombre de jours jusque-là. Il se met à compter en traçant des traits dans le sable, puis me regarde : « Treize jours. Le 16, on arrive à Tirerene, *Inch'Allah* ! ». J'acquiesce. Comme avec les caravaniers, tout a l'air d'être chronométré. Je ne me rends pas encore compte de ce que tout cela signifie. Pour l'instant, ma préoccupation est de trouver le sixième chameau.

Enfin, le septième jour et veille du départ, Ahmed revient avec… un chamelon ! C'est tout ce qu'il a pu dégoter. Tant pis, ce sera cinq chameaux et demi. Les heures magnifiques qui précèdent la nuit sont surnaturelles sur Bukoki et ses baraques en boîtes de conserve alignées dans le désert. Dans la lueur vague de la lune, les six chameaux mastiquent leur paille sèche d'un air indifférent. Ils ne savent pas ce qui les attend demain. J'ai rappelé mon chamelier, mais il n'y a pas de réseau. On doit partir à l'aube. Je demande à Mohamed de lui envoyer un SMS avec la date du rendez-vous à Tirerene, le 16.

Le rendez-vous de Tirerene

Mahmouden arrive de brousse à 5 heures, pile pour le départ. Il a juste un baluchon, une couverture, mais je ne vois pas de sac à thé. Il me dit qu'il n'en boit pas. Je le regarde avec stupeur : « Quoi ? » Anotan confirme : « Oui c'est vrai, on a oublié de te dire, il a un problème de cholestérol. » Catastrophe ! Je lui dis qu'il n'est pas possible que je voyage sans thé. On charge *in extremis* une théière et un verre. Je n'arrive pas à croire que je suis tombée sur un touareg qui ne boive pas de thé !

Nous progressons sur l'immensité plate et vide, Mahmouden marche vite, le regard droit devant lui et de bonnes baskets au pied, et moi je commence à traîner derrière en tongs. Enfin, on s'arrête pour baraquer nos deux chameaux. J'ai suivi le conseil de mes amis et pris comme compagnon de selle le premier chameau, Awinagh. Mais à peine l'ai-je enjambé qu'il a tourné vers moi ses yeux vairons en poussant des cris horribles, refusant de se lever malgré la rêne qui lui tirait les naseaux. Enfin debout, il s'est calmé, mais je n'étais plus aussi enthousiaste. Mahmouden, lui, a monté le chameau blanc Abeidek, qu'il asticote toutes les cinq minutes pour l'habituer au rythme du voyage. Je viens d'apprendre qu'on fera des journées de douze heures et l'horizon me semble beaucoup moins clément.

La première journée, on s'arrête aux heures normales du couchant, dans un ravissant oued plein de choses appétissantes. On dit que les chameaux ne sont pas monomaniaques et ce n'est pas peu dire : ils broutent aussi bien les herbes que les feuilles d'arbres pleins d'épines, mais je ne les ai jamais vus aussi gourmands qu'avec les gousses d'acacia. Ce même acacia qui nous donne du bon bois à brûler. La nuit est tombée et nous nous occupons chacun de nos oignons. Mahmouden prépare sa *tagella* et moi, je fais mon thé solitaire…

Le même oued se prolonge sans fin sur des kilomètres. Nous croisons plusieurs campements, des gardiennes de chèvres, et de jolis ânes qui nous regardent passer d'un air très doux. Awinagh-le-terrible est de plus en plus caractériel et pousse des hurlements même quand je veux descendre.

Trop c'est trop ! Je l'échange contre le chameau beige, Auraq, qui a l'air sain d'esprit. Quant à Mahmouden, il monte à présent Egeiss, le chameau blanc, avec des yeux bleus vairons et une barbichette. Je passe toute la journée à me demander quel nom de propriétaire donner à chacun. Pas évident de s'appeler Tanaka ou Synair.

J'ai du mal à me concentrer, en fait je n'ai qu'une envie : m'arrêter et prendre un thé ! Mais je me retiens à chaque fois de justesse de demander à Mahmouden quand sera le prochain arrêt. Depuis trois jours, ça change à chaque fois, selon les pâturages, selon la distance parcourue la veille. Parfois, j'ai une bonne surprise, on s'arrête avant le crépuscule, mais après le dernier puits, je sais que ça sera fini. Une chose est sûre, ce n'est pas du tout un voyage d'agrément. On ne fait même pas de thé à midi !

Lever à l'aube comme d'habitude. Il fait encore nuit et je crie à Mahmouden, qui est déjà près du feu : « *Ehad* ! », il fait nuit ! Il me répond calmement, sans se retourner : « *Terut* ! », il est midi !... Je sors à quatre pattes de mon duvet, mains tendues vers le feu. De toute façon, il fait tellement froid qu'on est obligés de se lever. Même Mahmouden a un sac de couchage. On prépare en silence notre petit déjeuner, le reste du pain grillé sur les braises, le lait et le thé coulent distinctement d'un verre à l'autre en longues cascades onctueuses. Puis, invariablement, Mahmouden se lève, ramasse les rênes des chameaux et me dit : « Bois vite ton thé et range toutes les affaires, je vais chercher les chameaux », ce qui m'énerve beaucoup. Mais après tout, je le comprends, il est visible que je n'ai pas envie de me presser !

Journée longue, mais pimentée d'une pause déjeuner et d'une pause au puits. Accès par de longs sentiers sinueux où les chameaux risquent à chaque fois de se casser la figure. Mahmouden me dit : « Demain, on entre dans le Ténéré. » Le vrai désert. J'ai mis du temps à comprendre ce que signifiait « faire huit cents kilomètres en douze jours ». On marche du matin au soir sans s'arrêter et c'est épuisant. Hier, j'ai même essayé de négocier deux jours supplémentaires pour ralentir cette marche forcenée. « Je peux décaler mon rendez-vous en passant un coup de fil », lui ai-je dit d'un ton de chef d'entreprise. Mais il n'y a pas de réseau et surtout, il n'y a pas de puits avant Tirerene. Pas d'eau avant huit jours. C'est pire que la caravane de sel !

On a déboulé comme prévu dans le désert ce matin après une bonne nuit sans coup de froid. Vers midi, on a aspiré l'*arajira* en un temps record, accroupis comme des yakuzas entre les pattes des chameaux. Mahmouden est un homme précis qui n'aime pas être en retard sur son programme. Pour passer les heures interminables sur la selle, je lui ai raconté en petit tamasheq l'histoire de l'Espagnole de Bilma sauvée par son chameau et celle du Japonais mort de soif sous un arbre. Je ne sais absolument pas si ça l'a intéressé, il est totalement réservé, mais au moins ça me fait passer le temps.

Devant nous, deux monticules émergent du sol comme des îlots mystérieux. Mahmouden me dit que celui de gauche s'appelle Tendé, le mortier, et celui de droite Azaran, le pilon. Il a soufflé un vent sec et froid du matin au soir et, avec tous mes pulls, je ressemble à un bonhomme de neige. Enfin, au loin, la noirceur de quelques feuillages nous est apparue. Elle est là, notre petite oasis ! Un abri pour la nuit, et des pâturages pour les chameaux.

Huitième jour de voyage. Le jour fatidique approche. On doit être près de la frontière algérienne et on croise de plus en plus de voitures de clandestins qui voyagent la nuit tombée. Mahmouden est parti très loin ce matin pour aller chercher les chameaux. Ils ne désirent qu'une chose, c'est repartir chez eux, à Arlit, et avec leurs pattes entravées ils se mettent courageusement à marcher dans l'autre sens. Mahmouden m'annonce que demain, on marchera vingt-huit heures sans s'arrêter. Je le regarde et secoue la tête : « Je ne peux pas. » Il sourit, me dit qu'on ne peut pas allumer de feu et qu'il faut marcher. Je lui répète que je ne peux pas. Il se contente de hocher la tête. Puis il m'explique à nouveau le programme : on part demain vers 7 heures, on fait une pause à midi, on repart à 15 heures et on ne s'arrête pas jusqu'au lendemain soir. « Mais tu pourras prendre ton thé le matin avec un peu de charbon. » Je regarde ce petit bonhomme avec admiration, parce qu'il aime ce qu'il fait et ne demande rien à personne. Il est sans papiers, et moi j'ai des papiers. Je repense à Akaroz, Dikna, Baba. Ils m'avaient dit : « Si tu te fais prendre en Algérie, tu vas direct en prison ! » Mahmouden était commerçant de chameaux, comme son père et son grand-père avant lui. La route de ces caravanes avait été tracée avant les frontières. C'était un travail honnête et pourtant on le traitait comme un criminel et il devait endurer vingt-huit heures de marche sans manger. Si c'était comme ça qu'on voulait faire respecter la loi, alors moi aussi je voyagerais comme une clandestine ! À l'aube, je lui dis que je suis prête. Il hoche la tête en silence et me répond en souriant qu'il a préparé des macas pour manger sur la route, mais que si on trouve des pâturages on s'arrêtera vers 22 heures.

La journée a été plutôt prospère avec une brume épaisse et protectrice qui, comme un couvercle, nous a gardés au chaud sur la terre. Vers 14 heures, nous nous sommes arrêtés dans un bel endroit de sable et de rochers. Nous avons mangé un brin, somnolé un peu, puis nous avons repris la route à pied. Au crépuscule, Mahmouden a prié et on s'est enfoncés dans la nuit noire sur nos chameaux. Il me montre une étoile droit devant qui perce à travers les nuages et indique le nord, c'est Elkazab, l'étoile de Djanet. On a chanté à tour de rôle pour passer le temps. Vers 22 heures, on est arrivés dans un endroit où il y avait des pâturages, mais après les avoir inspectés ils n'étaient pas bons. On est repartis à pied jusqu'à un autre endroit. Vers 23 heures, on s'est assoupis là, sans manger, en écoutant les chameaux mastiquer toute la nuit. À l'aube, nous sommes repartis. Au bout d'un certain temps, on a trouvé une autre zone avec des pâturages que les chameaux affectionnent. Enfin Mahmouden alluma un feu. Je ne sais pas combien d'heures avaient passé, mais je crois qu'il avait eu pitié de moi. Le thé, la *tagella* !

Nuit d'orage à Eralewan. Les éclairs et le tonnerre sont impressionnants. Mahmouden pointe l'ouest et me dit que le Hoggar a dû trouver la pluie. Après tout ce désert blanc, cette caillasse, il y a enfin des arbres et les chameaux se précipitent sur les branches épineuses. On arrange notre abri pour la nuit. Depuis que le froid s'est installé, on confectionne chaque soir un abri avec les selles et on met nos nattes côte à côte pour dormir. Quand on est plusieurs, ce genre de situation ne me dérange pas, mais à deux, si.

Pourtant, chaque nuit, Mahmouden s'assoupissait en paix, roulé dans ses couvertures et j'avais fini par m'endormir aussi sans être aux aguets. Ces hommes forgés à l'abstinence du désert sont d'une dignité sans faille.

À l'aube, je me lève pour aller me soulager. Au moment où je suis en train de brûler mon papier toilette, j'entends un vrombissement sourd. Je ne vois rien dans le noir, jusqu'à ce que je manque de me faire écraser par un convoi de pick-ups qui roule tout phares éteints. Des clandestins… Huit voitures pleines à craquer. La première s'arrête. Je cours me réfugier sous mes couvertures pendant que Mahmouden va les saluer. Puis il revient, suivi de quatre ou cinq hommes. Je mets mon chèche et les rejoins autour du feu. On se salue, ils n'ont pas l'air étonnés de ma présence, je me demande s'ils voient clair. Debout audessus du feu, ils sourient en échangeant les nouvelles, tandis que Mahmouden fait un thé. Je finis par leur demander s'ils ne connaissent pas un certain Akaroz. Un homme me répond : « Akaroz ? Mais c'est lui ! » Il me montre un homme enturbanné et silencieux. Je lui dis : « Non, non, ce n'est pas lui ! » Les fraudeurs éclatent de rire. L'homme finit par dire : « Je suis Akaroz. » Incrédule, je lui demande d'enlever son turban… « Akaroz ?! ! » On recommence les salutations à zéro en riant comme des gosses. On est émus. Six jours de route dans son pick-up pourri… ça ne s'oublie pas ! Je cours chercher les photos du voyage dans mon sac pour les lui donner. Autour du feu, ce sont des éclats de rire devant Baba, Dikna et les frères boss. Akaroz me dit : « Je t'emmène à Djanet ! » Et là, je ne sais plus quoi répondre. C'est trop tentant… mais je ne peux pas laisser Mahmouden comme ça… Je le remercie, mais je préfère voyager avec mes chameaux. Il rit, m'appelle « *Kel imnas* », la chamelière. On se dit comme d'habitude : « À demain. » J'ai le temps d'aller saluer les Africains, leur souhaiter du courage, leur dire bonne chance… que faire d'autre ?

Nous sommes le 16. Mahmouden m'a dit qu'il reste une journée de route avant le puits de Tirerene. Nous avons certainement pris du retard à cause de cette fameuse journée de vingt-huit heures non achevée. Depuis quelques jours, nous passons une succession d'oueds verdoyants encastrés dans des montagnes où nous faisons pâturer les chameaux. Les bêtes sont fatiguées et ont faim. Mais le plus dur est passé. Loin de m'inquiéter de ne pas être au rendez-vous aujourd'hui, je me dis que mon chamelier viendra me chercher et qu'on se croisera sur la route. La perspective de le voir surgir au détour d'une dune me met le cœur en liesse toute la journée. Je monte gaiement mon chameau Auraq en le faisant même aller au trot. Mais personne ne vient à ma rencontre.

Le soir, je fais part de mon angoisse à Mahmouden. « Il sera au puits demain », me rassure-t-il. Je n'y crois pas. S'il était venu au puits aujourd'hui et ne m'avait pas trouvée, il n'allait pas attendre sans bouger. Quelque chose clochait. À bout d'arguments, Mahmouden hausse les épaules : « Eh bien, si tu ne trouves pas ta voiture demain, tu continues trois jours à pied jusqu'à Djanet, c'est tout. » Je sais qu'il a raison, mais cette remarque me met hors de moi. Trois jours encore, il n'en est pas question ! J'abandonne la discussion et vais me coucher. À côté de moi, Mahmouden a pris son chapelet et marmonne des prières. Agacée, je termine à sa place : « *Mohamed Rasulallah !* » Il sursaute et me demande de le redire. Je fais la sourde oreille. Il me dit : « De toute façon ça y est, tu as dit la chahada, donc tu es musulmane. » Je hausse les épaules et blasphème en japonais :

– *Bakayaro.*

– C'est quoi ?

– Rien.

– Ça veut dire quoi ?, insiste-t-il.

– C'est le nom du dieu japonais !

J'ai dit n'importe quoi. *Bakayaro* signifie « idiot ». Mais le voilà qui marmonne avec son chapelet : « *Bakayaro, Bakayaro…* » Je me sens coupable, mais il me donne le fou rire et ce n'est pas du luxe. Impassible, Mahmouden finit par me dire que si je répète la prière après lui, je trouverai ma voiture demain. Qu'est-ce qu'il ne faut pas entendre, quand même ! Mais il est si candide que je finis par céder et réciter après lui : « *Lailahilla Allah…* ». Grand silence. Puis il reprend son souffle et me remercie avec effusion : il me donnera une chèvre quand je viendrai le visiter dans son campement. Rencontrer Mahmouden, c'est la seule chose qui valait vraiment le coup durant ce voyage.

Matinée fébrile à l'approche du puits de Tirerene. Croisé personne sur le chemin, pas de trace de voiture. Je ne comprends pas ce qui a pu se passer et ressasse sans arrêt notre dernière conversation. Passer des montagnes, puis un oued, et enfin on arrive au point de rendez-vous. Un endroit paumé, avec des bidons éventrés, une odeur de crottin, plusieurs abreuvoirs et le puits. Personne, pas de trace de passage. Il n'est pas venu la veille non plus. Je reste plantée là, tandis que Mahmouden remplit deux jerricans. Puis il me regarde et dit : « *Tikle ghas.* » On y va. Je le vois ramasser une vieille tong qui traîne et la reposer. Mahmouden m'a prévenue que l'endroit est craignos et que passé le puits on va marcher trois jours de nuit jusqu'à Djanet. On s'enfonce à nouveau dans le désert. Je lui emboîte le pas en hoquetant.

La nuit tombe. On franchit un petit cordon de dunes. Mahmouden marche loin devant, je traîne derrière en tirant mon chameau. Soudain, j'entends un bruit de moteur. Très près. Je me retourne, mais je ne vois rien. Mahmouden ne s'est pas arrêté. Alors je crie « *Mauta !!* » en pensant que c'est peut-être une patrouille. Le bruit s'éloigne. Puis des phares m'éblouissent. Un 4x4 surgit devant moi et s'arrête. En sortent mon chamelier et son ami Moktar. Tout va très vite. Il salue Mahmouden, puis vient vers moi. On se salue. « *Salam aleykoum.* » « *Aleykoum salam.* Mais où tu étais ! C'était hier, le 16 ! » Il me répond avec son calme habituel : « Non, le rendez-vous c'est le 17. » Il sort son Nokia. Je soupire en lisant le SMS de Mohamed. Il s'est trompé de date. Il dit : « C'est vous qui avez raté le rendez-vous, on a eu beaucoup de mal à vous trouver la nuit. » Je hoche la tête. Ça n'a plus d'importance maintenant. On décharge mes bagages et on charge à la place ceux du chamelier qui est venu pour me remplacer. Ils arrangent un autre point de rendez-vous avec Mahmouden dans trois jours. Je le regarde s'éloigner dans la nuit, à la fois soulagée et nostalgique. On s'assoit autour du feu. Mon chamelier me demande en riant : « C'est toi qui a mis la sandale près du puits ? ». Je ne comprends pas et pense que c'est une blague, mais il insiste : « La sandale pourrie près du puits, elle était posée dans la direction que vous avez prise ! » Je n'en reviens pas. Les chameliers sont vraiment des cracks ! Trois jours plus tard, on retrouve Mahmouden qui est arrivé à Djanet sans encombre. J'ai moi aussi terminé les procédures de régularisation de mon entrée sur le territoire algérien avec une personne différente de la dernière fois, ce qui a facilité les choses. Mahmouden nous remet les six chameaux et charge illico ses bagages sur un véhicule de fraude qui doit le ramener à Arlit. On se serre la main, je lui chuchote : « Merci Mahmouden pour la tong. » Il rit, puis prononce la sentence, « *Allah Akbar !* Tu as trouvé ta voiture ! Maintenant, toi aussi tu dois sacrifier une chèvre. »

En selle

Les bêtes ont quelques jours pour se reposer avant l'arrivée des trois clients de Sahara-Eliki. Mais il faudra en louer quatre autres. Après inspection sévère, mon chamelier a décrété que les deux Awinagh avaient mauvais caractère et n'étaient pas encore bien dressés pour les touristes. Quant au petit chamelon ikorkor, il faudra attendre deux ans pour en faire un chameau de selle. Je soupire. Qu'il en soit ainsi. On partira avec dix chameaux ! On commence immédiatement la préparation de notre première caravane Eliki. Acheter le ravitaillement pour une semaine, remplir les bidons d'eau, acheminer les selles et tout le matériel de cuisine au camp où attendent deux autres chameliers, un cuisinier et dix chameaux. Enfin la veille de Noël, nos trois passagères arrivent à l'aéroport de Djanet en pleine nuit. Ce sont toutes des femmes ! Mlle Suzuki, une enseignante d'Osaka d'une trentaine d'années, Cyrielle, une ado de dix-sept ans qui est la fille d'un ami parisien, et Mme Wakiwaka, un petit bout de femme d'une cinquantaine d'années, originaire de Nagoya, qui transporte une valise plus grosse qu'elle ! Et qui porte un masque chirurgical. Dans la voiture, mon chamelier jette des coups d'œil inquiets dans le rétroviseur. Je lui chuchote : « Ce n'est pas grave. Les Japonais n'aiment pas la poussière, c'est pourquoi ils portent souvent des masques. » Sous son chèche, il grogne : « Mais ça, c'est un masque pour l'hôpital, nous on n'est pas malades ! ». Devant ce premier « choc culturel », je dois vite trouver une solution sans heurter la sensibilité de la dame. Au Japon, cela fait bien longtemps que le masque est banalisé. « Euh, Wakiwaka-san, je vous donnerai un turban quand on arrivera, donc je ne pense pas que vous aurez besoin d'un masque. Un turban est très utile pour vous protéger du sable et du soleil. » À mon grand soulagement, Wakiwaka accepte joyeusement en disant : « *Hai !* ». Ce oui japonais deviendra un peu le cri de ralliement de tout le groupe.

Nous traversons l'oasis silencieuse, puis arrivons au campement sous les étoiles. Les chameliers dorment, mais Aghali, notre cuisinier, est là pour nous attendre. Les trois femmes descendent de voiture et poussent un cri à l'unisson : « Wow ! ». Au pied des grands rochers qui projettent une ombre furtive sur le sable blanc, nos chameaux sont assis en cercle et mastiquent leur paille religieusement. Avec le décalage horaire du Japon, c'est les mille et une nuits.

Après une courte nuit, nous prenons notre petit-déjeuner autour du feu. Je rappelle à nos invitées les choses à faire dans l'immédiat, trier leurs affaires, ne prendre que l'essentiel dans des sacs mous et laisser tout le reste dans leurs valises qui seront ramenées en voiture à Djanet. Pendant que tout le monde s'affaire, je sors fièrement les matricules et les attachent un par un au cou des chameaux. Le chameau blanc aux yeux vairons qu'a monté Mahmouden s'appellera

« Tanaka », mon chameau beige Auraq sera « Hako » (mais conservera son nom tamasheq), le chamelon s'appellera « Shunichi », Awinagh 1 se nommera « Lucky », Awinagh 2 sera « Pop », et le dernier chameau blanc sera attribué à « Synair », l'agence de voyage du bon Mahmoud Bekkar.

Moussa s'approche de moi avec son sourire et son nez pelé. C'est un chamelier d'environ quarante ans, qu'on surnomme Debeni car il peut habiter des semaines tout seul dans le désert. Je lui dis : « Cet *abzaw*, c'est Tanaka ! Cet *ikorkor*, c'est Shunichi, *awinagh* c'est Pop. » Moussa rigole et essaie de répéter les noms, mais ne retient que Tanaka, qui veut dire en tamasheq « boîte de conserve » ! Il demande pourquoi je donne des noms aux chameaux, je lui explique que chez nous, on aime bien donner des noms pour montrer notre affection aux animaux. Moussa demande d'un ton dubitatif : « Tu veux dire comme pour les chiens ? ». J'entends mon chamelier ricaner derrière nous. Une fois, il m'avait demandé si c'était vrai que les gens en France étaient mariés à leur chien. J'avais ri à cette bêtise, mais la réalité n'était pas si éloignée.

Wakiwaka s'approche à son tour avec son petit appareil photo. Elle demande si ce sont les touaregs qui ont donné un nom à chaque chameau. Je lui explique que non, ils n'ont pas cette habitude, mais que dans la langue tamasheq il y a plus de cinquante noms pour décrire la couleur, l'âge et la race des chameaux. Elle s'exclame : « Wow ! C'est vraiment un peuple qui a bâti son identité culturelle sur les chameaux ! » Mais quand je lui dis qu'ils ne donnent pas de nom aux chiens ou aux chats, elle est très déçue. Le fossé culturel est considérable. En attendant, elle a troqué son masque contre un beau turban bleu qui lui enveloppe le visage et c'est déjà un bon début. Les chameliers entament la marche. Je tends à chaque personne les rênes de son chameau. Comme pour la caravane de sel, on commence à pied avant de monter sur la selle !

Après une heure de marche, le soleil est déjà haut. On baraque trois chameaux. Commence alors la leçon, enlever ses sandales et les attacher au cou du chameau avec l'entrave, monter sur le genou du chamelier et grimper sur la selle mais sans s'appuyer sur le dossier. « Attention, les selles touarègues sont fragiles, le dossier est juste décoratif, ce n'est pas un fauteuil. » Les chameliers s'agenouillent, poussent les femmes sur les selles, puis relâchent les chameaux qui se relèvent en deux mouvements saccadés. « Wow ! J'ai peur ! » s'exclament Wakiwaka et Suzuki en riant comme des adolescentes. Je leur donne les rênes, et : « Poussez le cou pour accélérer, tirez les rênes pour arrêter ! ». Cyrielle, quant à elle, est montée bien droit sur son chameau et a déjà commencé à avancer en imitant les cris des chameliers : « Hei ! Hei ! ».

Je monte sur Auraq et supervise l'avancée de notre caravane. Tout est bien à part Mme Wakiwaka qui traîne derrière, je l'entends crier : « Tanaka-san ! *Ganbatte !* (Tu peux y arriver !) ». Mais Tanaka continue de s'arrêter toutes les deux herbes pour brouter. Je lui crie : « Poussez son cou avec votre pied ! » Et elle me répond : « Je ne peux pas ! ». Wakiwaka-san, avec son 1,53 mètre, n'a pas les jambes assez longues ! On doit se résoudre à attacher Tanaka et sa cavalière derrière les chameaux de bât, mais ça ne me plaît pas du tout. Finalement, après la pause déjeuner, Wakiwaka reprend les rênes et c'est Moussa qui trouve la solution en marchant derrière Tanaka avec sa cravache !

Notre caravane ressemble maintenant à une vraie caravane de touaregs et même les touristes qui passent en 4x4 s'arrêtent pour nous prendre en photos ! Pas mal pour un début.

Après une grande journée de marche, on s'assoit autour du feu en regardant silencieusement les flammes. Quand le repas arrive, ce sont encore des « wow ! » d'admiration. Moi aussi, c'est la première fois que je voyage en caravane avec un cuisinier et chaque repas est une fête. Salade niçoise, spaghettis bolognaise, couscous, soupe chorba. Je ne me lasse pas de regarder Aghali qui installe méticuleusement sa cuisine deux fois par jour dans des cavités à l'abri du vent, disposant autour de lui ses cageots, sa bouteille de gaz, sa cocotte-minute. Chaque chose est à sa place et quand je m'aventure à l'intérieur de son carré, il me fusille du regard. « Tu cherches quoi ? » me demande-t-il en tamasheq. Je ris en me dépêchant de piquer une poignée de cacahuètes avant de déguerpir. Il est si soigné que nos amies japonaises le regardent avec une grande admiration en chuchotant : « Il plie ses couvertures avec un grand soin », ou alors : « Tu as vu, aujourd'hui il a enroulé son turban différemment ! », ce qui fait sourire Aghali jusqu'aux oreilles.

Malgré les barrières de la langue, tout le monde arrive à communiquer. Rhissa, notre autre chamelier, vient du Niger et a un visage d'ange qui charme tout le monde. Il a à peu près le même âge que Cyrielle et rit à chaque fois en regardant Wakiwaka se dépêtrer avec sa lampe-torche sans pile. Elle la recharge avec une manivelle qui grince, puis la braque sur chaque personne qui bouge avant de s'écrier : « Pardon, je ne vous avais pas reconnu ! ». C'est une sacrée bonne femme, petite mais pleine d'énergie.

Elle me dit qu'elle a travaillé à la Bourse pendant trente-deux ans ! « J'ai arrêté quand les machines et les ordinateurs ont commencé à remplacer la main-d'œuvre. » Dans le désert, son activité favorite est de ramasser des tonnes de bois qu'elle coupe ensuite en petits morceaux et met dans le feu avec application. Bref, la petite dame semble s'être adaptée à merveille, mais le quatrième jour, elle m'avoue soudainement que le voyage est trop dur pour elle : « Je ne peux plus marcher ! » J'apprends dans la foulée qu'elle ne dort pas bien la nuit : « J'ai trop chaud dans mon sac de couchage, je me réveille trempée de sueur et après je grelotte de froid. Mais je ne veux déranger personne… Il vaut mieux que je retourne à Djanet pour attendre tout le monde. Je suis vraiment désolée. » Je tombe des nues. Les Japonais sont comme les chameaux, ils ne montrent jamais un signe de fatigue, et puis paf, brusquement ils s'écroulent ! En plus, Wakiwaka-san a réservé un voyage en caravane de quinze jours ! Et elle m'avoue qu'elle n'était absolument pas préparée à un tel voyage. « Je pensais qu'il s'agissait d'une excursion à dos de chameau. Quand je suis allée dans le désert marocain, on montait pendant environ une heure, puis on retournait dormir sous la tente, on ne bougeait pas le campement chaque jour, alors j'ai pensé que ce serait la même chose ici. Je n'ai pas bien lu le site Internet. Je suis désolée ! »

Wakiwaka n'arrête pas de s'excuser et j'essaye de la calmer : « On va trouver une solution. » Le soir, je consulte Mme Suzuki et Cyrielle pour demander si on peut aller plus lentement quitte à faire de plus grandes étapes. Elles me disent tout de suite : « Wakiwaka-san a besoin de récupérer un peu, après une journée de repos cela ira mieux ! ».

On décide d'un commun accord de ne pas bouger de campement le lendemain. Le vent de sable s'est levé, on passe la journée à se promener autour des chameaux et à ramasser du bois. Mon chamelier sourit, il aime bien les voyages sans programme !

Cette halte prolongée tombe bien aussi pour nos chameaux. Ils n'ont pas encore l'habitude de la montagne ni du climat. Hier, Lucky s'est cassé la figure dans les éboulis de montagne. Mon chameau Auraq saigne aux pieds. Synair, lui, a l'air de grelotter. On lui a donné un demi-litre d'huile à ingurgiter pour que les poils lui poussent, paraît-il ! Je suis impatiente de voir ça. Les autres chameaux vont bien. J'aime observer notre cuistot Aghali conduire consciencieusement Pop. Il ne monte jamais dessus, mais apprécie marcher avec lui pour le faire brouter. Je me dis que même pour les touaregs, ces voyages en caravane sont une bonne chose.

Notre caravane arrive finalement au terminus à Essendilène. Tout le monde enlève sa selle et ses petites affaires de son chameau, met les entraves, enlève la rêne et va chercher du bois. Wakiwaka a repris du poil de la bête et nous fait des démonstrations de karaté autour du feu pour le plus grand plaisir des touaregs qui adorent Jackie Chan. Mon chamelier crie avec un accent de kung-fu : « Wa-ki-Wa-ka ! » Et la dame lui répond : « *Hai !* ». Puis s'immobilise en faisant la pause du dragon.

Après une dernière soirée à Djanet avec un groupe de femmes qui jouent du *tendé* jerrican, on raccompagne Suzuki et Cyrielle. L'équipe leur lance un dernier *arregato*. Puis on rentre avec Wakiwaka dans notre chambre. Nous sommes le 30 décembre et le réveillon coïncide avec la fête de l'Aïd-el-Kebir. Dans la cour de mon chamelier, Wakiwaka découvre un gros mouton. Le lendemain, elle a à peine le temps de le caresser que déjà il a disparu dans l'arrière-cour de sa mère. Quelques heures plus tard, les plats de viande défilent sans s'arrêter. *Melfouf*, côtelettes, couscous de mouton, soupe d'intestins. Assis sur le tapis, autour d'un poêle à charbon, nous mangeons tous les trois de la viande depuis le matin. Wakiwaka est tellement impressionnée de voir l'appétit de viande des touaregs que parfois elle regarde mon chamelier la bouche ouverte. C'est alors qu'il lui tend une côtelette en disant : « Wa-ki-wa-ka ! Mange ta viande pour faire pousser tes jambes ! » La dame éclate de rire et recommence à manger. À la tombée du jour, il fait un froid glacial. On ferme la porte de la chambre. Mon chamelier sort un réchaud électrique qui tombe en panne tout de suite. « *Samui* », répète Wakiwaka-san pour dire qu'il fait froid. Mon chamelier rit sous cape : « Ça mouille, ça mouille. » C'est alors qu'un géant de 1,90 mètre entre avec deux plaques à gaz. On s'installe autour de la cuisinière pour se réchauffer les mains. Wakiwaka observe la scène et a une crise de fou rire, ça lui rappelle le jour de l'An au Japon, à l'époque Showa. Pour les Japonais, le Nouvel An est le jour le plus important de l'année. On se rend au sanctuaire à minuit, puis on se lève à l'aube pour regarder le premier rayon de soleil se lever. À Djanet, ce n'est pas pareil. À la télé, MBC2 joue une comédie animalière qui conte l'histoire d'amour impossible entre une grande blonde très classe et un gorille en tee-shirt rouge. Après avoir bu dix tasses de thé, on s'endort sous une pile de couvertures. Le lendemain matin, mon chamelier nous fait deux accolades en criant : « Bonne année ! Bon anniversaire ! ». J'explique à Wakiwaka que presque tous les touaregs sont nés le 1er janvier, car on ignore leur date de naissance exacte. Du coup, elle lui offre une montre et des madeleines au chocolat. On boit le thé, puis il dit : « On y va ! ».

La brave dame n'a pas le cœur de lui dire non et nous repartons en voiture à Essendilène, où se trouvent les chameaux. Sur le chemin du retour, notre caravane croise d'autres chameliers. Nous sommes à présent vingt chameaux. Autour du feu, tout le monde est aux petits soins avec la dame et lui donne beaucoup de viande, ce qui la fait mourir de rire. La nuit résonne de « Waki-waka ! Ça couille ! »

Comme nous voyageons au rythme des pâturages et non d'un circuit touristique, elle a tout le loisir d'observer les chameliers qui s'occupent du troupeau, même la nuit. Elle me dit souvent : « Je suppose que le seul moment où les touaregs se reposent, c'est lorsqu'ils marchent. » Voir ce bout de femme, avec son anorak rouge Uniqlo et son turban bleu, marcher avec son chameau Tanaka à côté d'une bande de chameliers touaregs fut la meilleure récompense de cette caravane.

Quinze jours plus tard, depuis son Nagoya natal, elle m'écrira : « J'ai compris que "voyager en caravane au rythme des chameaux" est une manière complètement différente de voir le désert. Si j'avais compris cela plus tôt, j'aurais pu profiter encore plus de ces deux semaines ! Ce voyage m'a vraiment appris que les hommes ne sont pas les seuls à vivre sur terre. » Je lui répondis que si elle avait su ce qui l'attendait, elle ne serait probablement pas venue... Sa compréhension de l'essence du voyage en caravane fut un encouragement pour Sahara-Eliki.

Désormais, nous allions même organiser des caravanes uniquement avec des touaregs. Comme je l'espérais, nos clients étaient des voyageurs aguerris ou débutants qui avaient vraiment envie de se « retourner la tête ». Ils venaient presque tous du Japon, avaient entre vingt et trente ans, voyageaient seuls, ne connaissaient pas l'Afrique et avaient peu de moyens. Ils étaient tous fascinés par le désert et le mode de vie traditionnel des touaregs.

Pour amortir les coûts, on mit donc en place une équipe uniquement touarègue. Je ne participais pas aux caravanes, sauf si je me trouvais déjà sur place, ou pour accompagner des amis.

J'écrivis un lexique « japonais-français-tamasheq » et un petit guide explicatif pour monter à chameau. J'envoyai le tout par mail en recommandant de préférer la nuit sous les étoiles au confort d'une tente, et le thé touareg au whisky. Finalement, des dizaines de Japonais – dont beaucoup de femmes – tentèrent l'expérience des « Eliki caravanes », en immersion complète, à deux ou trois, et parfois même en solitaire, avec des chameliers. Le résultat dépassa nos espérances. Ils s'adaptaient parfaitement et montaient très bien à chameau. Le retour des touaregs était aussi positif : les Japonais étaient polis, calmes, dormaient dans des grottes et ne buvaient pas d'alcool. Tout le monde voulait des Japonais !

Tassili El Hadj

Les voyages d'Eliki me permirent de redécouvrir un des déserts les plus extraordinaires du Sahara : le plateau du Tassili. Perché à mille deux cents mètres d'altitude, cette montagne d'éboulis uniquement accessible à pied donnait sur des forêts de pierres peuplées de girafes, d'éléphants, de chasseurs ou de géants à têtes rondes qui dormaient sur la paroi des rochers depuis plus de cinq millénaires. C'était de loin l'endroit le plus primitif que j'aie jamais vu. Et aussi le plus désert.

En 2004, lors d'une première ascension *via* le spectaculaire col d'Assakao avec mon chamelier et un troupeau de chameaux, nous n'avions pas croisé âme qui vive pendant plus d'une semaine, exception faite d'une caravane d'ânes qui se dirigeait vers la Libye. Le Tassili était directement relié à l'Akakus, qui portait aussi les traces anciennes des chars tirés par des chevaux volants du mystérieux peuple des Garamantes. À présent, la route des chars était une route de contrebande où âniers et chameliers transportaient des marchandises entre Djanet et Ghât. L'année suivante, j'avais demandé à mon chamelier de me guider à Séfar, la fameuse cité troglodyte. Il y avait des groupes de touristes, mais le désert était vaste. En réalité, les cités se succédaient sur cent vingt mille kilomètres carrés, formant un vaste musée à ciel ouvert recelant des milliers de peintures.

Mon chamelier m'avait dit qu'avant les sécheresses, des touaregs nomadisaient sur le plateau. Depuis trente ans, ils étaient descendus et s'étaient installés à Djanet, dans le quartier d'Inabarbar. On les appelait les Kel Meddak et toutes sortes d'histoires circulaient à leur sujet. Ils étaient non seulement les derniers nomades du Tassili n Ajjers, mais aussi des guides émérites : le fameux archéologue français Henri Lhote avait été guidé dans ces labyrinthes par Jebrine, un Kel Meddak devenu légendaire à Djanet. En 2007, lors d'un voyage de Sahara-Eliki sur le plateau, mon chamelier me dit que notre guide était aussi un Kel Meddak. Cela me réjouit : je pensais avoir enfin des explications sur ces mystérieuses peintures. Mais ce voyage me réserva d'autres surprises.

Au pied du col de Tafilalet, le campement est établi dans un décor monochrome de caillasses grises et d'arbres rabougris que seul le fourrage des ânes ravive d'une touche verte. Autour du feu, je fais la connaissance de l'équipe qui va nous accompagner. Il y a Baba et Ihelan, les deux âniers, El Hadj Boubacar, notre guide, Hamid le cuisinier, nos trois étrangers et sept ânes.

J'ai déjà fait l'ascension du Tafilalet et je sais ce qui nous attend : trois cols successifs où alternent montagnes, vallées sablonneuses, gorges profondes et éboulis de granit et de rochers qu'il faut parfois escalader à deux mains. Je plains les ânes… et regarde avec admiration le vieux Hadj qui arpente d'un pas leste les obstacles en s'appuyant sur son bâton de berger… et ses Nike Air ! « Souvenir de *kuffar* », dit-il en riant. Derrière lui, une procession de sept ânes chargés de caisses de nourriture et de bidons d'eau avance à vive allure sous les « hak hak ! » énergiques d'un Baba vêtu d'une combinaison de garagiste Volkswagen !

Nous faisons une pause au col de Tan Azelraf, qui plane au-dessus d'un oued asséché. Assis sur un rocher surplombant le précipice, El Hadj nous dit que cet endroit a été baptisé « le col du chameau noir », car jadis un chameau venu de Libye s'était égaré et avait dégringolé dans le vide. Les accidents d'animaux ne sont pas rares ici, et j'ai souvent entendu critiquer les agences de voyages qui surchargent les ânes et rendent la marche très périlleuse. Pour cette raison, beaucoup de touaregs rechignent à monter sur le plateau. C'est que l'ascension de cet éboulis de granit n'a pas changé depuis la nuit des temps. Et à en croire Henri Lhote, qui y a séjourné entre 1956 et 1957, la vie là-haut n'est guère plus confortable en raison de l'absence totale de route et d'habitations.

Après plus de quatre heures de dénivelés, nous atteignons enfin le sommet. Mon chamelier ouvre joyeusement son cabas pour préparer les sandwichs aux crudités. La vue surplombe les trois cols. Au fond, on discerne vaguement la bande ocre de l'erg Admer, où nous avons campé la semaine passée avec les chameaux. Et devant nous, l'infinie monotonie du plateau.

Nous repartons le long des sillons creusés par l'empreinte de mille pas. L'entrée de l'oued Tamrit est marquée au loin par de fantastiques pitons de grès qui se dressent au garde-à-vous.

Cet univers minéral gisant sous le soleil est ravivé par des touffes de végétation inattendue. Là, un bouquet de fleurs violettes ; ici, un palmier dattier. Quelle force il faut pour survivre dans une telle aridité ! Le Tassili est un désert encore plus saisissant que les dunes de l'erg Admer, peut-être parce qu'on a l'impression que jamais rien n'a pu percer au travers de cette roche noire et dure. Qu'à cela ne tienne ! le Tassili regorge de toutes sortes de plantes médicinales dont les touaregs raffolent. Tout en marchant, El Hadj se baisse pour remplir son sac à dos de touffes entières de *tikmizouten*, en répétant gaiement : « Médicament ! Médicament ! ». Selon un adage cet arbuste peut guérir cent maux !

Nous retrouvons les ânes et les âniers qui ont installé le campement pour la nuit le long d'un couloir de roches et de grottes du nom d'Ingoufa, un nomade enterré dans un imposant tumulus. L'endroit est silencieux, préhistorique. Après un peu de repos et du bon thé, nous partons en promenade. El Hadj nous guide d'un pas vif à travers des amphithéâtres et des petites vallées jusqu'à Tan Zoumaitak, où nos invités découvrent les premières peintures. Accroupi en bas de la paroi rocheuse, il commente : « *Shouf* le mouflon ! » Puis il pointe avec son bâton : « Regarde la femme, elle danse ! » « Ahhh... C'est joli ça ! ». Divers animaux accompagnent de curieux personnages parés de tatouages et de pagnes qui semblent danser. Plus bas, une sorte d'hippopotame fait face à un mouflon et ce curieux assemblage ajouté à la différence de patine nous fait supposer que plusieurs peintures se sont superposées au fil des âges sur la même paroi. Mais El Hadj ne nous donne pas d'autres explications. En bon touareg, il s'en fiche un peu. Je me tourne vers mon chamelier, l'air mécontent. Je m'attendais à un guide parlant le français, mais là, même en tamasheq... Nous reprenons la route jusqu'au canyon de Tamrit. Au fond d'une falaise vertigineuse de quelque sept cents mètres, on aperçoit le couloir d'un oued sablonneux où doit couler l'eau après les pluies. Voulant encourager El Hadj à nous conter des histoires de ce Sahara jadis verdoyant, je lui dis : « Il y a très longtemps, il y avait sûrement une belle rivière au fond du canyon. » Mais il secoue la tête : « Non, jamais eu d'eau ici. » Je rétorque : « Mais un canyon s'est forcément creusé avec de l'eau ! » Mais El Hadj répond d'un air déterminé : « Non, il n'y a jamais eu de rivière ici. » « Mais comment le sais-tu puisque tu n'y étais pas ? » À ma question stupide, mon chamelier me rembarre : « Tu n'y étais pas non plus ! ». Je m'emporte : « Mais enfin, il dit n'importe quoi ton guide ! Si ce n'est pas l'eau, c'est quoi selon toi qui a creusé la falaise ? ». « C'est Dieu ! » C'en est trop. Le canyon répercute au loin l'écho de notre colère (« Sale touriste ! » « Ignorant ! Retourne à l'école ! »), et nous nous séparons, chacun de son côté.

La promenade se poursuit à bonne distance jusqu'à l'oued Tamrit, habité par de magnifiques cyprès millénaires. Ici au moins, on est tous d'accord sur leur origine. Chacun assis sous son arbre, on regarde avec tendresse les branches tortueuses qui se sont repliées comme des moignons au fil des âges pour lutter contre l'aridité grandissante. Ces arbres, parmi les plus vieux du monde, ont été le témoin des choses et des êtres qui ont parcouru cette terre depuis trois mille ou quatre mille ans et se sont adaptés aux changements climatiques et à l'isolement au point de se reproduire sans fécondation. Le long d'un oued ruisselant, le feuillage de ces arbres sans âge se reflète dans l'eau, irréel. Plus loin, des acacias épanouissent leurs branches pleines d'épines, nous rappelant une ère plus proche.

Malgré le manque de bois, les touaregs qui nomadisaient ici il y a encore trente ans ont su étonnamment épargner ces derniers témoins vivants du Tassili humide. On dit qu'il reste environ deux cent trente cyprès endémiques du Tassili. Dans les zones les plus élevées du plateau, certains atteignent la taille impressionnante de vingt-deux mètres de haut et onze mètres de circonférence.

Au coucher du soleil, alors que je me promène seule en haut des rochers, je découvre deux grosses bûches posées au sommet. J'ai rarement vu du bois aussi gros et je suis toute contente. Au campement, Hamid est déjà à la marmite et

Ihelan a allumé un feu. Je dépose mon trésor aux pieds du vieux Hadj. Il sourit et me félicite de cette trouvaille. « Tu as trouvé du *tarut.* » Je pousse un cri. C'est du bois de cyprès classé à l'Unesco ! Mais El Hadj me rassure, c'est du bois mort, il n'y a pas de mal à le ramasser. Nous nous regroupons autour du feu pour voir brûler ces bûches préhistoriques. Bientôt, des volutes de fumée parfumée s'élèvent et apaisent nos esprits, tel un encens millénaire. Jamais je n'ai senti un bois si odorant. Il me rappelle l'odeur des maisons japonaises.

Le lendemain matin, nous déménageons notre campement. Nous traversons des couloirs de pierres bordés d'arbustes fleuris qui déboulent sur une grande arène de sable cerclée de rochers. On dirait un amphithéâtre. Là, d'un grand geste circulaire, El Hadj balaie l'espace et dit : « C'est ici que mon campement se réunissait pour faire l'*illoujan.* » Mon cœur s'arrête. J'imagine sur cette place déserte les hommes voilés des plus riches indigos faisant danser leurs chameaux autour des femmes au rythme lascif des tambours… Moi qui n'avais vu le Tassili que comme un désert préhistorique, voilà que je réalise qu'El Hadj y a vécu la moitié de sa vie.

Conviés par le vieux guide, nous nous asseyons sous le bon soleil du matin, au milieu d'une petite clairière entourée de colonnes de grès hautes de dix ou vingt mètres. Ce désert comme tous les autres porte un nom, Inalewan, les louanges qu'on chante pour la jeune mariée. El hadj ferme les yeux et commence à chanter, se balançant doucement de gauche à droite en tenant un pan de son voile blanc qui flotte dans le vent. Nous l'écoutons sans bouger, de peur d'interrompre cet instant magique. El Hadj rouvre les yeux et promène son regard sur les vieilles pierres de son enfance… Je m'attends à ce qu'il nous raconte d'autres souvenirs poignants, mais il désigne un troupeau de bovins et souffle : « *Shouf tisut* ! *Shouf* la vache ! Ahhh c'est joli ça ! ». Nous rions, la larme à l'œil.

Nous continuons de marcher en direction de Séfar. Le vent a façonné des arches impressionnantes qui se dressent au-dessus des avenues où s'engouffre le vent de sable. Sur un plateau noir, repose un autre tumulus : deux stèles plantées de chaque côté indiquent que c'est la tombe d'une femme. Son nom est peint sur la pierre en tifinagh : Fatimata. C'est l'épouse de Jibrine, le guide de Henri Lhote. Je demande à tout hasard à El Hadj s'il a connu ce Français. « Bien sûr ! » Je le regarde, les yeux ronds. « Tu as connu Henri Lhote ?! ! ». « Oui, c'est un homme bon, il m'a loué plusieurs chameaux à très bon prix ! ». On était les loin des controverses sur ses méthodes de calquage des peintures. Pour El Hadj, grâce au séjour de quinze mois de Lhote sur le plateau, les Kel Meddak avaient pu avoir du travail !

Après avoir traversé un immense reg, la forêt de pierres de Séfar se dresse tel un sanctuaire. On retient son souffle. C'est un peu la Mecque de l'art rupestre préhistorique, un endroit sacré pour les Anciens. Mais ce que nous voyons à l'entrée nous fait mal au cœur. Des tentes bleues et orange surgissent grossièrement à travers les rochers sans âge, et du papier toilette en lambeau s'agrippe aux épines des buissons en fleurs, tandis que le sol est jonché de détritus – serviettes hygiéniques, canettes de bière, lingettes –, marquant ainsi l'entrée de l'« ère de camping ». Le parc national du Tassili a interdit de camper en dehors de cette zone et sensibilise les guides pour brûler tous les déchets, mais cette année-là, les touristes ont été particulièrement nombreux et sales… Tristes traces de notre civilisation. Pourtant, combien de sites classés dans le monde nous offrent l'occasion de vivre comme les artistes des œuvres que nous sommes venus admirer ? Le Tassili était bien plus qu'un musée à ciel ouvert, c'était une machine à remonter le temps. Heureusement, nous trouvons un endroit désert, et chacun installe sa chambre dans une cavité rocheuse. Ici, nul besoin de tente : toute la géologie nous offre un gîte fabuleux à l'abri du vent. Nous mangeons du pain cuit dans les braises, de la viande de chèvre, des dattes, buvons du thé et dormons dans des grottes exactement comme le faisaient les peuples qui habitaient ces lieux des milliers d'années auparavant.

À travers d'étranges rues quadrillées de rochers, nous suivons El Hadj à la queue-leu-leu pour ne pas risquer de nous perdre dans le Séfar noir. La cité est quadrillée de grottes, d'arches, de passages étroits dans lesquels se faufile El Hadj, aussi à l'aise que s'il était en ville. Il y a des centaines de peintures, de fresques, que les artistes ont peintes sur les parois, à l'abri du soleil, et qui sont remarquablement bien conservées. Parmi elles, les cérémonies des peuples d'éleveurs aux silhouettes graciles, sautant un arc à la main, un troupeau de vaches à leur suite, me touchent particulièrement. Je me souviens des danses du Guéréwol des peuls Wodaabe au Niger, et l'hypothèse selon laquelle ils seraient les ancêtres des pasteurs sahariens ayant habité ces grottes me semble tout à fait cohérente. Amadou Hampâté Bâ lui-même avait fait un parallèle entre ces peintures et la cérémonie initiatique du *lotori*. Dans ce décor hors du temps, nous croisons des touristes en short et même un vendeur à la sauvette qui transporte un baluchon plein de bijoux touaregs ! En fait c'est un ânier qui profite de ses heures de pause pour faire du « porte-à-porte », mais aucun de nous n'a pensé à emmener de l'argent !

Le lendemain matin, nous partons explorer le « Séfar blanc ». Des cordons de sable lumineux viennent s'enrouler autour des roches noires. Et au milieu, les eaux émeraude d'une *guelta* ! El Hadj nous explique que jadis, un nomade a demandé aux Français un point d'eau à cet endroit précis et un général a fait exploser la roche avec une grenade. Il suffisait de demander !

Par des couloirs de sable, des amphithéâtres, des arches, nous entrons dans le domaine des Dieux à tête ronde. Les Français leur ont tous donné des noms le « Grand Dieu Pêcheur », qui a l'air de porter un poisson, le « Dieu sans tête », et la fresque la plus connue de tout le Tassili : le « Grand Dieu » de Séfar. Sur une place, un énorme rocher en forme de coquillage à moitié ouvert. À l'intérieur de sa paroi, une créature de trois mètres de haut avec des cornes, les mains levées et quelque chose qui ressemble à un phallus, et une sorte de méduse qui flotte dans le ventre. À ses pieds, de petits personnages semblent prier, les mains jointes. La paroi de seize mètres de long est parsemée d'autres peintures qui se superposent d'une manière insensée pour nos yeux du XXIe siècle. Des antilopes font face à des bébés qui flottent à l'horizontale. Les chercheurs se querellent toujours sur leur origine, qu'on date d'à peu près dix mille ans ! Fécondité, chamanisme, extraterrestre, tout est permis.

El Hadj, qui n'a pas dit grand-chose jusqu'à présent, attire mon attention sur une peinture représentant la silhouette d'un personnage vêtu d'un pagne et entouré d'une multitude de petites créatures qui fourmillent à ses pieds. Il s'exclame : « *Tamenokalt !* » La souveraine, en tamasheq. Ainsi le vieux Hadj reconnaissait en cette divinité une reine touarègue ! Était-ce en référence à Tin Hinan, que les touaregs du Hoggar considéraient comme leur souveraine ? La découverte d'une tombe au sud de Tamanrasset, en 1925, avait révélé que cette reine n'était pas un mythe, mais ses origines restaient mystérieuses. Et à regarder cette déesse danser avec toute sa grâce sur la pierre, je n'étais pas loin de penser que c'était l'ancêtre de Tin Hinan-Antinéa, qui avait inspiré l'Atlantide.

Mais peu importe les théories. Ce qui comptait, c'était qu'El Hadj la considère comme l'ancêtre le plus important du Tassili. À la fin de l'époque bovidienne, la savane s'assèche, les rivières disparaissent et, avec elles, les troupeaux de vaches, les fauves, les girafes. Le désert pourtant amène une civilisation magnifique grâce au chameau qui permet aux touaregs de survivre dans ce milieu extrême. Sur les grottes, les peintures des chameaux montés par des guerriers s'accompagnent de poèmes en tifinagh, des femmes sont peintes, langoureusement allongées, en train de se faire coiffer, des bergers mènent gaiement des troupeaux de brebis. Les yeux du vieux Hadj brillent. Tout lui est familier. On date ces peintures d'il y a deux mille ans. Pourtant, il a vécu comme eux et cela fait de lui un être extraordinaire, un des dernier témoins vivants d'un mode de vie qui a survécu deux millénaires !

Depuis, à chaque fois que je regarde la frange droite et rougeoyante du plateau, mon cœur vibre d'une manière spéciale. Le Tassili n'est plus ce tas de caillasses inhabitées, mais un désert vivant, enchanté par l'odeur des cyprès, les chants d'*inalewan*, la danse des chameaux. Et par El Hadj, que j'entends dire : « Ahh… c'est joli ça ! »

Sécheresse

En 2007, Kyodo News publia une nouvelle interview sur le plan « Un chameau pour bosser » et les caravanes Eliki. Nous pûmes acheter sept chameaux supplémentaires, à Djanet cette fois. C'était plus cher, mais au moins les chameaux étaient presque de souche locale, ce qui évitait d'aller les chercher pendant des heures sur la route vers le Niger… Mon chamelier avait pris soin de les choisir selon leur nombre d'années passées à Djanet, preuve d'adaptabilité selon lui ! Cependant, il commençait à être réellement inquiet. Les pâturages diminuaient à vue d'œil. Une terrible sécheresse venait de s'abattre sur Djanet.

Novembre 2007. Retrouvailles avec le désert après six mois d'absence. L'été a été dur, paraît-il, un vent chaud qui n'a pas amené la pluie. Au pied d'un acacia, notre jeune chamelier Rhissa a bâti un campement sommaire et garde les chameaux. Ce travail a commencé au mois de mai dans la solitude des grands espaces inhabités, vers le Tafassasset, où subsistaient quelques pâturages. En l'absence de puits, Rhissa et mon chamelier se sont partagés la tâche, l'un gardant le troupeau, l'autre le ravitaillant tous les trois jours depuis Djanet en eau et en orge. Il faut bien les nourrir, car nos chameaux ont du pain sur la planche : la saison touristique a débuté et ils partent trois semaines en circuit avec une autre agence. J'assiste pour la première fois à ces distributions d'orge.

À peine les chameliers ont-ils étendu sur le sable une large bâche et une couverture que les chameaux se mettent à trépigner d'impatience. On dirait qu'ils ont appris à reconnaître le moindre signe annonciateur du repas. S'ils n'avaient les pattes entravées, ce serait la ruée ! On les fait asseoir et ils commencent à aspirer le grain de leurs gueules lippues, se redressant d'un air souverain en mastiquant. « Un dîner de vieux messieurs compassés », avais-je lu quelque part. Sauf que les vieux sont hargneux et que, si le grain se raréfie, c'est la bagarre. Je vois le chameau de mon père, Kotelet, se contorsionner pour mordre le cou de son voisin, tandis que Tanaka profite de la diversion pour engloutir tout ce qu'il peut. Ça crie, ça blatère. Les deux chameliers font autorité, sortent du rang les mauvais garçons, les bâillonnant avec une corde. Ils surveillent les chameaux tels des maîtres d'école. L'enfant terrible du troupeau est Mikuto, le nouveau venu, avec ses deux verrues décoratives sur le nez ; il sera sanctionné à plusieurs reprises. Un beau chameau blanc qui porte bien son nom d'« Amenokal » (le roi) n'a pas encore l'habitude de ce régime assisté et semble ne pas comprendre ce qui se passe. Rhissa lui fait engloutir tour à tour de l'orge et de l'eau, comme on nourrit un enfant. Après deux portions de rab, les chameaux s'en retournent paître dans la nature, non sans un dernier regard vers la couverture… Touffes d'herbes sèches, branches d'acacia, buissons, tout est bon à prendre mais ne remplit pas leur énorme panse.

Dans le bleu lumineux du crépuscule, nous préparons la galette du soir, échangeons les nouvelles. Rhissa a économisé pour rentrer voir sa famille dans son campement de l'Aïr, mais une rébellion touarègue a éclaté au nord du Niger. À Kidal, les indépendantistes ont aussi repris les armes contre le gouvernement malien depuis 2006. Les frontières sont plus que jamais verrouillées. À Djanet même, si on est loin de ces conflits, tout le monde se sent concerné. Chacun a des parents, des amis au Niger ou au Mali.

Pour l'heure, il faut se préoccuper des chameaux. Comment faire si la sécheresse persiste ? Je demande à mon chamelier s'il est possible d'emmener nos chameaux transhumer au-delà du Tassili n'Ajjers. Il paraît que le Hoggar et le Tafassasset nigérien ont été arrosés par des pluies abondantes. J'ai toujours en tête la caravane de sel qui transhume sur plus de mille kilomètres pour amener les troupeaux au sud, jusqu'au Nigeria. Mais l'Algérie n'est pas le Niger. Il y a toujours le risque d'être arrêtés par les patrouilles qui pullulent à la frontière. Il y a aussi le problème de l'eau. Mon chamelier secoue la tête. Ce n'est pas leur terroir. La nouvelle génération de chameliers de Djanet ne connaît pas ces routes, car la transmission s'est arrêtée avec les dernières caravanes qui partaient de Djanet vers la Libye ou l'Amadror, il y a plus de trente ans.

Demain, Rhissa partira vers Djanet et abreuvera le troupeau en chemin à la citerne d'Assassu. Depuis le début de la sécheresse, la citerne est remplie manuellement par chaque propriétaire de chameaux, ils cotisent ensemble et assurent à tour de rôle le transport de l'eau depuis Djanet. Ici, on attend les élections municipales, avec un peu plus d'engouement qu'à Tamanrasset. « Avec de la chance, on aura peut-être deux ou trois autres points d'eau l'année prochaine », dit mon chamelier en regardant le ciel. Parfois de gros nuages viennent obscurcir le désert. Mais la pluie s'arrête au bout de quelques minutes. « Après la pluie, si tu mets ta main dans le sable et que tu trouves l'humidité au-dessus de ton poignet, l'herbe poussera. Sinon, tu dois attendre la prochaine pluie », disent les chameliers. Dans le désert, une goutte peut faire germer un brin d'herbe, mais sans une seconde goutte le brin d'herbe meurt tout de suite.

Il ne plut pas jusqu'à la fin de l'année. Les éleveurs de Djanet commencèrent à vendre leurs chameaux un à un. Cependant, nous ne pouvions pas nous résoudre à vendre quatorze chameaux dont les propriétaires vivaient à l'autre bout du monde. Qu'allions-nous leur dire ? « Essayons de les garder encore », dit mon chamelier. Pleine d'espoir, je lui demande s'il a trouvé une solution. Avec fermeté, il me répond : « Oui, il faut acheter une voiture. »

Quatre mois plus tard, mon chamelier vient me chercher à l'aéroport au volant d'un Toyota beige, acheté d'occasion et à crédit en Libye. Il n'a pas de permis de conduire légal, mais il a obtenu une carte d'identité. Chaque chose en son temps… Pour l'heure, l'essentiel est de remplir la voiture avec des kilos d'orge pour nourrir le troupeau.

Nous partons directement voir les chameaux, qui paissent depuis un mois aux environs de Tegharghart, à trente kilomètres de Djanet. Ironiquement, c'est un site connu où d'émouvantes vaches datant de quatre millénaires sont gravées, qui versent des larmes en regardant se tarir les points d'eau. En ce mois de février, l'oued a encore des pâturages à offrir, mais pas suffisamment pour faire la bosse des chameaux. Dans la voiture, mon chamelier n'est pas très optimiste : « Il faut attendre que le ventre soit plein pour que la bosse pousse. » Il a amené trois sacs d'orge, huit jerricans d'eau, du sel de Bilma, et pour nous des provisions pour une semaine.

J'aperçois au loin les silhouettes de nos chameaux qui soudainement se sont mis à courir dans notre direction avec leurs pattes entravées. En les regardant renifler le Toyota, je bafouille :

– Mais qu'est-ce qu'ils font ?

– Ils veulent l'orge, répond placidement mon chamelier en les chassant d'un « *shoo ! shoo !* »

Moussa accourt, avec sa tête rieuse et son nez pelé. Tout de suite, c'est l'affairement. Tandis que Moussa éloigne les chameaux, mon chamelier creuse trois trous dans le sable. Puis il appelle Moussa : « Amènes-en quatre ! » Moussa revient avec quatre chameaux et les fait asseoir autour des trous pendant qu'il étale une bâche en plastique. Enfin, il verse l'orge dans les assiettes… J'observe cette organisation d'un air médusé. En quelques mois, ils ont mis en place un système digne d'une aide humanitaire.

Les chameaux dégustent leur repas sans bagarre, lapant, aspirant le grain comme un yaourt à la fraise, se léchant les babines avant d'y replonger le nez. Après Auraq, Pop, Lucky et Synair, c'est le tour de Rakudagus, Tanaka et Amenokal. Tout se passe parfaitement bien, mais ces allers-retours ont creusé l'estomac de nos deux compères. Mon chamelier doit retourner au jardin chercher de l'eau et déposer Moussa qui prend une semaine de congé. Il décide donc de reprendre la distribution dans l'après-midi. C'est une erreur stratégique.

De retour du jardin, il abreuve les chameaux qui ont mangé le matin et leur donne aussi du sel de Bilma qu'il a trouvé sur le marché. Puis il les amène sur une dune et revient avec Kotelet, Mikuto, Shunichi, Juno et Masahiro, qu'il asseoit autour de la bâche. Mais dès qu'il verse l'orge, ceux du matin commencent à mettre la pagaille. D'abord, c'est mon chameau Auraq qui s'approche à petits sauts. Chassé, il revint au bout de deux minutes à l'assaut. Pendant que mon chamelier s'occupe de lui, Lucky en profite pour surgir de derrière une dune, suivi à quelques mètres par Tanaka qui a flairé le bon plan. Mon chamelier court partout avec sa tige d'eucalyptus, la brandissant en hurlant pour faire fuir le plus loin possible les assaillants. Bientôt pris de court par cette invasion massive et organisée de plusieurs de nos chameaux (heureusement, les autres troupeaux n'étaient pas au courant), mon chamelier me demande de prendre la relève et de parer aux attaques des indésirables pendant qu'il essaye de faire manger les autres. Mon chameau Auraq me donne beaucoup de fil à retordre, récidivant inlassablement, pareil à un automate programmé pour attraper l'orge. Le repas finit dans le sang quand Mikuto mordit la mâchoire de Lucky qui hurla de douleur, ce qui ne l'empêcha pas de chiper les dernières graines... On doit remballer la dernière ration d'orge. Exaspéré, mon chamelier crie : « Le restaurant est fermé ! » et tous les chameaux sont chassés à grands coups d'*alakod* (le martinet). Se traînant vers les maigres pâturages, ils se mettent alors à s'insulter et se mordre les uns les autres dans une cohue tout à fait indécente. On dirait des enfants !

Le cinquième jour, nous déménageons vers un autre pâturage. Notre nouveau campement est charmant, ombragé et à proximité d'un relief rocailleux d'où l'on peut voir le coucher du soleil. J'ai aménagé une cuisine sous un tamaris, à l'abri du vent de sable. Thé, lecture, grillades de viande. Vers 16 heures, on part faire « *tamadent* », ce qui veut dire « pâturage ». Pas de distribution d'eau ni d'orge aujourd'hui, tout est plus simple. Petit à petit, je reprends le rythme du chamelier, mains nouées derrière le dos, m'accordant au pas très lent des chameaux qui avancent de leurs pattes entravées. Je profite pleinement de ces journées. Je sens peut-être que ce sont les derniers moments de ma vie de chamelière.

Quelques mois plus tard, alors que je suis en voyage à Tamanrasset, mon chamelier m'apprend que nous avons perdu Kojiro, qui s'est éteint d'un coup. Je lui demande pourquoi il est mort, il me dit simplement : « Il était fatigué. » Les chameaux donnent rarement des signes avant-coureurs de grande faiblesse. Quand on s'en aperçoit, il est souvent trop tard. Amenokal aussi est mal en point. Mon chamelier me dit qu'il refusait de bouger, alors il a dû le mettre « à l'hôpital ». J'éclate de rire. L'hôpital, c'est le jardin de sa mère. D'ailleurs « Kotelet » y a fait un séjour d'une semaine et ça lui a plutôt bien réussi, si j'en juge par sa bosse. Tout ce qu'on peut voir, c'est que les bosses des chameaux mal nourris deviennent progressivement plus petites et plus faibles. J'informe le propriétaire de Kojiro que son chameau est mort et que nous l'avons incinéré dans le jardin.

Pour la première fois, j'écris une lettre aux autres propriétaires et leur demande de contribuer au fourrage jusqu'aux prochaines pluies. Tout le monde répond à l'appel d'urgence. Mon chamelier achète en masse de l'orge et du fourrage *el kebab*, qui pousse dans les jardins. C'est la fête : les chameaux tournent autour de la voiture, il ne manque plus que le *tendé* !

Au bout de plusieurs mois, un deuxième chameau meurt. Comment sauver les chameaux d'Eliki ? Nous n'avons pas d'autre choix que d'acheter encore plus d'orge, mais nous n'avons pas assez de revenus. Pour surmonter la sécheresse, j'accepte alors d'organiser un circuit touristique avec un tour-opérateur.

Ichi ni san !

Novembre 2008. Dans les grands bureaux de l'agence, située au cœur du quartier des affaires de Shinjuku, je négocie les derniers détails d'un circuit en voiture pour une clientèle de retraités. Ce n'est pas du tout ce qu'on fait d'habitude, mais j'ai confiance en Nobuyo. Cette chef d'entreprise dynamique a le béguin pour Sahara-Eliki et accepte au dernier moment d'inclure trois jours en caravane. C'est une victoire pour moi, même si les cinq jours restant seront en 4x4 jusqu'à l'oasis d'Iherir. Le seul hic est la présence obligatoire d'un accompagnateur. J'en ai croisé quelques-uns lors de mes missions de repérage en Algérie pour des agences de voyages japonaises, et je sais que nous ne sommes pas faits pour nous entendre. L'accompagnateur est l'antithèse de l'aventurier !

Aussi je donne des consignes claires à Nobuyo à l'intention de l'accompagnateur : « Sahara-Eliki est une association de promotion de la culture touarègue. On mange comme les touaregs et on boit comme les touaregs ! ». Les Japonais qui viennent dans le désert *via* de grosses agences sont tous réputés pour être des bouffeurs de riz. Mais je suis bien décidée à changer leur régime !

Il est une heure du matin à l'aéroport de Djanet. Enfin, notre groupe de Japonais arrive. Dans la foule j'entends des murmures admiratifs : « Regarde, c'est la photocopie du vieux dans *Karaté Kid* ! ». Je me retourne et découvre un vieux monsieur grand et sec avec des longs cheveux blancs, il me sourit de toutes ses rides. « *Ohayo gozaimasu !* ». Il a déjà son surnom chez les touaregs : Ninja ! À soixante-dix-neuf ans, il est le senior du groupe. À part lui et un homme joufflu qui fume comme un pompier, ce sont toutes des femmes d'environ soixante ans, retraitées ou femmes au foyer, qui prennent du bon temps et partent entre copines aux quatre coins du monde sous l'aile protectrice de leur accompagnatrice préférée ! Je l'aperçois en train de traîner les énormes valises de ses clients. Elle s'arrête devant moi en soufflant, me salue d'un « Je vous remercie pour votre travail acharné », puis retourne tirer deux autres valises. Ça commence bien.

Après une nuit à l'hôtel, notre joyeuse troupe est transférée de bon matin au campement des chameliers. Les dames pouffent de rire en déchiffrant les gourmettes de nos chameaux, elles répètent leurs noms en caressant leur cou sous la supervision des chameliers. Le mot d'ordre est : ne pas les quitter du regard ! Après le chargement, nous commençons la montée de Tisras à pied. Accourt alors l'accompagnatrice : « Les clients n'ont pas été informés qu'on devait marcher. Ne peut-on pas monter à chameau tout de suite ? ». Je la regarde d'un air ahuri : « On va les faire monter, mais là, on ne peut pas. C'est du sable mou, c'est dangereux pour les gens de monter ici. » Et j'ajoute, inquiète :

« J'espère que vous leur avez dit qu'on doit marcher aussi en caravane. » L'accompagnatrice s'excuse. « Je vais leur expliquer ! ». Elle retourne en courant vers ses clients. C'est vrai qu'ils font pitié à voir, surtout Ninja, qui a du mal à marcher. Heureusement, la montée est courte. Arrivés en haut, on baraque tous les chameaux. On a briefé l'équipe des chameliers et tout se passe bien. Les dames poussent des cris de frayeur en haut de la bosse, mais après quelques minutes on les entend déjà rigoler, caressant le pelage de leur chameau en criant « Tanaka-san » ! Les chameliers, eux, marchent derrière elles, tapant discrètement sur la croupe des bêtes pour qu'elles avancent. Toute la troupe monte seule son propre chameau. Même le vieux Ninja, malgré son corps tout raide, a l'air de tenir en selle et sourit comme un enfant, sous l'œil attentif de Moussa, qui est chargé de le superviser à distance. Seul le photographe pose un problème, il est lourd et se contorsionne sans arrêt pour prendre des photos. Malgré nos avertissements, il appuie trop fort sur le dossier de la selle et la casse. On entend un « crac » et un « arghhh » terrible de son chameau Lucky. Heureusement, les chameliers baraquent tout de suite avant qu'il ne se casse la figure. De gré ou de force, il va marcher.

Au crépuscule, nous atteignons le campement. Le cuisinier Ibrahim est déjà arrivé en voiture et nous prépare le dîner. Notre Toyota a aussi charrié toutes les valises et les tentes. C'est un « Eliki caravane deluxe » ! On s'assoit enfin autour du feu. Ibrahim a mis une belle nappe sur le sable avec du thé Lipton, des dattes, des cacahuètes. Mais alors que je sers nos invités, l'accompagnatrice arrive les bras chargés de soupe miso, de prunes salées et de crackers de riz qu'elle distribue aux clients. « C'était une dure journée !

Mais ça va vous redonner de l'énergie », leur dit-elle. Puis elle se tourne vers moi : « Excusez-moi. J'ai apporté de la nourriture japonaise au cas où, mais il y en a juste un peu. » Mais le lendemain matin, alors que le campement est à peine éveillé, je la surprends en train de cuisiner du riz sur le réchaud à gaz. Ibrahim me regarde en haussant des épaules. Elle me regarde d'un air ravi : « Vous aimez les boulettes de riz *onigiri* ? ». Je sens le *wasabi* me monter au nez.

Mais dans l'immédiat, je dois m'occuper des chameaux avec mon chamelier. Il faut remanier les choses selon la taille et le poids de chacun. Le photographe montera sur une selle de bât *eliki* recouverte d'un matelas. La caravane finit par s'ébranler sous les « Masakun », « Shun-chan » (mon petit Shun) criés par ces dames.

Le plan « Un chameau pour bosser » est un réel succès et tout le monde a l'air content sur sa monture. Seul notre jeune cuisinier Ibrahim est de plus en plus décontenancé et regarde avec suspicion les denrées bizarres qui concurrencent ses plats de salade et de ragoût qui font pourtant le bonheur des touristes occidentaux.

Après le dîner, il s'approche de moi d'un air inquiet. « Depuis hier, les clients laissent plus de la moitié de leur assiette. Il n'aiment pas ma cuisine ? ». Je soupire et me dirige vers le groupe. « Le cuisinier demande si vous n'aimez pas sa soupe et son ragoût, car vous ne mangez rien. » Unanimement, ils répondent : « Mais si, c'était délicieux ! Mais on ne pouvait pas manger tout ça. » Sur la nappe, il y a encore des restes de boulettes de riz, du *furikake* et même des nouilles *ramen* instantanées. Mon sang ne fait qu'un tour. Je prends l'accompagnatrice à part et lui dit ce que je pense de ses manières : « Je trouve que c'est un manque de respect total envers notre cuisinier. Il se donne du mal et prépare des plats avec des légumes de l'oasis et de la viande fraîche, et vous donnez aux gens des soupes instantanées ! ». Comme d'habitude, elle prend un air désolé : « Excusez-moi. Je comprends ce que vous ressentez, mais ce serait un gros problème si jamais un client tombait malade. » J'avais déjà eu affaire à ce genre de raisonnement aberrant qui pourrissait selon moi toute l'industrie du tourisme au Japon. Je devais lui faire comprendre que les clients apprécieraient dix fois plus le voyage si elle nous laissait faire. « Les gens ne sont pas venus pour manger des nouilles lyophilisées ! Ici, vous êtes dans le Sahara, chez les touaregs, et c'est Sahara-Eliki qui organise. La directrice de l'agence a accepté nos conditions, j'avais demandé de réduire au maximum la quantité de nourriture japonaise que vous amèneriez. » Mais Nobuyo n'était pas là et le mal était fait : l'accompagnatrice avait apporté vingt kilos de nourriture japonaise ! Elle menait ses clients à la baguette.

Le voyage devint surréaliste. On passa des chameaux à la voiture dans une ambiance presque militaire. Bubei, un de nos chameliers, montait et dépliait les huit tentes chaque jour, tandis que notre chauffeur Billi déchargeait et transportait les lourdes valises des clients. Mon chamelier fut réquisitionné pour retourner à Djanet deux fois acheter des couvertures et des packs d'eau minérale. La voiture lui avait cassé le dos, il arrivait à peine à marcher. Chaque fois que l'accompagnatrice cuisinait du riz, elle cramait la marmite, et le cuisinier devenait de plus en plus furieux : « Elle ne peut pas surveiller son riz ? Dis-lui que la prochaine je ne laverai pas sa casserole cramée ! » Chaque matin, j'avais droit à une soupe *miso* avec un bol de riz, et des algues *wakame* que les touaregs regardaient avec répugnance. Lorsqu'ils les avaient vu flotter dans la soupe *miso* pour la première fois, l'un d'eux s'était exclamé : « Regarde leur truc, on dirait la mousse verte qu'il y a au fond des jerricans ! ». Autour du feu, on parlait des sites classés à l'Unesco, du Grand Canyon et des Pyramides, et même mon troisième thé avait pris un goût aussi amer que la vie.

Une nuit, alors que le vent de sable mugissait sur le campement endormi, je me levai de ma grotte. Là, au beau milieu du désert, j'aperçus une ombre. Mon cœur faillit s'arrêter. Ses cheveux virevoltant dans le vent, l'accompagnatrice marchait en portant une énorme pierre. Je bafouillai : « Qu'est-ce-que vous faites ? ». Elle eut un petit rire nerveux : « Une cliente m'a dit qu'en Libye, une personne avait été emportée dans sa tente à cause du vent, donc on s'est dit que ça serait une bonne idée de mettre une pierre à l'intérieur de chaque tente, au cas où. » Je ricanai : « Avec les vingt kilos de leur valise, ça m'étonnerait qu'ils s'envolent. » Cependant, l'accompagnatrice avait décidé que sa mission consistait à répondre à toutes les exigences de ses clients. Bientôt, le désert résonna du « *Arigato gozaimasu !* » des clients qui ouvraient leur tente pour mettre une pierre dedans. Je haussai les épaules. En regagnant ma grotte, j'aperçus Bubei et Billi près de la tente de Ninja. Le vieux était secoué : il avait allumé un serpentin antimoustique et, avec le vent, la tente avait commencé à prendre feu ! Je ne voyais pas comment ce voyage pouvait être pire…

Allongée sous la *zeriba*, je pousse un profond soupir. Nous sommes arrivés à l'oasis d'Iherir et il reste encore trois jours. De l'autre côté de la hutte, Billi le chauffeur observe mon air déprimé : « Elissa ! Comment on dit “un, deux, trois” en japonais ? ». Je marmonne d’un ton las : « *Ichi, ni, san.* » « Quoi ? Répète encore ? ». Je répète plus fort : « *Ichi, ni, san* ! C’est comme ça qu’on dit en japonais. » Billi explose de rire et redemande : « Attends, attends, répète encore ! ». Cette fois, je hurle presque : « *Ichinisan ! Ichinisan ! Ichinisan !* ». Billi répète : « *Michanisan Michanisan.* » En tamashek, cela voulait dire « Qui a mangé la viande ? ». Dans la *zeriba*, le cuistot se tord de rire tandis que Billi me supplie encore : « Dis-le encore une fois, une dernière fois… » Je soupire. « *Ichinisan…* » Et lui de me répondre : « Ce n’est pas moi, wahahahaha ! » À côté, mon chamelier pleure presque de douleur en se tenant le dos. Toute la *zeriba* est secouée par nos fous rires.

À partir de cette nuit, je décidai de ne plus prendre mes repas avec les Japonais et de rester avec les touaregs à faire *ichinisan*. Ibrahim avait fait de même et ne cuisinait pratiquement plus que pour notre équipe. Assis autour du feu, on engloutissait chaque jour des tonnes de viande et de ragoût en observant de loin les Japonais en train de manger du riz. Bubei et mon chamelier assuraient à ma place le rôle d’intermédiaire. Billi demandait chaque jour à un Japonais de compter jusqu’à trois et lui répondait, hilare, en tamasheq : « Non, c’est pas moi qui a mangé la viande ! » Et mon chamelier leur faisait griller des pâtes de riz *omochi* sur la braise, un éventail Japan Airlines à la main, sous les applaudissements. Une des dernières images de ce voyage fut d’ailleurs celle de ces vieilles dames qui le regardaient joyeusement en train de mordre dans du riz gluant trempé dans la sauce de soja sucrée. Encore une semaine à ce régime, et les touaregs mangeraient des algues !

Okutama touareg

Quelques mois plus tard, je me retrouve à accompagner quatorze touaregs au Japon dans le cadre du festival « Échos de la forêt, voix du désert », un projet artistique ambitieux financé par une fondation japonaise. Je suis arrivée dans ce projet à la dernière minute. Voici comment. Alors que je prends mon petit-déjeuner à Paris, je reçois un appel paniqué de Madame Tamamushi, la productrice de cet événement. Je l'avais contactée plusieurs semaines plus tôt par mail en espérant avoir un boulot sur son festival et elle m'avait répondu que l'équipe était déjà au complet. Mais là, elle a l'air d'avoir vraiment besoin de moi. Elle crie presque au téléphone : « Vous êtes à Paris ? L'interprète qui doit accompagner le journaliste japonais dans le Sud algérien vient d'avoir un lumbago sur le pas de sa porte ! C'est une catastrophe ! Le journaliste est en transit depuis Tokyo et l'attend en ce moment même à Roissy. Son vol décolle dans moins de trois heures pour Alger ! Il a été commissionné pour interviewer des musiciens touaregs à Tamanrasset et Djanet avant l'ouverture du festival au Japon. Pouvez-vous l'accompagner ? ». En dix minutes, je fais mon sac et saute dans un taxi. C'est la deuxième fois que je remplace au dernier moment un interprète malade. Tamamushi me rappelle pour m'expliquer ma mission : « Si vous avez des questions, vous pourrez contacter Helene Lee quand elle sera un peu remise. Elle parle japonais, mais elle est surtout spécialiste des musiques du monde. » Par un fait extraordinaire, j'allais remplacer Helene Lee, la journaliste connue dans tout le monde du reggae pour avoir écrit *Le Premier Rasta*[1]. Je retrouve dans la salle d'embarquement le journaliste japonais, aimable, un peu nerveux, qui m'accueille en libératrice. M. Nonami écrit dans les pages culturelles du journal *Asahi*, le plus gros tirage japonais. Il a vu Tinariwen lors de leur concert mémorable en 2005 à Tokyo, et n'arrête pas de me demander : « Vous croyez qu'on va les croiser ? ». Je hausse les épaules. Chercher Tinariwen, c'est une autre paire de manche, surtout qu'on a quatorze musiciens à interviewer en une semaine. À l'aéroport d'Alger, on retrouve Saleha Larab, une musicologue algérienne qui a travaillé à l'INA. Elle est autoritaire et passionnée par ce projet avec les touaregs : c'est elle qui a sélectionné les musiciens et doit les faire répéter. Le festival prévoit qu'ils jouent tous ensemble, alors que certains ne se connaissent même pas ! À part Badi Lalla, une célèbre chanteuse de *tendé* que j'ai déjà filmée en 2007, personne n'est connu. Lalla est accompagnée de sa fille Ghaisha, véritable pile électrique, et de la sobre Tifar. Le reste des musiciens est hétéroclite. Il y a Shenna, la doyenne, qui joue de l'*imzad*, Aghrib qui joue de la *tazamart*, la flûte en roseau, Abdallah Rami, un jeune guitariste ishoumar, Choghli un musicien de *oud* de Djanet, et une troupe de *tendé jerrican* de l'oasis d'Iherir, composée de trois femmes et de deux danseurs dont Ahmadou, le chef du village ! Cela fait treize artistes plus Lamine, un forgeron qui a réussi à s'incruster *in extremis* pour prendre soin de sa mère Shenna, il est vrai âgée, et pour vendre ses bijoux au Japon ! Après une semaine, on se quitte en se disant : « À cet été, à

1. *Le Premier Rasta*, Paris, Flammarion, 1999.

Tokyo », ce qui fait bizarre, tout de même. À part Badi Lalla et Choghli, aucun d'eux n'a traversé la Méditerranée.

Ils débarquent à Narita par une très chaude matinée de juillet. Il fait une chaleur d'enfer. Quarante degrés, 95 % d'humidité. Bien sûr, il y a l'air conditionné partout et c'est en grelottant que les femmes arrivent par le sas, vêtues de boubous, portant des tonnes de baluchons, de sacs et de valisettes. Les hommes ferment la procession en poussant des chariots remplis de piquets, de jerricans, de mortiers, d'épées et d'une immense peau de chèvre ! Leur visage est soigneusement recouvert pour ne pas laisser transparaître leur agitation. Les femmes, elles, n'arrêtent pas de rire en répétant « Tokyo ! Tokyo ! ». La longue silhouette de Lamine apparaît devant moi. Il a un air inquiet.

– Ça va, Lamine ?

– *Alker ghas.*

– Pas trop long le voyage ? » D'Alger, ils ont transité par Francfort.

– Je suis resté sans dormir pendant tout le voyage.

Je compatis, c'est dur de passer douze heures sans bouger et sans thé ! Il reprend :

– Mais toi, combien de temps tu as mis pour arriver ?

– Je suis passée par Rome et de là, ça m'a pris environ treize heures. »

Il se gratte la tête, calcule. Puis il avoue :

– L'avion a mis tellement de temps à arriver que j'ai pensé qu'il était perdu.

Je comprends mal son tamasheq du Hoggar.

– Qui s'est perdu ? Toi ?

– Non, l'avion ! Je suis resté à la fenêtre tout le temps pour voir si le pilote est pas perdu, c'est pour ça j'ai pas dormi.

Je le regarde avec respect. Pendant que les autres roupillaient, Lamine avait monté la garde, le visage écrasé contre le hublot, à survoler la taïga de Sibérie pendant des heures sans voir le jour se lever, la peur au ventre. Si l'avion s'égarait, comment allaient-ils faire ? Personne ne connaissait la route !

Ils montent dans un grand bus avec armes et bagages. Je leur dis qu'on va se rejoindre à Okutama, car je dois faire une course avant. « C'est à quelques heures de Tokyo. » Je ne veux pas les décourager. Malgré le décalage horaire, ils ont les yeux qui clignotent. Ils ont vu Tokyo à la télé, qu'ils confondent d'ailleurs avec Hong-Kong, et s'attendent à des gratte-ciels et des néons de toutes les couleurs. Après quatre heures d'autoroute, ils débarquent dans un village paumé en pleine forêt : Okutama, à quatre-vingts kilomètres de Tokyo. C'est là que se tient la première partie du festival. Les femmes descendent péniblement du bus et entrent dans leur hôtel : un grand bungalow en bois avec des *futons*. Dès qu'elles sont à l'intérieur, elles reniflent l'air. « Ça sent bizarre. » Je souris, compréhensive. « Oui, c'est l'odeur, hum, quand ça pourrit avec l'humidité. » Pas une seule ne parle français et le mot « moisi » n'existe pas en tamasheq… Heureusement, elles sont trop fatiguées pour insister et se remettent de leurs émotions en s'allongeant sur les tatamis. Le camping est superbe, avec une rivière qui coule en bas et un coin cuisine et barbecue pour préparer les repas. Les organisateurs ont bien choisi. Mais arriver directement de l'aéroport de Narita en pleine brousse japonaise est un choc pour nos touaregs. Il leur faut du thé, et vite. Aghrib sort tous les ustensiles et attend seul au milieu de la forêt que les braises chauffent sa théière. Depuis qu'on est là, il n'a pas enlevé son turban. Je m'assois. Il est midi, on transpire à grosses gouttes. Lamine arrive, regarde les gros corbeaux noirs qui nous tiennent compagnie un peu plus loin. Où sont les gratte-ciels, les boutiques, les Toyota ? L'après-midi est déjà bien avancée, on décide d'aller faire des courses. Le village d'Okutama, c'est comme au bled, il n'y a qu'une supérette. Les hommes voilés intriguent la population et les vieilles dames chuchotent sur notre passage. Dans la supérette, nous ne sommes que quatre, mais cela suffit à mettre l'ambiance ! Aghrib prend du sel au lieu du sucre, Lamine cherche de la viande hallal et Choghli un appareil numérique dernier cri. Retour au campement. Les femmes se sont remises d'aplomb et s'organisent pour la préparation du riz sauce. Les organisateurs ont acheté de la viande de bœuf, ce qui les réjouit moyennement. « Est-ce hallal ? » « Oui, oui, bien sûr. » Le deuxième jour, on a droit à du poisson spécialement pêché par un habitant d'Okutama ! Les touaregs de Djanet et de Tam n'en mangent jamais, mais heureusement le chef du village d'Iherir, Ahmadou, est l'homme de la situation. D'ailleurs, il sait même nager ! Avec son boubou vert, il est exactement identique à la dernière fois que je l'ai vu au milieu de sa *guelta* et ses lauriers roses… comme s'il avait été téléporté d'une rivière à l'autre.

Le lendemain, il pleut. On retourne à la supérette. Les femmes d'Iherir, accompagnées d'Ahmadou, achètent des parapluies et en sont si fières qu'elles se prennent en photo dans le supermarché. Puis vient le moment des emplettes :

Haoua veut de la crème pour le corps, Hariri du tissu, Kheira du mascara et Khadija de l'aspirine. Dans la supérette, ce ne sont que cris et rires devant les nouveaux produits, mais les femmes ont vite fait de déchanter : il faut payer, et le Japon est cher. Je suis requise de tous côtés et entre les explications en français, tamasheq, arabe et japonais, j'ai vite fait de m'embrouiller. Où est la cabine téléphonique pour appeler l'Algérie ? Tu connais un médecin pour soigner les rhumatismes ? Ils croient tous que je suis d'Okutama puisque j'étais sur place quand ils sont arrivés. Je leur explique que ma ville c'est Tokyo, que je viens ici pour la première fois, mais ils n'ont pas l'air de comprendre. Certaines femmes me demandent même pourquoi ma mère n'est pas là !

Ayant exploré de fond en comble la supérette, les femmes se dirigent vers la pharmacie. Pour les cosmétiques, il aurait fallu attendre Tokyo, tout y est moins cher qu'ici, mais bon voilà, Tokyo c'est dans trois jours… La petite pharmacie remporte un succès inattendu, à cause de l'accueil sympathique des deux vieux qui la tiennent, mais surtout à cause de leur chien : un animal minuscule, vêtu de ridicules vêtements comme il y en a des milliers au Japon. Le grand Ahmadou tombe gaga du toutou et utilise la moitié de son appareil jetable à la photographier. C'est la première fois que je vois un touareg dans cet état devant un chien et j'envisage sérieusement de lui offrir un chihuahua à la prochaine occasion.

À la tombée du jour, je décide d'aller me relaxer au *onsen* : la source thermale. Il y en a un de l'autre côté de la rivière : en plus, c'est un *rotenburo*, un bain en plein air. J'essaye de convaincre les confrères et consœurs que c'est encore mieux que le hammam. Mais les sous-vêtements sont interdits. Les hommes ne sont pas chauds du tout, les femmes froncent les sourcils. J'ajoute que ces eaux thermales sont bienfaisantes. Trois femmes se décident à venir avec moi : Lalla, Shenna et Khadija. On longe la rive, puis on grimpe les escaliers jusqu'à un pont suspendu. Lalla boite d'une jambe, nous avançons sans nous presser. La vue est très belle, surtout depuis le grand pont qui enjambe la rivière. Vues de dos, les femmes drapées dans leurs *tasernest* ressemblent à des personnages bibliques. Enfin, au bout d'un chemin en terre apparaît le « Yomogi onsen ». On aura bien mérité notre bain ! Dans le vestiaire des femmes, il n'y a personne, ce qui facilite les choses. Les touaregs sont très pudiques. Du haut de ses soixante ans, la vieille Shenna a la carrure d'un joueur de rugby et un attirail impressionnant de grigris qu'elle n'a jamais quittés depuis l'aube des temps. Elle garde ceux qui sont attachés à ses tresses. En tenue d'Ève, nous nous dirigeons vers la salle du grand bain. On commence à s'astiquer. Il faut surveiller qu'elles ne confondent pas le *body soap* avec le démêlant à cheveux et qu'elles ne tombent pas dans les pommes après être sorties du bain chaud ! Le *rotenburo* a le succès attendu. Sous la voûte des arbres, corps flottant dans l'eau et cheveux au vent, la joueuse d'*imzad* et les deux chanteuses du Hoggar et d'Iherir forment une belle brochette ! Dommage que je ne puisse pas les prendre au photo.

Nous revenons tranquillement au campement par des sentiers de traverse. La pluie a fait remonter les odeurs de la forêt, ça sent le cyprès du Japon et le pin. Depuis que je suis arrivée, je n'ai presque pas eu le temps de fêter mon retour au pays ; le moment est venu d'aller boire un bon saké en mangeant du poisson cru.

Avec une des organisatrices, nous partons à la recherche d'un boui-boui japonais. En chemin, nous croisons Choghli, Sliman et Lamine qui nous emboitent le pas. Attention, l'aventure va commencer ! Nous tombons sur un minuscule *izakaya*, typique des campagnes : un comptoir, cinq tabourets, une « mamma » souriante et pleine d'hospitalité. On commande un saké et du Coca pour les trois compères. Les plats défilent au fur et à mesure : de la sèche, des algues séchées, des brochettes de poulet, de la pâte de soja, des sashimis... Les touaregs testent bravement chacun des plats et en apprécient même certains, ce qui est plutôt étonnant. Ils picorent avec leurs baguettes, boivent une gorgée de Coca pour faire passer, puis commentent en tamasheq :

– C'était quoi, ça [à propos de la sèche] ?

– Sais pas, mais c'était ni du poisson ni de la viande.

– Et tu crois que c'était hallal ?

– Sais pas, mais en tout cas je me risquerai pas à manger le truc cru [à propos du sashimi].

Seul Sliman continue de manger en silence et finit tous les plats sans sourciller. J'en suis bouche bée. Ce danseur d'épée d'Iherir aurait-il du sang de samouraï ? Il arrive même à manger tout le tofu et les *umeboshi*, ces prunes macérées et très aigres. La mamma est tellement ravie qu'elle lui offre une soupe *miso*. On parle du désert, des « hommes bleus » (plutôt vert, aujourd'hui) et du concert à Okutama. Elle complimente les habits basin de nos amis, qu'elle trouve très classes. Le désert est très loin du Japon, mais aujourd'hui des touaregs sont assis dans son petit bistrot de campagne et la dame japonaise en est tout émue. On finit la soirée en écoutant du *koto*, la harpe japonaise qui ressemble étrangement à la cithare arabe. Demain, le travail commence. Et ça aussi, ça va être « à la japonaise » !

Le festival va s'ouvrir en pleine forêt avec, sous la tente touarègue, un atelier de *tendé* et d'*imzad* l'après-midi, un concert le soir, et, au milieu, des invités d'une tout autre planète : des Indiens de la forêt amazonienne !

Il pleut sur Okutama lorsque nous montons la tente traditionnelle en peau, une peau qui exhale des odeurs de bête comme pour protester contre le climat humide de ces contrées barbares. Entre deux accalmies, le staff japonais, armé de marteaux et de pelles, essaie en vain d'enfoncer les piquets de l'*ehaket* dans la terre, mais de toute évidence ils sont trop longs. « Dans le sable, ça s'enfonce bien », lance Lamine, désemparé. Finalement, on décide de tailler les piquets en pointe et de protéger la peau avec une bâche bleue. Ce n'est pas très joli, mais au moins nos touaregs sont tous à l'abri de la pluie.

C'était moins une. Déjà le public arrive et fait sagement la queue devant la tente. Ce sont surtout des jeunes, mais il y a aussi des parents qui regardent attentivement les instruments. Au début, je ne suis pas convaincue par cet atelier (ni les femmes, d'ailleurs), mais les Japonais ont l'air tellement concentrés que ça prend une allure quasi mystique ! Le simple fait d'être invité sous la tente – il est vrai assez impressionnante, avec ses huit reines du désert – est vécu comme un honneur.

Des petits groupes se forment autour du mystérieux mortier de cuisine, le *tendé*, qui pour l'occasion est tendu avec deux tiges de bambou. Le violon monocorde de Shenna est l'instrument qui impressionne le plus les Japonais, qui l'écoutent presque religieusement. Shenna l'a fabriqué elle-même avec une calebasse, une peau de chèvre et un crin de cheval, et il s'en dégage une sorte de noblesse sobre. Shenna est l'une des dernières joueuses d'*imzad* dans la région du Hoggar. Un couple s'essaie au *tendé jerrican* en rigolant. Simple et efficace, le jerrican *made in Germany* occupe, comme le *tendé*, une double fonction, de réservoir à essence et de percussion ! Les femmes d'Iherir en jouent avec beaucoup de grâce en s'accordant avec le clapet d'ouverture. Les Japonais sont fascinés.

J'assiste à tout cela, en jetant des coups d'œil dans la forêt avec l'espoir d'apercevoir la silhouette des Indiens Karajá venus de l'Amazonie brésilienne. Il paraît qu'eux non plus ne se sont jamais produits à l'étranger ! Enfin, la pluie s'arrête. Un grand feu est allumé et réchauffe de ses flammes rouges la nuit humide des montagnes d'Okutama. Et c'est alors qu'ils arrivent. Dans la pénombre, on voit juste les plumes d'oiseau qui flottent sur leurs corps nus et parés de tatouages. Les voix s'élèvent et s'abaissent en un chœur moitié homme, moitié animal pendant que des danseurs tournent deux par deux autour du feu en un rythme lent et saccadé. Pas d'instrument, seulement des voix et la gestuelle des corps qui interpellent l'esprit de la nature. Peu à peu, la danse sacrée se transforme en chant ludique. Les hommes, assis face à face, laissent éclater leurs rires, se confrontant l'un à l'autre en joutes oratoires, mimant l'esprit malin de la forêt qui vient terrifier les enfants. Enfin, la danse s'achève par un grand cercle où Indiens et Japonais se tiennent par la main, sous le regard grave et un peu inquiet des touaregs qui, pendant tout ce temps, ont assisté au spectacle sous leur tente, tels des chefs apaches. Auront-ils le même succès que les Karajá ?

Le concert débute. Un peu à l'étroit sous leur auvent, les hommes et les femmes en tenue d'apparat se tiennent bien droit, tandis que Shenna interprète un air d'*imzad*. L'inspiration n'a pas encore pris son envol qu'il faut déjà passer à la flûte d'Aghrib, puis au *tendé* de Lalla. Pas facile de s'adapter à ces contraintes de temps et au concept analogique du festival d'Okutama, sans éclairage ni électricité, à part pour un petit ampli et deux micros. C'est pire que dans le désert ! Comme souvent, il y a un décalage spectaculaire entre l'idéal des organisateurs et celui des musiciens. Dans le désert, quand il n'y a pas d'ampli, on s'assoit tout autour des musiciens pour bien entendre, mais là le public est assis à plusieurs mètres de la scène. Du coup, on entend très mal et on ne voit pas grand-chose. La deuxième partie du concert, avec Choghli au oud et les femmes d'Iherir au chœur, font monter la tension. Le public commence à se rapprocher pour former un demi-cercle autour de la tente. Choghli a un bon contact avec le public malgré un anglais chaotique : « Are you happy to be music touareg ? ». Enfin, les jerricans d'Iherir mêlés à la voix extraordinaire de Khadija distillent une vague de transe chez les Japonais, qui se mettent à danser sans plus pouvoir s'arrêter. Les bambous du *tendé* finissent pas se fendre sous le postérieur des femmes de Tam. Le concert est un vrai succès !

Le lendemain, nous assistons à un *matsuri*, ces fêtes populaires qui animent tous les quartiers et les villages du Japon et célèbrent l'esprit de chaque chose, animée ou inanimée : le riz, le feu, les étoiles, ou, comme aujourd'hui, l'esprit des trois villages d'Okutama engloutis par les eaux d'un barrage… et dansé par des hommes déguisés en femmes. Il en faut plus pour surprendre nos touaregs, qui me font courir après les danseurs trans pour prendre une pose photo. Pendant ce temps-là, les Indiens Karajá sont assis sur un banc et observent sans rien dire le monde qui s'agite autour d'eux. D'un air impassible, ils se lèvent quand on leur demande de faire une pause, puis viennent se rasseoir, pas un seul n'a d'appareil photo ni de portable. À côté d'eux, les touaregs ont l'air de grossiers touristes !

Quatre heures plus tard, nous arrivons au centre de Tokyo sans avoir pour autant changé d'agglomération : le grand Tokyo compte trente millions d'habitants et est la ville la plus densément peuplée du monde. On est aux antipodes du Sahara ! Notre hôtel se trouve dans le quartier traditionnel d'Asakusa, peuplé de temples et de gratte-ciels. Dans le hall, je trouve Choghli et Abdallah confortablement assis dans des grands fauteuils à siroter un *kahua* en fumant une cigarette… Pour ces deux habitués des cafés de Djanet et Tam, on est enfin revenu dans un endroit civilisé ! Tout le monde n'attend qu'une chose : faire du shopping !

Je décide de frapper fort en les lâchant dans la *Takeshita-dōri*, au milieu d'une foule d'écolières aux cheveux jaunes et de garçons teints aux ultraviolets avec des nounours accrochés à leur sac à dos. Dans cette rue ultra branchée de Harajuku, je suis sûre que chacun trouvera son bonheur. Mais je dois vite désenchanter. Abdallah cherche un appareil photo dans un « tout à cent yens » chinois, Lalla et Téfar cherchent une valise dans un magasin de cosplay, les femmes d'Iherir essaient des jeans à quatre cents euros. Il fait une chaleur suffocante. Après une heure à tourner dans les magasins, j'ai déjà perdu la moitié des touaregs. Avec Aghrib et Sliman, nous décidons de les attendre au milieu de la rue, pour avoir une chance de les retrouver.

On sympathise avec les blacks du quartier : des Ghanéens qui bossent dans des boutiques de hip-hop. Ils sont mariés à des Japonaises, habitent Tokyo depuis des années, ce qui en bouche un coin à nos touaregs. Voilà qui les change de l'image de l'Africain qui traverse le Sahara et finit à Ceuta…

On finit cette matinée par un déjeuner local : un kebab turc ! La veille, je les ai emmenés dans un barbecue coréen que n'importe quel carnivore apprécierait, mais ils n'ont pas aimé la sauce ! « Elle a un drôle de goût ! » « Trop sucrée ! » « T'es sûre que c'est hallal ? » Je commence à en avoir ma claque. « Moi je mange tout ce que vous mangez dans le désert, même des lézards ! » Mais ils sont quatorze et ce kebab à deux pas de l'hôtel est finalement une bénédiction. Une fois que tout le monde est servi, je me faufile dans le restaurant d'en face : un sushi tournant. Manger du kebab à Tokyo, faut être fou !

Mes touaregs arrivent peu à peu à se débrouiller tout seuls. Hawa sait à présent monter dans l'ascenseur, Lalla peut emprunter les escalators sans s'évanouir, Ghaisha a même réussi à activer les chaînes payantes *pink* ! Entre deux concerts-symposiums un peu guindés, où musicologues, primatologues et chercheurs débattent sur « l'homme libre », je décide d'emmener les touaregs jouer au Bonobo. Un club déjanté et underground où je retrouve mes vieux amis des années 1990, telle Haruka, qui est passée d'hôtesse à barmaid ! Nos touaregs se produisent sur une scène minuscule. Ça crie, ça boit, ça siffle. Ils font un tabac. Je vais prendre l'air dehors et trouve Lamine qui a déroulé sa natte sur le trottoir pour vendre ses bijoux ! À côté, les femmes de Tam ont déballé leurs sacs en peau qui sentent à des kilomètres ! Mme Tamamushi arrive à l'improviste et regarde d'un air interloqué Shenna et Lalla (qui est quand même la tête d'affiche) assises à même le sol en train de marchander leurs produits. Eh quoi ! faut bien manger !

Les touaregs, une fois rentrés chez eux, doivent nourrir leur famille et ont autre chose à faire que chanter, danser et taper sur leur tambour. Leurs activités vont de l'infirmier au convoyeur clandestin, en passant par le forgeron et le commerçant. Badi Lalla et Téfar, elles, sont connues dans le Hoggar pour leur soutien aux mouvements rebelles. Téfar déclare : « Il faut que la femme touarègue se batte pour travailler. Elle n'est plus une femme qui reste à la maison et elle doit faire respecter ses nouveaux droits ! » Puis elle regarde le remous de la ville qui ne dort jamais et me glisse : « Le Japon c'est joli, les gens sont calmes, ils restent toujours polis et parlent avec beaucoup de respect. Mais ça se voit que la vie est dure ici, plus dure même que chez nous. »

Cette tournée de douze jours aura vraiment permis de casser quelques clichés !

Tanaka, Kotelet et les autres chameaux

À Djanet, la sécheresse a provoqué une pénurie d'orge, car tous les éleveurs se sont rabattus sur cette céréale dont le prix n'arrête pas de monter. Ceux qui possèdent deux ou trois chameaux peuvent les nourrir avec le fourrage des jardins, mais les autres doivent se résoudre à transporter par véhicule des tonnes de grains. Heureusement que nous avons la voiture. Nos quinze chameaux sont gardés par Moussa, à quelques kilomètres de Djanet. Plus les mois passent, plus on les rapproche pour éviter de longues heures de transfert.

Moussa s'est fait une vraie petite chambre dans le désert en taillant l'intérieur d'un tamaris. À l'abri du vent la nuit, l'endroit est ensoleillé la journée pour la sieste, car il fait frais en janvier. J'aime bien Moussa pour son sens de l'ordre : quand il est aux pâturages, il prend soin de recouvrir tous ses effets comme lorsqu'on ferme une chambre à clé, et a attaché un drapeau en plastique en haut de l'arbre pour marquer son territoire. Il a aussi certains objets que seuls les nomades utilisent, comme un trépied pour accrocher sa marmite carbonisée, et une paire de mocassins très tendance en cuir marron. Moussa a un caractère blagueur et adore mettre les gourmettes au cou des chameaux en répétant leurs noms bizarres.

Mon chamelier fait la distribution d'*el kebab* qu'il a acheté en quantité. Puis il s'assoit en tailleur entre Kotelet et Tanaka, et allume une cigarette. Avec ses lunettes noires et son turban indigo, son outre en peau de chèvre et son téléphone satellite Thuraya, il a fière allure. Mais ces mois de sécheresses commencent à atteindre son moral. Il s'est attaché aux bêtes. Bizarrement, depuis qu'ils dépendent des distributions d'orge, les chameaux ont des comportements de plus en plus humains. Ils font peine à voir avec leur bosse toute aplatie et leur air maigrelet. On continue à organiser des caravanes pour pouvoir payer leur nourriture, mais le manque de pâturages engendre des situations rocambolesques.

Il y a quelques jours on a reçu trois clients d'Eliki. Alors qu'on prenait le petit-déjeuner, Moussa et Rhissa sont partis à pied chercher les chameaux, mais ne sont pas revenus. Mon chamelier est parti à son tour en voiture, en roulant très lentement pour suivre leurs traces. Je lui ai demandé : « Tu crois que les chameaux ont encore pris la route du

Niger ? » Il a secoué la tête : « Non, je pense qu'ils sont retournés là où nous avons campé hier. » C'était au moins à dix kilomètres ! Les traces des chameaux avaient en effet l'air de mener au campement de la veille.

– Pourquoi sont-ils retournés là-bas ?

– Parce qu'on a donné de l'orge.

J'éclate de rire. Les chameaux ont un sens de la déduction ! Mais comment se faisait-il qu'ils se soient déplacés tous ensemble ? Mon chamelier dit de sa voix monotone : « Il y a un chef. » J'étais surexcitée.

– Un chef ? Lequel ?

– On le saura en arrivant.

Puis il fronça les sourcils et reprit l'examen des traces.

– Allez, dis-moi qui est leur chef !

– Auraq et Kotelet.

– T'es sûr ?

– Oui, ces deux-là marchent en tête.

Auraq était mon chameau, celui que je chevauchais depuis ma traversée avec Mahmouden. Et Kotelet était le chameau de mon père ! Un chameau brun et poilu de Djanet et que j'avais baptisé ainsi car mon père voulait toujours manger des côtelettes grillées au charbon de bois lorsqu'il venait à Djanet. Je ne pus m'empêcher de m'exclamer : « Ça ne m'étonne pas de la famille Descotes ! » J'imaginais nos chameaux lors de cette nuit. Alors que tout le camp dormait profondément, ils s'étaient rassemblés sous la voûte étoilée pour exprimer leurs doléances. « J'ai faim ! », « Y en a marre de l'herbe sèche ! », « J'peux pas bosser dans ces conditions ! ». Kotelet s'était alors prononcé : « Revenons à l'endroit où nous avons mangé la délicieuse orge hier. » Les autres n'étaient pas convaincus, c'était loin et ils étaient fatigués. Mais Auraq dit : « Kotelet sait de quoi il parle, il est né ici. » Les chameaux du Niger acquiescèrent en silence. Eux, ils étaient des immigrés. La nuit s'annonçait longue, sans rien à se mettre sous la dent. Et le Niger était très loin. Le troupeau se mit en route derrière Kotelet et Auraq. Il leur fallut plusieurs heures pour arriver en sautillant avec leurs pattes entravées. Mais quelle déception de ne trouver que des restes d'orge sur le sable ! Kotelet fit son voyou : « Vous m'avez suivi comme des moutons ! » et il disparut. Le troupeau pleura en mangeant des brins secs.

Le soleil était déjà haut quand les chameaux virent arriver Moussa et Rhissa, qui essayèrent de les consoler. Ils avaient marché depuis le matin pour les chercher, mais c'étaient des chameliers et ils étaient habitués. Moussa réprimanda quand même Kotelet et Auraq : « Ah, c'est malin ! Maintenant tout le troupeau doit retourner au campement et les touristes attendent ! ». Les chameaux blatèrent de dépit. En plus, ils allaient devoir bosser le ventre vide. Amenokal trancha : « Si c'est ça, il faut que les deux leaders soient punis. » Kotelet et Auraq s'éclipsèrent discrètement. Le troupeau commençait à rugir.

À ce moment-là, un doux vrombissement se fit entendre. Tous les chameaux se tournèrent vers l'horizon. Kotelet et Auraq revinrent en courant et bondirent vers leur bienfaiteur. Ils avaient eu raison de venir. La voiture de l'orge était là, ils étaient sauvés !

Bali

Le désert restait désespérément sec depuis que les pluies diluviennes avaient emporté Othmane Bali. Je n'arrêtais pas de penser à cette coïncidence étrange, ce coup du destin, comme si le ciel refermait une énigme dont la clé pourrait être enfin la délivrance, l'*ejina* que tout le monde attendait.

Je marche dans l'oued de Djanet en compagnie de Barka, un musicien et ami intime de Nabil, le fils de Bali. La pleine lune illumine notre chemin. On va rejoindre des amis dans le quartier de Tinhatma. Barka me dit que c'est par une nuit comme celle-ci que Bali a été emporté, le 17 juin 2005. Je lui demande de me raconter les circonstances de sa mort.

« Nabil et moi, on était partis à une soirée à Tinhatma. Il a commencé à pleuvoir. Au retour de la soirée, le goudron était presque inondé et on a dû passer par derrière. On était gais, on s'est arrêtés faire du thé chez des amis. Mais Nabil a commencé à avoir mal au cœur. J'ai tout fait pour le calmer, mais à mon tour j'ai commencé à me sentir mal. Peu après, on a entendu des sirènes d'ambulances. Elles se dirigeaient vers l'oued Tinjatat. Il paraît qu'il était en crue et qu'une voiture avait été prise par le torrent. Nabil a dit que son père était là-bas, à une réunion à Inabarbar. Il a appelé les amis de son père qui lui ont dit que Bali était parti malgré la montée des eaux. Ils ont dit que tout le monde avait essayé de l'empêcher de prendre sa voiture à cause du danger, mais il paraît qu'il était décidé à partir. »

Les recherches ont commencé en pleine nuit dans l'oued Idjeriou où nous sommes en train de marcher. C'est étrange de penser qu'il y a trois ans, cet oued asséché était une rivière et que c'est là qu'on a retrouvé la voiture de Bali, qui a été traînée sur plusieurs kilomètres jusqu'au souk.

« Les secours ont mis toute la nuit à tirer le véhicule hors de l'eau avec des cordes. Quand ils y sont arrivés, il n'y avait personne à l'intérieur. La ceinture de sécurité était attachée, on s'est dit que Bali avait tout de même réussi à sortir. Alors on l'a cherché partout. Nabil recevait sans arrêt des appels, certains affirmaient que son père était rentré à la maison, d'autres croyaient l'avoir vu dans un autre véhicule, c'était la confusion totale. Au petit matin, les secours ont rappelé tout le monde au centre de l'oued et les recherches ont repris de là. Nabil et moi, on a essayé de se reposer un peu. Quand les secours ont rappelé, on a su qu'ils avaient trouvé le corps. J'ai dit à Nabil de ne pas pleurer, et on est partis. »

À partir de là, Barka murmure, comme pour ne pas déranger les esprits. L'histoire est à peine croyable. « Bali a été retrouvé aux portes de son village, exactement là où il était né, au pied du grand palmier sous lequel sa mère avait accouché, cinquante-deux ans plus tôt. Nabil a vu son père et il a juste dit « *Hamdulilahi* ». Il n'a pas pleuré. Le visage de Bali était si serein et son corps, sans un éclat de boue. Il ressemblait à quelqu'un qui sort de son bain. » Je dis tout bas : « À un nouveau-né. »

J'en ai des frissons. Mourir noyé dans le désert, cela arrive à pas mal de touaregs, mais le fait que, cette nuit-là, Bali ait été le seul à être emporté a quelque chose de mystique. Il s'était noyé dans l'immensité du désert comme le héros d'une tragédie grecque, comme Isabelle Eberhardt, morte elle aussi dans la crue de l'oued Aïn Sefra, dont la boue sauva miraculeusement toutes ses notes de voyage, révélant au monde, après sa mort, sa vie sublime de femme-homme. Bali aussi n'était pas un artiste comme les autres.

Il jouait avec sa troupe composée de nombreuses femmes, dont sa mère, la fameuse joueuse de *tendé* qui faisait des improvisations dans chacun de ses concerts. Bali était adepte de ce qu'on appelait « la médecine *tendé* ». Car cet instrument si particulier servait aussi à guérir le corps et l'esprit. J'avais moi-même été soignée par les plantes broyées dans un *tendé* à Djanet, alors que je devais être rapatriée à Paris pour un mal étrange. J'allais tellement mieux qu'aux urgences on ne vit pas tout de suite que j'avais une péritonite généralisée. Bali avait joué avec les plus grands jazzmen, dont Steve Shehan, mais quand il était à Djanet il travaillait à l'hôpital. Ses compositions étaient d'une densité spirituelle qui transcendait tout ce qu'on avait entendu jusqu'alors dans la musique touarègue. C'était un chaman. Je ne fus donc pas étonnée d'apprendre par Barka qu'il avait eu des signes prémonitoires. Au sommet de sa carrière, Bali jouait dans le monde entier, mais son dernier concert avait été au Japon.

« Avant de partir au Japon, Bali a fait trois fois le même rêve. Il était sur une grande plage, puis nageait dans la mer. Cette mer pensait-il était l'océan Pacifique qu'il allait survoler. Il est allé consulter un marabout mais le marabout n'a rien dit. Il avait compris mais certaines choses du destin ne peuvent pas être dévoilées ». Deux mois après son retour, il était emporté dans l'oued Idjeriou. « Idjeriou signifie mer en tamasheq », dit Barka. *Mektoub.*

Helaila Sbeiba !

L'année 2009 débuta par la reprise du conflit israélo-palestinien, mais aussi par la plus incroyable fête touarègue de Djanet, la Sbeiba. Elle se tenait tous les ans dans ce même oued Idjeriou qui devenait le théâtre d'un miracle divin.

Nous sommes le 5 janvier 2009, ou plutôt le huitième jour de Muharram (le calendrier musulman), connu sous le nom d'Achoura.

En cette nuit d'hiver, peu après l'appel à la prière du soir, les rues désertes résonnent des chants lointains qui viennent appeler à la répétition générale de la Sbeiba. Dans la famille de mon chamelier, on a fini le repas et on se réchauffe autour du poêle en jetant un œil à la télé algérienne qui diffuse en boucle des images d'enfants ensanglantés à Gaza. L'opération « Plomb durci » jette un voile sur la préparation de la fête millénaire. On dit que certains hommes ne veulent pas y participer en signe de solidarité pour le monde musulman. C'est la première fois que je vois la Sbeiba et je ne connais pas tous les détails de cette fête, sauf qu'il s'agit d'une cérémonie bien antérieure à l'islamisation des touaregs.

Nous nous emmitouflons dans nos manteaux pour aller voir la dernière répétition avant la fête. Sandy me dit : « Les répétitions ont commencé il y a une semaine. Zelouaz et El-Mihan ont chacun sa troupe de danseurs et de chanteuses, et chaque année les meilleurs sont sélectionnés. » Apparemment, les deux *ksour* de Djanet vont se concurrencer le jour de la fête et le meilleur sera élu. Voilà pour la partie facile de la fête. On aperçoit la place de Zelouaz, faiblement éclairée par la lueur des réverbères. Au pied des murs blancs de l'école, une foule fait cercle autour d'une chorale de jeunes femmes dont les chants très doux rappellent les berceuses touarègues. « Ce soir, ce sont les *timilouwen*, les chants de louange et de bravoure », murmure Sandy. Des hommes voilés glissent sur le sable en brandissant tour à tour un foulard et une épée *takouba* dans une chorégraphie étrange et aérienne. Les voiles lamés des femmes brillent comme un croissant de lune. Le rythme ralentit, les femmes se répondent maintenant d'un bout à l'autre de la colonne. La danse des épées se fait plus hypnotique. L'ombre d'un guerrier s'arrête devant le chœur des femmes et brandit son arme d'un geste menaçant. Je retiens mon souffle. Il se balance, les pans de sa grande tunique sombre flottant au vent, piétinant le sol au rythme du *ganga*. L'épée voltige dans les airs, menace un ennemi invisible, puis dévie lentement pour s'enfoncer dans la moiteur tiède de l'étoffe sous le chant imperturbable des femmes. La scène est digne d'un péplum.

Le lendemain, tout Djanet est là pour assister au spectacle qui se déroule sur l'immense oued Idjeriou. Je croise Housseini dans la foule. Sa femme Meriem a étudié longtemps la Sbeiba et a écrit un livre que je n'ai pas lu. Il me le résume : « La Sbeiba célèbre la victoire de Moïse sur Pharaon. Et l'oued Idjeriou, c'est la mer Rouge ! » J'ai le temps de me rappeler certaines scènes bibliques, en particulier quand Moïse, avec son bâton de prophète, fend la mer Rouge en deux. Grandiose. Mais quel rapport avec les touaregs de Djanet ? Housseini me dit : « Autrefois, deux tribus touarègues de Djanet étaient en guerre et ont scellé un pacte de paix après l'annonce de la victoire de Moïse. C'est devenu une célébration annuelle. » La Sbeiba était donc une fête datant d'environ 1200 avant notre ère !

Le vent s'est levé depuis le matin, balayant le lit asséché de l'oued de millions de grains de sable. Sous le ciel gris, les danseurs-guerriers entourés d'un régiment de femmes se font face d'une rive à l'autre de l'oued, séparés par une cinquantaine de mètres en direction de leur ksar respectif,

Zelouaz au nord, El-Mihan au sud. Ils sont couverts d'indigo, le visage voilé et la tête portant des coiffes parées de losanges en argent, ils ont des lances et des boucliers aux insignes des Ajjers. Une vieille dame armée d'un grand tambour de cérémonie donne le coup d'envoi. Les deux troupes se mettent en marche, suivies comme la veille par un bataillon de vieilles au visage plissé et à l'œil farouche. Baguette à la main, elles tapent sur leur *ganga*, tandis que, de chaque côté de l'oued, deux colonnes de femmes majestueuses entament les chants. « *Helaila sbeiba Lamalouila sbeiba.* » Housseini me dit qu'elles se transmettent des poèmes de mère en fille depuis des générations, et que certains sont des satires pour dénigrer les femmes de l'autre camp. Toutes les femmes sont parées d'étoffes somptueuses de Tunis ou du Fezzan aux couleurs carmin, vert et blanc superposées avec art, la peau colorée par l'indigo moiré de leur voile, de lourds bijoux tombant sur leur poitrine comme une armure d'or et d'argent. Je reconnais la *takerde*, une lourde parure faite de trois losanges, mais il y aussi des bijoux dorés représentant une main ou un poisson. « C'est la *cha'riya* qui vient d'Égypte, dit Housseini. Tous ces bijoux anciens ont été ramenés par les caravanes qui reliaient jadis Djanet à la Libye et au Soudan. »

Comment la nouvelle du miracle divin était-elle parvenue jusqu'aux remparts de Djanet ? J'imagine de mystérieux émissaires traversant le désert Libyque. Était-ce ce fameux peuple guerrier des Garamantes, dont les « chars au galop volant » étaient peints sur les parois rocheuses de l'Akakus et du Tassili ?

Le soleil fantomatique distille sa pâle lueur sur le front où s'enchaînent les phases du rituel, tour à tour agressives et harmonieuses. Les hommes entament une ronde, épaule contre épaule, déployant chacun les ailes de leur grande tunique brillante qui bat au vent, le visage recouvert d'une cotonnade blanche. On se croirait au carnaval de Venise. Puis les combats reprennent de plus belle.

Galvanisés par les louanges de bravoure, les guerriers accélèrent la cadence, courant dans un nuage de poussière vers la rive opposée en brandissant leurs épées. Un vieux maître de cérémonie guide l'offensive, houspillant et criant, traînant à sa suite un véritable service d'ordre. Tout autour des barrières, la foule siffle et youyoute au passage des danseurs. La télévision nationale tente une percée pour filmer, mais malheur à ceux qui essayent d'entrer sur le champ de bataille ! Une vingtaine de journalistes algériens, qui courent de tous les côtés pour prendre des photos, se font refouler vers les barrières. Moi-même, je me suis risquée un peu trop près. Qu'à cela ne tienne ! Un vieil *amghar* aux rides creusées comme des sillons, le *tagelmust* rabattu sur le front comme au siècle dernier, me repousse de la main avec le seul mot français qu'il connaisse : « Dégage ! »

J'obéis le sourire en coin, pas mécontente que les anciens aient toujours autorité sur leur fête, au mépris des touristes et des officiels. Pour ces gardiens de la pure tradition de la Sbeiba, ces incursions d'étrangers à l'intérieur de leur cercle devaient être tout simplement insoutenables ! L'oued n'était-il pas pour eux le lit asséché de la mer, théâtre du miracle divin ? On s'y livre à une bataille acharnée contre les forces du mal. C'est un déferlement de guerriers masqués dont on ne distingue plus que la lame brillante et le rouge des foulards qui crache comme du sang dans la poussière. C'est la dernière croisade qui marque la victoire de Moïse et les hommes dansent dans une transe, sous le regard nébuleux des vieilles et le chœur hypnotique des jeunes femmes.

La fête s'achève sans qu'on sache trop comment. Le public commence à entrer dans la mer Rouge pour faire des pauses avec les danseurs masqués, qui baissent leurs voiles, soudain souriants et affables. Dans un brouhaha amical et bon enfant, tout le monde se salue, se félicite, en essuyant sa face noircie d'indigo. Ici je reconnais un agent de police de l'aéroport, là un chamelier ou un guide. Les deux cavaliers montés à chameau ont donné leur préférence à El-Mihan cette année, mais personne n'a l'air de s'en soucier. C'est la plus belle célébration de la paix que j'aie jamais vue.

8

Sahara rouge

À Djanet, on prie dans les mosquées pour appeler la pluie. Au Niger et au Mali, les imams modérés appellent la population à lutter contre l'extrémisme religieux. La situation s'est considérablement dégradée dans tout le Sahara.

En avril 2010, Michel Germaneau, un humanitaire français, est enlevé au Niger et exécuté quelques mois plus tard dans le nord du Mali. En septembre, à Arlit, sept employés d'Areva sont pris en otage par AQMI. Entretemps, le patron de Point-Afrique, Maurice Freund, a publié un éditorial où il explique pourquoi il a décidé d'annuler les charters à destination de Tamanrasset et Djanet à la rentrée. Il affirme que sans « prétention d'être un expert de ces zones », le numéro 4 d'AQMI est un imam touareg du nord du Mali : le Sud algérien est d'ores et déjà une région dangereuse ! Envoyé à tous les clients de Point-Afrique, cet éditorial fait l'effet d'une bombe atomique. Les Français annulent leurs voyages. Et la compagnie Aigle Azur, qui dessert aussi le Sud algérien, doit se résoudre à supprimer ses vols directs. L'agence Synair, avec qui nous travaillons, déplore cette prise de position qui monopolise toute l'opinion publique : « La décision d'arrêter les charters de Point-Afrique ne concerne qu'eux, mais cet éditorial encourage la désertion des touristes, des ONG et des ressortissants occidentaux ! ». Pour les milliers de voyageurs dans le désert, on passe directement de l'homme bleu à AQMI. Après Agadez, Tombouctou, Gao, Djanet et Tamanrasset sont classées « zones à menace terroriste formellement déconseillées » par le Quai d'Orsay. Tout le Sahara est rouge.

Pourtant, lorsque je reviens en novembre 2010, Djanet vibre au son des musiques de guitare et de luth. La fête du chameau et la Tabaski ont ravis les Italiens, Suisses ou Japonais. Mais sous ces apparences de normalité, tout a changé. Les détenteurs de téléphones satellites Thuraya sont maintenant obligés de s'enregistrer auprès des points de vente. La gendarmerie a envoyé des méharistes touaregs sur le plateau pour épier les routes clandestines. La surveillance est telle que les nombreux touaregs qui vivaient du travail de guide ou de mécanicien sur les convois de cigarettes ou de migrants entre le Mali, le Niger et l'Algérie sont maintenant astreints au chômage.

Tourisme et fraude, en alternance, permettaient de boucler les dépenses d'une année. À présent, tout le monde se demande comment faire pour travailler. Au Scanner, je croise Ibrahim, un guide qui me déclare, non sans humour : « La menace est réelle, non pas pour les touristes, mais pour nous ! Imaginez un jeune sans aucune ressource à qui AQMI propose des millions de dinars pour acheminer un simple paquet. Qu'est-ce que vous croyez qu'il va faire ? » La discussion tourne autour de l'avenir des jeunes. « Le seul débouché ? C'est de s'allier à la mafia pour gagner de quoi ouvrir un commerce honnête ! » plaisante Ahmed, un jeune fraudeur au chômage. Un commerçant touareg qui habite les riches quartiers d'Arum se joint à la conversation. « Les jeunes d'aujourd'hui s'assoient au café en attendant les touristes alors qu'on recrute dans les raffineries de pétrole et sur les chantiers de route. Pis, ils ne savent même pas que s'ils en font la demande au service du travail, l'État leur accordera un crédit pour investir. » Les jeunes rétorquent : « L'État recrute des arabes, pas des touaregs, nos demandes n'aboutissent jamais, cela a toujours été comme ça ! »

L'ambiance est tendue en cette saison touristique ratée. Avec les sécheresses, c'est double peine. Heureusement, un événement majeur est venu faire un pied-de-nez à toutes ces annulations de touristes : Tinariwen est arrivé de Kidal pour enregistrer un quatrième album à quelques kilomètres de Djanet ! L'album s'intitulera, comme le désert, *Tassili.*

Tinariwen Tassili

Dans l'oued qui longe la falaise de Tinaloko, une grande tente rectangulaire a été aménagée en studio d'enregistrement. À l'intérieur, l'ingénieur du son enregistre les chœurs d'Elega et Iyadou. Le groupe est arrivé de Kidal il y a trois semaines, rejoint par une dizaine de personnes d'origines très diverses. Des Français, mais aussi des Italiens, et surtout Kyp et Tunde, deux musiciens noirs-américains de Brooklyn. Protégé des regards par des murailles de pierres, le canyon est parsemé de petits campements où chacun vaque à ses occupations. Autour de ce repère musical encastré dans les rochers, une véritable route s'est creusée au gré des allers et venues des Djanetis venus saluer les Tinariwen.

La venue de ces musiciens emblématiques de la génération des ishoumars ne laisse personne indifférent. Tout le monde ne parle que d'Abreybone, qui n'est pas revenu dans la région depuis 1973. Quand j'arrive, il est comme d'habitude en vadrouille dans le désert. Je retrouve avec plaisir Aben aben, Abdallah, Iyadou, Elega et Said. On se rappelle en riant la « glace » de la bonne année 2005 à Essouk. Depuis que la rébellion a repris en 2006, la région de Kidal est fermée aux étrangers, comme presque tout le Sahara. Bastien me confirme que le désert du Tassili N'Ajjers est « le seul coin du Sahara touareg où les étrangers peuvent circuler librement ». Les Tinariwen ont même fait un concert à Djanet pour la Tabaski. Dommage pour les touristes qui avaient annulé leur circuit…

Depuis la mise au rouge du Sahara touareg, la presse française et internationale ne parle plus que de la nouvelle étoile du terrorisme : « Abdelkrim le touareg », qui est aussi cité dans le fameux éditorial de Point-Afrique. On le qualifie même de « Pablo Escobar du Sahel » : il est accusé d'avoir participé à un cartel de la drogue en Afrique occidentale et surtout d'avoir commandité l'assassinat de Germaneau. Il serait originaire de Khalil, dans la région de Kidal. Et comme son surnom l'indique de manière presque éhontée, il serait touareg. Une seule photo de lui circule dans les médias : on voit un homme au teint vaguement noir, la barbe grisonnante, avec un boubou blanc, et un chèche kaki. Je la montre à des membres de Tinariwen, curieuse de connaître leur avis sur cet individu qui fait les choux gras des journaux français. Mais personne n'en a entendu parler.

« Ce type n'est pas touareg, il n'y a qu'à regarder la manière dont il a noué son chèche », dit Saïd avec un soupir d'agacement. « Ça c'est qui ? Un touareg de janvier ? » renchérit Iyadou. Ils éclatent tous de rire. Comme tous les touaregs sont nés le 1er janvier sur leur état civil, c'est devenu une expression pour dire « monsieur Tout-le-monde ». « Parfaitement, tout le monde peut se faire passer pour un touareg quand ça l'arrange, il suffit de mettre un chèche et de se balader au Sahara ! ». Seul fait confirmé par tous, il y a un trafic de drogue qui passe par Khalil, à la frontière algérienne. On parle d'une milice arabe venue de Mauritanie ou du Sahara occidental qui y est particulièrement bien implantée. Et tout le monde sait que le trafic d'armes et de drogue nourrit AQMI.

Abdallah prend la parole : « Je n'ai pas peur de dire que certains touaregs participent à ce trafic aux côtés d'AQMI, ou quel que soit le nom qu'on donne à ces terroristes, pour la simple raison qu'il leur est impossible de s'implanter dans une zone sans l'apport de la population locale. Mais ce sont des trafiquants comme il y en a partout en France ou aux États-Unis, pas des intégristes. » Abdallah est le plus pratiquant du groupe. C'est un Kel Essouk, une tribu maraboutique du Tamesna, entre le Mali et le Niger. Il est venu à Djanet en passant par Niamey et Agadez, puis Arlit. Ils nous montre des images qu'il a filmées sur la route, très loin des prises d'otages. Ce sont des mariages, des danses de chameaux, des concours de beauté. « Au Niger comme au Mali, les touaregs souffrent, mais ça ne les empêche pas de vivre. »

Ces images me réchauffent le cœur. Cela fait quatre ans que je ne suis pas allée au Niger. Les routes sont bloquées et ça m'énerve d'autant plus que je n'arrive pas à savoir ce qu'il s'y passe vraiment. Je n'ai jamais croisé un intégriste islamiste de ma vie, mais je sais que les touaregs ont toujours été les défenseurs d'une société matriarcale où la femme a un rôle prépondérant. Adhérer à l'idéologie d'Al-Qaïda, c'est renier son identité même. Abdallah déclare : » Le problème, chez nous, ce n'est pas la religion, mais le respect qui se perd. Il faut organiser des tournées dans les campements au Niger et au Mali pour sensibiliser les jeunes. C'est à nous de le faire, pour les générations à venir. » Il n'en dit pas plus, mais je sens qu'il parle des valeurs intrinsèques des touaregs : l'*asheq*, le code d'honneur. Said, lui, ne croit même pas à AQMI. Pour lui, tout ça, c'est un vaste complot pour piller les ressources du Nord Mali : « De toute façon, c'est foutu, avec tout l'uranium, l'or et le pétrole du Sahara ! Il y a trop des vautours. »

On ne peut pas le blâmer. Son peuple se retrouve coincé dans un étau de plus en plus serré. Iyadou assène : « La vérité, c'est qu'on ne sait pas ce qui se passe sur notre propre terre. » J'acquiesce. On ne peut pas demander à tout le monde de croire aux médias français alors qu'aucun journaliste n'enquête sur place, ni au nord du Mali ni au nord du Niger. Et il faut plus d'un éditorial pour nous convaincre du lien d'une partie des touaregs avec Al-Qaïda. « On est en phase d'observation, dit Iyadou. Mais si on doit agir, ce sera la paix ou la guerre. Nous sommes de vrais guerriers, on ne négocie pas avec l'ennemi. Et on n'aime pas la lâchitude ! » Iyadou pense à son fils, à son avenir. Chamelier, fraudeur, terroriste ? Sa femme Ghaisha est de Bordj Badji Mokhtar, une willaya collée à la frontière malienne : « On a trois cent cinquante chameaux au campement, tous des dinosaures ! » rit-il. Bordj est quadrillée par les patrouilles et défendue aux étrangers, mais les nomades se portent bien, paraît-il. Il a plu et les touaregs ont célébré comme chaque année la fête du chameau à Timiaouine. « Peut-être que dans cent ans il n'y aura plus que les livres pour raconter notre histoire, mais il faut qu'on s'éteigne dans la dignité. »

Un convoi de 4x4 arrive. Ce sont les organisateurs du concert de Tinariwen à Djanet. Il paraît que le jeunes ont commencé à se bagarrer et que le concert a été interrompu. Ça ne m'étonne qu'à moitié. Les concerts à Djanet sont toujours très policés, le public est scindé en deux, les femmes reléguées sur le côté et assises sur des nattes, les hommes tous debout en train de danser entre eux dans un carré fermé par des barrières, sous la supervision du service d'ordre. On est loin des concerts de guitare de Kidal. Pour réparer cela, les organisateurs ont amené un méchoui, et de quoi organiser un concert improvisé dans le désert. Après un grand repas, Ibrahim, Abdallah et Aben Aben se mettent à la guitare. L'ambiance est joyeuse, avec un public de privilégiés, une quarantaine d'hommes.

Pour le coup, je regrette la présence des femmes. La guitare se danse à deux ! Un des organisateurs me dit : « On a proposé aux femmes de venir, mais elles n'ont pas voulu. C'est compliqué à Djanet... ». Je soupire. Parfois il m'est difficile d'accepter ça. Les femmes mariées craignent la réaction des maris, et les célibataires craignent de ne plus trouver de mari si leur réputation est ternie par trop de liberté. À ces heures où l'on parle de la montée d'un certain intégrisme musulman, je ne peux pas m'empêcher de penser que les femmes touarègues ont un rôle décisif à jouer. On pourra toujours dire que la tradition de Djanet n'est pas celle de Kidal ou celle d'Agadez, mais les touaregs sont tous issus de la même souche matriarcale où les veillées nomades étaient mixtes et régies par l'*asheq*, pas par la religion. Si le port du voile se perd chez les hommes touaregs, ce n'est pas une raison pour voiler les femmes !

Je me console en écoutant les morceaux d'Abdallah, qui chante au coin du feu l'âme des femmes touarègues. La chanson s'intitule « Chereybone », un poème écrit par une femme pour l'homme qu'elle aime ! Abdallah a beaucoup d'histoires sur les femmes. Normal, c'est le troubadour du groupe ! « Tu sais, chez nous, les femmes sont libres. Il y a une joueuse célèbre de *tendé* qui s'appelait Kotlo et qui chantait pour tous ses amoureux ! »

Le lendemain, je retrouve Ibrahim en compagnie de quelques bonnes faces burinées. Ce sont des anciens combattants de l'époque en Libye. Certains n'ont pas revu Abreybone depuis les années 1970, quand il avait séjourné à Djanet. Pour la plupart, l'époque de toutes les luttes, de tous les espoirs, c'est une époque révolue, une nostalgie que chacun porte dans son cœur. Et les histoires de touaregs intégristes, dealers de drogue et assassins provoquent des moues de dédain. On sent chez la plupart de ces anciens combattants de la rébellion touarègue un certain dégoût de tout ce qui se passe derrière leur dos. Ibrahim, lui, est dans ses pensées. Il regarde les rochers et les dunes autour de lui et murmure : « Ce que c'est joli ici. » Il a séjourné à Djanet entre deux exils, entre deux rébellions. Il y a trouvé un peu de paix. C'est son oasis.

La journée tire à sa fin sur les falaises rougeoyantes de Tinaloko. Au milieu des bruits de casseroles et de vaisselle, l'assemblée retient son souffle et tape des mains sur des chants qui planent très doucement. Ce sont Kyp et Tunde, qui finissent d'apporter une touche très soul au nouvel album. Alors que la grande lune rousse brille au-dessus des rochers du campement, on décide de partir tous les trois à la recherche des chameaux de Sahara-Eliki. Il doit être 3 heures du matin. Kyp me dit : « *You mind walking, because I don't !* » Tunde renchérit : « *It is our last night !* » Je les rassure : « On va les trouver, même si ça prend toute la nuit ! Vous ne pouvez pas partir du Sahara sans voir un chameau ! ». Kyp et Tunde acquiescent bruyamment. Depuis le matin, on n'a pas arrêté de parler d'*ayahuasca*, de *chicken-waffle* et de Tanaka ! Kyp gémit : « Je veux voir Tanaka ! ». Ils sont tellement drôles avec leurs Afros en train de pister des traces de chameaux. La lune se voile. Je sors ma lampe tricolore qui fait un peu stroboscope. On voit des chameaux partout ! Finalement, c'est Kyp qui trouve Auraq et Kotelet accroupis en train de mastiquer, puis Tunde trouve Tanaka et Solomon. Ils murmurent : « *They are amazing !* ». On s'assoit, on écoute le silence. Je leur raconte l'histoire du chameau sans tête et d'autres contes des *kel essouf*. Ils promettent de revenir pour monter en caravane. À l'aube, je rentre seule au campement de Sahara-Eliki. J'apprendrai plus tard qu'Ibrahim est parti à notre recherche en voiture, mais qu'il ne nous a pas trouvés ! Abdallah s'exclame : « Une Japonaise et deux Américains en train de chercher des chameaux en pleine nuit, c'est la catastrophe, ça ! ». Le lendemain, Tinariwen et toute l'équipe plient bagages. Le silence se referme sur les grands rochers du Tassili.

Cantiques soufis

Encerclant le feu, des hommes tapent des mains et reprennent avec ardeur le chœur des chanteurs. *Lailah illa Allah ! Lailah illa Allah !* En cette veillée improvisée à Inabarbar, il y a une ambiance magique, une communion de chacun avec la musique. Oud, percussions et violon se mêlent aux chants soufis dans un magnifique élan, guidé successivement par Choghli, Moussa Mechar ou Ahmed Chakali, musiciens de Djanet ou d'Illizi, enfants du pays connus de tous. Le plus chéri est peut-être le jeune Nabil Othmani, dont la voix grave porte l'ode magnifique de son père, suivie par des chants qui se répètent comme une transe et qui me rendent nostalgique.

J'ai découvert un peu de l'islam soufi en 2006, lors d'une fête célébrée en l'honneur d'un saint soufi à Tit, à l'est de Tamanrasset. C'est un touareg surnommé « Sakai » qui m'y a emmenée. Ce touareg de Tam voue un véritable culte à ce saint mort en 2003 et qu'on appelle le « saint rebelle du Hoggar ».

Sur une grande place sablonneuse au pied de palmiers dattiers, des centaines de silhouettes blanches se meuvent dans un étrange ballet, fusil à l'épaule ou à la main, le visage baigné d'extase, formant un grand cercle qui tourne de droite à gauche, s'élargissant ou se rétrécissant au gré des musiciens qui, au centre, battent la mesure au son métallique des derboukas. Une vieille noire les accompagne en tapant sur son *ganga*, le visage extatique. Nous nous tenons debout, écrasés derrière les danseurs qui, pas à pas, tournent en se répondant d'un bout à l'autre par des psaumes, répétitifs, enivrants. *Lailah illa Allah ! Lailah illa Allah !* Parfois, un geste brusque fait dévier le cercle. Je me laisse bercer par cette marée blanche et me rappelle ma première nuit dans le désert, dans l'oasis avec les musiciens bédouins. Le temps est comme figé dans l'éternité de ces chants mystiques, puis soudain le rythme s'accélère, le sol tremble, la foule est en transe. *Lailah illa Allah ! Lailah illa Allah !* Mon cœur bat à toute allure, j'ai des sueurs froides, les danseurs lèvent leur arme et, d'un geste souple, tirent sur la gâchette. PAN ! Un nuage de poudre monte dans la nuit, puis très vite le cercle se disperse dans les ruelles de l'oasis. C'est un sacré coup pour les tympans, mais il paraît que la poudre libère des péchés.

C'est la première fois que je vois un vrai baroud, « la poudre à canon », dont les origines remontent aux premières tribus berbères qui refusaient d'être soumises au gouvernement central d'Alger. Quel pouvait être le rapport avec ce saint Sidi Wafi ? Je n'en avais aucune idée. À l'intérieur d'une cour, la silhouette familière des femmes touarègues préparant le couscous contraste avec ce qu'on entend dehors, qui n'a rien à voir avec de la musique traditionnelle touarègue. Ce sont des claquements de castagnettes en métal, et toujours ce chant hypnotique des hommes qui me donne la chair de poule.

Sakai m'explique que ce sont des chants à la gloire des saints soufis qui s'accompagnent de rituels comme le baroud, l'ahallil ou le gnawa. Ce sont des rituels musulmans très anciens, l'islam des marabouts, comme on l'appelle ici. « Le marabout désigne à la fois les saints patrons de l'islam et les tombeaux à coupole blanche que tu vois partout dans les oasis du Sahara, de la Tunisie à l'Algérie, jusqu'au Maroc. » Je lui parle de ma première nuit au Sahara, en 1997. Je lui dis : « C'était dans une petite oasis du Sud marocain, pas loin de la frontière algérienne. Il y avait beaucoup de musiciens tout en blanc qui chantaient, c'était comme une transe. »

Il me répond : « Il faut que tu partes avec moi dans les confréries de Sidi Wafi vers In Salah et Timimoun ! Tu vas comprendre beaucoup de choses. » Puis il me parle de sa rencontre avec ce saint qui a changé sa vie. « Je venais de faire mon service militaire à Oran. Là-bas, un touareg n'est rien et doit obéir aux ordres. Quand je suis rentré à Tam, Sidi Wafi m'a dit : "Tu n'es pas leur soldat, tu es mon soldat !" Dans la région, on l'appelait "l'avocat des pauvres". C'était un saint, mais aussi un rebelle à l'autorité, alors depuis je ne l'ai plus quitté. »

Je n'ai jamais rencontré un touareg empreint d'un tel mysticisme. Dès qu'il parle de son maître spirituel, ses yeux jettent des éclairs, sa voix vibre. Il clame : « Toi aussi, tu as reçu la *baraka* ! » – la protection divine. C'est vrai que je suis passée beaucoup de fois entre les mailles des filets. Sakai est convaincu que je dois l'entretenir et aller rencontrer certains marabouts dans la région du Gourara. Il m'appelle déjà « Lalla », ce qui me fait beaucoup rire. Je ne suis pas encore prête, mais je lui promets de l'accompagner un jour. Le destin me remettra sûrement à l'orée de cette route.

Quatre ans ont passé depuis cette conversation. Demain, je dois quitter Djanet pour Tamanrasset et effectuer ce voyage sur les traces de l'islam soufi dans la région du Gourara avec Sakai.

Qu'on m'ensevelisse dans l'infini du désert

À l'aéroport, drapé dans son éternel burnous en poil de chameau, Sakai m'accueille avec un sourire sarcastique : « Tu es la seule étrangère, je suis à ta disposition ! ». Il gère un camping déserté par les touristes sur la route de l'Assekrem, ce massif de deux mille sept cents mètres d'altitude où vécut et mourut le père Charles de Foucauld. Sakai y a une attache sentimentale, son grand-père était l'interprète du père de Foucauld ! D'ailleurs, il m'annonce qu'il compte m'y emmener avant de partir dans le Gourara. « Mais ce n'est pas du tout la même direction ! » lui dis-je d'un ton inquiet. Je suis déjà montée à l'Assekrem deux fois, un voyage de cinq heures sur une piste rocailleuse qui vous brise le dos. En haut, un refuge où s'entassent les touristes. Sakai lit dans mes pensées, il me dit : « Il n'y a personne, à part quelques Algériens, c'est ta chance. En plus, tu n'es jamais allée avec moi. » J'acquiesce. Sakai est le guide idéal pour monter à l'Assekrem. À Tam, il m'a déjà raconté son histoire incroyable. « À vingt ans, je pars en Europe, à Barcelone. J'ai juste un baluchon sur l'épaule et un visa que j'ai obtenu par miracle. Au retour, je passe à Marseille visiter un ami. On doit aller ensemble à un concert de Johnny Clegg. C'est un Français, mais sa grand-mère commence à me parler en tamasheq. J'te jure ! Elle me demande ma descendance, ensuite elle me nomme les noms de mes grands-oncles. Et elle me montre une photo de mon grand-père que je n'ai jamais connu ! Elle me dit : "Voilà Bahamou, ton grand-père. C'est lui qui m'a appris à parler tamasheq. Il était l'interprète de Charles de Foucauld !" ».

Nous montons péniblement la piste qui serpente vers les hauteurs de l'Assekrem, le toit de l'Algérie. Le paysage est à la hauteur. Protérozoïque. Buste penché sur le volant comme pour faire avancer la voiture plus vite, Sakai est concentré sur la route.

Je reprends le fil de cette histoire surréaliste. « Et alors, finalement, tu y es allé, au concert de Johnny Clegg ? ». Sakai se marre. On revient sur sa rencontre du troisième type avec cette grand-mère qui parlait tamasheq. « De retour à Tam, j'ai beaucoup cherché des archives sur la vie du père de Foucauld. Comme tu sais, avant de construire l'ermitage sur l'Assekrem, il était à In Salah. C'est dans le désert du Sahara qu'il a découvert la foi. Quand il est arrivé à l'Assekrem en 1904, il a consacré tout son temps à écrire un dictionnaire tamasheq-français de deux mille pages, avec mon grand-père Bahamou ! ». Fils de militaire, Charles de Foucauld était réfractaire à l'autorité et préférait de loin les tavernes aux chapelles. C'est peut-être pour cela qu'il s'entendait bien avec les touaregs. Mais il n'était pas juste un prêtre un peu rebelle qui avait choisi de vivre une vie monacale en haut d'une montagne ; il avait légué une œuvre inestimable. Ce dictionnaire était unique au monde ! Malheureusement, il était bien trop volumineux, quatre tomes, pour être transporté dans ses bagages.

Cinq heures plus tard, nous arrivons enfin au refuge de l'Assekrem. À l'intérieur, quelques touristes algériens avec qui nous partageons une soupe *chorba* bien chaude. Je me couche directement pour me lever avant l'aube et marcher jusqu'à l'ermitage, sept cents mètres plus haut. Il fait un froid glacial. Le soleil se lève et incendie les tours dans une explosion de couleurs. L'horizon s'ourle d'un bleu éthéré. Sakai et moi restons assis un moment pour nous réchauffer au soleil sur un banc, puis nous entrons dans la chapelle.

Elle est toute petite, avec des tapis berbères et une bibliothèque constituant les œuvres du saint homme et de l'explorateur. Pas un bruit à part le miaulement des chats et le vent qui fouette la plaine rabougrie. L'absence de touristes livre les lieux à un silence minéral. Je contourne la chapelle pour arriver devant une porte ouverte où se tient le père Ventura en tenue décontractée, un oignon dans la main. Avec son accent espagnol, il nous invite à attendre le père Édouard à la terrasse, un abri en pierre qui bloque le vent à l'est et est ouverte sur les aiguilles rocheuses de l'Assekrem. À cette altitude, il peut faire jusqu'à -15 degrés. Mais quelle vue ! La chaîne volcanique est entrée en éruption il y a trente millions d'années. On est au commencement du monde. De Foucauld y meurt en 1916, assassiné par un jeune touareg.

Le père Édouard apparaît et nous salue d'un « *Assalam Alaykum* ». Les épaules légèrement recroquevillées, il dégage toute la vigueur des montagnards. Arrivé en Algérie en 1956, il s'est installé dans l'ermitage en 1972 et transmet l'héritage du père de Foucauld depuis quarante ans. D'ailleurs, il s'adresse à Sakai en tamasheq : « Entre ! Viens te réchauffer. » À l'intérieur du monastère en pierre, un simple autel composé de trois pierres volcaniques, et derrière une petite pièce : le bureau de l'ermite. Le père Édouard caresse avec amour un livre épais aux allures de grimoire posé sur l'étagère : le dictionnaire tamasheq de deux mille pages ! « Le père y travaillait quatorze heures par jour, pour recenser tous les mots mais aussi détailler la culture et les coutumes du peuple touareg. C'est une œuvre considérable. » Puis il se tourne vers Sakai et lui dit : « Cette œuvre n'aurait pas pu se réaliser sans Bahamou. » Sakai sourit, heureux de cet hommage à son grand-père que même les touaregs ont oublié. Interprète et guide du père de Foucauld, Bahamou était le secrétaire de Moussa Ag Amastane, le roi du Hoggar, sacré *amenokal* par les Français en 1904. Tout comme de Foucauld, il a vécu aux heures les plus controversées de l'Histoire, la fin de la suprématie touarègue et le début de la pacification française au Sahara. La France cherchait par tous les moyens à pénétrer dans le Hoggar et à soumettre les touaregs. Avec son esprit d'aventurier, le père de Foucauld avait le profil idéal d'un agent secret déguisé en prêtre. Pourtant, Moussa Ag Amastane l'avait pris sous sa coupe, lui confiant même son secrétaire Bahamou pour l'aider dans sa tâche. Peut-être avait-il déjà compris que s'il ne se rapprochait pas des Français, son peuple serait exterminé.

Sur les murs crépis à la chaux blanche, une seule photo : un portrait de Moussa Ag Amastane et de Foucauld. L'un habillé comme un roi, l'autre comme un moine. Le père Édouard s'y penche et hoche la tête d'un air satisfait. « Il y avait une grande estime entre ces deux hommes, je pense qu'on peut même parler d'une réelle amitié à travers leur correspondance. Le père était très impressionné par la foi simple du peuple touareg et Moussa était fasciné par l'ascétisme du "chrétien". Pourtant, Dieu sait si l'époque était hostile à ce genre d'amitiés. » Moussa et Charles étaient deux ennemis qui s'étaient serré la main en plein champs de bataille.

Au début du XXe siècle, la France avait colonisé la quasi-totalité de l'Algérie. Les touaregs du Niger et du Mali avaient réussi à repousser cette invasion au cours de plusieurs révoltes aussi valeureuses que suicidaires. Les guerriers se battaient à l'épée contre les canons français. Cela me rappelait exactement la fin du shogounat de l'ère Edo, quand les derniers samouraïs avaient affronté les fusils de l'armée impériale. Les deux histoires se ressemblent. Le noyau dur des samouraïs se bat jusqu'à la mort contre le nouveau pouvoir, sabre contre fusil. Une fraction négocie par la voie diplomatique.

Moussa ag Amastane choisit de se soumettre à l'autorité française en 1904. En échange, il demande à visiter la France. En 1910, il est invité à l'Exposition universelle de Paris et change du tout au tout l'image des touaregs. Jusque-là, ils sont dépeints dans la presse française comme des barbares sanguinaires qui massacrent tous les Occidentaux qui osent mettre le pied sur leur territoire. Avec Moussa, la haute société s'extasie devant la noblesse de l'homme bleu. L'*amenokal*, quant à lui, revient au Hoggar pour dépeindre l'avancée technologique de l'Occident. Jusque-là, la France était pour lui « un petit pays d'à peine cent kilomètres carrés, habité par des païens uniquement intéressés par l'invasion d'autres pays civilisés » !

En 1916 un jeune touareg tire sur Charles de Foucauld dans des circonstances floues. Beaucoup maintiennent que c'était un accident. L'ermite du Sahara a été retrouvé pieds et mains ligotés comme si on s'apprêtait à l'enlever à dos de chameau. Le jeune ne savait pas manier les armes à feu, le coup est parti. Presque un siècle plus tard, on en est toujours à débattre sur la vie et la mort de Charles de Foucauld, certains n'hésitant pas à le qualifier d'espion à la solde de Laperrine. Le père Édouard dit doucement : « On n'y peut rien compte tenu des circonstances compliquées de l'époque. »

Le père Édouard sort une lettre adressée à de Foucauld. Elle est rédigée en tifinagh et traduite en français. À l'intérieur, des poèmes que Moussa écrivait à son amour Dassine, traduits en français par le père. Ils avaient une valeur particulière pour de Foucauld. Leur amour impossible était légendaire. On raconte que l'orgueil les avait empêchés de céder l'un à l'autre, je cite : « Elle, la poétesse, qui l'appelait le lionceau, lui qui se mourait d'amour pour la fille bleue ». Torturé, Moussa avait écrit ces derniers vers : « Qu'on m'ensevelisse dans l'infini du désert… À qui meurt d'amour immense, il faut un immense oubli. » Je soupire. Ce poème, je le garde comme une épine dans le cœur.

Lors d'un précédent voyage à Tamanrasset, j'étais allée visiter sa tombe située à côté de son ancien palais. Quand Sakai m'en avait parlé, j'avais été très étonnée. Je n'avais jamais rien lu sur ce site historique dans les brochures touristiques. Et pour cause, en plein milieu de la ville, le palais était une ruine à l'abandon et le cimetière autour ressemblait à une décharge publique. D'ailleurs, Sakai ne voulut pas descendre de voiture. Je me dirigeai seule vers le mausolée, une construction en terre piquée du croissant de l'Islam. Il n'y avait pas de porte et quand je me baissai pour regarder à l'intérieur, je poussai un cri. À côté du tombeau, un homme en haillons était assis au milieu d'un tas d'ordures. Le regard fou, il me cria en arabe : *« Arroua, Arroua ! »*, approche ! Mais dès que je fis un pas pour me recueillir sur la tombe, il me chassa.

La tombe portait bien le nom en alphabet tifinagh de Moussa ag Amastane, décedé en 1921. Apeurée, je m'enfuis et errai dans le cimetière abandonné. Je me disais que ce n'était pas possible, que Sakai avait dû se tromper. Mais c'était bien là qu'on avait enterré la lignée du roi. Devant moi, Dassine, la poétesse célébrée dans tout le Hoggar pour sa beauté, reposait dans un tumulus couvert de déchets. Dans la voiture, le silence. Sakai murmura : « Tu ne sais pas ce qui se passe ici, c'est pire que ce que tu peux imaginer. »

Dans l'ermitage, je répète à Sakai : « Il faudra que tu fasses quelque chose pour la tombe de Dassine et Moussa. C'est de la profanation, ça va vous porter malheur. » Sakai hoche la tête. Qui des touaregs ou des autorités est responsable ? Faisait-on payer Moussa ag Amastane son amitié avec Charles de Foucauld ?

Je répète : « Moussa aurait dû être enterré dans le désert ! ». Je n'aime pas Tam. C'est une décharge à ciel ouvert. Ses maisons uniformes s'alignent comme des blocs de béton où sont parqués les familles. On parle l'arabe plus que le tamasheq, on y envie le dernier modèle de portable, et le soir on regarde à la télé « Star Al Academia ». Les habitations sont si grises, décorées « tout à dix francs », des copies de tapis orientaux, des copies de téléviseurs, des copies de porcelaines, du toc importé de Chine présenté comme le dernier chic de la vie moderne, l'apparat de la nouvelle femme au foyer, ça brille comme de l'or, c'est clinquant comme l'argent.

Qu'ils sont beaux pourtant, les campements de *zeribas* avec le reflet doré de leurs tiges en roseaux, perchés fièrement sur la lande calcinée des massifs volcaniques de l'Ahaggar ! Les nomades y ont encore des troupeaux de chameaux, les femmes s'occupent des jardins de l'oasis et les enfants jouent avec les chèvres dans les enclos de branchage.

Sur la terrasse, le père Édouard nous coupe du pain et du fromage de chèvre. « Les sociétés occidentales ont beaucoup à apprendre des nomades. Notre culture actuelle du gaspillage, face à la sobriété de consommation des gens du désert, cela fait réfléchir. » Il aime rendre visite aux familles nomades éparpillées dans les oueds, à trois ou quatre heures de marche d'ici. « Même si mon tamasheq est très restreint, nous arrivons à communiquer pour échanger les nouvelles. » Comme pour confirmer ses dires, nous avons la visite d'Ahmed, un éleveur. Il s'assoit aux côtés du père et, après les salutations d'usage, échange les nouvelles sur les pâturages, les enfants, les chameaux. C'est un réel plaisir que de les entendre parler sur un même ton monocorde. Il repart vers son troupeau dans la solitude de l'Atakor.

Avant de repartir, nous évoquons des sujets plus graves. Des rumeurs circulent à propos d'un guide touareg de Tam qui travaillerait à la solde d'AQMI. Depuis la rentrée, tout le Tassili du Hoggar, un des endroits les plus touristiques du sud algérien, est interdit aux étrangers. La piste entre Tamanrasset et Djanet est également fermée. En quarante ans, le père Édouard a vu beaucoup de choses et le désistement des touristes dans la région ne le perturbe pas plus que cela. « Les Français surtout ont une susceptibilité par rapport à l'Algérie qui date de l'époque coloniale. Et c'est donc normal qu'ils se sentent particulièrement ciblés par les groupes terroristes. Cependant, nous sommes fatigués que les médias confondent des régions parfois distantes de milliers de kilomètres. » Il fait allusion à des articles ayant situé par exemple la prise d'otages à Illizi en 2003 « au nord de Tam », et plus récemment à un reportage télé qui parlait d'un kidnapping au Sahel en montrant des photos de l'Assekrem ! Sakai aussi s'énerve. Il est touché comme tous les autres par le désistement des touristes. Pour lui, toutes ces rumeurs non vérifiées sur les touaregs sont le fait de l'ignorance sur la composition multi-ethnique de Tam. « Il y a des Algériens du Nord, des berbères du Touat, du Gourara ou de Ghardaïa. Sans compter les maures et les saharaouis. Comment tu peux être sûr que c'est un touareg ? ».

Nous parlons de la société matriarcale touarègue qui résiste, malgré la sédentarisation et le chômage. Le père Édouard conclut : « Je suis inquiet de voir la masse de désœuvrés à Tamanrasset. Il y a des problèmes de drogue et d'alcool. Mais la panique qui a pris les touristes qui ont annulé leur voyage suite aux déclarations du Quai d'Orsay est à mon avis démesurée. Moi, je souhaite qu'on encourage les populations et non pas qu'on les isole comme si elles étaient déjà dans les rangs d'AQMI. » Ces paroles nous font chaud au cœur. Il y a un siècle, Moussa Ag Amastane avait choisi de donner sa confiance au père de Foucauld envers et contre tous. Leur amitié avait donné naissance à ce dictionnaire, véritable anthologie de la culture touarègue, qui servait encore dans la congrégation des Petites Sœurs de Jésus. Au Niger, parmi les innombrables ONG, c'était les seules qui vivaient en immersion chez les nomades et parlaient couramment tamasheq ! Faire confiance au peuple touareg, c'était la seule manière de lutter contre les hordes extrémistes.

Fakobik

Nous roulons sur la transsaharienne en direction d'In Salah. La nationale 1 longe un magnifique désert défiguré par des tranchées. « Ce sont les canalisations d'un méga projet de transfert de nappe phréatique du nord d'In Salah à Tam », m'informe Sakai. Tamanrasset souffre de pénurie d'eau depuis des années, et c'est dû à sa surpopulation. Il paraît que la nationale 1, qui traverse toute l'Algérie d'Alger jusqu'à In Guezzam, à la frontière du Niger, est un bitume bordé de barrages de police et de chantiers. Je soupire. Je n'ai aucune idée d'où on va. C'est un des voyages les plus improbables que j'aie faits, sur les traces d'un saint soufi dont je ne connais presque rien. Et le paysage n'inspire pas à la contemplation.

Je dis à Sakai : « Tu sais, Isabelle Eberhardt, cette voyageuse dont je t'ai parlé, qui avait pris une identité d'homme, même lorsque les cheikhs ont découvert qu'elle était une femme, ils ont continué à l'appeler Mahmoud sans poser de question. J'ai été très impressionnée par cette tolérance du soufisme. » Sakai n'a pas l'air surpris. Je poursuis : « Mais elle, elle était vraiment musulmane, je veux dire pas comme moi. » Sakai m'interrompt : « Toi aussi, tu as été convertie ! ». Effectivement, j'ai fait ma profession de foi avec les ex-combattants de Sidi connard il y a douze ans. Mais tout de même, je ne suis pas une « fidèle ». « Écoute, je ne connais pas un seul verset du Coran et je ne sais pas prier. En fait, je ne suis pas sûre qu'on me laissera entrer dans une zaouia. »

Car Sakai a la ferme intention de m'emmener dans ces sortes de monastères où se transmet l'enseignement soufi. Il éclate de rire : « Offrir l'hospitalité aux voyageurs est aussi l'un des cinq piliers de l'islam. Il ne s'agit même pas d'être un homme ou de religion musulmane. » Il est vrai que Sakai n'a pas non plus le profil d'un musulman exemplaire, je ne l'ai jamais vu prier, ce qui me rassure un peu. Pourtant, c'est un fidèle disciple de Sidi Wafi. « Sidi Wafi n'était pas un saint ordinaire. On l'appelait "le saint rebelle" parce qu'il ne s'inclinait jamais devant les politiciens ! » lance-t-il. Et il se met à rire avec Moulay « Fax », un touareg longiligne à l'air taciturne qui conduit la voiture. Apparemment, Fax est aussi un disciple de Sidi Wifi. « Il est le plus rapide pour accomplir les missions, c'est pour ça qu'on l'appelle Fax ! ». Je n'en saurai pas plus pour l'instant. On passe la nuit presque au bord de la nationale. Il y a des patrouilles partout et Sakai n'a pas envie d'avoir des problèmes. Personne ne sait si j'ai le droit d'être là ou pas. Ce voyage spirituel ne va pas être de tout repos.

Après huit cents kilomètres de goudron, on arrive dans les murs rouges d'In Salah, l'oasis du Touat. Dans les rues, c'est l'euphorie, un cortège de voitures klaxonnent, on entend des youyous. Nous nous garons devant chez Mohamed « Kraker », un ami de Sakai. Sur le pas de la porte, il nous annonce d'un grand sourire : « Ah mes amis, vous arrivez en même temps que les pèlerins de retour de La Mecque ! C'est un bon présage ! ». Il dégage la vitalité d'un homme qui vit bien et beaucoup. On prend le thé dans son beau jardin remplit d'arbres fruitiers. Sakai lui dit qu'on va faire un pèlerinage sur les traces de Sidi Wafi. Le visage de Kraker s'éclaire : *« Abarka Allah ! »*.

Je lui demande de me parler de lui. « Sidi Wafi était un homme simple, qui vivait près des gens. Il m'a appris que l'islam, c'est l'entraide. Et aussi qu'un musulman, c'est quelqu'un qui fait avant tout de bonnes actions. Ce que tu fais de mal, tu dois le rendre tout de suite par quelque chose de bien. Sinon le mal te revient. Voilà. Même si tu pries cinq fois par jour, si tu n'as pas compris ça, c'est que tu n'es pas musulman ! ». Je hoche la tête. Dans un registre différent, mon père m'avait toujours répété que la vie, c'étaient des mathématiques. Tout ce que tu faisais te revenait un jour ou l'autre comme un boomerang. Kraker continue : « Moi je me suis beaucoup amusé, j'ai fait beaucoup de choses pas bien, mais Sidi Wafi nous disait : "Eh bien ! On est des êtres humains, on n'y peut rien ! Quand tu es jeune, la folie c'est bien, ensuite tu laisses, tu te corriges !" » Il éclate de rire. Avec son teint mat et son profil d'aigle, c'est un bel homme de soixante ans qui a bien profité de la vie jusqu'à présent. Comment sa rencontre avec Sidi Wifi a-t-elle changé sa vie ? Kraker me montre son jardin, et déclare : « Tu vois ça, c'est grâce à lui. Car il est arrivé dans ma vie et m'a dit : "Pourquoi devrions-nous importer des légumes et des fruits d'Alger alors que nous pouvons cultiver ces légumes et ces fruits dans nos propres jardins ?". Dans les années 1980, il n'y avait pas de leader islamique comme celui-là. Ce fut le début d'une révolution ! ». Je commence à comprendre pourquoi on l'appelle le rebelle du Hoggar. Kraker s'exclame : « *Allah Wahad !* Dieu est unique », puis il me regarde d'un air complice. « Et Mahomet est un prophète pour tout le monde, pas seulement pour les Arabes ! ». Sakai et Fax explosent de rire. Kraker se penche vers moi et me dit doucement : « L'essentiel, c'est de chercher pourquoi tu es là. Les hommes maintenant sont faibles, ils cherchent la facilité, mais celui qui cherche va trouver. C'est ça, la foi. »

En partant nous croisons un homme, teint noir et turban blanc immaculé. Il a la poigne ferme, insistante, et me regarde d'un air mystérieux en murmurant : « *Fakobik.* » Puis il ajoute : « Je te connais. » Je ne l'ai jamais vu de ma vie. Sakai me dit qu'il s'appelle Moulay Cheikh Kadour et qu'il est l'un des fils de Sidi Wafi.

Nous arrivons à Ingher au petit soir. Il y a un beau mausolée en forme de dôme blanc. À côté, un bâtiment érodé par les vents et le sable. Une cour donne sur une pièce poussiéreuse. La zaouia est en ruine, on a refait les murs en béton. J'ai du mal à cacher ma déception. Les choses ont changé depuis le début du siècle… Alertés par notre venue, des hommes entrent un par un et enlacent Sakai d'un geste fraternel. Ils ont une quarantaine d'années, le teint basané ou noir, vêtus de gandouras et de jeans. Ils parlent un dialecte berbère que je n'ai jamais entendu auparavant. Ils me saluent respectueusement. Puis ils donnent des instructions, l'un empoigne un balai, l'autre un tapis, le troisième arrive avec le brasero, le thé. En deux temps trois mouvements la cour est nettoyée, un grand tapis berbère redonne vie à la pâleur des murs en parpaing. On allume un grand feu. La nuit nous recouvre de son voile bleu. Les hommes prient au crépuscule. Puis, enveloppés dans leur grand burnous couleur de terre, ils s'assoient et fument leur pipe de kif en observant silencieusement les flammes. À présent, on dirait des guerriers fumant le calumet de la paix. Je ne suis pas trop loin de la réalité. « Voici les soldats de Sidi Wafi », dit fièrement Sakai. Ce sont de bons gars aux mains de paysans et qui parlent comme des disciples. « Sidi Wafi nous donnait des missions, on réglait des divorces, on cultivait, on pouvait finir un jardin en vingt-quatre heures, on faisait tout ! », « Il nous a enseigné que la liberté valait mieux que tous les biens matériels. » Sakai sort soudain de sa méditation et ses yeux s'enflamment : « Sidi Wafi, il se foutait de tous les ministres. Il fumait son kif en présence des chefs d'État ! J'te jure ! Les autres étaient recroquevillés devant lui comme des bébés ! Un jour, il m'a dit : "Gifle-le celui-là, il le mérite." Je l'ai giflé. C'était un préfet ! ». Les hommes rient. « À présent, nous récoltons du blé, des dattes, des tomates, on fait du troc. Nous ne faisons plus aucun travail qui rémunère. » « On a tous suivi ses instructions. Car là où Sidi Wifi disait de creuser, il y avait de l'eau ! ». Un autre conclut : « On est roi chez nous ! ».

Je commente : « Ce que Sidi Wifi vous a enseigné, ça me fait penser au mode de vie des caravaniers touaregs, au troc, à l'autosuffisance. » Sakai s'exclame : « Mais bien sûr, Sidi Wafi était caravanier quand il était jeune ! ». Le cercle se resserre. Le feu brûle plus fort tout à coup. L'ancien dit : « Sidi Wafi aimait la vie ancienne et lente. Après la disparition des caravanes à cause des frontières et de la prolifération des camions, il est retourné à In Salah et a commencé à cultiver. Ici, c'était déjà la société de consommation, on avait construit des routes, des logements en béton, on avait l'électricité, mais rien à manger ! Il nous a dit : "Tout ça, ce n'est pas la civilisation. Ce sont des déchets !" » Les hommes acquiescent en fumant leur pipe. J'ai l'impression de les connaître depuis longtemps. Avec leur burnous et leur turban blanc, ils me font penser aux musiciens bédouins qui ont accompagné mes premiers pas dans le désert. Sakai lit dans mes pensées, il me murmure : *« Fakobik ! »*.

Nous remontons plus au nord, le long de la bande verte de l'Algérie. La région est une immense richesse aquifère. Des centaines d'oasis en chapelet sur mille deux cents kilomètres jusqu'à Timimoun. Mais la moitié tombe en ruine par manque d'entretien. Sakai m'explique que Sidi Wafi et ses « soldats » ont réhabilité le système ancien des *foggaras* pour irriguer des hectares entiers de parcelles. « Les *foggaras*, c'est une technologie qui date du VIe siècle. On stocke l'eau des nappes phréatiques dans un large bassin à l'aide de canaux souterrains. Ensuite, on construit des centaines de venelles en terre qui répartissent l'eau sur toutes les parcelles. La répartition de l'eau est confiée à un seul homme. Et à côté de chaque palmeraie, le mausolée d'un saint veille.

On raconte qu'à partir du XIIe siècle, le soufisme s'est répandu dans les tous les villages berbères pour insuffler la spiritualité du Coran, mais aussi l'art, la culture, les valeurs et le mode de vie transmis par les ancêtres. Cet islam ancien me rappelait à bien des égards l'animisme japonais, plus connu sous le nom de shintoïsme. Chaque village vénérait ses ancêtres devant des pierres ou des arbres qui avaient traversé les âges et symbolisaient à la fois la tradition et l'harmonie entre les hommes et la nature.

Malheureusement, l'Algérie – comme le Japon – n'était pas un pays écologique, loin s'en faut. On avait détruit les campagnes, érigé des usines qui avaient pollué les cours d'eau, instauré un système absurde de dépendance énergétique et alimentaire. Le Japon, premier fabricant mondial d'automobiles, dépendait à 80 % de son importation en riz. L'Algérie, elle, avait foré partout pour extraire du gaz, du pétrole, du sable, du ciment.

La vue de tout ce parpaing me donnait mal au cœur. Nous passions dans des villages en chantier, des routes bordées de détritus qui longeaient des palmeraies enchanteresses où se dressaient le tombeau des marabouts. Dans les zaouias, je croisais des visages pleins de sagesse. Pourtant, je n'arrivais pas à comprendre comment pouvaient cohabiter la laideur et la spiritualité. Nous avions des discussions avec Sakai. Au Japon, la pratique du chamanisme avait aidé à garder un lien avec la nature, car toute chose était l'œuvre du Créateur. La foi servait aussi à ça. Rappeler aux hommes que la terre était sacrée. Dès lors, toute entreprise pour la souiller était *haram*. Chaque fois qu'on jetait une poubelle par terre, on se déconnectait de Dieu. Si tous les imams et les prêtres avaient rappelé ça dans leurs prêches, le monde aurait été tellement plus beau !

Nous remontons à toute vitesse vers le Gourara. Sakai m'a dit que c'était bientôt l'Achoura. Il lui reste beaucoup de pèlerinage à faire sur la route, mais on s'entend pour passer au retour dans les autres zaouias. Je retrouve enfin Timimoun la flamboyante, oasis aux murs rouges sur l'ancienne route des esclaves, et qui a gardé le style ravissant de l'architecture soudanaise.

Je déambule dans le ksar labyrinthique qui s'éveille doucement dans les teintes vermeilles du levant. J'aurais pu rester des heures à errer dans ces couloirs terreux, m'imprégnant du quotidien de la cité des Haratins. Dans ce coin de Sahara, tout m'est à la fois familier et inconnu. Le parler d'abord, mélange d'arabe et de berbère zenète, la musique et la danse, empreints de l'islam fraternel des zaouias et des marabouts.

Le soir, calfeutrés dans l'anonymat des burnous, nous marchons longuement à travers la palmeraie au son du ruissellement des foggaras. À l'intérieur de la grande zaouia, des pèlerins sont rassemblés, tous vêtus de blanc. Les croyants soufis m'accueillent chaleureusement, sans poser de questions. L'Achoura de Timimoun se déroule dans une ambiance très pieuse de jeûn, bercé par des chants d'ahallil. Je m'assois à côté d'un vieil homme drapé dans un burnous rouge. Il me parle des caravanes d'antan qui partaient du Soudan jusqu'au Touat, de la sebkha, l'ancien lac salé de Timimoun. Puis il s'adresse à Sakai, lui parle des quatre-vingt-dix-neuf noms de Dieu. Sakai cite quatre noms de prophètes. Mohamed, Daoud, Issa et Moussa. Ces quatre prophètes portent chacun un nom différent, mais ont prêché des messages similaires dans le Coran, l'Ancien Testament et les cinq livres de Moïse. L'ancien hoche la tête : « Dans les zaouia, on enseigne la diversité religieuse. Comme aujourd'hui, c'est le jour de l'Achoura, le dixième jour de Mouharram. Nous, musulmans, célébrons le jour où Moussa a battu l'oppresseur. Mais il ne faut pas oublier que l'Achoura tire son origine du dixième jour du mois de Tichri. Le Yom Kippour, le jour du Grand Pardon, la plus grande fête juive célébrée en l'honneur du prophète Moïse qui a sauvé son peuple de Pharaon ! L'Islam des lumières nous enseigne tout cela. » Je suis émue d'entendre ces paroles. En plein conflit israélo-palestinien, en pleine montée de l'extrémisme religieux, la Sbeiba des touaregs de Djanet était d'une valeur culturelle et spirituelle sans précédent, une authentique fête judéo-musulmane. Et la zaouia, un caravansérail où les voyageurs partagent le gîte et les idées, quelles que soient leurs races ou leurs religions, et dans la plus pure tradition musulmane. *Fakobik* signifiait un peu tout ça. La fraternité. L'alliance mystérieuse des âmes.

Nous décidons de passer la nuit dans le désert. Au-delà de la palmeraie, une forteresse en ruine apparaît, irréelle et magique, surplombant l'oasis comme un château flottant dans le ciel noir. Je propose à mes deux compagnons de dormir là. On doit reprendre la route tôt le lendemain. Mais dès qu'on s'allonge sur nos nattes, des nuages noirs s'amoncellent au-dessus de nous. Une traînée menaçante plane sur les ruines. La lune glauque diffuse un halo jaune, comme un œil. Soudain, le vent se lève. Une pluie de vieilles pierres s'effrite sur notre visage. Sakai se lève de sa couche en maugréant : « Cet endroit est maudit ! Il faut s'en aller. » Il murmure des incantations – « *Bismilahi ! Alahman alahim !* » – pour éloigner mes mauvais esprits. Les rafales de vent balaient le désert et nous refoulent vers la casbah silencieuse.

Il est très tard quand nous revenons vers la zaouia où sur le sable dorment pêle-mêle les pèlerins roulés dans leur burnous. Panne de batterie et pneu crevé. On doit réveiller deux pauvres bougres pour aider à pousser le rafiot ! Le retour vers Tamanrasset sera chaotique.

À la sortie de Timimoun, la gendarmerie nous retient une heure. On me dit que je n'ai pas le droit de voyager seule. Sakai montre tous les papiers, il a le tampon d'une agence. On appelle le chef. Il arrive et déclare : « On va vous mettre une escorte pour votre sécurité ! ». Je panique : « Mais je n'ai pas d'argent pour payer une escorte ! ». Le chef me fait un grand sourire rassurant : « Madame, ne vous inquiétez pas ! Nous sommes en Algérie, les escortes de la police sont gratuites ! ». Sakai est livide et moi j'essaie de le rassurer. « Ils ont dit jusqu'à la prochaine ville à Adrar, après on sera débarrassés. » Nous traversons le splendide plateau de Tademait avec une voiture de flic devant et une derrière. Je maudis le goudron et ses barrages. Je ne peux même pas m'arrêter prendre des photos.

Enfin, nous voici à Adrar. La patrouille fait demi-tour en laissant mon passeport au poste. Je dois faire des formalités sans fin, écrire le nom de ma mère, celui mon père. Le chef passe des coups de fil, puis m'annonce qu'une patrouille va nous escorter jusqu'à Aoulef.

Je proteste : « Je suis une touriste ! Je ne peux même pas pisser sur la route avec tous ces policiers ! ». Il me dit que

« la décision a été prise à Timimoun et même “au niveau du gouvernement” ». Nous arrivons à Aoulef, avec trois voitures de flics. Tous les gens nous regardent. Sakai est vert, complètement abattu. Il invoque tous les saints en disant que c'est parce qu'on n'est pas passés à la zaouia de Lahmeur à l'aller. On a perdu notre *baraka* !

On sera escortés sur mille trois cents kilomètres jusqu'à Tamanrasset. Arrivés au camping, on s'allonge sous la grande tente, épuisés. On se dit que dorénavant ça va être très difficile de voyager en Algérie.

Je passe le Nouvel An à Djanet, en caravane, avec une dizaine d'amis touaregs et trois Japonais. Nous entrons dans l'année 2011 à grands coups de oud et de guitare, comme pour exorciser le sort.

Début février, une touriste italienne est enlevée à quatre-vingt-dix kilomètres au nord de Djanet. Le premier rapt dans cette région depuis 2003. Je pense que cette fois c'est terminé, il n'y aura plus de délivrance de visa pendant un bon moment. Comment nourrir les chameaux ? Comment continuer Sahara-Eliki ? Le Japon m'a toujours porté chance. Je me dis que là-bas, je vais trouver une solution.

Le 8 mars 2011, je m'envole pour Tokyo. Je me réjouis, cela fait si longtemps que je n'ai pas vu les *sakura*, les cerisiers en fleurs. Mais ce seront les fleurs du printemps nucléaire qui m'y attendront.

TABLE

pcacmb
édition pré-presse
livres numériques

44400 Rezé

Achevé d'imprimer en septembre 2024
sur les presses de Normandie Roto Impression s.a.s.
à Lonrai (Orne)
pour le compte des Éditions Payot & Rivages
60/62, avenue de Saxe -75015 Paris
N° d'impression : 2404055
Dépôt légal : septembre 2024

Imprimé en France

IMPRIM'VERT